Klaus Wanninger
Schwaben-Sommer

Vom Autor bisher bei KBV erschienen:

Schwaben-Rache
Schwaben-Messe
Schwaben-Wut
Schwaben-Hass
Schwaben-Angst
Schwaben-Zorn
Schwaben-Wahn
Schwaben-Gier
Schwaben-Sumpf
Schwaben-Herbst
Schwaben-Engel
Schwaben-Ehre
Schwaben-Sommer

Klaus Wanninger, Jahrgang 1953, evangelischer Theologe, lebt mit seiner Frau Olivera und den schwäbischen Katern Mogli und Balu in der Nähe von Stuttgart. Er veröffentlichte bisher dreißig Bücher. Seine überaus erfolgreiche Schwaben-Krimi-Reihe mit den Kommissaren Steffen Braig und Katrin Neundorf umfasst mittlerweile dreizehn Romane in einer Gesamtauflage von über einer halben Million Exemplaren.

Klaus Wanninger

SCHWABEN-SOMMER

KBV

1. Auflage 2010
2. Auflage 2010
3. Auflage 2011
4. Auflage 2011

www.kbv-verlag.de
E-Mail: info@kbv-verlag.de
Telefon: 0 65 93 - 99 86 68
Fax: 0 65 93 - 99 87 01
Umschlagillustration: Ralf Kramp
Redaktion: Volker Maria Neumann, Köln
Druck: Aalexx Buchproduktion GmbH, Großburgwedel
Printed in Germany
ISBN 978-3-940077-92-9

Für Dorothee Steuer,
mit Dank für die langjährige Zusammenarbeit.

1. Kapitel

Den Kopf nach vorne gebeugt standen sie vor dem Schreibtisch und starrten auf den Bildschirm des Computers. Sprach- und regungslos, vom Anblick der Szene wie gelähmt. Was ihnen hier präsentiert wurde, sprengte alles Dagewesene.

Das Gerät war neu, erst wenige Tage in Betrieb. 21,5 Zoll, Full-HD-Display, extrem dynamischer Kontrast von 60.000 zu 1, hatte Dr. Kai Dolde erklärt, als er es ausgepackt und anstelle des Vorgängermodells auf seinem Schreibtisch zurechtgerückt hatte; das sei mit das Beste, was es zur Zeit zu moderaten Preisen gab. Was immer man sich ansah – man würde glauben, unmittelbar vor Ort zu sein.

Kriminalhauptkommissar Steffen Braig hatte den von einem euphorischen Unterton geprägten Ausführungen nur mit halbem Ohr gelauscht. Technik, in welcher Form auch immer, war nicht sein Metier. Hauptsache, das Gerät funktionierte und war einfach und ohne ausgiebige Konsultationen von Handbüchern zu bedienen, mehr verlangte er nicht. Full-HD-Display, extrem dynamischer Kontrast von 60.000 zu 1 waren Begriffe, mit denen er nichts anzufangen wusste. Jetzt aber, diese bisher unvorstellbare Szene vor Augen, erinnerte er sich an Doldes Worte und musste im Nachhinein zugeben, dass der Techniker die Sache völlig korrekt beschrieben hatte: Braig glaubte tatsächlich, unmittelbar vor Ort zu sein.

Er hörte das leise Aufstöhnen seiner Kollegin neben sich, warf einen kurzen Blick zur Seite, sah das fassungslose Kopfschütteln Neundorfs. Der Kriminalhauptkommissarin, auch sie seit Jahren im Dienst des Landeskriminalamtes, ging es offensichtlich nicht anders als ihm selbst. Ein neues Zeitalter hatte begonnen, ahnte Braig, eine neue, bisher nicht bekannte Spielart der Kriminalität hatte jetzt auch hier im angeblich so friedlichen Ländle Einzug gehalten.

Für den Bruchteil einer Sekunde spürte er eine Welle der Irritation, sah er sich dem Ansatz eines Zweifels ausgeliefert, diesem unübersehbar in neue Dimensionen vorstoßenden Verbrechen noch gewachsen zu sein.

Er konzentrierte sich auf den Bildschirm, versuchte, sich aus seiner emotionalen Verwirrung zu lösen: Ein Raum, genauer gesagt ein Badezimmer mit zwei am linken Bildrand gerade noch an ihren Umrissen zu erahnenden Waschbecken und einer großen Wanne mittendrin. Die Form der Wanne war nicht das Entscheidende, auch nicht die Farbe. Eine weitgehend gewöhnliche, allein durch ein an der linken Innenseite angebrachtes Gestänge etwas aus dem Rahmen fallende Badewanne, etwa zwei Meter lang, knapp einen Meter breit, aus dem üblichen, speziell für hohe Temperaturen geeigneten Werkstoff. Im Inneren an den Seiten sanft gewölbt, in hellblauer, der Idealfarbe klaren Wassers nachempfundener Tönung, außen wie der Boden davor und die Wand dahinter mit weißen Fliesen verkleidet. Rechteckige, etwa dreißig auf fünfzehn Zentimeter große, hell glänzende Fliesen.

Das Außergewöhnliche war der Inhalt der Wanne, eine teigige Masse mit graubraunen Einsprengseln, die das Behältnis etwa zur Hälfte ausfüllte. Vierzig, fünfundvierzig Zentimeter hoch den gesamten unteren Bereich bedeckend – bis auf ein schmales Oval, in dem das grotesk verzerrte Gesicht eines Menschen wenige Finger hoch aus der Masse hervorlugte. Ein unwirkliches, absurd anmutendes Bild. Wie aus einer Science-Fiction-Verfilmung: eine von einem anderen Planeten stammende Kreatur, die Existenz der Menschheit bedrohend, irrlichterte es Braig durch den Sinn.

Dieser Mensch hier in der Wanne allerdings bedrohte niemanden – er schien sich im Gegenteil selbst in höchster

Gefahr zu befinden. Seine unangenehme Position hatte er auf jeden Fall nicht freiwillig eingenommen, so viel war auf den ersten Blick klar; schwer atmend rang er um Luft, warf seinen Kopf von der einen auf die andere Seite, verzweifelt bemüht, sich von der Masse zu befreien, die sich auf seinem Gesicht ablagerte. Seine krampfhaften Versuche, den Kopf aus dem hellen Schlamm zu lösen, zeigten keinen Erfolg: Sisyphos' Bemühungen ähnlich schwappte der beige-farbene Sumpf samt seinen graubraunen Einsprengseln unablässig zurück, bedeckte seine Wangen, die Stirn, Teile des Kinns und der Ohren.

Folter, ahnte Braig, irgendjemand hatte den Mann in die Wanne geworfen und dafür gesorgt, dass ihn die unappetitlich aussehende Masse gerade noch atmen ließ – auch wenn es nicht zu verhindern war, dass er einiges davon schluckte. Was dem Ganzen aber die besondere Schärfe verlieh, war die Darbietung im Internet. Der oder die Täter hatten eine Webcam installiert und die Aufnahmen ins Netz gestellt, sie dazu noch mehreren Zeitungs- und Fernsehredaktionen zukommen lassen.

»Und das ist wirklich live?« Neundorfs Frage riss ihren Kollegen aus seinen Überlegungen. Sie war erst vor wenigen Minuten in sein Büro gekommen, hatte die Anrufe der Journalisten nicht mitbekommen.

»Rössle und Dolde sind sich absolut sicher. Ich hoffe, sie haben den Internet-Anschluss der Webcam bald identifiziert.«

»Wie wurden die Zeitungen darauf aufmerksam?«

»Sie erhielten Anrufe mit der Aufforderung, sich eine im gleichen Moment an sie gesandte Mail samt Anlage anzuschauen und dann die angegebene Internet-Adresse zu öffnen. Die ließen sich nicht lange bitten und sahen das hier vor sich.« Braig wies auf den Monitor.

»Wann war das? Wir wissen den Zeitpunkt?«

»Kurz nach zehn.« Der Kommissar sah auf seine Uhr. »Um 8.12 Uhr gingen bei uns die ersten Informationen ein. Cannstatter, Esslinger und Stuttgarter Zeitung. Wenige Minuten später die Nachrichtenabteilung des SWR und weitere Zeitungen. Acht verschiedene Redaktionen bis jetzt. Wie viele die Täter insgesamt informiert haben, wissen wir natürlich nicht.«

»Wir müssen auf jeden Fall dankbar sein, dass uns die Journalisten so schnell informiert haben. Die hätten das ja auch ausschlachten können. Für ihre Zwecke.«

»Das ging mir auch schon durch den Kopf. Dafür müssen wir wirklich dankbar sein. Sofern sie tatsächlich auf die Veröffentlichung der Bilder verzichten. Dem Opfer zuliebe.«

»Der Mann ist festgebunden, oder?« Neundorf näherte sich dem Bildschirm bis auf wenige Zentimeter, versuchte, den Inhalt der Wanne genauer zu analysieren.

»Festgebunden?« Braig hatte Schwierigkeiten, Details zu erkennen, sah sich außerstande, die Frage zu beantworten. »Das Gestänge an der linken Innenseite, ist das so eine Art Einstiegshilfe?«

»Für ältere oder behinderte Menschen?« Sie kniff ihre Augen zusammen, betrachtete die aus der hellen Masse ragenden Teile. »Das ist möglich, ja. Im Seniorenheim bei meiner Mutter habe ich diese Einrichtung schon gesehen. Eine Art Lift, der der jeweiligen Person ins Wasser beziehungsweise wieder aus der Wanne hilft.«

»Du glaubst, die Aufnahme stammt aus einem Seniorenheim?«

»Nicht unbedingt.« Neundorf schüttelte den Kopf. »Ältere Leute oder Behinderte lassen sich das manchmal auch zu Hause einbauen.« Sie wandte ihren Blick zur Seite, zog sich vom Monitor zurück. »Vielleicht ist der Mann an diesem Lift festgemacht. Gefesselt, geschnallt oder was weiß ich wie befestigt. Könnte doch sein, oder? Fragt sich nur, woraus dieses Zeug besteht, in dem er steckt. Die helle Masse. Womit haben wir es da zu tun?«

»Sieht aus wie Teig. Nudelteig oder so etwas Ähnliches, was denkst du?«

»Wäre möglich, ja. Nudelteig. Aber eine solche Menge?«

»Frag mich nicht, wer so viel von dem Zeug bei sich aufbewahrt.«

»Großverbraucher wie Wirte vielleicht«, warf Neundorf ein.

»Oder die Küche in einem Seniorenheim«, spekulierte Braig.

»Die kochen meistens nicht mehr selbst, sondern lassen sich das Essen liefern«, wehrte seine Kollegin ab, »auch wenn das natürlich passen könnte. Aber gleichgültig, womit wir es da zu tun haben, diese öffentliche Zur-Schau-Stellung ist der Vorstoß in eine neue Dimension menschenverachtender Gewalt. Müssen wir jetzt damit rechnen, alle paar Wochen mit solchen Praktiken konfrontiert zu werden?«

Braig wandte seinen Blick vom Monitor ab, massierte seine Schläfen. »Nun, bisher ging die Entwicklung nur in eine Richtung: Alles, was irgendwie machbar war, wurde auch getan. Es gibt immer genügend Verrückte und Kriminelle, die nur auf solche Gelegenheiten warten.«

»Dann sollten wir uns vielleicht auch darauf einrichten, dass nicht alle Journalisten, die von den Verbrechern informiert wurden, dieses Wissen an uns weitergegeben haben. Sondern jetzt dabei sind, das Badezimmer, in dem der Mann festgehalten wird, selbst aufzuspüren. Bevor wir dort sind. Ich denke da an bestimmte Boulevard-Akteure.«

»Das habe ich mir auch schon überlegt«, gestand Braig. »Aber im Moment sind wir hilflos. Ich hoffe nur, dass es unsere Techniker bald schaffen.«

»Auf jeden Fall ist Hass im Spiel.« Neundorf starrte auf den Bildschirm, sah die schmerzverzerrte Miene des Mannes. »Nicht nur das Opfer so zu quälen, sein Leiden auch noch publik zu machen. Der soll vollkommen erniedrigt werden.«

Das Läuten des Telefons ließ beide Kommissare aufsehen. Braig nahm das Gespräch an, ließ seine Kollegin über den Lautsprecher mithören.

»Wir haben es geschafft«, meldete Dolde sich zu Wort. »Die Aufnahmen kommen aus Esslingen.« Er nannte die Straße. »Sie liegt im Stadtteil Sulzgries. Der Anschluss ist zugelassen auf einen Roland Allmenger. Ihr müsst die Kollegen dort informieren. Der Mann braucht sofort Hilfe. Bis wir dort sind ...«

»Ich kümmere mich darum«, sagte Braig. »Ihr seid bereit?«

»Sofort. Wir treffen uns unten.«

2. Kapitel

Der Platz, auf dem sie es sich jetzt wieder gemütlich gemacht hatte, war wirklich ideal. Auf zwei Seiten von einem wuchtigen, etwa fünfzehn Meter hohen Felsen umgeben, der sie vor unerwünschten Blicken schützte, nach links und halbrechts und vor allem zum Tal im Vordergrund hin dagegen offen, sodass sie einen Großteil dessen, was dort vor sich ging, optimal vor Augen hatte. Die Bäume und Sträucher rings um den Felsen tauchten den Platz jetzt am späten Abend in einen dämmrigen Halbschatten, sodass sie den gleißenden Strahlen der gerade untergehenden Sonne nicht schutzlos ausgesetzt war, was dem Platz zusätzliche Pluspunkte als Beobachtungsposten verlieh.

Der einzig wirklich nennenswerte Nachteil war das unaufhörliche Gekribbel und Gekrabbel winziger Insekten und Fliegen, die sich hier überall auf dem Boden, den Halmen und Gräsern wie auch in der Luft tummelten, den an dieser Stelle ungewohnten, jungen Menschenkörper offensichtlich als hochinteressantes Forschungsobjekt erkundend. Sie hatte sich jedenfalls kaum niedergelassen, ob sitzend, liegend, auf den Rücken oder den Bauch gebreitet, als sie es schon krabbeln, jucken, beißen spürte.

Natürlich hatte sie längst Gegenmaßnahmen ergriffen, die Attacken der unübersehbaren Tiermeute abzuwehren, vorgestern schon, gleich, nachdem sie den Platz entdeckt und für sich in den späten Abendstunden in Beschlag genommen hatte – war das doch ein weiterer unbezahlbarer Vorteil dieses abgelegenen Areals: Sie hatte in aller Ruhe ihren Tabaksbeutel vorgezogen, sich eine Zigarette gedreht und den Spaß genossen, die Fliegenschwärme und dichtbevölkerten Graspartien ihrer Umgebung in dichte Rauchwolken zu tauchen.

Keine keifende Stimme, nirgendwo eine jener abgewrackten Gestalten jenseits der Dreißig, die den angeblich um ihre jugendliche Gesundheit besorgten starken Macker heraushängen ließen und sie, zuerst schimpfend, und wenn das nichts half, drohend von ihrem Nikotin geschwängerten Zeitvertreib abzubringen suchten. Nichts von all dem Generve, dafür nur Ruhe, himmlische Ruhe und – vielleicht bildete sie sich das aber auch nur ein – bedeutend weniger Fliegen, Käfer, Insekten auf ihr und um sie herum.

Selbstverständlich war es nicht bei der einen Zigarette geblieben, hatte sie vielmehr die Gelegenheit genutzt, den Inhalt des Tabaksbeutels fleißig zur Insektenbekämpfung zu verwenden. Sie durfte nur nicht vergessen, sich zum Abschluss ihrer Aufenthalte hier oben das Gesicht und die Arme mit einer guten Handvoll Blätter der zahlreichen würzig duftenden Pflanzen einzureiben und sich kurz vor dem Betreten des Heims zwei, drei Pfefferminzbonbons in den Mund zu schieben, um sich unnötiges Gemotze zu ersparen. Die zwei, drei Stunden hier oben, allein mit ihren Gedanken, dem Tabaksbeutel, ihrem Handy, ab und an auch einer Flasche Bier aus dem Dorfladen entschädigten für das nervige Zusammensein mit all den dummen, unerfahrenen Gören und das hirnlose Gelaber, das sie samt ihren abgewrackten, alten Tussen fast ununterbrochen von sich gaben. Sicher, sie meinten es nicht so, Theresa hatte es ihr oft genug versichert: »Die haben im Gegensatz zu dir halt noch keine Ahnung vom richtigen Leben. Du bist doch schon fast eine erwachsene Frau.« Dennoch war es nur schwer zu ertragen.

Sie hatte den Vorschlag, die ersten vierzehn Tage ihrer Ferien hier in diesem Sommercamp zu verbringen, nur mit allergrößtem Widerwillen und allein Theresa zuliebe angenommen, hatte von ihr noch vor der Abreise die Zusicherung erhalten, auch nach ihrer Rückkehr weiterhin bei ihr wohnen zu dürfen. »Du brauchst keine Angst zu haben, Laura, dass ich dich auf diese Tour aus dem Haus schaffen will«, hatte Theresa ihr versichert, »wirklich nicht. Aber für dich ist es doch eine Chance, mal eine andere Umgebung als immer nur Stuttgart und auch neue Leute kennen zu lernen. Leute deines Alters. Nicht nur immer diese alten, schon halb im Jenseits schwebenden Gestalten, wie sie hier bei mir aus und ein gehen. Und dass du anschließend wieder bei mir wohnst – mein großes Ehrenwort. Mogli kann ohne dich doch gar nicht mehr leben, er wird kaum die vierzehn Tage deiner Abwesenheit verkraften.«

Sie erinnerte sich noch genau, wie Theresa ihrem laut schnurrenden Kater bei diesen Worten über den Kopf strich, hatte ihrem Vorschlag dann zugestimmt, auch wenn dieser Impuls nicht aus ihrem tiefsten Inneren gekommen war. Wenn Theresa ihr das Ehrenwort gab, weiter bei ihr wohnen zu dürfen, dann konnte sie ihr voll vertrauen, ohne jedes Wenn und Aber. Theresa war anders als die anderen, trotz ihres seltsamen Berufs und der vielen Tattergreise und abgetakelten Hexen, mit denen sie allzu oft zu tun hatte. Ein Ehrenwort aus ihrem Mund, das hatte Hand und Fuß, soviel war ihr inzwischen klar – ganz im Gegensatz zu all den unzähligen Ehrenworten, die sie sich schon von ihrer Mutter und deren jeweiligem Freund hatte anhören müssen. »Das ist garantiert die letzte Flasche in dieser Woche, mein Ehrenwort«, hatte die besoffene Kuh oft genug, halb im Delirium versunken, von sich gegeben, den letzten Tropfen Hochprozentiges gierig aufsaugend. Das große Ehrenwort war noch nicht lange verklungen, als sie schon wieder zu dem Schrank schlurfte, in dem sie ihre Alkoholvorräte gerade versteckte, und nach der nächsten Flasche griff.

Nein, mit Theresa war das anders, das stand außer Zweifel, auch wenn sie kaum jünger war als ihre Mutter. Zwei Jahre, um es genau zu sagen, achtunddreißig die eine, vierzig die andere. Laura sah die Szene noch genau vor sich, als sie sich kennen gelernt hatten. Vor sechs oder sieben Monaten, nicht lange vor Weihnachten. Oh nein, wie peinlich das damals gewesen war! Den Kopf in den Boden stecken und niemals mehr auftauchen – wäre es möglich gewesen, sie hätte sich auf diese Tour davongestohlen.

Ihre Mutter war wieder einmal nicht nach Hause gekommen, nicht gegen achtzehn, nicht gegen neunzehn, nicht gegen zwanzig Uhr. Was das bedeutete, war ihr sofort klar. Sie hatte die »freundliche Einladung«, wie die Alte das immer umschrieb, eines ihrer angeblichen Freunde angenommen und sich nach Schichtende zu einem kleinen Umtrunk einladen lassen, entweder bei einem dieser Typen zu Hause oder in einer ihrer Stammkneipen. Wohin das führte? Zu immer demselben Ende. Gelang es ihrer Tochter nicht rechtzeitig, sie aus den Fängen ihres jeweiligen Mitsäufers zu befreien, war die Alte kaum noch fähig, sich zu bewegen. Laura musste sich beizeiten auf den Weg machen und die Mutter nach Hause schleifen, sonst war alles zu spät.

Auf einem dieser mühsamen Nach-Hause-Wege waren sie Theresa begegnet. Laura schimpfend, verbittert, bis zur letzten Körperzelle erfüllt von Wut auf ihre stockbesoffene Mutter. Die Alte lallend, torkelnd, mit wüsten Schimpfworten um sich werfend, ihre ungezogene Tochter im Visier, die ihr kein, aber auch gar kein Vergnügen gönnen wollte. Plötzlich, mitten auf der Straße war es passiert. Die Alte war stehen geblieben, allen hupenden, lärmenden Autos zum Trotz, hatte heftig gewürgt und sich dann auf die Fahrbahn übergeben. Ein Teil der Kotze war auf dem Blech des unmittelbar vor ihr zum Stehen gekommenen Wagens gelandet. Und dann, mitten in dem Geschrei und Gehupe der wütenden, unvermittelt zum Halten verurteilten Autofahrer, war plötzlich Theresa aufgetaucht, hatte die Alte am Arm genommen und auf den Gehweg geführt.

Laura war überrascht stehen geblieben, hatte die fremde Frau verwundert betrachtet. War das wirklich wahr, was sich hier vor ihren Augen abspielte? Eine Person, die nicht wie alle anderen auf die würgende, am ganzen Leib zitternde Alte einbrüllte oder mit erhobenen Fäusten aus ihrem Auto sprang und auf sie losging, sondern ihr half, die tobende Meute um sich herum überhaupt nicht beachtend?

Theresa hatte ziemlich schnell begriffen, wie es um sie und ihre Mutter stand, das war Laura schnell klar gewesen. Eine ständig trinkende, völlig überforderte allein erziehende Frau mit ihrer minderjährigen Tochter. Wahrscheinlich gehörte es zu Theresas Job, die Lebenssituation bestimmter Menschen ohne langes Nachdenken zu erspüren. Oder es gab in diesem Stadtteil Stuttgarts einfach zu viele Existenzen dieser Kategorie.

Sie hatte sie jedenfalls nicht ausgefragt, weder sie noch ihre Alte, war stattdessen mit ihnen nach Hause gegangen und hatte ihr geholfen, die von allzu viel Alkoholgenuss Gezeichnete ins Bett zu bringen.

Neugierig hatte Laura auf die kleine Karte mit ihrem Namen und ihrer Anschrift geschielt, die sie ihr hinterlassen hatte. »Sie sind … Pfarrerin?« Sie wusste noch sehr gut, wie überrascht sie war, als sie das gelesen hatte.

»An der Kirche dort vorne, keine fünfhundert Meter von eurer Wohnung.«

Sie hatte zustimmend genickt, lief sie seit ihrem neusten Umzug doch jeden Tag auf ihrem Schulweg an dem Gebäude vorbei.

»Ich heiße Theresa Räuber. Wann können wir beide uns mal ausführlicher unterhalten?«

Drei Tage später hatte sie sie in dem alten, unmittelbar an die Kirche angrenzenden Haus besucht. So abgewrackt und vergammelt es von außen wirkte – das Innere, jedenfalls der Teil im ersten Obergeschoss, der unter Theresas Regie stand, hatte sie doch gewaltig überrascht. Viele kräftige Farben, wohin sie auch sah: Bunt bemalte, in der Form abstrakter Bilder gestaltete Wände, in hellem Rot und Grün gemusterte Vorhänge und Teppiche.

»Haben Sie das etwa selbst gemalt?«, hatte Laura impulsiv gefragt.

»Zusammen mit meiner Freundin, ja. Sie hat das Talent, nicht ich.«

Sie hatte ihr einen Cocktail angeboten, *Mexican Lover* aus Limettensaft, Orangensaft und Eistee Pfirsich, alkoholfrei, wie sie mit einem Augenzwinkern bemerkt hatte, war ohne langes Geplänkel auf ihre Mutter zu sprechen gekommen. »Bekackt, wie das läuft, was?«

Laura hatte sich selbst gewundert, wie wenig Widerstand sie diesem Anwurf entgegengebracht, wie schnell sie sich zu ihrem ganz alltäglichen Elend bekannt hatte – ganz im Gegensatz zu ihrem sonst üblichen Verhalten. »Bekackt, genau. Sie schafft es nicht ohne.«

»Jeden Tag?«

Sie hatte nur mit dem Kopf genickt.

»Und ihr Job? Sie muss keine Angst um ihn haben?«

»Sie haben sie schon zwei Mal verwarnt, weil sie morgens betrunken aufkreuzte. Beim nächsten Mal ist sie fällig.«

Sie hatte ihr erzählt, dass das so lief, seit ihr Vater vor drei Jahren kurz vor Weihnachten einer anderen Frau wegen von einem Tag auf den anderen ausgezogen war und seither weder etwas zahlte noch von sich hören ließ. Ihren Job als Filialleiterin einer Drogeriekette hatte ihre Mutter nicht lange danach wegen immer häufigerer Fehlzeiten verloren, seither war sie in einem großen Getränkemarkt damit beschäftigt, die Bestände des Ladens auf dem Laufenden zu halten.

»Sie sitzt also direkt an der Quelle«, hatte Theresa die Situation sofort begriffen.

Keine vier Wochen später, Weihnachten und der Jahreswechsel waren gerade vorbei, hatte sich die Alte regelrecht ins Koma getrunken. Zwei Tage und zwei Nächte war sie nicht mehr aus ihrem Suff erwacht. Theresa hatte Laura ins Katharinenhospital begleitet, ihre Mutter danach auf eine Entziehungskur eingeschworen.

»Und was ist mit Laura?«, hatte die Alte gejammert. »Ich kann doch mein Kind nicht allein lassen.«

»Sie kommt zu mir. Im Pfarrhaus ist Platz genug.«

Seither wohnte sie mit dem Einverständnis des Jugendamtes in Theresas Gästezimmer, einem etwa vier auf sechs Meter großen Raum, den sie sich gemeinsam nach und nach gemütlich eingerichtet hatten. Er lag zwar der verkehrsreichen Straße zugewandt, bot dadurch aber den großen Vorteil, dass man von seinem Fenster aus das Geschehen draußen und in der schräg gegenüber gelegenen Kneipe sehr gut verfolgen konnte. Stundenlang hatte Laura bäuchlings auf ihrem Bett gelegen und das Treiben der Angestellten wie der Gäste verfolgt. Die Chefin des offiziell als »Bistro« firmierenden Lokals erschien Tag für Tag ebenso wie ihre beiden blutjungen Bedienungstussen aufgebrezelt bis zum Gehtnichtmehr. Mit den Hintern wackelnd wie ein Papagei im Cannabisrausch tänzelten die Weiber durch die Kneipe, ihren meist männlichen Gästen schaumgekrönte Biergläser und üppig ausgestattete Pommes- und Bratwurstgerichte kredenzend.

Jedes Mal, wenn sie sich auf das Treiben in dem Lokal konzentrierte, glaubte sie, eine Seifenoper im Fernsehen zu verfolgen. Die Aufmachung der Bedienungstussen und ihrer Chefin ähnelte dem leibhaftiger Nutten im Puff – so jedenfalls hatten sich solche Weiber in einer Realityserie präsentiert, die sie im Vorjahr wochenlang im Vorabendprogramm verfolgt hatte. Und der schwarz gewandete Typ mit seinem breiten Goldkettchen, der ihren Beobachtungen nach fast jeden Abend vor dem Tresen hockte und die Tussen fast unablässig hinten und vorne betatschte – wenn es sich bei dem um keinen Zuhälter handelte, wusste sie auch nicht weiter.

Theresa gegenüber freilich hielt sie sich mit solchen Vermutungen zurück, hatte die Frau doch genug abartiges Geschwätz am Hals. Die Seitenwand von Lauras Zimmer war erst vor ein paar Jahren eingezogen worden, um aus einem großen zwei kleine Räume zu machen, sie hatte es ihr noch nicht lange erzählt, die Gewissheit im Blick, dass Laura – ob sie wollte oder nicht – oft genug Ohrenzeuge von dem wurde, was nebenan gesprochen wurde. Vertraulich, wie Theresa betonte. Manchmal nahm die Pfarrerin ihre Besucher mit in ihr Wohnzimmer, vielleicht weil sie Lauras Ohren doch etwas fürchtete.

Voll Psycho, was die arme Frau sich alles anhören musste! Vom Gejammer darüber, dass Theresa das wöchentliche Treffen des Frauenkreises am Donnerstagabend schon wieder versäumt hatte bis zur Beschwerde, dass sie letzte Woche von einem ungenannt bleiben wollenden Zeugen in der Begleitung eines fremden Mannes in einer Wirtschaft im Stuttgarter Westen beobachtet worden war.

»Noi, Frau Pfarrer, also so goht's net!«

Wie hält die arme Frau das nur aus, fuhr es ihr ein ums andere Mal durch den Kopf, wenn sie – die Musik abgestellt, um besser meditieren und zuhören zu können – mit einem Ohr an der Wand, die Augen auf das Treiben in der Kneipe gegenüber gerichtet, das Palaver nebenan wieder verfolgte, wie schafft sie es nur, fast immer ruhig zu bleiben?

Ein Mal, etwa zwei Wochen nachdem Laura ins Pfarrhaus gezogen war, hatte Theresa sie zu einem Gespräch mit einer der alten Hexen gebeten, die sie alle paar Tage in absolut dringender, um keine Sekunde aufzuschiebender Angelegenheit aufsuchten. Die Augen vor Neugier weit aufgerissen war die schon deutlich angegammelte Zicke auf sie zugestürmt und hatte sie ausgiebig von oben bis unten gemustert, Theresas vorstellenden Worten kaum Beachtung schenkend.

»Das ist Laura, meine neue Mitbewohnerin und das ist die liebe Frau Staible aus unserer Gemeinde.«

»Soso«, hatte die seltsame Tussi gegrummelt, »wisset Se, junges Fräulein, mir dätet jo scho gern wisse, wer do in oserem Pfarrhaus alles raus ond noi goht.«

»Bisher hat sich leider noch keine Gelegenheit ergeben, Laura vorzustellen«, war Theresa beschwichtigend auf den Vorwurf eingegangen, »aber jetzt wissen Sie ja Bescheid, Frau Staible.«

»Aber die andere wellets au wisse.«

»Na ja, ich denke, dafür werden Sie schon sorgen.«

Wie Theresa es schaffte, im Umgang mit all den verschrobenen Gruftis so freundlich zu bleiben, war Laura ein Rätsel. Sie jedenfalls hätte das nicht gekonnt. Manchmal war sie nahe dran, mit ihren Fäusten an die Wand zu schlagen, wenn sie wieder einmal mitbekam, was der Pfarrerin so vorgejammert wurde ...

Zwei nicht allzu weit entfernte Stimmen rissen sie aus ihren Gedanken. Gerade hatte sie es sich gemütlich gemacht, den Kopf zurückgelehnt und den ersten Zug aus ihrer frisch gedrehten Zigarette inhaliert ... Erschrocken richtete sie sich auf, sah zwei Männer keine zweihundert Meter von ihr entfernt Hand in Hand über die Wiese schlendern. Lachend, scherzend, einander nicht aus den Augen lassend.

Voll Psycho, zwei Schwule! Hier in der Pampa, irgendwo auf der Schwäbischen Alb, am Ende der Welt. So was hatte sie noch nicht mal in Stuttgart erlebt.

Sie suchte hinter einem dichten Hartgrasbüschel Deckung,

blies den Rauch vorsichtig zur Seite. Die beiden Männer, Gruftis weit jenseits der Zwanzig, blieben am Rand eines kleinen Felsens stehen, der vor ihnen aus dem Gelände ragte, blickten hinunter ins Tal. Die roten Ziegeldächer des kleinen Orts waren zu erkennen, der sie nur um wenige Meter überragende Turm der Kirche, das graue Band der Straße, auf dem sich ab und an ein Fahrzeug zeigte. Laura sah, wie einer der Männer dem anderen sorgsam über die Haare fuhr, kicherte leise. Wahnsinn, die sind ja richtig verknallt! Wie ein junges Liebespaar!

Sie hatte schon vieles gesehen, was zwei Menschen so miteinander anstellen konnten. Freiwillig und unfreiwillig. Seit mehreren Jahren schon. Oft genug zu Hause, wenn ihre Mutter wieder einen ihrer »Freunde«, wie sie die Wichser oft genug beschönigend beschrieb, mit in die Wohnung geschleppt und sich dort, beide mehr oder weniger vom Suff gezeichnet, bei offener Schlafzimmertür von ihm hatte bespringen lassen – ein widerliches, von allzu lautem Geschrei und Gestöhne begleitetes Schauspiel, das Laura einmal, sie erinnerte sich noch genau an den Moment, mit einem halben Eimer Wasser unterbrochen hatte. Schrill kreischend hatte die Alte den Kerl von sich gestoßen und war aus dem Bett gesprungen, Gott und die Welt lauthals verfluchend. Laura hatte dem vor sexueller Gier sabbernden Kerl den Eimer an den Kopf geknallt, war dann voller Wut und Ekel aus der Wohnung gerannt und erst spät, lange nach Mitternacht wieder nach Hause zurückgekehrt. Der neue Freund war verschwunden, die Alte hatte die Nacht laut schnarchend auf dem Boden vor dem Bett verbracht.

Szenen wie diese hatte sie zudem zur Genüge auf dem Bildschirm verfolgt. Spätabends oder mitten in der Nacht, wenn sie wieder einmal vergeblich in der Hoffnung auf das späte Auftauchen der Alten wach geblieben war. Besonders beeindruckend war ihr das nie vorgekommen, eher seltsam und nicht ganz nachvollziehbar, weshalb um diese akrobatisch-gymnastischen Verrenkungen so viel Federlesens veranstaltet wurde, sich Weiber wie Männer zudem so sehr darum bemühten, einen Sparringspartner aufzutun. Aber fast immer waren das Angehörige verschiedener Geschlechter gewesen, nur selten Schwule oder Lesben.

Voll Psycho, wie die aneinander hingen! Sie starrte nach vorne, sah die Liebkosungen des kleineren Mannes, der seinem fast einen Kopf größeren Partner sanft über dessen dunkle Locken strich. Wenn das Theresa sehen könnte ...

Im selben Moment fiel es ihr ein. Sie griff nach ihrer Tasche, hatte das Handy in der Hand. Wie weit waren die Männer von ihr entfernt? Einhundert, zweihundert Meter? Eher an die zweihundert. Ob man das erkennen konnte? Oder war es bereits zu dunkel?

Sie hielt das Gerät vor ihr rechtes Auge, erschrak. Die beiden Schwulen hatten sich wieder in Bewegung gesetzt, schlenderten den Hügel aufwärts, geradewegs auf ihr Versteck zu. Ob die sie entdeckt hatten?

Sie duckte sich hinter das Hartgrasbüschel, spürte ihr Herz klopfen. Was wollten die Männer – eine unliebsame Beobachterin aus dem Weg räumen?

Ein stechender Schmerz fuhr ihr durch die linke Hand, ließ sie leise aufschreien. Verdammt, die Zigarette! Sie drückte das glimmende Monstrum in die Erde, blies den Rauch vorsichtig zur Seite. Noch schienen sie sie nicht geortet zu haben, noch führte ihr Weg nur grob in ihre Richtung, und falls sie nicht ...

Die Männer blieben stehen, schauten sich um, hinunter ins Tal. Nein, die hatten anderes im Sinn als einer verborgenen Voyeurin, oder wie man das nannte, nachzuspüren. Sie sah, wie der Kleinere dem Großen wieder über das Haar fuhr, verfolgte die Szene durchs Objektiv ihres Handy. Sechzig, siebzig Meter, weiter waren die nicht mehr entfernt. Sie schob das Gerät an dem Grasbüschel vorbei, nahm ihr Zielobjekt ins Visier. Die Männer waren voll im Bild. Der Kleinere, wie er dem anderen zärtlich durch die Locken strich, der Große, den Kopf des Freundes an der Brust. Und alles auf ihren Chip gebrannt. Wahnsinn, einfach Wahnsinn!

3. Kapitel

Als Braig und Neundorf endlich in Esslingen angelangt waren, hatten Rössle und Dolde den Mann gemeinsam mit zwei Beamten der örtlichen Schutzpolizei bereits aus der Wanne befreit. Es handelte sich um eine Wohnung im ersten Obergeschoss eines am Hang gelegenen, von akkurat kurz geschnittenem Rasen und einem weißen Holzzaun von der Straße abgesetzten, feudal aufgemachten Zweifamilienhauses in einer exklusiven, teuren Wohnlage, deren Schild von einem *Roland Allmenger* kündete. Derselbe Name, wusste Braig, auf den auch der gesuchte Internet-Anschluss zugelassen war. Er musterte die Tür, bemerkte Spuren gewaltsamen Eindringens.

»Wer ist dafür verantwortlich? Sie haben sie so vorgefunden?« Er wandte sich an den uniformierten Kollegen, der den Zutritt zur Wohnung bewachte, streifte sich wie seine Kollegin auch einen Schutzanzug über.

Der Beamte hob abwehrend seine Hände. »Nein, die Tür war ordnungsgemäß verschlossen. Keinerlei Einbruchsspuren. Die Zerstörungen stammen von uns. Wir hatten die ausdrückliche Weisung, schnellstmöglich ...«

»Ja, Sie haben vollkommen richtig gehandelt. In welchem Zustand befindet sich der Mann?«

»Er lebt. Wir haben ihn gemeinsam mit Ihren Spurensicherern befreit. Sie kamen kurz nach uns, wir betraten fast gleichzeitig die Wohnung. Er sieht aber sehr mitgenommen aus. Ist ja auch kein Wunder, bei dem, was er erdulden musste. Mein Kollege ist bei ihm. Wir haben den Notarzt verständigt.«

Braig dankte für die Auskunft, lief hinter seiner Kollegin in die Wohnung. Eine breite, hell erleuchtete Diele; vier Türen, die von ihr abgingen, der Boden aus hellem Parkett.

»Wo ist der Mann?« Er hörte das leise Stöhnen aus einem der Räume, betrat gemeinsam mit Neundorf das Zimmer.

Das Opfer lag einer Mumie ähnlich in mehrere Decken eingehüllt rücklings auf einem breiten französischen Bett, am ganzen Leib zitternd. Sein Gesicht war aschfahl, die Haare nass und von einer schlierigen Masse verklebt, die rechte Hand, der einzige Körperteil, der komplett aus den Decken herausragte, von ständiger Unruhe ergriffen. Das Alter des Mannes zu schätzen, war kaum möglich, sein Zustand zu sehr von dem erlittenen Schock geprägt. Zwischen vierzig und sechzig, überlegte Braig, so in etwa.

Er reichte dem uniformierten Kollegen, der sich Neundorf gerade als Herrmann Schüssler vom örtlichen Revier vorgestellt hatte, die Hand, sah die Ansammlung nasser und von einer teigigen Masse verschmierter Kleidungsstücke, die vor dem Bett auf dem Boden lagen.

»Ich habe ihm geholfen, sich auszuziehen«, erklärte Schüssler. »Die Decken lagen dort im Schrank.« Er wies auf das ganzflächig mit hohen Spiegeln ausgestattete Mobiliar hinter sich.

»Sie haben sich mit ihm unterhalten?«

Der uniformierte Beamte legte die Stirn in Falten. »Unterhalten ist zu viel gesagt. Ich fürchte, das wird so schnell nicht möglich sein. Er steht noch total unter Schock, wenn ich das richtig beurteile.«

Braig musterte das bleiche Gesicht des Mannes auf dem Bett, erkannte die typischen Gebärden einer traumatisierten Person. Unstet hin und her huschende Augen, nervöses Zucken der Lider, unkontrollierte Bewegungen der Lippen. Er brabbelte einem kleinen Kind ähnlich irgendwelche unverständliche Sätze vor sich hin, atmete in kurzen Stößen.

»Wissen Sie, ob es sich um Herrn Allmenger, den Wohnungsinhaber handelt?« Er sah, dass die Gestalt auf dem Bett keinerlei Reaktion zeigte.

Schüssler winkte ab. »Keine Ahnung. Wir fanden den Mann im Bad und befreiten ihn gemeinsam mit Ihren Spurensicherern aus der Wanne. Mehr kann ich Ihnen nicht sagen.«

Braig warf seiner Kollegin einen musternden Blick zu, bemerkte ihr Kopfschütteln.

»Wir können nur hoffen, dass der Notarzt bald auftaucht. Das wird eine Weile dauern, bis der wieder einigermaßen bei Verstand ist. Auf seine Aussage zu warten, hat keinen Sinn. Wir müssen auf anderen Wegen zu unseren Informationen kommen«, erklärte sie.

Braig stimmte ihr zu, bat den Beamten der Schutzpolizei, sich bis zum Erscheinen des Notarztes weiter um den Überfallenen zu kümmern. »Wo ist das Bad?«, fragte er.

Schüssler wies kommentarlos auf die gegenüberliegende Seite der Diele.

Die Kommissare folgten dem Fingerzeig, fanden Rössle und Dolde in dem schmalen, langgezogenen Raum über den Rand der Wanne gebeugt. Die Männer machten sich an der Einstiegshilfe zu schaffen, die etwa zwanzig Zentimeter aus dem mit einer teigigen Masse gefüllten Behältnis herausragte. Eine Vorrichtung, wie Braig sie von Altenheimen her kannte. Kalter Essensgeruch erfüllte den Raum.

»Oh, mein Gott, was für ein ekelhaftes Zeug!«, gab Neundorf ihre Abscheu zu erkennen. »Der lag wirklich hier drin?«

»Du hasch's doch gsehe, oder?«, brummte Rössle ohne aufzusehen.

»Mitsamt seinen Kleidern?«

»Komplett angezogen«, bestätigte Dolde. »Wir hatten Mühe, ihn aus dem klebrigen Morast zu befreien. Sein Hemd, die Hosen, alles war vollgesogen mit der Brühe.«

»Wenigstens habt ihr ihn vor dem Ertrinken gerettet.«

»So würd i des net sage«, mischte sich Rössle wieder ins Gespräch.

»Was soll das heißen?«, fragte Braig.

»Was des heiße soll? Ganz oifach: Dass der Kerle net am Ertrinke war.«

»Wie bitte? Aber wir haben doch selbst gesehen ...«

»Der war hier auf der Einstiegshilfe festgeschnallt. Mit diesen Gurten«, fiel Dolde ihm ins Wort, auf den Boden neben dem Wannenrand deutend, wo drei nasse, über und über verschmierte Lederriemen lagen. »Genau, wie wir es vermutet haben. Liegend allerdings, nicht sitzend. Die Knie gebeugt, die Füße auf dem Wannenboden. Meines Erachtens konnte der nicht ertrinken.«

»Du meinst ...«

»Knapp über dem Wasserspiegel«, meinte der Spurensicherer. »Die Einstiegshilfe war so arretiert, dass dem Mann etwa fünf Zentimeter blieben. So weit oder eigentlich noch etwas mehr ragte seine Nase aus der Brühe hervor. Außerdem konnte er sich die ganze Zeit mit seinen Füßen vom Wannenboden abstützen.«

»Er sollte also nicht ertrinken?«

»Wie wir das einschätzen, nicht, nein«, war Dolde sich sicher. »Die Einstiegshilfe war fest eingerastet, der Motor ausgeschaltet. Der Mann sollte leiden, nicht sterben.«

»Leiden«, wiederholte Braig.

»Eine Art Folter«, bekräftigte der Kollege, »brutale Folter. Der war ja völlig hilflos. Er konnte zu keinem Zeitpunkt abschätzen, ob die Einstiegshilfe hält oder ob er nicht doch in dieser widerlichen Brühe ertrinkt. In solch einer Situation bist du zu keinem vernünftigen Gedanken fähig. Dein Verstand ist völlig ausgeblendet. Panik, der war garantiert die ganze Zeit über in totaler Panik.«

»Dann handelt es sich wohl um einen Racheakt, ja?«

»Was weiß ich? Um das Motiv musst du dich kümmern, nicht ich.«

»Und wieso hat der eine Einstiegshilfe in seiner Badewanne? Ist der behindert?«

»Keine Ahnung«, antwortete Dolde. »Von einer Behinderung haben wir nichts bemerkt. Aber noch ist die Identität des Mannes ja nicht geklärt, oder? Vielleicht handelt es sich bei dem Opfer gar nicht um den Wohnungsinhaber.«

»Das müssen wir erst noch überprüfen, ja. Seltsam ist das mit der Einstiegshilfe schon. Oder kann die der Täter erst eingebaut ...«

»Nein, das bestimmt nicht. Die Halterung hier am Wannenrand zeigt Spuren der Abnutzung. Die ist schon eine Weile hier drin. Mehrere Monate bestimmt.«

»Was ist das für ein Zeug in der Wanne?«, fragte Neundorf mit vom Ekel verzogener Miene. »Irgendwelche gefüllten Nudeln oder so etwas?«

»Maultäschle«, antwortete Rössle. »Und i würd mol sage: Koi schlechte Sorte.«

»Meinst du?« Sie rümpfte die Nase, warf ihm einen skeptischen Blick zu. »Also, besonders appetitanregend finde ich den Duft nicht gerade.«

»Die send jo au kalt. Maultasche ghöret kocht und in heißer Brühe serviert, no riechet se au lecker. Aber der oder die Verbrecher hent jo anderes damit vorghabt.«

»Wo bekamen sie diese Massen her? Ich meine, normalerweise gibt es die doch nur in kleineren Portionen zu kaufen, oder?«

»En richtiger Schwob kauft koi Maultasche, der macht se selber!«, maulte Rössle. »Aber garantiert kriegsch se auch in große Portione. Wirtschafte und Großküche, die werdet scho wisse, wo des Zeugs zu finde isch.«

»Wo ist die Kamera?«, mischte sich Braig ins Gespräch. »Die Webcam?« Er bemerkte Doldes Fingerzeig, schaute nach oben zur Wand über der Badezimmertür, sah die kleine Apparatur. »Sie ist noch in Betrieb?«

Der Spurensicherer schüttelte den Kopf. »Wir haben sie ausgeschaltet. Sofort, noch bevor wir den Mann aus der Wanne befreit hatten. Das Verbindungskabel zum Laptop haben wir auch schon entfernt. Damit niemand drüber stolpert. Es liegt nebenan im Nachbarraum, samt dem Gerät. Keine Angst, wir haben alles fotografiert, so wie wir es angetroffen haben.«

»Das Zeug stammt vom Täter?«

»Der Laptop gehört wohl dem Wohnungsinhaber. Er trägt einen Aufkleber: Roland Allmenger. Aber wir haben ihn noch nicht überprüft. Die Kamera? Keine Ahnung. Vielleicht kommt sie wirklich vom Täter. Sie ist jedenfalls nur notdürftig mit starkem Klebeband festgemacht. Wir müssen sie noch genauer untersuchen.«

»Sie hat keine besonderen Merkmale?«

»Es handelt sich um ein besseres Fabrikat, wenn du das meinst. Aber du erhältst sie trotzdem in fast jedem Computerladen oder fast jedem Versand.«

»Das heißt, sie wird uns nicht viel weiterhelfen.«

»Ich fürchte, nein. Fast schon ein Allerweltsprodukt heute. Gute Technologie, wie gesagt , ja, aber ...«

Die fremden Stimmen im Vorraum ließen ihn verstummen. »Sind wir hier richtig bei Allmenger? Ich bin der Notarzt, wir wurden gerufen.«

Braig lief zur Diele, sah einen kleinen, in hellem Signalrot gekleideten Mann und eine blau gewandete, junge Frau im Schlafzimmer der Wohnung verschwinden. Er folgte ihnen, stellte sich vor, informierte sie darüber, was geschehen war.

Der Arzt begutachtete das Opfer, schüttelte dann mit vor

Überraschung weit aufgerissenen Augen den Kopf. »Mein Gott, wer macht denn so etwas?«, fragte er, den Kommissar mit seinem Blick taxierend. »Sie wissen, wer dafür verantwortlich ist?«

»Leider nicht«, bekannte Braig. »Wir konnten bisher ja nicht einmal mit ihm sprechen.« Er wies mit einer kurzen Handbewegung in die Richtung des Opfers.

Der Arzt öffnete einen kleinen, weißen Koffer, griff nach einer in Klarsichtfolie verpackten Ampulle. »Damit werden Sie auch noch etwas warten müssen«, erklärte er dann. »So leid es mir tut, der steht unter Schock. Ich werde ihm ein leichtes Sedativum verabreichen, das scheint mir notwendig. Und dann sollten wir ihn ins Klinikum überführen lassen, der muss genauer untersucht werden. Geben Sie ihm fünf, sechs Stunden, dann können Sie es vielleicht mal versuchen.«

»Sie lassen ihn ins Esslinger Klinikum bringen?«

»Das geht normalerweise am schnellsten. Sollte es aus irgendwelchen Gründen nicht klappen, gebe ich Ihnen Bescheid. Wenn Sie mir ihre Nummer ...«

Braig reichte dem Mediziner seine Visitenkarte, bedankte sich für sein Entgegenkommen. Er sah, wie der Arzt eine Spritze herrichtete, verabschiedete sich, lief über die Diele ins nebenan gelegene Wohnzimmer. Alles in dem Raum kündete vom Wohlstand des Besitzers. Eine breite, schwarze Ledercouch, zwei ebensolche Sessel, ein schmaler Glastisch, zwei etwas klobige, kirschbaumfarbene Vitrinen mit Unmengen von Gläsern, Tellern, Tassen und Schüsseln, zudem vielen Flaschen meist alkoholischen Inhalts. Außer dem Laptop und dem zu einer großen Schleife verformten Verbindungskabel auf dem Tisch deutete nichts in dem Zimmer auf einen Überfall oder ein Verbrechen hin, alles schien in bester Ordnung. Sofern das Opfer in der Wohnung überwältigt worden war, in diesem Zimmer konnte es kaum geschehen sein.

Der Kommissar lief zur linken Vitrine, zog eine der beiden im Sockelbereich des Möbelstücks angebrachten Schubladen vor. Akten, Formulare, Kontoauszüge, Ausweise. Volltreffer, überlegte Braig. Er griff nach dem in einer dunkelgelben Plastikhülle verwahrten Personalausweis, sah, dass er auf eine *Anna Allmenger* zugelassen war, geboren 1922. Das kleine Foto ließ eine vornehme, ältere Dame vorteilhaft zur Geltung kommen. Sie blickte mit wachen Augen in die Kamera, die weißgrauen Haare sorgsam in Locken gelegt. Die auf dem Dokument aufgeführte Adresse stimmte mit der der Wohnung überein.

Die Mutter des Opfers, überlegte Braig. Dem Alter nach durchaus möglich. Ob die Einstiegshilfe in der Badewanne ihrer Anwesenheit zuzuschreiben war?

Er griff erneut in die Schublade, hatte einen Packen Rentenbescheide in der Hand. Wieder auf Anna Allmenger ausgestellt. Der gesamte Inhalt schien der alten Dame gewidmet.

Braig legte die Papiere zurück, schloss die Schublade, zog die obere vor. Mehrere große, mit Bildern gefüllte Couverts, verschiedene Alben, zwei Brillen. Er griff nach einem der Fotobücher, einem mit kräftig roter Kunststoffimprägnierung versehenen Exemplar, schlug es auf, sah den Mann vor sich. Mehrere Jahre jünger zwar, zudem ordentlich frisiert und gekleidet, aber unverkennbar mit dem Menschen identisch, der im Nachbarraum in unzählige Decken gehüllt auf dem Bett lag. Irgendwo im Freien, auf einer Café-Terrasse vielleicht, in die Sonne blinzelnd. Darunter derselbe Mann, eine ältere Frau, der von dem Ausweis-Foto nicht unähnlich, im Arm. Anna Allmenger und ihr Sohn?

Der Kommissar stöberte mehrere Alben durch, fand erst in einem der prall mit Bildern gefüllten Couverts endgültige Gewissheit. Das mit *Fiona und Roland Allmenger laden zu ihrem zehnten Hochzeitstag* unterzeichnete Foto einer Frau und eines

Mannes in den Vierzigern, beide freundlich in die Kamera lächelnd. Es handelte sich um das Opfer, ohne Zweifel.

Braig nahm das Bild an sich, schaute den Inhalt der Schublade weiter durch. Unzählige Fotografien, der Farbqualität nach fast alle neueren Datums. Roland Allmenger und verschiedene Frauen, darunter auffallend viele fortgeschrittenen Alters, ab und an seine Mutter und seine Partnerin, meist in einem großen, parkähnlichen Gelände aufgenommen. Kaum Kinder, nur wenige jüngere Leute. Wie im Garten eines gut betuchten Altenheims. War die Mutter des Opfers inzwischen vielleicht dort untergebracht?

Der Kommissar suchte nach einem Adressbuch des Mannes, hatte keinen Erfolg. Er schob die Schublade zurück, machte sich an der anderen Vitrine zu schaffen. Umsonst, nur Decken, Servietten, Kerzen, Silberbesteck im unteren Schrankbereich verstaut.

Braig lief in die Diele, sah das Telefon auf einer hellen Anrichte stehen, ein modernes, silberfarbenes, mit Fax und Anrufbeantworter ausgestattetes Gerät. Die dunkelrote Adresstrommel unmittelbar dahinter fiel ihm erst auf, als er die wie ein Fragezeichen gekrümmte Blumenvase mit ihren poppig bunten Kunstblüten zur Seite geschoben hatte. Er rief als ersten Buchstaben das *A* auf, sah, dass er einen Volltreffer gelandet hatte. Von *Abele, Marion* bis *Axelson, Gerda* jede Menge Namen. Dazwischen mehrere *Allmengers*. Auch bei den anderen Buchstaben mehrere Einträge. Der Wohnungsinhaber schien sehr kontaktfreudig.

Braig zog sein Handy vor, gab die Nummer einer *Fiona Allmenger* ein. Dem Foto der Einladung zum zehnten Hochzeitstag nach wohl die Ehefrau des Opfers. Er ließ es mehrmals läuten, hatte keinen Erfolg.

Hinter der Nummer folgte ein doppelter Querstrich, danach eine weitere Ziffernfolge mit dem Vermerk *ber*. Beruflich, überlegte Braig. Er wählte die zweite Kombination, hatte die energisch klingende Stimme einer Frau am Ohr.

»Bering, ja.« Kurz, knapp, sachlich.

»Bering?«, wunderte er sich. »Ich suche eigentlich Fiona Allmenger.«

»Um was geht es?«

»Roland Allmenger.«

»Weshalb rufen Sie dann bei mir an?«

Braig spürte deutlich den Unterton in ihrer Frage. *Sie stören. Warum rufen Sie den Kerl nicht selbst an?* »Darf ich fragen, in welchem Verhältnis Sie ...?«

»Wieso wollen Sie das wissen?« Ihre Stimme gewann an Schärfe.

»Landeskriminalamt. Mein Name ist Braig.«

»Landes... Was ist passiert?«

»Wie stehen Sie zu Herrn Allmenger?«, wiederholte er.

»Wir waren miteinander verheiratet. Vor zwei Jahren haben wir uns endgültig voneinander getrennt.«

»Hat Herr... Ihr ehemaliger Mann eine neue Lebensgefährtin?«

»Sie haben Humor. Ich lebe mein eigenes Leben. Die Beziehungskisten meines Ex gehen mir am A...« Sie stockte, ließ ein kurzes Husten hören, setzte dann ein in deutlich vorsichtigerer Tonlage gesprochenes: »Ich bin nicht auf dem Laufenden, was ihn betrifft« hinzu.

»Sie haben keine Verbindung mehr zu ihm?«, fragte er. Wieso stehen dann aber gleich zwei Telefonnummern in seinem Adressenverzeichnis?, überlegte er.

»Gott, was heißt Verbindung?«, kam es aus dem Apparat. »Wie das halt so läuft in einer Beziehung, die zu Ende ist. Besser man geht auseinander, als dass man den anderen totschlägt.«

Braig horchte auf. War das der Hintergrund? Ein in Hass

und tiefgründige Verletzungen ausgearteter Ehekrieg, der jetzt in einem vorläufigen Höhepunkt gipfelte? Er ließ sich Zeit mit seiner Antwort, wusste, dass er die Frau persönlich sprechen musste. Was Roland Allmenger in der Wanne hatte erdulden und per Webcam auch noch zur Schau hatte stellen lassen müssen, ließ auf ein tiefes persönliches Zerwürfnis schließen. Eine Auseinandersetzung emotionaler Natur, die zumindest einen der Beteiligten so grundlegend verstört hatte, dass der Disput beinahe zu einem Kampf um Leben und Tod eskaliert war. Gescheiterte, in einem langwierigen Rosenkrieg auseinander gebrochene Ehen waren, das wusste Braig aus Erfahrung, oft genug der Nährboden für radikale Gewalt – allerdings fast immer mit den Frauen als Opfer und den Männern als Täter. Hatte er es im vorliegenden Fall mit einem Verbrechen dieser Kategorie, nur mit umgekehrten Aktivisten zu tun?

»Was ist los? Sind Sie noch dran?«

Die im energischen Tonfall vorgetragenen Fragen holten ihn in die Realität zurück. »Wir müssen miteinander sprechen«, gab er kurz und bündig zur Antwort. »So schnell als möglich.«

»Sie haben Humor«, erklärte die Frau. »Erst einmal erklären Sie mir, weshalb.«

»Das möchte ich Ihnen persönlich sagen«, erwiderte er. »Nicht am Telefon.«

»Ja, ist denn etwas Schlimmes passiert?«, fragte sie verunsichert.

»Lassen Sie uns persönlich darüber reden. Wo finde ich Sie?«

»Bei der Arbeit.« Sie stöhnte laut, ließ sich Zeit. »In Nürtingen. Bei der Firma Bresser. Sie kennen Nürtingen?«

Braig bejahte, hörte, dass ihr Arbeitsplatz keine fünf Gehminuten vom Bahnhof entfernt lag, kündigte sein Erscheinen innerhalb der nächsten beiden Stunden an. Er sah Neundorf in die Diele treten, beendete das Gespräch.

»Du hattest Erfolg?«, fragte sie.

»Seine Ex«, antwortete er, den auffälligen Satz seiner Gesprächspartnerin wiederholend. »›Besser man geht auseinander, als dass man den anderen totschlägt.‹«

»Oh, das könnte passen, ja.« Sie nickte. »Du willst sie dir anschauen?«

Er zeigte ihr das Foto des inzwischen geschiedenen Paares, merkte an ihrem Gesichtsausdruck, dass sie ihn ebenfalls sofort erkannt hatte.

»Roland Allmenger«, sagte sie.

»Trennung von seiner Frau vor zwei Jahren. ›Die Beziehungskisten meines Ex gehen mir am A... vorbei.‹«

»Rosenkrieg. Ja, das könnte es sein. Vielleicht ist die Sache eskaliert, und er hat sie ernsthaft bedroht oder gedemütigt. Und jetzt hat sie sich gerächt.« Sie schwieg einen Moment, überlegte. »Oder sie hat einen neuen Partner geschickt. Die unzerstörte Tür spricht auf jeden Fall für eine persönliche Auseinandersetzung. Vielleicht hat sie noch die Schlüssel für die Wohnung. Du hast sie gefragt?«

Braig schüttelte den Kopf. »Ich will sie vor mir sehen, wenn ich ihr diese Fragen stelle.«

Sie wusste sofort, was er meinte. Eine verdächtige Person am Telefon zu interviewen, ließ nur einen kleinen Teil der Antwort erkennen. Den nämlich, den der Befragte nach reiflicher Überlegung zum Besten zu geben bereit war. Was er aus guten Gründen nicht zum Vorschein bringen wollte, dem erfahrenen Ermittler aber durch seine Körpersprache, sein Verhalten, sein gesamtes Auftreten zumindest in Ansätzen verriet, blieb so verborgen. Deshalb war es wichtig, sich die entscheidenden Fragen für ein persönliches Gespräch vorzubehalten.

»Dann fährst du jetzt zu ihr.«

»Ich denke, das ist sinnvoll. Zumindest, um uns Klarheit zu

verschaffen, ob sie wirklich für die Sache infrage kommt.«

»Das ist richtig«, stimmte Neundorf ihm zu. »Derweil werde ich die Nachbarn befragen, ob ihnen heute Morgen eine Person auffiel, die das Haus hier betreten oder verlassen hat. Und dann ... Du hast ein Adressbuch mit den Namen seiner Bekannten entdeckt?«

Er zeigte auf die dunkelrote Trommel hinter dem Telefon. »Hier, mit unzähligen Einträgen. Wenn wir sonst nicht weiterkommen ...«

»Das ist gut«, zeigte sich seine Kollegin erfreut, »sonst haben wir nämlich wirklich nicht viel auf der Hand. Die Techniker«, sie zeigte in die Richtung des Badezimmers, »können nichts bieten, so sehr sie es versucht haben. Der Laptop, die Webcam, nirgends Abdrücke. Genauso die Einstiegshilfe und die Wanne. Der oder die Täter müssen Handschuhe getragen haben. Rössle untersucht gerade den Boden. Aber auch das scheint sinnlos. Sieht nicht gut aus.«

»Was ist mit dem Laptop? Ihr wisst, woher er stammt?«

»Dem Aufkleber nach gehört er Roland Allmenger. Dolde hat ihn kurz überprüft. Er ist mit einem Passwort geschützt. Das müssen sie erst noch knacken. Er will sich das Gerät später genauer vornehmen. Das dauert aber noch eine Weile.«

»Und die Webcam ist wirklich überall erhältlich?«

»Dolde ist sich sicher. Er meint, wir hätten im Amt mehrere Exemplare vom gleichen Fabrikat. Gute Qualität, aber ...« Laute Stimmen aus dem Treppenhaus ließen sie mitten im Satz verstummen.

»Und da ist es notwendig, dass Sie sich persönlich um den Tatort kümmern?«, fragte ein Mann.

»Im Duktus expliziter Effizienzoptimierung dieser Investigation ...«

Neundorf schimpfte laut. »Mein Gott, der hat uns gerade noch gefehlt!«

Braig benötigte keine Hilfe, um zu begreifen, was sie meinte. Er spürte die Gänsehaut, die sich unwillkürlich auf seinem Rücken ausbreitete, verkrampfte am ganzen Körper. Söderhofer, der Staatsanwalt.

»Hast du das Rindvieh ...?« Die Miene seiner Kollegin war rot angelaufen.

Er schüttelte den Kopf, hörte die Stimme des Mannes unmittelbar vor der Tür.

»... als Spin Doctor des Investigation-Teams.«

»Dann wünsche ich Ihnen viel Erfolg«, erklärte der andere.

Braig trat zur Seite, sah Neundorf in einen der Wohnungsräume verschwinden. Die Tür schwang auf, Söderhofer, gefolgt von einem in rotweiße Arbeitsmontur gekleideten Sanitäter betrat die Diele.

Der Staatsanwalt blieb mitten im Eingangsbereich stehen, versperrte mit seinem massigen Körper den gesamten Raum. »Das LKA, da schau her«, dröhnte sein kräftiger Bass. Er reichte dem Kommissar die Hand.

Braig schob den Kopf zurück, um dem modrigen Schwall intensiven Mundgeruchs auszuweichen, der ihm entgegenwaberte, spürte den laschen Händedruck des Mannes. Wie immer bei Söderhofers Begrüßung fühlte er sich an die versehentliche Berührung eines glitschigen, auf einem Marktstand zum Kauf angebotenen Fisches erinnert. Er warf einen Blick auf die feucht glänzenden, üppig gegelten Haare seines Gegenüber – ein Markenzeichen des Staatsanwalts, dachte an all die Horrorstorys, die über den Mann im Umlauf waren. Söderhofer, des Oberstaatsanwalt Kochs eifrigster Speichellecker, sein ungeniertester Zuträger, von unglaublichem Ehrgeiz getrieben, Tag und Nacht im Einsatz, jede von ihm betreute Untersuchung akribisch verfolgend.

Natürlich war Braig am Anfang, als er die ersten Gerüchte gehört hatte, skeptisch bezüglich deren wahrem Hintergrund, hatten sich doch schon zu viele dieser Legenden eher als Verleumdung oder zumindest falsche Einschätzung einer bisher noch unbekannten Person erwiesen, mit der Zeit jedoch hatte sich eines dieser angeblichen Vorurteile nach dem anderen als weitgehend korrekt herausgestellt. Jawohl, Söderhofer war einer von Kochs eifrigsten Speichelleckern, einer seiner ungeniertesten Zuträger, Braig hatte es anlässlich zweier verschiedener Untersuchungen selbst erlebt. Jawohl, Söderhofer war von unglaublichem Ehrgeiz getrieben, wenn es sein musste, Tag und Nacht im Einsatz, im Gegensatz zu seinen Kollegen fast jede von ihm betreute Untersuchung akribisch verfolgend, der Kommissar hatte das wie seine Kollegin zur Genüge während mehrerer Ermittlungen über sich ergehen lassen müssen. Was, um alles in der Welt, hatte er sich in solchen Momenten immer wieder gefragt, veranlasste den Staatsanwalt, sich überall so ins Abseits zu stellen, die Antipathien, die Wut und die Verachtung derer zu entfachen, die mit ihm zu tun hatten?

Er wusste es nicht, fand keine Antwort auf diese Frage. Ehrgeiz, bis zum Wahn gesteigertes Verlangen, emporzukommen, Karriere zu machen, es allen zu zeigen – und sei es auch um den Preis völliger Isolierung, jeden Verlustes normaler menschlicher Beziehungen? Oder die Gier, sich abzuheben aus der Masse, aufgenommen zu werden in den elitären Zirkel derer, die – jedem demokratischen Gedanken abhold – längst damit beschäftigt waren, das Wohl und Wehe dieser Gesellschaft zu bestimmen, die Entwicklung in andere, ihren eigenen Interessen dienlichere Bahnen zu lenken?

Braig kam nicht dazu, weiter über Söderhofers absonderliches Verhalten zu sinnieren, sah sich von dessen: »Wie geht es Ihrem Sohn?«, in die Realität zurückgeholt. Die Zeiten, in denen ihn die verqueren Fragen des Staatsanwalts nach seinen persönlichen Verhältnissen in irritierende Grübeleien zu versetzen vermochten, waren zum Glück vorbei. Für Söderhofer schien es als Nachwuchs nur Angehörige des männlichen Geschlechts zu geben, soviel hatte er inzwischen begriffen. Dass er seit über einem Jahr glücklicher Vater eines gesunden Mädchens war, überforderte offensichtlich die intellektuelle Speicherkapazität des Staatsanwalts.

»Unserer Tochter geht es gut«, erwiderte er mit kräftiger Stimme, mehrere Deut lauter als sonst. Vielleicht halfen die zusätzlichen Dezibel den kognitiven Fähigkeiten seines Gesprächspartners auf die Sprünge. »Danke der Nachfrage.« Dass er wieder einmal wenig geschlafen, ebenso wie seine Partnerin Ann-Katrin mehrfach in der Nacht von den Schreien der Kleinen aufgeweckt worden war, wozu sollte er es hier offen legen?

Er sah, dass Söderhofer sich von ihm abgewandt hatte und in die Richtung der offenen Türen schielte, hörte das kräftige Räuspern des Sanitäters. »Verzeihung, aber ich sollte ...« Der Mann hatte Mühe, die breite Gestalt des Staatsanwalts zu passieren, schob sich gerade an ihm vorbei, als Rössle in der Diele auftauchte, die beiden Neuankömmlinge mit kritischer Miene musternd.

»Alle Idiote von Sindelfinge, dürft i die Herre bitte, Schutzkleidung azulege?«, maulte der Techniker. »Oder wellet Sie die Spuresicherung selbscht übernehme?«

Der Sanitäter räusperte sich verlegen. »Tut mir leid, aber ich wusste nicht ...«

Rössle griff in eine Tasche seiner Arbeitshose, zog mehrere Plastiküberzüge vor, reichte sie den beiden Männern. »Über die Händ und die Schuh!« Er wartete, bis sie ihm Folge geleistet hatten, zeigte dann dem Sanitäter, wo das Opfer zu finden war. Der Mann stakste einem Storch ähnlich mit Riesenschritten zu dem Raum.

»Wie steht es mit der Investigation?«, fragte Söderhofer. »Feasibility-Studies sind präpariert?«

»Der Mann hat überlebt«, erklärte Braig. »Die Kollegen konnten ihn befreien. Es lag wohl keine Absicht vor, ihn zu töten. Es handelte sich eher um eine Art Folter. Er ist bei Bewusstsein, aber nicht ansprechbar.«

»Folter? Sie haben das Antezedens evaluiert?«

Der Kommissar kannte die gestelzte Ausdrucksweise seines Gegenüber, fühlte sich dennoch genervt. Söderhofer evaluierte und investigierte den halben Tag, warf mit sämtlichen Fremdworten um sich, die in Managementberatungskursen als gerade angesagtes Vokabular angepriesen wurden. Ob sich ihm ihr korrekter Sinn auch nur annähernd erschloss, wagte nicht nur Braig zu bezweifeln. Wahrscheinlich war dem Mann nicht einmal bewusst, wie sehr er mit seinem elitären Gehabe alle nervte, die beruflich mit ihm zu tun hatten.

»Quos deus perdere vult, dementat prius.« Rössles kräftige Stimme riss ihn aus seinen Gedanken. Der Spurensicherer deutete einen militärisch anmutenden Gruß an, drehte sich auf der Stelle um, verschwand im Bad.

»Ich nehme an, die Bilder von ihm und der gefüllten Wanne sind Ihnen bekannt. Mehr muss ich dazu wohl nicht sagen«, erklärte der Kommissar, die rot angelaufene Miene des Staatsanwalts vor sich. Der Mann starrte dem Techniker hinterher, unfähig, auf dessen Provokation zu reagieren.

»Alle achtzig Deifel von Sindelfinge, den Sparrefantel kauf i mir«, hatte Rössle ihm vor Wochen nach einer jener nervenden Situationen mitgeteilt, in denen die Zusammenarbeit mit Söderhofer fast unausweichlich kulminierte, »dem arrogante Spruchbeutel begegn i uf gleicher Höh.«

Seither ließ er bei fast jeder Begegnung mit dem Mann ein auswendig gelerntes lateinisches Sprichwort von sich, dessen Übersetzung, wie Braig inzwischen wusste, einer gewissen Spitze und Schärfe nicht entbehrte. »Wenn der moint, er könnt mir mit seine gschwollene Fremdwörter imponiere, no zeig i dem, dass i des genauso kann. I han zwar net studiert wie der hohe Herr, aber blöd bin i deswege no lang net.«

Aus diesem Grund war er, wie er dem Kommissar offenbart hatte, beim Lateinlehrer seiner jüngeren Tochter Ulrike vorstellig geworden und hatte den Mann um eine Handvoll Sprichworte der antiken Sprache ersucht. Der leutselige Oberstudienrat war vor lauter Begeisterung über das Interesse an seinem Fach bereitwillig auf Rössles Wunsch eingegangen und hatte ihm eine ganze Liste pikanter lateinischer Zitate zusammengestellt, die Übersetzung selbstverständlich anbei.

Braig wusste nicht, ob Söderhofer die alte Sprache beherrschte, den Sinn des jeweiligen Sprichwortes erkannte. Er selbst hatte die Restbestände seines auf einem humanistischen Gymnasium erworbenen Abiturs zusammengesucht und mit Rössles Hilfe zur Übersetzung gefunden. *Quos deus perdere vult, dementat prius*. Die, die Gott verderben will, lässt er vorher wahnsinnig werden.

»Wer net mehr alle Tasse im Schrank hat, ka net begreife, wie's um ihn stoht«, hatte der Spurensicherer kommentiert. Musste man wirklich genauer darauf eingehen, wen er damit meinte?

»Mit wem haben wir es zu tun? Eine Persönlichkeit von Rang?«

Söderhofers Frage holte ihn in die Wirklichkeit zurück. Eine Persönlichkeit von Rang? Braig schnappte lauthals nach Luft. Ist das unser einziges Problem, schoss es ihm durch den Kopf, ob es sich bei dem Opfer um eine Persönlichkeit von Rang handelt oder nicht, was immer man sich unter diesem Begriff vorstellen mag? Irgendeiner von der höheren Kaste, von denen, die im Hintergrund die Fäden zogen, die anderen zwangen, ihren Weisungen zu folgen, allen demokratischen Idealen zum Trotz? Er hatte keinen Zweifel, dass sich Söderhofer selbst genau zu dieser Truppe zählte. »Es handelt sich um Roland Allmenger, den Wohnungsinhaber«, antwortete er.

»Sie haben seine Profession investigiert?«

Braig fühlte sich von dem Gespräch mit dem Mann zunehmend genervt, schüttelte den Kopf. »Allmengers Beruf? Nein.« Er überlegte, wie er sich schnellstmöglich von der Gegenwart des Staatsanwaltes befreien konnte, erkannte die Chance. »Ich bin gerade auf dem Weg zu seiner ehemaligen Frau, um mir Auskunft darüber zu holen. Sie hat nicht viel Zeit, ich muss mich beeilen.«

»Zu seiner ehemaligen ...« Söderhofers Stirn lag in Falten. »Geschieden? So oaner?«

Von der Sorte also, arbeitete es in ihm. Braig kannte sein Gegenüber inzwischen gut genug, dessen Gedanken zu erahnen. Ein geschiedener Mann, einer, der den Weg von Anstand und Moral also verlassen hatte oder – noch schlimmer – an eine jener schrecklichen Emanzen geraten war, die nicht mehr im Kinderkriegen, treu den Mann und den Nachwuchs Umsorgen, die Unterhosen des Gemahls und die Windeln der Sprösslinge Waschen den allein selig machenden Sinn ihrer Existenz erblicken wollten. Verkommene, böse, kranke Welt! Musste man sich wirklich wundern, dass es so viel Mord und Totschlag gab? Geschieden, pfui Teufel! Was für ein verrohter Mensch.

»Geschieden, ja«, bestätigte der Kommissar. »Die Frau wartet auf mich. Ich habe mich bei ihr angekündigt.«

»Wie, Sie wollen gehen? Kein Brainstorming mit den Kollegen, kein *Jour fixe*?«

Braig warf einen demonstrativen Blick auf seine Uhr, täuschte Erschrecken vor. »Zehn nach elf, mein Gott! Es tut mir leid, Allmengers Frau, sie hat nicht viel Zeit, Sie verstehen?« Er merkte, dass der Mann noch etwas fragen, ihn erneut mit einem seiner abgehobenen Ausdrücke belästigen wollte, schob sich an ihm vorbei, drückte sich ins Treppenhaus.

»Aber die Investigation ...«

Er nahm zwei Stufen auf einmal, ersparte sich den Rest des Gelabers. Den Schutzanzug, in dem er steckte, streifte er erst unten unmittelbar vor der Haustür ab.

4. Kapitel

Nürtingen, die Stadt der Witwen, erinnerte sich Braig in einem historischen Essay gelesen zu haben. Vom frühen 15. bis ins späte 17. Jahrhundert hinein pflegte das württembergische Herrscherhaus die Witwen der verstorbenen Grafen und Herzöge im beschaulichen, aus einer Burg hervorgegangenen Nürtinger Schloss unterzubringen. Das mächtige Flügelgebäude über dem Neckar bot eine prächtige Aussicht über das gesamte, damals wohl noch sehr ruhige Tal direkt auf den steil ansteigenden Albtrauf. Aufregende Ereignisse blieben den Damen – zumindest außerhalb der häufigen Kriegszeiten – weitgehend erspart, die kleine Stadt war wohl eher geeignet, ihnen einen geruhsamen Lebensabend zu vermitteln. Nicht alle hatten diese Situation als das große Glück wahrgenommen, vielen war der Aufenthalt hier eher von Langeweile geprägt erschienen, wie historische Zeugnisse verrieten.

Davon konnte heute nicht mehr die Rede sein, war Braig sich bewusst, als er den Zug in Nürtingen verließ und in das quirlige Treiben der Stadt am Neckar eintauchte. Und Fiona Bering, die geschiedene Frau Robert Allmengers als trauernde Witwe zu betrachten – nichts schien weiter von der Realität entfernt. Bei der Frau handelte es sich vielmehr um eine große stattliche, pure Lebenslust ausstrahlende Person mit bis auf die Schulter reichenden, hellblonden Haaren. Sie trug einen dunkelgrauen, akkurat sitzenden Hosenanzug, eine hellrosa Bluse sowie einen türkisfarbenen Seidenschal, der einer Fliege ähnlich um ihren Hals drapiert war. Braig hatte zwar Schwierigkeiten, sie mit der Frau auf dem Foto in Allmengers Wohnung in Verbindung zu bringen, weil sie mit dem unscheinbaren Wesen dort nur wenig gemein zu haben schien, wusste aufgrund der kräftigen Stimme und des von überschwenglichem Selbstbewusstsein kündenden Tonfalls dennoch sofort, dass er ins richtige Büro getreten war.

»Hereinspaziert«, schallte es ihm entgegen. »Immer schön hereinspaziert. Nur keine Scheu. Unsere Empfangsdame hat Sie mir avisiert.« Sie musterte ihn abschätzend. »Für einen Polizeibeamten kommen Sie mir ganz schön schüchtern daher.«

»Sie haben kein Schild an der Tür«, versuchte er sich zu rechtfertigen, ihre Blicke wie Röntgenstrahlen wahrnehmend. »Ich wusste nur, erstes Obergeschoss, zweites Zimmer links.«

»Malerarbeiten«, erklärte sie den Makel. »Die sind immer noch nicht ganz fertig.«

Braig zog seinen Ausweis aus der Tasche, zeigte ihn seinem Gegenüber.

»Ich möchte zu Frau Bering«, hatte er sich an der Pforte vorgestellt, einem wachhundähnlichen, weiblichen Wesen auf dessen ausdrückliche Anordnung hin seine Kennkarte entgegenstreckend. Erst nach eingehender Prüfung hatte sie ihm den Zutritt zu dem im modernsten Design hergerichteten Gebäude erlaubt.

»Ja gut, ich glaube Ihnen«, erteilte ihm Fiona Bering Absolution. Sie thronte hinter einem mächtigen Schreibtisch auf einem weit schwingenden, mit dicken Polstern ausgestatteten, bis zum höchstmöglichen Punkt geschraubten Drehstuhl, bat ihn, Platz zu nehmen. Schreibtisch wie Drehstuhl standen auf einem etwa zwanzig Zentimeter hohen Podest.
»Zu unserer Personalchefin«, hatte das streng blickende Wesen am Empfang geäußert, »ob Frau Bering wirklich Zeit für Sie aufbringen kann?«

»Sie kann«, hatte er gewagt, zu erwidern, sich das »garantiert« aber verkniffen.

»Es geht also um meinen Ex«, erklärte Fiona Bering, nachdem er sich auf einem der beiden auffallend niedrigen Besucherstühle niedergelassen hatte und, den Kopf nach hinten gereckt, zu dem aus großer Höhe auf ihn herunterblickenden Gesicht aufsah. »Darf ich wissen, weshalb Sie da meine Zeit in Anspruch nehmen?«

»Na ja, ganz fremd ist er Ihnen wohl nicht. Immerhin haben Sie einige Jahre Ihres Lebens gemeinsam mit ihm verbracht.«

»Leider, ja. Könnte ich es rückwirkend ändern ...« Sie wischte mit einer abschätzigen Bewegung durch die Luft.

»Sie haben sich nicht als Freunde voneinander getrennt?«

»Ich weiß nicht, was Sie das angeht. Wenn Sie sonst keine Fragen haben, möchte ich Sie doch eindringlich bitten, meine wertvolle Zeit nicht länger unnötig mit Ihrer Anwesenheit zu verschwenden.«

Braig fühlte sich zunehmend genervt. Sein Hals schmerzte, er hatte keine Lust, seinen Kopf noch länger in diese abnormale Haltung zu zwängen. Das herrische Getue, die absurde Einrichtung der Sitzordnung in diesem Raum waren kaum zu ertragen. Die ungenierte Art, zu zeigen, wer in dieser Firma etwas zu sagen und wer den Mund zu halten hatte, machte ihm zu schaffen. Er wusste aus unzähligen Besuchen verschiedener Firmen und Behörden, dass immer mehr Mitarbeiter solch erniedrigenden Machtdemonstrationen skrupelloser Möchtegern-Diktatoren ausgesetzt waren, musste dennoch jedes Mal mit sich kämpfen, ruhig zu bleiben. Woran lag es nur, dass so auffallend viele Menschen, Männer wie Frauen, den Aufstieg in Führungspositionen charakterlich offensichtlich nicht verkrafteten und zu ungenierten, ihre Untergebenen traktierenden und schikanierenden Ellenbogen-Monstern mutierten?

»Was ist los? Hat es Ihnen die Sprache verschlagen?«, polterte die Frau.

Er musste sich zurückhalten, nicht aufzuspringen und sein

arrogantes Gegenüber von seinem hohen Stuhl zu katapultieren. »Wo waren Sie heute Morgen?«, fragte er deshalb ohne freundliche Überleitung, auf jede höfliche Floskel verzichtend. Er sprang von seinem Sitz, baute sich direkt vor dem Schreibtisch auf.

Die Frau warf ihren Kopf zurück. »Wie bitte?« Was erdreistet sich der Kerl, lag es in ihrem Blick.

»Heute, am frühen Morgen bis gegen zehn Uhr etwa«, insistierte er.

Fiona Bering schnappte nach Luft. Diese veränderte Machtkonstellation hatte sie, zumindest in diesem Raum, offensichtlich noch nicht erlebt.

»Was geht Sie das an?«

»Was mich das angeht?« Jetzt, im Stehen, war er trotz ihres bis zum Anschlag in die Höhe gedrehten Stuhls einen Kopf größer als sie. »Ich glaube, Sie haben nicht begriffen, welchen Beruf ich ausübe.«

Sein Gegenüber schien immer noch nicht sonderlich beeindruckt. »Mein Ex. Was ist mit ihm?«, fragte sie anstelle einer Antwort.

»Er wurde Opfer einer Gewalttat.«

»Heute Morgen?« Fiona Bering sprang von ihrem Stuhl, stützte sich auf ihren Schreibtisch, starrte Braig in die Augen. »Was ist ihm zugestoßen? Er ist ...« Sie musste die Befürchtung nicht aussprechen, ihr Gesicht sprach Bände.

Braig wartete eine Weile, ließ sie bewusst zappeln, schüttelte erst, nachdem sie ihn mit immer heftigeren Handbewegungen dazu aufforderte, sich zu erklären, den Kopf. »Nein, er lebt.«

Die Erleichterung sprach aus allen Poren ihres Körpers. Sie richtete sich abrupt zu voller Größe auf, blies einen Schwall Luft von sich. »Was ist passiert?«

»Ihr Mann wurde in seiner Wohnung überfallen und misshandelt«, sagte er.

»Wie misshandelt?«

»Er wurde in seiner Badewanne festgebunden. Das Wasser reichte ihm fast bis zur Nase.«

»Wie bitte? Soll das ein Witz sein?«, rief sie ungläubig.

»Dann wäre ich nicht hier. Aber sagen Sie mir jetzt endlich: Wo waren Sie heute Morgen?«, drängte er.

Fiona Bering griff sich mit beiden Händen an den Kopf. »Das meinen Sie nicht ernst.«

»Doch.« Er sah deutlich, wie es in ihr arbeitete, befürchtete einen neuen Wutausbruch. Im gleichen Moment läutete das Telefon.

Sie starrte auf den Apparat, ließ sich auf ihren Stuhl fallen. »Also gut«, sagte sie, »damit Sie endlich Ruhe geben.« Sie zog ein Blatt Papier zu sich her, notierte eine Ziffernfolge, schob es ihm zu, griff nach dem Telefonhörer. »Was ist los?«, fragte sie in barschem Ton.

Braig hörte eine sanfte, männliche Stimme, sah, wie die Frau vor ihm sichtbar entspannte.

»Das ist ein guter Vorschlag«, sagte sie ins Telefon. »So machen wir das. Genau so. Sie kümmern sich darum?« Sie wartete auf die Bestätigung ihrer Anweisung, legte dann auf.

»Was ist das für eine Nummer?«, fragte Braig.

»Die meines Partners. Rufen Sie ihn an. Hier.« Fiona Bering schob ihm ihr Telefon zu.

Er gab die Ziffernfolge ein, hatte die Stimme eines Mannes am Ohr.

»Fiona, was gibt es?«

ISDN, überlegte er. »Ich muss Sie enttäuschen«, gab er zur Antwort, »ich rufe zwar vom Apparat Ihrer Partnerin aus an, aber...«

»Wie bitte?« Die Überraschung des Mannes am anderen Ende der Leitung war nicht zu überhören. »Was ...?«

Braig ließ ihn nicht ausreden, stellte sich vor.

Sein Gesprächspartner benötigte einige Sekunden, zu begreifen, fragte dann nach dem Grund seines Anrufes.

»Fiona Bering. Wo war sie heute Morgen?«

»Sie wollen wissen, wo Fiona heute Morgen ...?«

»Genau das, ja.«

Der Mann ließ ein lautes Lachen hören. »Wo wird sie gewesen sein? Bei mir, wie immer.«

»Geht das etwas genauer?«

»Fiona und ich leben zusammen, ich nehme an, Sie wissen Bescheid.«

»Wo?«, fragte Braig.

»In Großbettlingen. Hat sie es Ihnen nicht erzählt?«

»Bis jetzt nicht, nein. Wann haben Sie sich heute Morgen getrennt?«

»Kurz vor neun«, antwortete sein Gesprächspartner. »In Nürtingen, fünfzig Meter von Fionas Firma entfernt. Wie jeden Morgen.«

»Sie fahren zusammen?«

»Ja, mit meinem Wagen. Ich muss weiter nach Köngen.«

»Und vorher – Sie haben den ganzen Morgen gemeinsam verbracht?«

Der Mann lachte erneut. »Sie sind aber hartnäckig. Ja, wir waren zusammen. Den ganzen Morgen. Im Bett und am Frühstückstisch. Nur nicht im Bad und nicht auf der Toilette. Das erledigen wir getrennt, wenn es erlaubt ist?« Er formulierte den letzten Satz in ironischem Ton und als Frage.

»Das ist erlaubt, ja. Ich bedanke mich, Herr ...«

»Ach, Sie wissen nicht einmal meinen Namen? Köstner, Harald. Haben Sie noch weitere Fragen? Ich stehen Ihnen gerne zur Verfügung.«

»Das ist im Moment nicht nötig. Vielleicht später noch einmal, vielen Dank.«

»Gern geschehen. Richten Sie Fiona liebe Grüße aus. Und

ich wünsche ihr noch viel Vergnügen mit ihrem interessanten Gesprächspartner.« Sein Lachen schallte aus dem Lautsprecher, bis Braig aufgelegt hatte.

»Zufrieden?« Fiona Berings Miene war von einem breiten Grinsen überzogen.

Braig wusste, dass Köstners Antwort die Frau keineswegs von jedem Verdacht befreite. Seine Aussage konnte abgesprochen, er selbst an der Tat beteiligt oder allein dafür verantwortlich sein, zudem war es möglich, dass die Frau oder sie beide eine dritte Person mit dem Gewaltakt an ihrem ehemaligen Lebensgefährten beauftragt hatten. Noch allerdings verfügte er über keinerlei Anhaltspunkte, die Fiona Bering in besonderer Weise verdächtig machten. »Haben Sie noch Schlüssel zur Wohnung von Herrn Allmenger?«, fragte er.

Seine Gesprächspartnerin nahm wieder auf ihrem hohen Drehstuhl Platz, winkte mit der Rechten ab. »Wieso denn? Mein Gott, wir haben nichts mehr miteinander zu tun, begreifen Sie das denn nicht? Weshalb sollte ich Schlüssel zu seiner Wohnung besitzen? Die Sache ist vorbei!«

»Aber Sie wissen vielleicht, wer noch Schlüssel dazu hat.«

»Na, seine aktuelle Gespielin wohl«, antwortete sie, die letzten Worte anzüglich betonend, »vorausgesetzt, er wechselt sie nicht so häufig wie seine Unterhosen.« Sie bedachte ihn mit süffisantem Grinsen.

»Wechselt er die häufig?«, fragte er.

»Oh ja«, antwortete sie. »Das muss man ihm lassen. Roland ist eines der wenigen männlichen Exemplare, das sich wirklich täglich frische Unterwäsche leistet. Sommer wie Winter.«

»Das heißt, Herr Allmenger ist seit dem Ende Ihrer Beziehung kein Kostverächter, was das andere Geschlecht anbelangt.«

»Seit dem Ende unserer Beziehung?« Ihre Stimme hatte einen schrillen Tonfall angenommen. »Schon lange vorher.

Was denken Sie, warum ich einen Schlussstrich unter diese Sache zog?«

»Er hat Sie betrogen?«

Fiona Berings Gesicht gewann deutlich an Farbe. »Betrogen? Was geht Sie das an?«

Volltreffer, überlegte er, gab sich mit seiner Wortwahl aber Mühe, auf jede Schärfe zu verzichten. »Nichts, es sei denn, der Überfall hat damit zu tun.« Wobei ich den Mann fast verstehen kann, setzte er im Stillen fort. Sich in andere Beziehungen zu stürzen, um dem aggressiven Drachen wenigstens zeitweise zu entkommen, schien nachvollziehbar. Jedenfalls so, wie er das gegenwärtige Auftreten der Frau erlebte.

»Vielleicht hat sich eine seiner vielen Gespielinnen gerächt«, erklärte sie. »Wenn er sie so behandelt hat wie mich?«

»Das halten Sie für möglich?«

»Ich halte überhaupt nichts für möglich«, blaffte sie zurück. »Aber seit Roland so viel Geld hat, glaubt er, mit seinen Scheinen alles kaufen zu können. Einen Betthasen nach dem anderen. Vielleicht hat sich eine der Damen nach ihrem abrupten Rauswurf nicht damit besänftigen lassen.«

»Sie wissen nicht zufällig die Namen dieser Frauen?«

»Da müssen Sie sich einen anderen Idioten suchen. Fragen Sie doch seine Mutter. Obwohl ...«

»Allmengers Mutter? Wo finde ich die?«

»Na, bei ihm im Heim, die kann doch nicht mehr selbstständig leben.«

»In welchem Heim?«, fragte Braig.

»Na, in seinem Seniorenstift, wie er das vornehm formuliert. *Abendsonne.* Allein schon diese beiden Begriffe rechtfertigen einen monatlichen Aufpreis von mindestens hundert Euro pro Person. Ich kenne seine Taktik zur Genüge.«

»Was hat er mit diesem Seniorenstift zu tun?«

»Sie haben Humor. Er ist der Chef dieses Ladens. Wissen Sie das nicht?«

Deshalb die vielen Fotos älterer Menschen, überlegte Braig, die Aufnahmen vor allem weiblicher Senioren in einem parkähnlichen Gelände, die er im Wohnzimmer Allmengers entdeckt hatte. »Der Chef?«, vergewisserte er sich.

»Der Geschäftsführer, wenn Ihnen dieser Ausdruck besser behagt.«

»Handelt es sich um ein großes Haus?«

»Das kann man sagen, ja. Eigentlich sogar um vier verschiedene. Eins in Stuttgart, eins in Heilbronn, eins in Ulm und eins in Reutlingen. Vor zwei Jahren wurde er zum Big Boss ernannt.« Fiona Bering verzog ihre Miene zu einem verächtlichen Grinsen, als sie den letzten Satz formulierte.

»Geschäftsführer aller vier Seniorenheime?«

»Dafür hatte er jahrelang geackert. Einen nach dem anderen seiner Konkurrenten ausgebootet.«

Braig wurde hellhörig. »Konkurrenten? Es gab mehrere Interessenten für diesen Job?«

Die Frau ließ ein kräftiges Lachen hören. »Sie haben Humor. Wenn es um viel Kohle geht, stehen die Bewerber immer Schlange. Ist das bei Ihnen nicht so? Die vier Häuser fusionierten, damit waren drei Führungspositionen überflüssig. Dass er den Topjob erhielt, hat er nur seinen Ellenbogen zu verdanken. Eigentlich war schon ein anderer dafür vorgesehen.«

»Von wem sprechen Sie?«

Fiona Bering schüttelte den Kopf. »Das soll er Ihnen selbst erzählen. Er ist doch ...« Sie ließ den Rest des Satzes offen, musterte sein Gesicht. »Er ist doch davongekommen, wenn ich Sie richtig verstanden habe?«

»Ich denke schon«, antwortete Braig. »Aber es wird wohl eine Weile dauern, bis er wieder fit ist. Deshalb wäre es mir schon recht, wenn Sie mir genauer ...«

»Schmutzige Wäsche«, fiel sie ihm ins Wort. »Das war die unterste Schublade, verstehen Sie. Er hat ihn ausgetrickst, wie es widerlicher nicht geht. Beruflicher Ehrgeiz in Ehren, ich habe selbst gekämpft, bis ich diese Position erreicht hatte und verteidige sie mit Zähnen und Klauen, wie man so schön sagt.« Sie wies mit der Rechten auf ihren Schreibtisch. »Aber es gibt Grenzen. Jedenfalls für zivilisierte Menschen.« Sie hielt einen Moment inne, legte ihre Stirn in Falten. »Für zivilisierte Menschen schon. Aber nicht für Roland Allmenger. Im Notfall geht er über Leichen, um seine Ziele zu erreichen.«

»Wie heißt der Mann, um den es geht? Sie kennen seinen Namen?«

Fiona Bering lachte hämisch. »Ob ich seinen Namen kenne? Sie haben Humor. Es handelt sich um einen seiner Freunde. Marc Bumiller. Er war früher sein Chef, hat ihn gefördert, ihm den Aufstieg erst ermöglicht. Wir waren oft zusammen, Bumiller, dessen Frau, ihre gemeinsamen Kinder und wir. Bis Roland ihm die Sache mit der Erbschleicherei gut betuchter Senioren anhängte. Da war es vorbei.«

»Erbschleicherei?«, fragte Braig.

»Er bootete ihn aus, indem er das Gerücht in Umlauf brachte, Bumiller habe zwei reiche Senioren abgezockt, die kurz nacheinander in dessen Haus verstorben waren. Herzversagen, ohne konkreten Anlass. Sie wissen ja, wie das in solchen Fällen ist. Gerüchte sind schnell auf dem Markt. Und gleich, was sie tun, ein Teil davon bleibt immer hängen, so absurd es auch sein mag. Mein Ex nutzte die Chance, eiskalt. Ich konnte das nicht länger mit ansehen. Das war das endgültige Aus unserer Beziehung.«

»Was wurde mit diesem Bumiller? Er ging zu einem anderen Seniorenheim?«

»Zu einem anderen Heim? Mit dieser Legende? Das Gerücht von der Erbschleicherei hing ihm am Hals, da half ihm auch seine Anzeige gegen unbekannt nicht weiter. Nein, Bumiller war seinen Job los und seinen guten Ruf dazu. Erbschleicherei, das ist in diesem Metier tödlich. Was er heute macht? Ich glaube, irgendeine untergeordnete Tätigkeit in der Verwaltung einer Versicherung. Wir haben nicht mehr viel Kontakt. Ist ja nachvollziehbar, oder? Ich bin für ihn immer noch die Ehemalige dieses verkommenen Dreckschweins. Und an den möchte er durch nichts, aber auch gar nichts mehr erinnert werden.«

»Aber Sie wissen, wo er wohnt?«

Fiona Bering warf ihm einen durchdringenden Blick zu. »Sie glauben ...?« Sie ließ den Rest des Satzes offen, schüttelte den Kopf. »Mein Gott, da muss jemand meinem Ex ja ganz schön übel mitgespielt haben, wenn Sie jetzt auch noch Bumiller verdächtigen. Zugegeben, ich an dessen Stelle hätte wahrscheinlich Tag und Nacht darüber gebrütet, wie ich ihm das heimzahlen kann. Der Mann ist beruflich ruiniert, ohne Zweifel. Und sein Privatleben? Na, ich weiß nur, dass seine Beziehung stark in Mitleidenschaft gezogen wurde, wenn ich das mal vorsichtig formulieren darf. Aber das ist ja kein Wunder, bei diesem üblen Gerücht, das da über ihn verbreitet wurde.«

»Wo finde ich diesen Bumiller?«

Die Frau ließ einen tiefen Seufzer vernehmen, legte ihre Stirn erneut in Falten. »Mein Gott, sind Sie hartnäckig! Jetzt wollen Sie tatsächlich zu Bumiller und die ganze Geschichte wieder aufrollen?« Sie trommelte mit dem Zeigefinger ihrer rechten Hand auf den Schreibtisch, schüttelte den Kopf. »Das dürfen Sie ihm nicht antun, wirklich nicht. Und wenn er meinem Ex wirklich eine Abreibung verpasst hat ... Roland lebt, haben Sie erzählt, ja. Dann hat er es verdient. Wer immer ihm eine ordentliche Abreibung verpasst hat, mein Ex hat es verdient, ich kann es gar nicht oft genug betonen.« Sie tippte auf ihrer Computer-Tastatur, fuhr dann mit der Maus hin und her. Nach einer Weile ratterte der Drucker hinter ihr los. Fiona Bering drehte sich zur Seite, zog ein Blatt aus dem Gerät, warf einen kurzen Blick darauf, reichte es dann ihrem Besucher. »Hier«, sagte sie. »Damit Sie die ganze Scheiße wieder aufwühlen und den armen Mann noch einmal damit quälen können. Das ist seine Adresse. Jedenfalls soweit ich es weiß.«

Braig nahm das Blatt entgegen, überflog die Adresse. Jasmin und Marc Bumiller, Nagold im Schwarzwald, dazu die Straße und die Telefonnummer. Er wusste, wen er unbedingt als Nächstes sprechen musste.

5. Kapitel

Erst im schräg gegenüber, auf der anderen Straßenseite gelegenen Wohnblock hatte Neundorf Erfolg. Hier standen ausnahmslos Mehrfamilienhäuser mit dem Anschein nach weit weniger betuchten Bewohnern als oberhalb der Fahrbahn.

»Wenn Se wirklich wissen wollen, wat in diesem Haus, wat sache ick, wat in der janzen Straße vor sich jeht, müssen Se den dicken Diebele frachen. Der is besser informiert als früher de Stasi bei uns«, hatte sie in der Wohnung im Erdgeschoss, die genau unter der des Opfers lag, erfahren. »Ick persönlich kann Ihnen überhaupt nichts sachen. Ick bin hier nur die Putze und jerade vor zehn Minuten erst jekommen.«

Marianne Mikuleit war ihr in einer bunt geschecktem Arbeitsschürze gegenübergetreten, die Arme auf den Stil eines Besens gestützt, hatte ihr im breitesten Berlinerisch ihre halbe Biografie zu Füßen gelegt. Vor acht Jahren war sie aus Lichtenberg, »mitten im Herzen von Berlin, aba früher im Osten, in der DDR, wenn Ihnen dat was sacht, wa?«, nach Stuttgart gekommen, »wegen da Kohle, verstehn Se, wa? Is mir nicht leicht jefallen, hier ins Schwabenland zu kommen, dat kann ich Ihnen sachen, aber dat verstehen Se nich, wa?«

Inzwischen war sie nach Esslingen gezogen, wohnte ein Stück die Straße abwärts und verdiente ihr Geld als Bäckerei-Verkäuferin und zusätzlich als Putze bei mehreren Familien, »und früha, in der DDR war ick die Chefin vom zwoten Stellwerk der Bahn am Ostbahnhof und 'ner Brigade von achtzehn Mann, dat ham Se nich jedacht, wa? Der Ostbahnhof war der wichtigste Bahnhof in der Hauptstadt, Ost meen ick natürlich, Ost, und ick bin och studierte Elektro-Ingenieurin, det hab ick studiert in Magdeburg, verstehn Se, von der

Elektro-Ingenieurin und Brigadechefin von achtzehn Mann zur Putze für acht Euro die Stunde, wa? Ja, so is det Leben heute, jenau so.«

Marianne Mikuleit war achtundvierzig, wie sie Neundorf ausführlich erklärte, zwei Mal geschieden, »zwee Töchter von zwee Männern, wat willste mehr«, beide Kinder längst aus dem Haus und selbst verheiratet, »wir ham früh anjefangen, verstehste, wa? Mit achtzehn hab ick jeheiratet, damit ick en Grund hatte, von meine Alten rauszukommen, dat war damals die eenzige Jelegenheit, so war det eben. Sonst hättste och keene eigene Wohnung jekriegt, ohne Mann, meene ick, det war nich so wie hier im Westen. Mit neunzehn Mutter, die Kleene ufjezogen und sozusagen nebenbei studiert, ja und plötzlich war die Jugend vorbei, und du stehst mittenmang im Leben, so isset, wa?«

Neundorf hatte ihr, zuerst geduldig, dann immer öfter auf ihre Armbanduhr schielend, zugehört.

»Ja ja, ick weeß, Sie ham et eilig, wa. So is dat nu mal heute in unsere Zeit. Alle ham et eilig, keener hat mehr Muße oder wie man dazu sacht. Also, Sie wolln wissn, wer hier heute Morgen raus und rein jegangen is, wa?« Marianne Mikuleit sah das bestätigende Kopfnicken ihrer Gesprächspartnerin, wies zur Haustür. »Dann jehn Se ma rüber zum dicken Diebele und frachen Se den. Der weeß et, jarantiert. Wahrscheinlich hat er sich sojar de Minuten notiert, wie lange eener hier im Haus war und wann er et wieder verlassen hat. Der jlotzt den janzen Tach uf de Straße, dem entjeht nischt, sach ick Ihnen!«

Die Kommissarin hatte der Frau versprochen, ihre Empfehlung zu befolgen, sich dann Name und Adresse Marianne Mikuleits notiert. »Falls ich noch weitere Fragen an Sie hätte.«

»Jederzeit, jerne, dat is keen Problem«, hatte die sich bereiterklärt. »Und wenn ick nich zu Hause bin, finden Se mich in de Bäckerei Scheib. In der Stadt in der Nähe vom Bahnhof.«

Neundorf hatte sich freundlich bedankt, war dann über die Straße gelaufen, auf den Namensschildern des Mehrfamilienblocks nach *Diebele* suchend. Ein korpulenter Mann Mitte sechzig füllte den gesamten Türrahmen, als sie gerade auf den Klingelknopf drückte. Er trug ein rot-schwarz gemustertes Holzfällerhemd mit kurzen Ärmeln, das trotz XXL-Ausführung über seinem Bauch weit auseinanderklaffte und ein verblichenes, ursprünglich wohl weißes Unterhemd freilegte, dazu eine blaue Arbeitshose, hatte eine geöffnete Bierflasche in der Hand. Sein Blick war auf ihren rechten Arm gerichtet.

»Wieso schellet Sie bei mir?«, kam es vorwurfsvoll über seine Lippen.

Neundorf zog ihre Hand zurück, musterte ihn überrascht. »Sie sind Herr Diebele?«

»Wenn's recht ischd, ja.«

Sie trat zwei Schritte zurück, um der Bierfahne, vermischt mit Körperschweiß, auszuweichen, wartete, bis er schwer atmend vor den Briefkästen des Gebäudes Aufstellung genommen hatte, zeigte ihm ihren Ausweis. »Landeskriminalamt. Ich glaube, Sie können uns helfen.«

»Landeskriminal ...« Er beugte sich unwillkürlich nach vorne, starrte ihr mit von Überraschung geprägter Miene in die Augen. Sein Puls beschleunigte sich, die Arme gerieten in Bewegung. Er hauchte ein kaum vernehmbares »Polizei?«, setzte dann die Bierflasche an den Mund, nahm einen kräftigen Schluck.

Neundorf bestätigte seine Nachfrage mit einem Kopfnicken, bemerkte die Nervosität, die sich der schwergewichtigen Gestalt bemächtigte. Ob er schon in unliebsamen Kontakt mit ihren Kollegen geraten war? Ein alter Stammkunde gar?

»Mei liebe Lisbeth«, keuchte Diebele, »des han i net denkt.«

»Wieso? Was bringt Sie so außer Atem?«, erwiderte sie.

»Außer Atem? Mi bringt gar nix außer Atem«, erklärte er, »aber dass Sie moinet, i könnt eahne helfe!«

»Sie sollen sich gut auskennen hier.«

Der Mann wurde sichtlich verlegen. »Hano ja, ma dut halt, was mer ka. S' ischd wenig genug.«

»Sie sind oft zu Hause?«

»Wie's halt so ischd, net. Mei Füaß«, er deutete auf seine voluminösen Beine, machte eine unbeholfene Bewegung in ihre Richtung, »die wellet halt nemme so recht.«

Neundorf nickte, schaute in die Höhe. »Aber Sie haben eine schöne Wohnung.«

Diebele wandte den Kopf zur Seite, lächelte verlegen. »Hano ja, ma dut halt, was ma ka«, wiederholte er. »Aber des ischd eigentlich des Verdienscht von meinem Weib.«

Sie wunderte sich, dass die etwas ungepflegt wirkende Gestalt verheiratet war, zeigte über die Straße. »Sie haben nicht zufällig mitbekommen, wer heute Morgen dort drüben aus und ein ging?«, brachte sie ihr zentrales Anliegen direkt zum Ausdruck.

Diebele fühlte sich sichtbar geschmeichelt. »Hano ja, nadierlich.« Er nickte mit seinem Kopf. »Ihre Kollege, die Polizei, mir hent sie scho gsehe.«

»Die uniformierten Beamten?«

Der Mann bestätigte ihre Vermutung mit eifrigem Kopfnicken.

»Sie wissen, warum sie gekommen sind?«

Diebele hob schützend seine linke Hand in die Höhe. »Hano ja, die Leut saget, der Chef vom Altenheim sei umbracht worde.«

»Das stimmt nicht ganz«, erklärte Neundorf. »Der Mann wurde überfallen.« Sie sah die vor Neugier starr auf ihr Gesicht fixierten Augen ihres Gegenüber, fügte: »Aber er lebt«, hinzu.

»Er lebt«, wiederholte ihr Gesprächspartner, »do gucket na, no hot's mei Weib also doch richtig beobachtet.«

»Was hat Ihre Frau beobachtet?«

»Hano ja, wie die den naustrage hent, jetzt grad vor a paar Minute. Mei Weib sait, der hätt sich bewegt.«

»Das ist möglich«, bestätigte die Kommissarin, »ja.« Sie sah die Aufregung in seiner Miene, spürte, dass es ihm auf den Nägeln brannte, das soeben Erfahrene sofort weiterzuerzählen. So schnell wollte sie ihn jedoch nicht gehen lassen. Noch fehlten ihr wichtige Informationen, die sie von ihm zu erfahren hoffte. »Heute Morgen, bevor die uniformierten Beamten kamen, ist Ihnen da jemand aufgefallen?«, fragte sie, präzisierte dann ihr Anliegen. »Ich meine, ging irgendjemand dort drüben in das Haus, bevor die Polizei kam? Oder sahen Sie zufällig eine Person, die es zu der Zeit verließ? Vielleicht jemand, der Ihnen unbekannt war?«

Er musste den oder die Täter gesehen haben, wenn er wirklich die ganze Zeit über die gesamte Umgebung im Visier hatte, noch dazu unterstützt von den anscheinend nicht weniger neugierigen Augen seiner Frau.

»Heut morge?« Diebele hatte sein Gesicht verzogen, die Stirn und die Wangen in Falten gelegt. Es war ihm sichtbar peinlich, Neundorfs Frage nicht postwendend mit einer konkreten Aussage beantworten zu können. »Mir waret, also mei Weib und i ...« Er kam ins Stottern, blieb mitten im Satz hängen.

Die Kommissarin ließ ihm Zeit, wartete, bis sich seine Aufregung wieder gelegt hatte.

»Mir waret heut morge net dahoim, wisset Se, des isch's Problem«, offenbarte der korpulente Mann mit weinerlicher Stimme. »So leid es mir tut, mir sind um achte etwa aus dem Haus und erst gege neune wiederkomme. Fascht im selbe Moment wie Ihre Kollege, nur a paar Moment vorher. Unsere Tochter, wisset Se, die hent wieder Streit g'habt.« Schuldbewusst schaute er zu ihr hin, ging dann auf die Person ein, die das Malheur zu verantworten hatte. »Kurz vor Siebene hat se a'grufe ... Die dut sich noch was a, hot mei Weib gsait und no sind mir halt na ... S isch zum Glück net weit, drunte in der Urbanstrass, aber bis mir die wieder beruhigt hent ... Es war halt scho gege neune, wie mir zurückkomme sind, kurz vor Ihre Kollege.«

Neundorf nickte verständnisvoll, startete einen letzten Versuch. »Und vorher, als Sie aus dem Haus gingen, da ist Ihnen niemand aufgefallen? Zufällig, meine ich?«

Die Erinnerung überfiel Diebele wie ein plötzlich aufblitzender Sonnenstrahl aus einem wolkenverhangenen Himmel. »Ja nadierlich, der komische Kerl mit der dicke Jacke,« gab er zur Antwort.

»Ein Mann mit einer dicken Jacke?«

Diebele fuchtelte mit seiner Rechten durch die Luft. »Viel zu dick für das warme Wetter halt.«

»Und der Mann kam dort drüben aus dem Haus?«, vergewisserte sie sich.

»Noi, der wollt nei«, korrigierte ihr Gesprächspartner. »Der isch an der Tür gstande und hat die Name studiert. Und dann hat er gläutet.«

»Sie haben gesehen, bei wem?«

Diebele schüttelte verlegen seinen Kopf.

Wie auch, aus der Entfernung, überlegte sie. »Das war heute Morgen gegen acht Uhr?«

»Ha no ja, so etwa. Genauer kann i Ihne des net sage.«

»Was ist mit Ihrer Frau? Hat sie vielleicht auf die Uhr geschaut?«

»In dem Moment war die doch scho weg. Beim Bäcker für unser Tochter, wisset Se.«

Neundorf nickte, kam zum entscheidenden Punkt. »Was ist

mit dem Aussehen des Mannes? Sie können ihn beschreiben?«

Die grobschlächtige Gestalt starrte auf die Bierflasche in ihrer Hand, legte den Kopf zur Seite, kratzte sich im Nacken. »Eigentlich kann i des ...«, setzte der Mann an, verharrte mitten im Satz. »Eigentlich kann i des net«, presste er dann heraus, nahm wieder gerade Haltung an. »Aber in dem Fall ...«

»Was ist in diesem Fall?«, fragte Neundorf.

»Der hat ausgsehe wie mein Schwiegersohn«, erklärte Diebele, »fast genau wie der Mike. Bis auf die große Nas, die war anderscht. Aber sonscht ...«

»Dann können Sie den Mann also beschreiben?« Neundorf spürte, wie alles in ihr frohlockte, zog ihr Handy hervor.

Ihr Gegenüber nickte vorsichtig mit dem Kopf.

»Wir haben einen Experten«, erklärte die Kommissarin, »der zaubert Ihnen das Gesicht in wenigen Augenblicken auf den Bildschirm. Genau nach Ihrer Beschreibung. Wir versuchen es, ja?«

Sie sah die zögernde Zustimmung des Mannes, gab Daniel Schieks Nummer ein, bat den Grafiker, sich in einer halben Stunde etwa bereitzuhalten. Vielleicht hatten sie Glück und dieser seine Umgebung so akribisch überwachende Blockwart hatte genau den Kerl beobachtet, der Allmenger in die Wanne zwang. Einen Versuch war es allemal wert.

6. Kapitel

Eigentlich hatte er Ann-Katrin versprochen, am Mittag eine kleine Pause einzulegen und wenigstens für ein paar Minuten zu Hause vorbeizuschauen, jetzt, wo sie so nahe an seiner Arbeitsstelle wohnten. Der Wunsch jedoch, Marc Bumiller möglichst bald zu sprechen, hatte ihn zu einer Änderung seines Plans bewogen.

Braig war nach seinem Gespräch mit Fiona Bering zum Bahnhof in Nürtingen geeilt, hatte sich unterwegs ein Käsebrötchen gekauft, es dann im Zug während seines Telefonats mit seiner Partnerin langsam gegessen. Die obere Etage des letzten Wagens war fast vollkommen leer, so hatte er sich in Ruhe unterhalten können. »Was macht ihr zwei?«

Fast gleichzeitig mit Ann-Katrins Antwort hatte er die begeisterten Rufe seiner Tochter gehört, die irgendwo im Hintergrund unterwegs gewesen war.

»Heute Morgen waren wir im Park und auf dem Spielplatz. Und jetzt, fast eine Stunde lang, intensives Katzenknutschen.«

Zahme, knuddelige Tiere in Hülle und Fülle, das war einer der großen Vorteile, im Haus eines zugunsten seiner Patienten und deren Geschwister überaus engagierten Tierarztes zu wohnen.

»Du kommst zu uns?«

Braig hatte seiner Partnerin von dem neuesten Vorfall und ihren Ermittlungen erzählt, war dann auf seinen Plan eingegangen, diesen Bumiller aufzusuchen.

»Also gut, dann essen wir eben nur zu dritt. Ich habe Dr. Genkinger eingeladen.«

»Sehr gut. Der freut sich garantiert.«

»Er bringt einen Hasen mit, für Ann-Sophie zum Streicheln. Ein ganz zahmer Kerl, meinte er. Schaffst du es heute Abend? Dr. Genkinger will auch mitkommen.«

»Ich will es versuchen. Ab neunzehn Uhr?«

»Ja. Ich nehme wieder den Kinderwagen. Und vergiss dein Ohropax nicht.«

»Auf keinen Fall. Hauptsache, du hast deine Trillerpfeife dabei.«

Ann-Katrin hatte laut gelacht. »Keine Angst. Die werden uns hören.«

Seit mehreren Wochen schon trafen sich mittlerweile allabendlich immer mehr Menschen am Stuttgarter Hauptbahnhof, um gegen die mit Milliarden öffentlicher Gelder betriebene Zerstörung des Bahnverkehrs in der Landeshauptstadt zu protestieren. Braig war den Parolen der Befürworter des Projekts »Stuttgart 21« anfangs voller Begeisterung gefolgt. Der alte, jahrzehntelang vernachlässigte Stuttgarter Kopfbahnhof sollte samt der großen zentrumsnahen Flächen des bereits brachliegenden Güterbahnhofs sowie des Wagen- und Lok-Abstellbahnhofs zugunsten eines unter die Erde verlegten, hypermodernen Durchgangsbahnhofs aufgegeben werden. Dynamik, Fortschritt, riesige neue Siedlungsflächen mitten im Talkessel Stuttgarts – ein städtebaulicher Traum würde wahr. Weg mit den vergammelten, mit Taubendreck verunstalteten, alte Lagerhallenatmosphäre ausstrahlenden Gleisanlagen! Freie Bahn für alle Züge, kein die Fahrt unterbrechender umständlicher Richtungswechsel mehr!

Doch je mehr Braig sich über die Einzelheiten informierte, desto deutlicher wurde ihm, was für ein Desaster da auf die gesamte Region zukam. Sämtliche zum Bahnhof führenden Schienenstrecken, insgesamt weit über sechzig Kilometer, sollten unter die Erde verlegt werden – in einen Untergrund, der an unzähligen Stellen von Anhydrit-Gipskeuper, einer äußerst labilen Gesteinsschicht geprägt war. Stuttgarts

Erdreich, bekannt für seine an allen Ecken und Enden der Stadt sprudelnden Mineralquellen, sollte angebohrt und das Grundwasser dauerhaft mit Tag und Nacht laufenden Pumpen abgesenkt werden – mit nicht zu kalkulierenden Risiken.

Wissenschaftliche Gutachten, die man über Jahre hinweg vor der Bevölkerung versteckt hatte und erst durch gezielte Indiskretionen besorgter Fachleute bekannt geworden waren, warnten zudem vor der absurden Idee, den bisher mit sechzehn Gleisen ausgestatteten, ebenerdig ohne Treppen zugänglichen Bahnhof in eine schiefe, stark abschüssige, mit viel zu schmalen Bahnsteigen ausgestattete und auf nur noch acht Gleise reduzierte Anlage zu verwandeln. Die Kastration des Bahnverkehrs der gesamten Region sei die Folge, waren sich sämtliche Wissenschaftler einig, überall werde genau das Gegenteil als Ziel avisiert, nämlich Bahnknotenpunkten mehr Gleise zur Verfügung zu stellen, um günstige Anschluss- und Umsteigemöglichkeiten zu schaffen. Selbst die Behauptung von einer Beschleunigung des Zugverkehrs durch den neuen Bahnhof verkehrte die Realität ins Gegenteil, handelte es sich doch um maximal zwei Minuten, die Fernzüge einsparten; für den Großteil der Passagiere dagegen würde sich die Reisezeit deutlich verlängern, gingen doch viele gute Anschlüsse verloren.

Auch um neue Siedlungsflächen im Zentrum der Stadt freizulegen, bedurfte es keines unterirdisch eingezwängten Bahnhofs; eine Renovierung des Kopfbahnhofs brachte, wie detaillierte Pläne der Umweltverbände belegten, nahezu den gleichen Effekt: Der ehemalige Güterbahnhof, der Wagen- und Lok-Abstellbahnhof ließen sich auch mit einer Überarbeitung des Kopfbahnhofs verlegen, die noch verbleibenden Schienen konnte man – wie etwa in Basel – überbauen und das zu einem Bruchteil der Milliardensummen von »Stuttgart 21«.

Überhaupt – das Geld: Waren der Bevölkerung bei der Vorstellung des Projekts noch weit weniger als drei Milliarden Euro als Kosten des neuen Bahnhofs genannt worden, so sprachen die Gutachten des Bundesrechnungshofs 2008 schon von weit über fünf Milliarden, das des Umweltbundesamtes von 2010 gar von fünf bis sieben Milliarden Euro – letztendlich Steuergelder.

Fünf bis sieben Milliarden Euro sinnlos vergeuden, wo es überall im Land an Geld für die dringend erforderliche Verbesserung des Schienennetzes fehlte: Was konnte mit vergleichsweise kleinen Summen von zehn bis zwanzig Millionen nicht alles an der notleidenden Schieneninfrastruktur verbessert werden: Begradigungen und Ausweichgleise etwa auf der in irrsinnig engen Kurven verlaufenden, noch dazu eingleisigen Hauptstrecke von Stuttgart an den Bodensee und in die Schweiz; Ausweichgleise zur Eindämmung der ständigen Verspätungen auf eingleisigen Linien wie Backnang - Schwäbisch Hall, Pforzheim - Hochdorf; Elektrifizierung der Strecke Tübingen - Sigmaringen. Doch wann immer Verbesserungen dieser Art vorgeschlagen wurden, gab es nur eine Antwort: kein Geld.

Braig erinnerte sich seiner Aufenthalte in der Schweiz, wo es mit einer einzigen Fahrkarte möglich war, jedes noch so kleine Dorf alle dreißig, spätestens alle sechzig Minuten mit einem Zug oder einem Bus zu erreichen. Wie das Netz einer Spinne waren dort alle Bahnen und Busse miteinander verknüpft, an allen Knotenpunkten sofortige Anschlüsse garantierend. Dieses vorbildliche System zu finanzieren, war nur durch den bewussten Verzicht auf teure Neubauten gelungen, man setzte stattdessen auf die Beschleunigung der Züge durch Begradigungen kurviger Strecken, den Einbau von Ausweich- und Zusatzgleisen überall im Land.

Deutschland dagegen hatte den gegenteiligen Weg eingeschlagen: Man klotzte irrsinnig teure Neubaustrecken in die

Landschaft, auf denen Züge mit hohem Tempo und zu unbezahlbaren Preisen zum nächsten Bahnhof rasten, wo die Reisenden dann meist gezwungen waren, Ewigkeiten auf ihre Anschlüsse zu warten. Dieser teuren Einzelprojekte wegen fehlte das Geld für die weit effektiveren und sinnvolleren Netzergänzungen, auf die ein gut funktionierendes Bahnsystem angewiesen war. Sollte »Stuttgart 21« gebaut werden, verhinderte es auf Jahrzehnte hinaus eine Verbesserung des oft maroden öffentlichen Verkehrs im ganzen Land. Eine von jeder sinnvollen Verkehrspolitik entfremdete Polit- und Managerkaste traf in dieser Republik die Entscheidungen, war Braig sich klar.

»Allein die Tatsache, dass diese Typen die Menschen in sechsundsechzig Kilometer lange Tunnel zwingen wollen, in einen Bahnhof mit so abschüssigen Bahnsteigen, dass Kinderwagen und Rollkoffer nicht abgestellt werden können, zeugt doch von deren Realitätsferne. Glaubst du, auch nur einer von denen sitzt in einem Zug? Oh nein, die lassen sich auf unsere Kosten in dicken Limousinen chauffieren«, hatte Neundorf erklärt. »Mach dir nichts vor: Bei ›Stuttgart 21‹ geht es primär um ein Immobilienprojekt, bei dem viele Leute ein Riesengeschäft wittern. Deshalb muss der Bahnhof unter die Erde, das ist der Punkt.«

Je mehr Informationen Braig über das Projekt erhielt und je länger er darüber nachdachte, desto stärker fühlte er sich verpflichtet, seine Stimme dagegen zu erheben.

»Eine Demokratie kann nur dann funktionieren, wenn sich möglichst viele aktiv einbringen«, hatte Theresa Räuber argumentiert, »und wenn du feststellst, dass die Verantwortlichen – fehlbare Existenzen wie du und ich – sich zu falschen Entscheidungen haben verführen lassen, dann musst du ihnen so lange auf die Finger klopfen, bis die das einsehen.«

»Ich fürchte nur, den meisten von denen fehlt schon das

intellektuelle Potential dazu, irgendetwas einzusehen«, hatte Neundorf gekontert. »Die schweben doch abgehoben von uns Normalsterblichen über den Wolken wie die Herrscher früher im Mittelalter.« Sie wusste, dass Thomas Weiss, ihr Lebensgefährte, an einem Essay über den Volksaufstand des »Armen Konrad« schrieb, hatte sich von ihm auf die Parallelen hinweisen lassen.

»Ich werde mich bemühen, heute Abend dabei zu sein«, sagte er Ann-Katrin zu, verabschiedete sich dann von ihr, um sich wieder seinen Ermittlungen zuzuwenden.

Marc Bumiller ans Telefon zu bekommen, war ihm kurz nach 14 Uhr gelungen. Er war vom Cannstatter Bahnhof direkt ins Amt marschiert, hatte dort das von Daniel Schiek erstellte Porträt des Mannes auf seinem Schreibtisch entdeckt, der gegen acht Uhr am Morgen in Esslingen vor Allmengers Haustür beobachtet worden war.

»Der Augenzeuge ist davon überzeugt, dass der Unbekannte zu unserem Opfer wollte. Er sah den Mann unten auf die Klingel drücken. Wenn wir Glück haben, handelt es sich um den Täter.«

»Dieser Augenzeuge gilt als seriös?«

»Seriös?« Neundorf hatte ihr Gesicht zu einem süffisanten Grinsen verzogen. »Na ja, seriös ist wohl das falsche Wort. Diebele, also dem Augenzeugen, werden von den Nachbarn Züge eines Blockwarts zugeschrieben. Eine Frau, die aus der ehemaligen DDR stammt, behauptete, er sei über die Vorgänge in der Umgebung besser informiert als früher die Stasi, was immer das heißen mag. Ich fürchte, wir können seinen Beobachtungen Glauben schenken. Gut für uns, dass es solche Typen gibt, auch wenn ich nicht in seiner Nähe leben möchte.«

»Dann gibst du das Phantombild an die Presse.«

»Mit der Aufforderung, der Mann solle sich bei uns melden, ja. Wir benötigten ihn als Zeugen.«

Neundorf hatte sich von ihm verabschiedet, in der Absicht, Allmenger im Esslinger Klinikum aufzusuchen, um endlich aus seinem Mund Auskunft über das Verbrechen zu erhalten. Wenige Minuten später hatte Braig Bumiller in der Leitung gehabt und mit ihm einen Termin für ein persönliches Treffen vereinbart.

»Landeskriminalamt?«, war der ehemalige Kollege Allmengers verwundert auf die Vorstellung des Kommissars eingegangen. »Was wollen Sie von mir? Ich bin gerade beruflich unterwegs.«

Braig hatte sich jeder konkreten Auskunft enthalten, den Mann stattdessen nach seinem derzeitigen Aufenthaltsort, Rottenburg am Neckar, und seiner beruflichen Tätigkeit, Versicherungsakquisiteur, befragt und ihn von der Notwendigkeit eines persönlichen Gesprächs noch am Nachmittag oder Abend überzeugt.

»Heute Mittag noch?« Bumiller hatte irgendetwas von verschiedenen Terminen gemurmelt, sich dann aber zu einem Treffen gegen 17.30 Uhr in Rottenburg bereiterklärt.

Der Treffpunkt war leicht zu finden. Braig hatte einen jener schnellen Züge gewählt, die die katholische Bischofsstadt mit nur zwei Unterwegshalten in Reutlingen und Tübingen in gerade mal einer Stunde von Stuttgart aus erreichten, war vom Bahnhof direkt über die neu gebaute, Fußgängern vorbehaltene Josef-Eberle-Brücke über das breite, seeähnlich gestaute Wasser des Neckars gelaufen, dann der schmalen Fußgängerzone bis zum Domplatz gefolgt. Mitten im Gewimmel der Menschen war er stehen geblieben, hatte – wie bei vielen Besuchen zuvor – die von jahrhundertelanger, habsburgisch-österreichischer Herrschaft kündenden, in Pastellfarben gehaltenen Fassaden des langgezogenen Areals bewundert. Ein warmes, einladendes Gefüge mit sehr viel Atmosphäre, das dazu einlud, sich hier niederzulassen.

Kein Wunder, dass die Stühle der Lokale und Cafés auf dem Platz von zahlreichen Menschen besetzt waren. Junge Frauen und Männer mit Eisbechern, Bier- und Colagläsern, unzählige Paare, einige mit kleinen, in der Umgebung herumwuselnden Kindern, viele trotz der hohen Temperaturen mit Sommerjacken bekleidete Senioren, fast alle lauthals miteinander palavernd.

Braig schaute sich um, sah, wie verabredet, einen grauhaarigen Mann vor seinem aufgeklappten Notebook sitzen und auf dessen Monitor starren, näherte sich ihm. »Herr Bumiller?«, fragte er.

Der Mann sah auf, nickte mit dem Kopf. Braig schätzte ihn auf Ende fünfzig, Anfang sechzig, musterte sein knochiges, von ledrig-gebräunter Haut überzogenes Gesicht. Bumiller wirkte verhärmt, frühzeitig gealtert, war von mehreren tiefen Faltenpartien auf Stirn und Wangen geprägt. Mit der Gestalt auf dem Phantombild hatte er nicht das Geringste gemein.

Der Kommissar stellte sich vor, reichte seinem Gegenüber, der sich von seinem Stuhl erhoben hatte, die Hand. Bumiller war von kleiner Statur, höchstens 1,65 Meter groß, dazu auffallend dünn. Er hatte seine helle Anzugjacke über die Lehne des Stuhls gebreitet, offenbarte knochige, jedes Fettpolster und fast sämtliche Muskulatur entbehrende Arme.

»Sie wollten mich unbedingt sprechen«, sagte der Mann, seinen Besucher neugierig musternd.

Braig nickte zustimmend, wies auf die Umgebung. »Ich würde es aber vorziehen ...«

Bumiller schien sofort zu verstehen. »Sie haben ein ernstes Anliegen? Unter vier Augen sozusagen?«

Der Kommissar nickte wortlos.

»Kein Problem«, erklärte der Mann. »Meine Kaffeetasse ist leer, wie Sie sehen. Und bezahlt habe ich auch.« Er fuhr sein Computerprogramm herunter, packte das Notebook in seine

Tasche, wies von den Stühlen und Tischen weg zur Mitte des Platzes. »Hätten Sie Lust auf einen Spaziergang? Ich war heute noch nicht viel draußen, trotz des schönen Wetters.«

Braig zeigte sich einverstanden, folgte Bumiller zur Mitte des langgezogenen Areals.

»Schön hier«, sagte der Mann, »nicht wahr? Ich könnte die Atmosphäre jeden Tag genießen.« Er wich zwei miteinander spielenden Hunden aus, die ihren laut rufenden, jungen Besitzerinnen davongelaufen waren und kreuz und quer über den belebten Platz sprangen. »Kaum zu glauben, dass unser schönes Tübingen gerade mal zehn Kilometer entfernt ist. Wenn ich die Gestaltung der Fassaden hier mit der filigranen Fachwerkarchitektur dort oder in den anderen Nachbarstädten wie Herrenberg, Reutlingen, Horb, Nagold oder Calw betrachte, glaube ich mich doch irgendwo in Österreich, oder? Mir geht es jedenfalls immer so. Der Einfluss der Habsburger, die Rottenburg über die Jahrhunderte hinweg beherrschten, ist nicht zu übersehen, finden Sie nicht?«

Braig stimmte dem Mann ohne jeden Einwand zu, konnte seine Begeisterung nachvollziehen. Die Atmosphäre auf dem Platz mit seinen vielen pastellfarbenen Fassaden kündete in der Tat von besonderem Flair.

»Wir können aber auch gerne in die Welt der Römer abtauchen, wenn Ihnen das lieber ist. Dort vorne, unter dem Parkhaus – Sie kennen die Ausgrabung?« Bumiller wies zur Seite, setzte seine Erklärung fort. »Sumelocenna, die alte Römersiedlung. Sie haben die Überreste schon besucht?«

Braig sah das verschmitzte Grinsen seines Gesprächspartners, begriff plötzlich, worauf der Mann hinauswollte. »Ja, ich weiß, was Sie meinen.«

Völlig unbedarft, ohne jedes Vorwissen, war er mit Ann-Katrin vor wenigen Jahren in die unter dem Parkhaus freigelegten Ausgrabungen hinabgestiegen. Von einer kleinen Brücke aus hatten sie eine über dreißig Meter lange Bank bestaunt, unter der ein schmaler, mit frischem Wasser gefüllter Kanal verlaufen war. Erst nach einer Weile hatten sie verstanden, weshalb die Bank mit so vielen Löchern ausgestattet gewesen war.

»Das römische Massenklo, Sie kennen es?«, fragte Bumiller.

Annähernd dreißig Leute, war Braig damals mitgeteilt worden, hatten sich bei Hochbetrieb nebeneinander versammelt, eifrig dabei, sich in den Kanal zu erleichtern. Der Graben vor der Bank, auch er mit frischem Wasser gefüllt, hatte zur Reinigung der gerade etwas in Mitleidenschaft gezogenen Körperstellen gedient. Man hatte dazu Schwämme benutzt, die an langen Hölzern befestigt waren.

Dreißig Leute nebeneinander, überlegte Braig.

»Die waren noch nicht so verklemmt wie wir«, erklärte Bumiller mit süffisantem Grinsen.

Der Mann schien Gedanken lesen zu können.

»Und hier haben sie Michael Sattler und die anderen sechsundzwanzig Frauen und Männer ermordet.« Bumiller deutete in die Richtung des Doms, der sich am nordöstlichen Ende des Platzes erhob.

»Michael Sattler?«, fragte Braig.

»Einer der Täufer im frühen 16. Jahrhundert. Er weigerte sich, den Papst und die Bischöfe als Oberhaupt anzuerkennen, wollte als einfacher Christ leben und Jesu Beispiel Folge leisten. Deshalb trat er aus seinem Kloster im Schwarzwald aus und zog durchs Land. Als Sattler immer mehr Anhängerinnen und Anhänger gewann, wurde er im Auftrag des Grafen Joachim von Zollern gefangen genommen, hier in Rottenburg am Sitz des Bischofs tagelang gefoltert und dann gemeinsam mit zehn Frauen und sechzehn Männern hingerichtet. 1527, dem Heiligen Vater in Rom zu Ehren.«

Braig wunderte sich über die Hintergrundinformationen

seines Begleiters, wich zwei Eis schleckenden, jungen Mädchen aus, die ohne auf den Weg zu achten miteinander schäkerten. »Woher wissen Sie das?«, fragte er.

»Die Geschichte unserer Umgebung interessierte mich schon immer«, antwortete sein Gesprächspartner. »Und Rottenburg ist nun einmal ein Exot im Herzen Württembergs.«

»Weil es lange von den Habsburgern beherrscht war?«

»Ja, und weil diese die Stadt zu einem Hort des Katholizismus mitten im evangelischen Württemberg ausbauten. Die Religion, die Herrschaft und die Architektur sind aber nicht die einzigen gravierenden Unterschiede zwischen Rottenburg und seinen Nachbarstädten«, erklärte Bumiller. »Wissen Sie, was fast dreihundert Jahre lang zu ständigen Irritationen und Missverständnissen zwischen den Menschen hier und ihren Nachbarn führte?«

Braig wusste nicht, worauf der Mann hinauswollte, hob abwehrend seine Hände.

»Die Zeit wurde verschieden berechnet, man benutzte unterschiedliche Kalender. Die Katholiken rechneten alle vier Jahre einen Schalttag ein, die Evangelischen ließen ihn aus. Das summierte sich mit der Zeit. 1807, als Napoleon den Habsburgern ihren schwäbischen Besitz aus der Hand nahm und ihn an Bayern und Württemberg verteilte, differierten die Kalender bereits um vierzehn Tage. Schrieb man in Tübingen schon den 10. April und feierte Ostern, mussten die Leute wenige Kilometer entfernt in Rottenburg noch vierzehn Tage auf das Fest warten, weil bei ihnen erst der 27. März auf dem Papier stand. Erst Napoleon führte verbindlich den gregorianischen Kalender ein. Und wissen Sie, warum sich die Evangelischen so lange geweigert hatten, die neue Zeitrechnung zu übernehmen?«

»Nein, keine Ahnung.«

»Weil der neue Kalender vom Papst in Rom verordnet worden war. Vom Teufel persönlich also, wie die Evangelischen schon in den Anfangsjahren ihrer jungen Konfession schmerzlich hatten erfahren müssen. Zu Tausenden hatte er diejenigen verfolgen und hinrichten lassen, die es gewagt hatten, sich ihm zu entziehen. Musste man sich also nicht dem verweigern, was vom Leibhaftigen persönlich angeordnet wurde? So kam es, dass in den evangelischen Ländern der Schalttag ausgespart wurde und die Zeitrechnung deshalb immer weiter auseinanderklaffte.«

Braig war den Worten des Mannes mit Interesse gefolgt, kämpfte dennoch mit sich, ob er Bumiller nicht ins Wort fallen und auf sein eigentliches Anliegen ansprechen sollte.

Als könne er Gedanken lesen, ließ sein Begleiter unvermittelt von seinen Ausführungen ab. »Aber Sie sind ja nicht hierher gekommen, um mit mir Smalltalk zu halten. Was wollen Sie von mir?«, fragte er.

»Das ist richtig, ja. Ich muss mit Ihnen sprechen. Es geht um Ihre Vergangenheit.«

»Meine Vergangenheit?« Bumillers Miene verfinsterte sich. »Darüber gibt es nichts zu erzählen.«

Braig schaute sich um, deutete ans südwestliche Ende des Platzes, wo er sich zur Königstraße verengte. »Könnten wir nicht ein paar Meter laufen? Ich meine, hier mitten zwischen den vielen Leuten ...«

Sein Begleiter verstand, was er meinte, nickte. »Gehen wir zum Neckar. Dort ist es ruhiger.«

Sie folgten der schmalen Einkaufsstraße, hatten die Flusspromenade nach wenigen Minuten erreicht. Die Uferpartie war erst kurz zuvor frisch hergerichtet worden, lief sanft ins leise plätschernde Wasser des Flusses aus.

»Also, was wollen Sie von mir?«, fragte der Mann.

Der Kommissar merkte, dass er leicht hinkte, fragte nach der Ursache.

»Fußgelenksentzündung, links«, antwortete Bumiller, »eine alte Sache. Lassen Sie sich nicht stören, ich halte durch. Bewegung tut gut, wenn wir es nicht übertreiben. Sonst hocke ich doch nur am Schreibtisch.«

»Am Schreibtisch? Ich dachte, Sie verkaufen Versicherungsverträge?«

»Das ist richtig, ja. Aber vieles läuft übers Internet. Vom Schreibtisch aus.«

»Ursprünglich hatten Sie aber einen anderen Beruf.«

Der Mann sah zu ihm auf, musterte seine Miene. »Worauf wollen Sie hinaus?«

»Auf Ihre leitende Funktion in der Verwaltung von Seniorenheimen.«

Bumiller erwiderte Braigs kritischen Blick, nickte dann mit dem Kopf. »Darauf war ich spezialisiert, ja. Betriebswirtschaft und Management von Seniorenheimen.«

»In leitender Position.«

»Mit jahrzehntelanger Erfahrung, ja.«

Sie wichen zwei älteren Frauen aus, die beide auf einen Rollator gestützt unterwegs waren, blieben stehen.

»Bis Allmengers Intrige Sie aus der Bahn warf.« Braig musterte seinen Begleiter, sah, wie er bei der Erwähnung des Namens seinen Kopf blitzartig in den Nacken warf und zu ihm hochblickte. Seine Augen verengten sich binnen Sekunden zu schmalen Schlitzen, Unruhe erfasste seinen ganzen Körper. »Was wollen Sie mit dem?«, zischte er.

Er hatte es nicht überwunden, litt unübersehbar an der Sache. Eine alte Verletzung, die weiterhin schmerzte.

»Würden Sie mir bitte erzählen, was zwischen Herrn Allmenger und Ihnen geschehen ist?« Er musste nicht lange auf eine Antwort warten, hatte sie unmittelbar nach seinen letzten Worten im Ohr.

»Nein. Das geht Sie nichts an.«

Ein Entenpaar watschelte mit aufgeregtem Quakquak an ihnen vorbei, hüpfte mit kräftigem Federschlagen ins Wasser. Braig schaute den Tieren nach, sah, wie sein Begleiter davonhumpelte. Er eilte ihm hinterher, holte ihn erst nach mehreren Metern wieder ein. »Herr Bumiller, heute ist etwas passiert«, erklärte er.

Der Mann blieb ruckartig stehen, wandte ihm sein Gesicht zu. »Was ist passiert?«

Eine Gruppe Jugendlicher sprang laut kreischend auf sie zu, einander deftige Verwünschungen zuwerfend. »Du Wichser«, hörte Braig, »fick dich ins Knie.« Er versuchte auszuweichen, trat zur Seite, spürte den Ellenbogen eines Heranwachsenden in seinem Leib.

»Mensch, pass doch auf!«

Der junge Mann kümmerte sich nicht um ihn, sprang schnell weiter.

Braig schnappte nach Luft, ließ die anderen Jugendlichen passieren, sah Bumillers skeptische Miene.

»Was ist passiert?«, wiederholte der Mann.

»Wo waren Sie heute Morgen?«, fragte Braig.

»Ich?« Das Gesicht seines Begleiters verfinsterte sich zusehends. »Was soll diese Frage?«

»Warum antworten Sie nicht? Ich will nur wissen, wo Sie heute Morgen waren.«

Bumiller wandte sich von ihm ab, starrte aufs Wasser. Er schien Braig vergessen zu haben, ließ ihn eine Weile warten, bis er sich endlich äußerte. »Zu Hause war ich, wo sonst?«

»Sie wohnen in Nagold?«

Bumillers Antwort ging im Geschrei der Jugendlichen unter. »Hurenbock, elender!«

Braig sah das zustimmende Nicken des Mannes, setzte nach. »Ihre Frau kann das bezeugen?«

Sein Begleiter beschleunigte seinen Schritt, würdigte ihn

keines Blickes. »Meine Frau? Die gibt es schon lange nicht mehr.«

Braig dachte an die Worte Fiona Berings, mit der sie das Schicksal Bumillers beschrieben hatte. Allmenger hat ihn ruiniert, beruflich wie privat.

War die Ehe des Mannes infolge der erwähnten Intrige in die Brüche gegangen?

»Sie haben also keinen Zeugen für heute Morgen«, ergänzte er.

Zwei ältere Frauen, in gemeinsamem Schweigen die Umgebung betrachtend, blieben unmittelbar vor ihm stehen. Irritiert schauten sie zu ihm hoch.

Braig nickte ihnen freundlich zu.

»Nein, das habe ich nicht«, gab Bumiller zur Antwort. »Wozu sollte ich den benötigen?«

»Allmenger«, sagte Braig. »Er wurde überfallen.«

Der andere blieb auf der Stelle stehen, musterte ihn scharf. »Überfallen?«

»In seiner Wohnung.«

»Und?«

»Das müsste Ihnen doch gefallen.«

»Ach Gott, hören Sie doch auf!« Sein Begleiter winkte mit der Rechten ab, lief weiter. »Die Zeiten sind vorbei. Endgültig.«

Braig hatte Mühe, zu Bumiller aufzuschließen. Er warf einen Blick auf die Miene des Mannes, sah seine verkrampften Gesichtszüge. Die Zeiten waren nicht vorbei, nur ein Blinder konnte das übersehen. Was Allmenger ihm angetan hatte, saß in seinem Inneren, bohrte und nagte Tag und Nacht.

»Ich wünsche es niemand, das zu erleben«, erklärte sein Gesprächspartner. Er hatte offensichtlich Schmerzen in seinem Fuß, hinkte stärker, steuerte eine etwas oberhalb aufgestellte Bank an.

»Setzen wir uns einen Moment?«, fragt der Kommissar.

Bumiller ließ sich nieder, starrte ins Wasser. »Er hat mich verleumdet, um meinen Job zu bekommen. Nachdem ich ihn jahrelang gefördert hatte. Das stecken auch Sie nicht weg.«

»Nein«, stimmte Braig ihm zu. »Das steckt niemand weg.«

Marc Bumiller als Täter? Ganz auszuschließen war das nicht, überlegte Braig auf der Rückfahrt im Zug. Der Mann hatte mehr Grund als jeder andere, auf seinen ehemaligen Zögling wütend zu sein. An manchen Tagen, wenn ihn die Erinnerung wieder packte, musste er schwer mit sich kämpfen, nicht loszustürmen und Allmenger das heimzuzahlen, was er ihm angetan hatte, so war es ihm selbst auf der Bank am Ufer des Neckar von den Lippen gekommen. Aber hatte er sich heute Morgen wirklich dazu hinreißen lassen?

Braig war sich nicht sicher. Wer zwar erst nach einer Weile, dann aber in deutlichem Wortlaut über seine Antipathien und Aggressionen sprach, die er einem anderen Menschen gegenüber hegte, sorgte der nicht schon für so viel Triebabfuhr, dass er es gar nicht mehr nötig hatte, der verhassten Person etwas anzutun? Er lachte insgeheim über den von ihm benutzten Begriff »Triebabfuhr«, erinnerte sich, dass er ihn einmal gelesen hatte. In irgendeinem Buch über Psychologie und Aggression.

Nein, eine Garantie für die Unschuld Bumillers ließ sich aus dieser Triebabfuhr nicht ableiten, im Gegenteil. Vielleicht hatte er diese Gedanken nur von sich gegeben, um Braig einzunebeln, ihn bewusst in eine falsche Richtung zu lenken, der Kommissar hatte solche Versuche oft genug schon erlebt. Vielleicht, vielleicht, vielleicht ...

Der Zug hatte Metzingen erreicht, war dabei, neue Scharen von Reisenden aufzunehmen. Braig sah, wie eine hübsche, junge Frau die Treppe des Doppelstockwagens hochkam, langsam auf ihn zulief, dann wenige Sitzgruppen vor ihm in einen Zweisitzer abtauchte. Er spürte, dass es ihm immer mehr Schwierigkeiten bereitete, wach zu bleiben und klare Gedanken zu fassen, gähnte leise vor sich hin. Als der Zug den Bahnhof wieder hinter sich gelassen hatte, läutete sein Handy. Müde kramte er es aus seiner Tasche, sah auf dem Display, dass es sich um einen unbekannten Gesprächsteilnehmer handelte. Auch das noch, überlegte er, drückte erst nach kurzem Zögern auf die Taste.

»Du hasch grad überlegt, Menschenskind, wer will denn so spät noch was von mir?«, sah er sich von Rössle ertappt.

»Kannst du jetzt auch schon hellsehen?«, gab er zu.

»Hano, du hasch halt a Weile braucht, bis in der Leitung warsch.«

»Ich bin müde, ja.«

»Koi Angscht, i will di net lang ufhalte. I bin grad bei meiner Nachbarin. Mir zwoi sind uns absolut sicher.«

Braig überlegte, wovon der Spurensicherer sprach, wartete auf eine Erklärung.

»Du woisch net, von was i schwätz«, konstatierte Rössle, »oder?«

»Nein, im Moment bin ich etwas ...«

»Der Kerl in der Badewann«, fiel der Techniker ihm ins Wort, »mir hat der ja scho leid 'tan, wie i den so gsehe han. I nehm a, ihr wisset no net, wer dahintersteckt.«

»Leider nicht, nein«, bekannte Braig, seine und Neundorfs Ermittlungsergebnisse in Kurzform zusammenfassend. »Wir hoffen, dass wir das Opfer bald persönlich sprechen können, obwohl uns die Ärzte keine allzu großen Hoffnungen gemacht haben. Vielleicht bringt uns das endlich weiter.«

»Vielleicht, ja«, meinte Rössle. »Vielleicht gibt's aber au a andere Möglichkeit. I han was entdeckt.«

Braig spitzte die Ohren. »Um was geht es?«

»Die Maultäschle«, erklärte sein Gesprächspartner, »in der Badewann.«

»Was ist damit?«

»Alle achtzig Deifel von Sindelfinge, mir sind uns absolut sicher.«

»Meine Herren, jetzt mach es doch nicht so spannend!«

»I han's glei denkt, wie i die gsehe han. So kloine Dinger und dazu der Geruch. Obwohl, die waret ja kalt, aber die Form … Maultäschle, koi Maultasche. Ganz kloine Dinger, du verstohsch?«

»Ja, ich denke schon. Was ist mit den Maultaschen?«

»I woiß, wo die herstammet. Die kriegsch net überall, nur in a paar ausgwählte Läde. Des isch a ganz kloins Fabrikle, do kaufet nur Kenner. So was Gutes gibt's in ganz Sindelfinge net.«

Braig begriff, worauf Rössle hinauswollte. »Du meinst, die verkaufen so geringe Mengen, dass wir vielleicht die Chance haben ...«

»Die ganze Badewann war voll mit dene ihre Maultäschle. Des müsst' sich doch feststelle lasse, wer so viel kauft hat in letschter Zeit.«

»Vorausgesetzt, es war nicht das Opfer selbst, das sie bei sich zuhause aufbewahrte.«

»Des glaubsch doch selber net! Die hättet doch für a paar Monat glangt, so viel kannsch doch gar net esse!«

»Ja gut, das halte ich auch für unwahrscheinlich.«

»Also, dann sind mir uns ja einig.«

»Wie heißt die Firma? Habe ich das richtig verstanden, dass du sie kennst?«

»I sag dir's doch, mei Nachbarin und i, mir sind uns absolut sicher. Die Maultäschle sind von dene. Des isch a kloiner Familiebetrieb uf der Alb. *Fitterling* hoißet se. Die solltesch amol arufe. Vielleicht könnet die dir was erzähle von wege größere Kunde und so.«

7. Kapitel

Die zwei Schwulen!

Laura starrte wieder und wieder auf den Monitor ihres Handy, ließ ein Bild nach dem anderen aufleuchten. Alle zeigten ein und dasselbe Motiv. Die beiden Männer – Hand in Hand den Wiesenhang hinaufschlendernd. Der Große den Kopf des Kleinen an seiner Brust bergend. Beide sich gegenseitig über die Haare streichend. Voll Psycho, war das süß!

Sie hatte die beiden Männer quer über den Wiesenhang laufen sehen, war ihnen dann vor lauter Neugierde in gebührendem Abstand gefolgt, immer wieder hinter kleinen Felsen, dicken Bäumen oder dichten Grasbüscheln Deckung suchend. Sie hatten sie nicht bemerkt, dessen war sie sich sicher, auch wenn der Kleinere auffallend oft prüfende Blicke in die Umgebung geworfen hatte und mehrfach stehen geblieben war, um sich zu vergewissern, dass sich ihnen niemand näherte. Es handelte sich um ein verbotenes Spiel, was die beiden trieben, das war Laura schnell klar geworden, eine Beziehung, die heimlich gelebt wurde und niemand zu Augen kommen durfte. Vielleicht, weil einer der Männer oder alle beide verheiratet oder in einer festen Beziehung mit einer Frau gebunden waren?

Laura wusste nicht, was sie glauben, was sie von dem Ganzen halten sollte. Zwei Schwule hier in der Umgebung ihres Freizeitquartiers – und sie kannte niemand außer Theresa, mit dem sie darüber sprechen konnte. Eine der Gören aus der Jugendgruppe? Um Gottes willen, diese pubertierenden Babys erwiesen sich von Stunde zu Stunde dümmer und naiver. Ihr selten dämliches Gelaber, das unablässige Gekichere, mit dem sie sich gegenseitig Einblick in ihre ach so überwältigenden Abenteuer mit den Vertretern des anderen Geschlechts gaben ...

Sie hatte den Kleineren der Männer jedenfalls fast bis ins Tal verfolgt, hatte gerade noch mitbekommen, wie er unten am Rand des schmalen Waldwegs in sein Auto gestiegen und dann davongebraust war. Das Kennzeichen seines Fahrzeugs?

Natürlich hatte es sie in den Händen gekribbelt, die konkreten Buchstaben und Zahlen aufzuspüren, sie vielleicht sogar auf einem Foto zu verewigen, so wie sie es in den Filmen zeigten, wenn Polizisten oder Detektive hinter Verbrechern herjagten. Aber erstens handelte es sich hier wohl kaum um Verbrecher, und zweitens hatte sie im entscheidenden Moment dann doch zu viel Schiss gehabt, dem Mann an diesem späten Abend so nahe auf die Pelle zu rücken, um das Kennzeichen lesen zu können. Das war dann doch zu viel des Guten. Wer konnte wissen, welche Folgen das nach sich zog.

Immerhin war sie nur wenige Minuten später auf ein weiteres seltsames Treiben aufmerksam geworden. Auf dem Weg zu ihrem Freizeitquartier, keine fünfhundert Meter von der Stelle entfernt, an der die beiden Schwulen in ihre Autos gestiegen waren, hatte sie ein weiteres Paar entdeckt, einen Mann und eine Frau. Die Dämmerung war dabei, ihre Schleier immer dichter übers Land zu legen, als sie den LKW auf den Waldweg hatte abbiegen sehen. Kein besonders großes Gefährt zwar, eher so eine Art Sprinter, aber das um diese späte Stunde und hier auf diesem schmalen Pfad!

Obschon etwas in Eile – das Freizeitheim schloss offiziell um zweiundzwanzig Uhr seine Pforten, und bis dahin waren es nur noch wenige Minuten –, war sie im Dickicht des angrenzenden Wäldchens stehen geblieben und hatte mit angestrengten Augen verfolgt, wie das Fahrzeug nach wenigen Metern stoppte, ein Mann ausstieg und den Laderaum öffnete. Was wollte der hier um diese Zeit im Wald, wozu fuhr der den schweren Wagen auf diesem Weg?

Noch während sie den Mann beobachtete, hörte sie plötzlich den Motor eines weiteren Autos. Es kam von der anderen Seite her, fuhr wie der LKW trotz des zunehmenden Dämmers ohne Licht, stoppte wenige Meter vor dem großen Fahrzeug. Laura war hinter einem breiten Baumstamm in die Hocke gegangen, das Geschehen vor sich neugierig verfolgend. Eine Frau mittleren Alters, wie sie schätzte, war dem Auto entstiegen, auf den Mann zugelaufen, dann gemeinsam mit ihm hinter dem Lastwagen verschwunden.

Die haben es aber eilig, überlegte sie, da brannte es wohl auf beiden Seiten lichterloh. Verrichten ihre gymnastischen Spielereien mitten im Wald in der freien Natur. Ob das mehr Spaß machte als in den eigenen vier Wänden? Na ja, die waren wohl anderweitig verheiratet, und deshalb ließ sich diese sportliche Akrobatik nicht zu Hause erledigen, ging es ihr durch den Sinn.

Voll Psycho, die Schwäbische Alb! Wenn das Theresa wüsste! Erst die zwei Schwulen, dann diese beiden, Männlein und Weiblein, und allen gemeinsam war das eine Interesse ...

Sie zog ihr Handy vor, richtete es aufs immer stärker ins Dunkle abtauchende Dickicht des Waldes vor sich. Ob die Autos zu erkennen waren? Wenn schon nicht die ineinander verknoteten Körper der beiden Liebenden, so doch wenigstens ihre fahrbaren Untersätze?

Im gleichen Moment sah sie den Mann und die Frau. Nicht in leidenschaftlicher Umarmung, sondern Kartons schleppend, kleine, rechteckige, übereinander gestapelte Kartons. Sie entnahmen sie dem Laderaum des Lastwagens, verstauten sie auf den Rücksitzen des anderen Autos, beugten sich erneut in den Personenwagen und ...

Sie wollte es nicht glauben, versuchte sich zu konzentrieren. Die trugen dasselbe Zeug wieder zurück! Zehn, zwölf kleine Kartons, nicht mehr. Anschließend eine kurze Umarmung, ein zärtliches gegenseitiges Schulterklopfen und beide verschwanden wieder mitsamt ihren Fahrzeugen. Rückwärts, in genau der Richtung, aus der sie kurz vorher aufgetaucht waren.

Laura hatte das Geschehen des Dämmerlichts wegen mit zusammengekniffenen Augen verfolgt, dann überrascht das schnelle Ende des abendlichen Rendezvous wahrgenommen. Was war das jetzt, was hatte sich jetzt hier vor ihr abgespielt? Sie starrte auf den Monitor ihres Handys, spulte alle Aufnahmen noch einmal ab. Der kleine Lastwagen und der helle PKW auf dem Waldweg. Der unbekannte Mann, zuerst Kartons aus dem Sprinter holend, dann seine Last im anderen Wagen verstauend. Fast genau dieselben Motive mit der Frau. Anschließend beide Personen, die Kartons wieder zurücktragend. Danach die Umarmung, das zärtliche Schulterklopfen, zum Abschluss der Mann, in seinen LKW steigend und das Fahrzeug, rückwärts auf die nahe Straße biegend.

Voll Psycho, die Fotos waren nicht schlecht. Kaum zu glauben, was dieses winzige Gerät alles festzuhalten vermochte. Laura erinnerte sich daran, wie sie eine der alten Hexen, Staible oder wie sie hieß, bei Theresa im Pfarrhaus aus der hohlen Hand heraus aufgenommen hatte, natürlich ohne dass die Alte etwas davon bemerkt hatte. Das Gesicht der keifenden Hexe zur Grimasse verzerrt, Theresa mit dem gewohnt dämlichen Gesabber volllabernd. »Oh, Frau Pfarrer, so goht's net, des isch doch a Pfarrhaus ond net Sodom ond Gomorrha. Glaubet Se bloß net, dass Sie unbeobachtet send, der Herr sieht älles!«

Sie hatten sich die Fotos auf Theresas Computermonitor betrachtet, die Visage der alten Hexe bis zum Geht-nicht-mehr vergrößert, sich dabei halb tot gelacht. Voll Psycho, Theresa hatte gewiehert wie ein Pferd. »Der Herr sieht älles«, hatten sie die sauertöpfische Hexe nachgeahmt, »glaubet Se bloß net, dass Sie unbeobachtet send.«

»Der Herr weniger«, hatte Theresa gekichert, »der hat leider keine Zeit für zwei so verdorbene Weiber wie uns, aber die alte Staible dafür umso mehr. Wenn die wüsste, was wir hier mit ihr anstellen!«

Laura ließ die Fotos von dem Kartons von Auto zu Auto und wieder zurück transportierenden Paar noch einmal Revue passieren, spürte den dringenden Wunsch, Theresa über das seltsame Geschehen zu unterrichten. Sie konnte sich das Ganze nicht erklären, musste mit jemand darüber sprechen. Nicht mit den pubertierenden Gören, die sie jetzt wieder erwarteten, sondern mit einer erwachsenen, vertrauenswürdigen Person.

Sie hörte das laute Röhren eines Motorrads auf der nahen Straße, schrak aus ihren Gedanken. Wie spät war es? Sie warf einen Blick auf die Uhr ihres Handys. Zehn nach zehn. Oh mein Gott! Sie musste sich sputen. Das Freizeitheim war längst verschlossen.

8. Kapitel

Gleich, in welchem Teil der Schwäbischen Alb man sich heute bewegte, der Besucher stieß überall auf schmucke, sauber herausgeputzte Dörfer, ein dichtes, wie im übrigen Land bombastisch ausgebautes Straßennetz und wohlhabende Städte, deren frisch restaurierte Altstadtkerne oft von überraschend bezaubernder Atmosphäre beseelt waren. Wohlstand und hohe Lebensqualität prägten die Region bis in den letzten Winkel. Nichts deutete mehr auf die jahrhundertelang existente Rolle der Alb als Armenhaus des Landes hin, die unzählige Generationen ihrer Bewohner zu erbärmlichen Lebensbedingungen, zeitweise sogar zur Auswanderung zwang.

Tatsächlich ging es bis in die erste Hälfte des vergangenen Jahrhunderts hinein vielen Älblern materiell sehr schlecht. Die im Vergleich zu anderen Regionen doch recht widrigen Umstände der Natur – weitgehend unfruchtbare, durch den kalkhaltigen Untergrund wasser- und mineralienarme Böden, dazu, bedingt durch die außergewöhnliche Höhenlage, lange und kalte Winter – vereitelten früher fast alle Bemühungen, sich bei noch so viel Fleiß die notwendigen Existenzgrundlagen zu erarbeiten. Der Alb haftete der Makel einer durch die natürlichen Bedingungen verursachten Ungunstregion an, deren Nachteile durch das vorherrschende Erbrecht der Bewohner – alle Kinder erhielten den gleichen Anteil des Besitzes der Eltern – noch verschärft wurden. Der im eigentlichen Sinn sehr fortschrittliche demokratische Brauch der Weitergabe des elterlichen Vermögens führte über die Dezennien hinweg zu einer starken Aufsplitterung des landwirtschaftlich nutzbaren Landes und somit der einer einzelnen Familie zur Verfügung stehenden Fläche. Mit Beginn des

19. Jahrhunderts geriet diese Kombination widriger Bedingungen für den Großteil der Bevölkerung der Schwäbischen Alb zur wirtschaftlichen Katastrophe.

Auslöser des sozialen Desasters war eine kurzfristige Klimaveränderung auf der nördlichen Erdhalbkugel, verursacht vom Ausbruch des Vulkans Krakatau in Indonesien. Was am anderen Ende der Welt geschah, sollte um des bloßen Überlebens willen Monate und Jahre darauf Hunderttausende von Menschen aus ihrer angestammten Heimat vertreiben. Die durch die Erdrotation ausgelöste starke Westwindströmung verteilte die vom Krakatau über Tage hinweg eruptierten Aschemassen über weite Partien der Nordhalbkugel. Innerhalb weniger Wochen bildete sich in der Stratosphäre so ein dichter Gürtel feinster Partikel, der die Sonneneinstrahlung drastisch verminderte. Deutlich reduzierte Temperaturen waren die Folge. Im Jahr 1816 fiel der Sommer deshalb in weiten Teilen Europas regelrecht aus. Regen ohne Ende, begleitet von winterlich niedrigen Celsius-Graden verhinderten in den höher gelegenen Regionen das Wachsen und Reifen der Pflanzen. Im Bereich der Alb konnte die überaus bescheidene Ernte in diesem Jahr meist erst in den Wochen vor Weihnachten eingeholt werden. *Am Heiligabend hat man die Hafergarben in Freudenweiler auf dem Schlitten heimgeführt, in Mägerkingen sogar erst am Tag vor Heilige Drei König*, schrieb ein Gammertinger Zeitzeuge.

Ganze Landstriche der Schwäbischen Alb verarmten in diesen Jahren, unzählige Menschen starben infolge mangelhafter Ernährung, im Volksmund »Hungertyphus« genannt. Soziales Elend und materielle Not wurden zum prägenden Kennzeichen des Alltags dieser Zeit. Katastrophale Missernten Mitte der vierziger Jahre bereiteten schließlich – zumindest als einer von vielen Faktoren – den Boden der Revolution von 1848. In Ulm und vielen anderen Regionen kämpften die Ärmsten der Armen in Aufsehen erregenden »Brotkrawallen« buchstäblich um die zum Überleben notwendigen Brosamen.

Heil erhofften sich viele damals nicht nur in der grundlegenden Veränderung der politischen Strukturen, sondern auch in der Religion. Gerade auf der Alb versuchten religiöse Eiferer beider Konfessionen Kapital aus der Situation zu schlagen, indem sie den verderblichen Lebenswandel vieler Zeitgenossen – sprich: die trotz aller Not immer noch verbliebene Lust am Leben – zur eigentlichen Ursache der Katastrophe erklärten. Besonders begabte Fanatiker der Religion der Liebe schreckten auch nicht davor zurück, den Hunger- und Erschöpfungstod unzähliger Kinder als exclusives Geschenk Gottes zu interpretieren: Blieben den früh verstorbenen Seelen so doch alle lustvollen Verlockungen des irdischen Jammertals erspart, der direkte Weg in den Himmel dafür weit offen.

Das materielle Elend führte zu einer der gewaltigsten Auswanderungsbewegungen in der Geschichte der Region: Allein in der ersten Hälfte des 19. Jahrhunderts verlor das Königreich Württemberg über 100.000 Menschen in die Emigration, ein großer Teil von der Alb stammend. Regionen rund ums Schwarze Meer wurden genauso wie Nordamerika zu ihrem gelobten Land – sofern sie diese Ziele erreichten und nicht unterwegs an Hunger oder Krankheiten starben.

Erst der Bau der schwäbischen Eisenbahnen brachte die große Wende. Unermüdlich angespornt von dem Reutlinger Friedrich List wurde die Alb auf der berühmten Geislinger Steige 1850 erstmals von dem neuen Verkehrsmittel erklommen. 1864 folgte der Bahnanschluss Königsbronns und Heidenheims, 1874 die Verbindung nach Balingen. Bis 1901 überwanden sieben verschiedene Bahnstrecken das teilweise recht unwegsame Gebirge und legten somit die Grundlage zum großmaßstäblichen Abtransport der auf der Alb verarbeiteten Produkte und der daraus folgenden Expansion vieler ursprünglich familiärer Manufakturen und Kleinstbetriebe.

Die jetzt einsetzende industrielle Revolution in der Region basierte primär auf dem Abbau und der Verarbeitung der Erze rund um Königsbronn und im Laucherttal und der Veredelung der von unzähligen Schafherden gewonnenen Wolle. Betriebe der Metall- und vor allem der Textilindustrie schossen überall auf der Alb aus dem Boden, in der überwiegenden Mehrzahl auf privates und familiäres Engagement zurückgehend: Der schwäbische Tüftler mitsamt seinen fleißigen Angehörigen wurde zur Keimzelle bescheidenen Wohlstands. Nicht *Arbeite, um zu leben*, sondern *Lebe, um zu schaffe* blieb fast ein ganzes Jahrhundert lang das Motto dieser Pioniere, die in der gesamten Region Broterwerb schufen. Hochwertige Textilien aller Art, von Betttüchern über Unterwäsche bis zu feinster Anzugsware fanden ihren Weg von der Alb in die ganze Welt.

Erst die in den sechziger und siebziger Jahren des 20. Jahrhunderts beginnenden Prozesse der frühen Globalisierung sorgten für eine Verlagerung des Großteils der Arbeitsplätze der Textilbranche von Europa in die Billigstlohndiktaturen des asiatischen Kontinents. Nur wenigen der vielen Familienbetriebe gelang es zu überleben. Firmen, die sich auf die Produktion spezieller, hochwertiger Qualitätsprodukte konzentrierten, erschlossen sich neue Abnehmermärkte. Unterstützt vom politisch initiierten »Albprogramm« versuchte man, den Strukturwandel durch die Schaffung neuer Arbeitsplätze etwa im Tourismus und durch die Förderung der Vermarktung regionaler Produkte zu bewältigen. Kleine Betriebe der Textilbranche, der Freizeitgestaltung, aber auch der Nahrungsmittelproduktion waren seit einigen Jahren Nutznießer dieser Kampagne, wie Braig wusste. In vielen

Dörfern auf der Alb und in ihrem Umland existierten neu erblühte Manufakturen, die hausgemachte Teigwaren, Seifen, Schaffelle, selbstgebrannte Alkoholika oder Bioprodukte verschiedenster Art feilboten. Meist waren es nur kleine Familienbetriebe, vielerorts nur Vater und Sohn, die die kleine Fabrikation am Leben erhielten, je nach Absatzlage tatkräftig von ihren Partnerinnen oder den Kindern unterstützt. Konnten oft schon die Familienmitglieder nur geringfügig oder überhaupt nicht für ihre Mitarbeit entlohnt werden, so war es den Kleinbetrieben nur selten möglich, viele voll bezahlte Arbeitsplätze zu bieten. Ein oder zwei Aushilfskräfte, das war vielerorts das Maximum, was diese Unternehmen zur Beschäftigung arbeitswilliger Interessenten beizutragen vermochten.

Wahrscheinlich, überlegte Braig, handelte es sich bei der von Rössle erwähnten Firma Fitterling, die sich auf die Herstellung von Maultaschen spezialisiert hatte, um einen solchen Minibetrieb. Doch je kleiner, desto besser für die Ermittlungen, schien doch die Suche nach dem Käufer der Teigwaren bei einem größeren Unternehmen mit entsprechend gewaltigem Absatz vollkommen aussichtslos.

Er zögerte am Mittwochmorgen nach der Durchsicht aller am späten Abend noch eingegangenen Informationen deshalb nicht lange, suchte nach der Nummer der Firma, gab sie ein. Vielleicht gelang es, wenigstens auf diese Weise zu neuen Erkenntnissen zu kommen, hatte ihm Neundorf doch kurz nach Betreten seines Büros vor wenigen Minuten aus dem Esslinger Klinikum mitgeteilt, dass ein Gespräch mit Roland Allmenger angesichts dessen weiterhin schlechten Befindens immer noch nicht möglich war.

»Ich weiß im Moment wirklich nicht, wo wir weitermachen sollen«, hatte sie unüberhörbar deprimiert erklärt, »die Namen der Frauen, mit denen er angeblich eine Beziehung hatte, ich kann einfach keinen finden. Und seine Mutter ist leider nicht mehr ansprechbar, habe ich in dem Heim in Reutlingen erfahren, sie hatte einen Schlaganfall.«

»Die Suche nach dem Typ auf dem Phantombild hat noch nichts erbracht?«

»Bis jetzt nicht. Allerdings wurde es bisher auch nur im Fernsehen gezeigt; in den Zeitungen ist es ja erst seit heute Morgen.«

»Vielleicht haben wir doch noch Glück, und irgendjemand erkennt den Mann«, hatte Braig erklärt. »Sofern er wirklich mit Allmengers Folter zu tun hat. Ich versuche es jetzt auf jeden Fall über die Maultaschen.«

»Wenn du meinst.« Der skeptische Ton ihrer Stimme war ihm nicht verborgen geblieben.

»Ja, hier isch die Firma Fitterling. Was kann i für Sie tun?«

Braig hatte es fünf oder sechs Mal läuten lassen, dann war die Frau in der Leitung. Sie sprach ein Gemisch aus Hochdeutsch und Schwäbisch.

»Mein Name ist Braig. Ich arbeite beim Landeskriminalamt«, stellte er sich vor.

»Landeskriminalamt?«, erkundigte sich die Frau.

Er ließ ihr einen Moment Zeit, den ungewohnten Gesprächspartner zu verdauen, kam dann zu seinem Anliegen. »Genau. Ich würde gerne mit der Person sprechen, die in Ihrer Firma für den Verkauf der Maultaschen zuständig ist.«

»Wie bitte? Was wellet Sie?«

Braig fürchtete, seinen Wunsch in zu schneller Sprache vorgetragen zu haben, setzte zu einer langsameren Formulierung an. »Ich würde gerne ...«

»... Ihre Kollege spreche«, fiel ihm die Frau ins Wort, »ja, ich verstehe, aber das geht schlecht, die sind nicht hier bei uns im Haus«, fuhr sie dann in etwas gestelztem Hochdeutsch fort, »die sind immer noch dort, wo es ...« Sie brach mitten im Satz ab, begann unvermittelt zu weinen.

Braig wusste nicht, wovon sie sprach. »Meine Kollegen?«, fragte er. »Sie haben Polizei im Haus?«

Die Frau schnäuzte sich, ging dann erst auf seine Worte ein. »Sie müsset entschuldige, aber ... Noi, die sind et hier«, erklärte sie. »Die sind alle drauße, wo es passiert isch.«

»Was ist passiert?«, erkundigte sich der Kommissar.

»Ja, wieso fraget Sie denn des mi? Sie sind doch von der Polizei, oder et?«

»Das ist richtig«, antwortete Braig. »Aber ich wusste nicht, dass Sie gerade Probleme haben.«

»Probleme nennet Sie des?« Sie heulte unvermittelt wieder los.

Er hörte, wie sie ihre Nase hochzog, wartete, bis sie sich einigermaßen beruhigt hatte. »Weshalb sind meine Kollegen bei Ihnen? Können Sie mir das bitte erklären?«

»Ja, wieso rufet Sie denn bei uns a? Wisset Sie et Bescheid?« Ihre Stimme drohte sich zu überschlagen.

»Nein«, erklärte er. »Tut mir leid.«

Sie ließ einen tiefen Seufzer hören, schnaufte schwerfällig. »Unser Chef«, jammerte sie dann. »Unser Chef. Er isch ...«

»Was ist mit ihm?«, forderte er sie auf, endlich weiterzusprechen.

Die Frau am anderen Ende schnappte nach Luft. »Er isch überfahre worde. Tot, verstandet Se, er isch tot, unser Chef. Vorhin hent Sie ihn gfunde, am Rand von der Straß. Dabei soll des scho gestern Abend passiert sein, wenn i des richtig verstande han. Und jetzt schwätzet Ihre Kollege au noch davo, dass ...«

»Was sagen meine Kollegen?«

Seine Gesprächspartnerin benötigte mehrere Sekunden, bis sie dazu imstande war, ihm zu antworten. »Sie saget, es sei Absicht gwä. Verstandet Se des? Er sei ermordet worde, behauptet se!«

»Sie sprechen von Ihrem Chef? Dem Besitzer der Maultaschenfirma Fitterling?«

»Ja, von wem denn sonscht?«, heulte die Frau.

Braig stand augenblicklich unter Strom, begriff auf der Stelle, was das bedeutete. Der Chef der Maultaschenfabrikation Fitterling war ums Leben gekommen. Am Vorabend, wie deren Mitarbeiterin behauptete, angeblich gezielt, von fremder Hand. Braig hatte zu viele Berufsjahre hinter sich, um an einen Zufall zu glauben. Zuerst Roland Allmenger in einer Badewanne voller Maultaschen gefoltert, dann – am selben Tag, nur wenige Stunden später – der Besitzer der Firma, die diese Teigwaren herstellte – sofern sich diese Vermutung Rössles bestätigte, woran er angesichts der jahrelang bewährten Kompetenz des Spurensicherers keine Sekunde zweifelte – getötet. Das sollte auf einem Zufall beruhen? Unmöglich. Der Zusammenhang lag offen vor Augen.

»Was isch jetzt mit Ihne?«, hörte er die Stimme der Frau. »Kann i noch irgendwie helfe?«

Braig versuchte sich zu konzentrieren, die notwendigen Schlussfolgerungen zu ziehen. Es gab nur eine Konsequenz aus dem Ganzen, das wurde ihm von Minute zu Minute klarer: Er musste sich bei den Kollegen vor Ort über den Vorfall informieren und dann, sollten sich die Zusammenhänge bestätigen, persönlich um die Angelegenheit kümmern. »Ja, Sie können mir helfen«, erklärte er deshalb, »ich benötige die Adresse. Wo finde ich Ihre Firma?«

»Hano, Sie send gut. Jetzt saget Se bloß, Sie hent no nix vo uns ghört. *Fitterlings Hausgmachte* aus Geigelfinge. Mitte im Ort. Uns kennet Se gar et verfehle!«

Keine Stunde später sah Braig sich von einer ausgelassen den Hochzeitstag eines älteren Paares feiernden Gesellschaft umringt. Er hatte sich bei den Kollegen des Hechinger Polizeireviers nach den Hintergründen des Todes von Christian

Fitterling erkundigt, hatte von ihnen die Bestätigung erhalten, dass der Mann nach den Erkenntnissen der Spurensicherung und dem vorläufigen Befund des Gerichtsmediziners am späten Vorabend zwischen 20 und 23 Uhr absichtlich von einem Auto von der Straße abgedrängt und dabei zu Tode gekommen war.

»Fitterling war zu Fuß unterwegs?«, hatte er sich erkundigt.

»Nein, mit seinem Wagen. Die Überreste des Fahrzeugs wurden samt seiner Leiche heute Morgen am Waldrand unterhalb der Geigelfinger Steige entdeckt. Das Auto war völlig demoliert. Die Stelle, an der es von der Fahrbahn abkam, liegt etwa achtzig Meter höher. Die Straße verläuft hier und zwar nur genau hier exponiert über einem fast senkrecht abfallenden Felsen. Davor und dahinter taucht sie in den Wald. Von der Fahrbahn abzukommen ist zwar überall gefährlich, an diesem kurzen Abschnitt aber garantiert tödlich. Und genau hier fanden wir die Bremsspuren eines PKW sowie Lackpartikel von Fitterlings Auto und einem bisher noch unbekannten Fahrzeug, beides über mehrere Meter hinweg von der Mitte der Straße fast bis zum Rand, nur noch ein kleines Stück vom Abgrund entfernt. Der Mann wurde gewaltsam abgedrängt, daran gibt es keinen Zweifel.«

»Verfügen Sie schon über Hinweise auf das Tatfahrzeug oder den Täter?«

»Was denken Sie, nein! Die Ergebnisse der Untersuchung liegen uns erst seit wenigen Minuten vor. Wir wollten sie gerade ans LKA weiterleiten und um Ihre Unterstützung bitten.«

Braig hatte sofort versprochen, sich der Sache anzunehmen. Er war mit dem Beamten übereingekommen, mit dem nächsten Zug nach Hechingen zu fahren und sich dort von einem Kollegen abholen zu lassen. Er hatte sich sämtliche im Internet verfügbaren Informationen über Fitterlings Maultaschenfabrikation sowie deren Besitzer ausdrucken lassen, anschließend Neundorf in aller Kürze über die neueste Entwicklung in Kenntnis gesetzt. Danach war er auf dem schnellsten Weg zum Cannstatter Bahnhof marschiert.

Die Hitze der vergangenen Tage hatte nachgelassen, der Himmel war hinter einem dünnen Wolkenschleier verschwunden. Ab und an hatte Braig ein paar Tropfen auf seiner Haut gespürt. Der Zug war mit einigen Minuten Verspätung in Cannstatt eingefahren, wie so oft, seit sie begonnen hatten, den Stuttgarter Hauptbahnhof auf die Hälfte seiner Gleise zurückzubauen. Allen Versprechen zum Trotz, der Bau würde den normalen Betrieb nicht tangieren, verursachten die Maßnahmen alle paar Tage gravierende Verspätungen. Sogar ein Teil des S-Bahn-Verkehrs musste auf unabsehbare Zeit eingestellt werden, ein Desaster für viele Pendler. Voller Wut erinnerte sich Braig an den Kommentar eines der politisch Verantwortlichen: »Dann sollet die Leut halt ein Zug früher fahre.«

Er nahm im Oberdeck eines der doppelstöckigen Wagen Platz und vertiefte sich in die Unterlagen über Fitterlings Maultaschenfabrikation. Das Unternehmen war größer, als er vermutet hatte, gab es den Erklärungen nach doch zweiunddreißig, meist allerdings in Teilzeit beschäftigten Personen Arbeit, überwiegend Frauen. Neben der kleinen Fabrik in Geigelfingen verfügte die Firma über eigene Verkaufsstellen in mehreren Städten.

Braig betrachtete die Bilder der Teigwarenproduktion sowie der angebotenen Maultaschensorten, erkannte die in der Badewanne aufgefundene Form nach kurzem Nachdenken wieder. Wie Rössle es erklärt hatte: Es schien sich bei dem gestern Morgen in Esslingen in großer Menge verwendeten Material tatsächlich um die Erzeugnisse der Firma Fitterling zu handeln. Und jetzt war am Abend desselben Tages, sofern er sich auf die Informationen der Kollegen verlassen konnte, der Besitzer genau dieses Unternehmens ermordet worden. Von ein und demselben Täter?

Er war gerade dabei, die Entfernung der beiden Tatorte: Esslingen - Geigelfinger Steige abzuschätzen – keine hundert Kilometer, also sehr gut im Bereich des Machbaren –, als er das laute Lachen wahrnahm. Eine Gruppe gut gelaunter, mit Rucksäcken und Sporttaschen ausgestatteter Reisender hatte in Esslingen in den Sitzgruppen um ihn herum Platz genommen, zwei Sektflaschen samt Gläsern sowie bunte, mit blühenden Blumen bedruckte Pappteller und kleine, silberne Gabeln aus ihren Gepäckstücken schälend. Er blickte auf, sah die Mienen der Leute erwartungsvoll auf einen kräftigen Mann mittleren Alters gerichtet, der einen großen, runden Tortenbehälter aus durchsichtigem Kunststoff zum Vorschein brachte. Begeisterte Rufe und heftiges Klatschen begleiteten seinen Versuch, den Deckel ohne Beschädigung des Inhalts abzunehmen. Braig entdeckte eine üppig mit Sahne und Früchten bestückte Schwarzwälder Kirschtorte, hatte im gleichen Moment den wohlriechenden, appetitanregenden Duft des Backwerks in seiner Nase. Der Mann hielt die Torte vorsichtig in die Höhe, präsentierte sie der ganzen Gruppe, von mannigfachem Lob begleitet.

»Ui, des sieht ja wunderbar aus! Da hasch dir aber a Müh gebe!«

»So was Gutes gibt's net alle Tag. Und die hasch wirklich ganz allein backe?«

»Also, mei Sabine isch mir schon mit Rat und Tat zur Seit gstande«, gab er zu.

»Dei Sabine? No weiß i jetzt scho, wie gut der schmeckt. Mir lauft uf jeden Fall jetzt scho 's Wasser im Maul zamme«, feixte eine Frau.

»Aber was isch mit meiner schlanke Linie?«, rief ihre Nachbarin. »Des isch doch a Kaloriebomb!«

»Hano, Marianne, du kannsch des doch gut vertrage. Im Gegesatz zu mir. Du hasch koin so Ranze wie i.«

Es dauerte nur wenige Minuten, bis die Torte zerschnitten und auf die bunten Pappteller verteilt war. Einer nach dem anderen nahm eines der üppigen Stücke entgegen, naschte von den Früchten, dem Teig und der Sahne. Die Ansage des Schaffners, dass der Zug in Kürze in Plochingen eintreffen werde, ging in den begeisterten Lobeshymnen der Gruppe unter.

»Also, der schmeckt oifach wunderbar!«

»Ehrlich gsagt, Hannes, dass du so was Gutes na kriagsch, hätt i dir net zutraut.«

»Noi, des glaubsch net. Des isch a Delikatess. Des gibt's in koiner Konditorei.«

Braig hatte den feinherben, von einem kräftigen Kirschwasser-Aroma gesättigten Duft in der Nase, spürte das Grummeln in seinem Magen. Ewigkeiten schien es her, seit er das letzte Mal etwas gegessen hatte.

»Was isch mit Ihne? Dürfet mir Ihne a Stückle abiete?«

Er schaute zur Seite, hatte die freundlich lächelnde Miene einer jungen Frau vor sich.

»Hano ja«, rief ihr Begleiter, »jetzt lasset den Mann net bloß zugucke. Dem zerreißt's ja vor lauter Heißhunger de Bauch, wenn mir älle so schmatzet.«

Braig hörte die johlenden Kommentare, wehrte sich nicht gegen das prächtige Tortenstück, das ihm samt Gabel gereicht wurde. Er steckte seine Unterlagen weg, bedankte sich, nahm den Teller entgegen. Mehrere erwartungsvolle Blicke verfolgten ihn, als er die erste kleine Kostprobe zum Mund führte. Das kräftige Aroma des saftigen, aus jeder Pore Kirschwasser atmenden Teigs nahm seine Geschmackssinne von der ersten Sekunde an gefangen. Noch bevor seine Zunge das feine Backwerk erspürte, hatte er den herb-würzigen

Duft der alkoholischen Ingredienzien in der Nase. Ein überwältigendes Geschmackserlebnis, wie er es selten erlebt hatte. Wem immer dieses Wunderwerk gelungen war, es handelte sich um einen genialen Künstler.

Er gab sich ganz dem Genuss des Augenblicks hin, sah mehrere Augenpaare erwartungsvoll auf sich fixiert. »Wunderbar«, hauchte er anerkennend. »Das haben Sie wirklich selbst gebacken?«

Der kräftige Mann wirkte verlegen. »Hano ja, mei Sabine hat mir scho a bissle gholfe.«

»Aber net viel«, meldete sich eine Frau, die eine Sitzreihe hinter dem Mann Platz genommen hatte, zu Wort, »das meischte hat er selbst gmacht.«

»Mein großes Kompliment.« Braig stippte eine Kirsche auf seine Gabel, schob sie in den Mund. »Mit echtem Kirschwasser. Das Aroma verzaubert den ganzen Kuchen.«

»A gutes Drittel«, erklärte sein Gegenüber stolz. »Beinahe hätt i die ganze Halbliter-Flasch in den Teig neigschüttet. Wenn mi mei Sabine net bremst hätt ...«

»No dätet mir jetzt scho singe und net erscht heut Abend«, rief eine Frau.

Lauter Beifall und Gelächter setzten ein. Braig nutzte die Ablenkung, ließ sich die Torte schmecken. Vom ersten bis zum letzten Bissen sah er sich in seinem Urteil bestätigt. Stück für Stück ein Hochgenuss. Alles stimmte: Die Würze des Teigs, dessen Konsistenz, die Süße der Früchte und der Sahne, die Abfolge und Stärke der einzelnen Schichten, die Zusammensetzung des ganzen Kuchens. Schade nur, dass es keine Möglichkeit gab, Ann-Katrin ein kleines Stück davon mitzubringen. Zu gerne hätte er sie an seinem Genuss teilhaben lassen.

Der Zug hatte Nürtingen erreicht, als die ersten Sektgläser kreisten. Braig sah sich trotz zaghafter Abwehr in die Gruppe einbezogen.

»Des bissle spüret Sie net«, beschwichtigte ihn die junge Frau hinter ihm, »der Kuche wirkt wie ein Schwamm. Der saugt den Alkohol auf.«

Sie prosteten einander zu, tranken auf das Wohl einer jungen Ehe.

»Die hent heut ihren ersten Hochzeitstag«, erklärte der Tortenbäcker auf Braigs Frage nach dem Anlass der fröhlichen Ausflugsfahrt, auf das einzige ältere Paar der Gruppe deutend, »mei Mutter und ihr neuer Mann. Zwölf Jahr war se verwitwet und vor einem Jahr hat se dann doch noch den Mut ufbracht. Aber erst, nachdem mir Kinder ihr koi Ruhe mehr glasse hent. Drei Kerle und zwei Mädle.« Er wies auf die Frauen und Männer in seiner Umgebung, berichtete Braig von ihrem Vorhaben, Tübingen zu besuchen und ganz besonders die Neckarinsel, »dort glei nebe dem Silcher-Denkmal sind die zwei sich nämlich vor a paar Jahr über de Weg glaufe.«

Bis der Zug die Universitätsstadt erreicht hatte, sah sich der Kommissar in die Grundlagen der familiären Verhältnisse seiner Gesprächspartner eingeweiht, er wusste darüber Bescheid, dass es zwei der mittlerweile schon über fünfzig Jahre alten Söhne zu tüchtigen Beamten im Finanzamt beziehungsweise der Verwaltung Stuttgarts und Esslingens gebracht hatten und der dritte mit großem Erfolg eine Bäckerei in der Umgebung Ludwigsburgs betrieb; eine der Töchter war mit einem Wengerter in Hessigheim verheiratet und hatte selbst schon vier Kinder, die andere arbeitete wie ihr Mann und ihr bereits zweiundzwanzig Jahre alter Sohn beim Bosch in Feuerbach.

»Und d'Mutter hat mit achtundsiebzig endlich Ja zu ihrem neue Glück gsagt.«

Der neue Lebenspartner war vierzehn Monate jünger, seit mehreren Jahren geschieden und bis zu seiner Verrentung in der Technik des Reutlinger Generalanzeigers tätig gewesen.

»Und eines Tages sieht der Kerle unser Mutter uf der Neckarinsel uf oiner Bank sitze und hockt sich zu ihr na, weil ihm die Schuhbendel ufgange sind und er die wieder zammebinde wollt. Und so kommet die zwoi in a Gspräch und jetzt sind se scho a Jahr verheiratet.«

Als Braig in Hechingen aus dem Zug stieg, war er immer noch von der heiteren Atmosphäre der vergangenen Stunde beseelt. Mochte der im Sekt oder der Kirschwasser getränkten Torte enthaltene Alkohol daran verantwortlich sein oder nicht, er schwebte leichtfüßig über den Bahnsteig direkt auf den uniformierten Kollegen zu, reichte ihm die Hand und stellte sich vor. Die Bahnfahrt war aufgelockert durch die nette Unterhaltung wie in Windeseile verlaufen, er hatte Mühe, sich jetzt auf die Umstände des Geschehens auf der Geigelfinger Steige zu konzentrieren.

»Michael Geuckler. Ich soll Sie abholen.«

Er folgte dem Beamten zum Fahrzeug, erhaschte einen Blick auf die hoch über der Stadt scheinbar halb im Himmel schwebende Burg Hohenzollern mit ihren Türmen und Festungsmauern, jedes Mal aufs Neue ein faszinierender Moment, wenn er in der Gegend unterwegs war.

»Wie im Märchen, was?«, meinte Geuckler, auf Braigs Blick anspielend. »Eine Kulisse wie geschaffen für Hollywood. Leider etwas zu weit weg von den Amis. Sonst wären die ständig hier am Drehen. Eine Seifenoper nach der anderen.« Er sprach in einem ungewohnten, Braig unbekannten Dialekt, formulierte jedes Mal »eene« statt »eine«, artikulierte das »A« fast wie ein »O«.

»Habt ihr nicht genug Touristen?«

Der Mann startete den Wagen, fuhr los. »Mir reicht es. Ich war bis jetzt nur ein Mal oben, vor drei Wochen ungefähr, an einem Samstag. Halb Europa war unterwegs.«

»Sie sind neu hier?«

»Meine Aussprache verrät mich, was?«

Braig nickte.

»Seit Januar, ja. Der Liebe wegen. Aus Erfurt. Meine neue Freundin lebt in Reutlingen.«

»Dann sind Ihnen die Verhältnisse in Geigelfingen nicht bekannt.«

»Nein«, antwortete Geuckler. »Tut mir leid. Dazu kann ich Ihnen nichts sagen. Ich weiß nur, dass der Besitzer einer Maultaschenfabrik heute Nacht von der Straße abgedrängt worden sein soll. Nicht weit vor der obersten Serpentine, direkt über einem steilen Hang. Es dauerte fast eine Stunde, bis sie seine Überreste aus dem Wrack herausgeschweißt hatten. Soweit ich informiert bin, haben sie ihn erst vor ein paar Minuten abtransportiert. Ich habe die Stelle vorhin selbst gesehen. Es war gar nicht einfach, an das völlig demolierte Fahrzeug heranzukommen. Ich beneide die Kollegen nicht, die damit beauftragt waren. Die Felswände stehen dort oberhalb und unterhalb fast senkrecht.«

Braig benötigte keine genauere Beschreibung des Steilanstiegs der Alb, er kannte ihn zur Genüge von vielen privaten, aber auch beruflichen Besuchen. Die Schwäbische Alb ragte auf einer Länge von etwa zweihundert Kilometern vom Schweizer Jura im Südwesten bis zur Frankenalb im Nordosten mit einer steilen, bis zu vierhundert Meter hohen Kante aus dem Vorland. Dieser weithin sichtbare, von Poeten und Naturliebhabern seit Langem als »blaue Mauer« besungene »Albtrauf« bestand den Erkenntnissen der Geologie nach aus besonders widerstandsfähigen Gesteinsschichten des sogenannten braunen und weißen Jura, die sich am Grund eines Meeres vor etwa 170 Millionen Jahren gebildet hatten.

Um die gewaltigen Höhenunterschiede zwischen dem Albvorland und seiner Hochfläche zu überwinden, waren seit

Jahrhunderten an verschiedenen Stellen unzählige, in Schlangenlinien verlaufende Wege und Straßen in die steil emporragenden Felsen geschlagen worden. Diese serpentinenreichen Anstiege trugen im Volksmund die Bezeichnung »Steige«. Ihr bekanntestes Exemplar war die bereits im Jahr 1850 gebaute Geislinger Steige, mittels derer die Bahn das Gebirge auf ihrem Weg von Stuttgart nach Ulm überwand.

Kaum weniger beeindruckend erklomm die Honauer Steige von Pfullingen aus direkt unter dem auf einem steilen Felsen thronenden Schlösschen Lichtenstein bei Traifelberg die Hochfläche der Alb, eine der traumhaftesten Silhouetten, die Braig je gesehen hatte. Seit ein paar Jahren waren ihm auch die exklusiven Ausblicke bekannt, die die nach Genkingen in die Höhe führende Gönninger Steige in den wärmeren Monaten bot: Nur allzu gut erinnerte er sich an die gemeinsam mit Freunden unternommene Radtour diese Serpentinenstrecke abwärts, als ihnen mehrere bergwärts parkende, mit Fotos und Ferngläsern in die Tiefe starrende Autofahrer aufgefallen waren. Deren seltsames Verhalten hatte sich ihnen erst erschlossen, als sie ihre Räder abgestellt und die von unzähligen nackten Frauen und Männern bevölkerten Wiesen und Badeseen unmittelbar unterhalb des Abhangs entdeckt hatten.

Derlei frivole Gedanken wichen jetzt aber sehr schnell aus seinem Sinn, als sie sich der von mehreren Polizeifahrzeugen in aller Eile errichteten Absperrungen und patrouillierenden Beamten gesicherten Geigelfinger Steige näherten. Er hatte den Kollegen gebeten, ihn die Stelle, an der das Auto des getöteten Mannes von der Fahrbahn abgedrängt worden war, selbst in Augenschein nehmen zu lassen, stieg wenige Meter vorher aus dem Wagen. Die Straße war an diesem Abschnitt vollkommen abgeriegelt, der Verkehr immer noch unterbrochen. Geigelfingen zu erreichen, war zu dieser Stunde – jedenfalls für Normalsterbliche – nur von Süden her möglich.

Braig trat auf die Fahrbahn, fröstelte leicht angesichts der frischen Luft, die hier in einer kräftigen Brise von der Hochfläche strich. An die sieben, acht Grad kühler als in Stuttgart, überlegte er, unerträglich heiße Sommertage waren auf der Alb fast unbekannt. Er grüßte zwei uniformierte Beamte, die gerade dabei waren, eine quer über die Straße gezogene Absperrung abzubauen, sah sich augenblicklich von der landschaftlichen Szenerie in den Bann gezogen.

Auf der Rechten eine mächtige, fast senkrecht in die Höhe ragende, bedrohlich wirkende Felswand, ab und an von kleinen, meist vom Wind verformten und verkrüppelten Büschen und Bäumen bewachsen, links, unmittelbar neben der Straße, nur von einem winzigen, vielleicht dreißig Zentimeter hohen Steinmäuerchen abgetrennt, der gähnende Abgrund. Gut und gerne hundert bis hundertzwanzig Meter Steilabfall bis zum nächsten, von einem schmalen Wald bewachsenen Vorsprung, wie er sich mit einem vorsichtigen Blick in die Tiefe selbst überzeugte. Er sah die völlig verformten Überreste eines kleinen Autos vor einem der Bäume liegen, spürte den leichten Schwindel. Nein, da gab es keinerlei Überlebenschancen, war ihm sofort klar, nicht nach einem Sturz aus dieser Höhe. Jeder, der hier von der Straße abkam, wusste, welches Schicksal ihn erwartete.

Der Schwindel wurde stärker, zwang ihn, vom Rand der Straße zurückzutreten. Er schaute sich um, sah Geuckler winken. Braig lief an einem der Männer vorbei, die die Fahrbahn mit einem Besen säuberten, entdeckte die Abdrücke, auf die sein Begleiter deutete.

»Hier«, sagte der Beamte, »da wurde er abgedrängt.«

Braig starrte auf den Asphalt, wusste sofort, was er da vor sich hatte. Bremsspuren, auffallend breite, etwa zwanzig

Zentimeter lange, im Abstand von fast zwei Metern parallel verlaufende, schwarze Verfärbungen des Asphalts, wie er sie schon oft an Unfallorten gesehen hatte. Was auffiel, war ihre Ausrichtung: Sie verliefen völlig untypisch nicht mit dem normalen Verkehrsstrom, sondern zum äußeren Rand der Fahrbahn hin.

»Da hatte es tatsächlich jemand auf den Mann abgesehen«, konstatierte Braig. Er ging in die Hocke, suchte die Straße nach weiteren Spuren ab, erkundigte sich nach den aufgefundenen Lackpartikeln. »Das Material wird untersucht?«

Geuckler winkte einem der uniformierten Beamten, wiederholte die Frage.

»Unsere Spurensicherer haben alles aufgenommen«, erklärte der Kollege. »Ich nehme an, die sind unterwegs ins Labor.«

»Das sieht nach außergewöhnlich breiten Reifen aus. Wenn mich nicht alles täuscht ...«

»Die sagten was von einem Geländewagen, waren sich aber noch nicht sicher. Jedenfalls, wenn ich das richtig mitbekommen habe.«

Braig ließ sich die Durchwahlnummer der Technik geben, bat Geuckler dann, ihn nach Geigelfingen zu bringen. Sie liefen zu dem Dienstwagen zurück, fuhren vorsichtig an der Unfallstelle vorbei, erreichten nach mehreren hundert Metern die Albhochfläche.

Die Straßensperre kurz vor den ersten Häusern des kleinen Ortes wurde von zwei uniformierten Beamten bewacht. Geuckler bremste ab, grüßte die Kollegen im Vorbeifahren. Mehrere Fahrzeuge, umringt von eifrig miteinander diskutierenden Menschen, warteten mit teilweise offenstehenden Türen auf die Weiterfahrt.

»Die scheinen ja ganz schön aufgeregt«, meinte Braig.

»Na ja, so was passiert hier bestimmt nicht alle Tage.«

»Hoffentlich nicht.«

Sie kamen am Ortsschild am rechten Rand der Straße vorbei, sahen drei oder vier Dutzend Häuser malerisch den Südhang bis zum Waldrand hoch vor sich liegen. Mittendrin eine kleine, weiße Kirche, von einem schmalen, mit einem spitzgiebligen Dach gekrönten Turm überragt. Hinter dem Gotteshaus der Friedhof, fünf Reihen im gleichen Abstand scheinbar mit dem Lineal gezogener Gräber, von Büschen und blühenden Stauden flankiert. Am Ende der Ortschaft zwei große, mehrere Stockwerke aufragende fabrikähnliche Gebäude, auf der Stirnseite des Flachdachs mit einem weithin sichtbaren Schriftzug gekrönt: *Fitterlings Hausgmachte Maultaschen*.

Das Dorf mitsamt der kleinen Firma machte einen sauberen und wohlhabenden Eindruck. Die meisten Gebäude waren weiß und relativ frisch verputzt und mit ordentlich hergerichteten, roten Ziegeldächern gedeckt, breite Garagen unmittelbar daneben. Weitläufige, mit vielfältiger Blumenpracht geschmückte Gärten fast um jedes Haus, kerzengerade gezogene Steinmauern und Holzzäune als Abgrenzungen, schmale, bis zum Waldrand reichende, asphaltierte Straßen, die sich parallel den Hügel hochzogen.

Sie passierten die Kirche, das Rathaus und den Dorfplatz mit einem kleinen, in ein rundes Bassin gefassten Brunnen, sahen das liebevoll hergerichtete Feld- und Wiesenblumenbeet vor dem Eingang des Friedhofs. Eine große, filigran ausgeschmückte Holztafel kündete vom Zeitpunkt der Gottesdienste. Braig bemerkte, dass er sich im evangelischen Teil der Alb befand.

Keine zweihundert Meter weiter hatten sie die beiden Fabrikgebäude erreicht. Eine überraschend große Menschenmenge hatte sich teils auf der Straße, teils auf dem Vorplatz versammelt, in eifrige Gespräche vertieft.

Geuckler bremste den Wagen ab, zeigte Braig den Weg zur Verwaltung der Firma. »Sie müssen mitten durch die Leute. Die stehen direkt davor.«

Der Kommissar stieg aus dem Polizeifahrzeug, sah die Blicke der Menschen auf sich gerichtet. Einer wie der andere gaffte zu ihm her. So ergeht es den Affen in der Wilhelma, überlegte er, Tag für Tag, was immer sie tun. Er versuchte, sich nicht beirren zu lassen, kämpfte sich durch die Menge, sah das schmiedeeiserne Tor der Firma vor sich. Es war angelehnt, ließ sich leicht öffnen.

»Isch des endlich der Kommissar?«, rief ein Mann.

»Lang genug dauert hats uf jede Fall«, meinte ein anderer.

Braig achtete nicht auf die Kommentare, betrat den Hof der Firma. Links und rechts die weißgetünchten Fabrikationsgebäude, davor eine mit Kisten und Paletten bestückte Rampe, die offensichtlich der Verladung der erzeugten Produkte diente. Ein kleiner, heller Lastwagen und ein dunkelblauer, mit der Firmenanschrift versehener Kombi parkten unmittelbar neben dem Tor.

Der Kommissar schaute sich um, konnte niemand entdecken. Er wandte sich der Glastür im rechten Gebäude zu, deren stark vergilbte Aufschrift *Verkauf und Büro* nur noch schwer zu entziffern war, öffnete sie. Ein Schwall intensiv nach Mittagessen riechender Luft kam ihm entgegen. Er betrat das Treppenhaus, hatte den Lärm mehrerer Maschinen und das Scheppern und Klappern von Töpfen, Deckeln und Schüsseln im Ohr. Irgendwo, etwas entfernt, der laute Disput zweier Männer, die gegen die Geräuschkulisse anschrien.

Braig sah den mit dem Hinweis *Verkauf und Büro* unterlegten Pfeil an der Wand, der in die Höhe wies, folgte den Stufen nach oben. Es handelte sich um helles, etwas abgetretenes Marmorimitat, schien frisch geputzt. Er schaute auf die Wand, betrachtete die Plakate, die mit verschiedenen Motiven *Fitterlings Hausgmachte Maultaschen* priesen. Große, strahlende Gesichter, prall gefüllte Teigstücke auf Gabeln und Löffeln präsentierend. Männer, Frauen, Kinder, alle mit der gleichen Botschaft. So anschaulich die Aufmachung auch war – Braig fühlte sich dennoch an vergangene Zeiten erinnert. Zu brav, zu bieder, zu deutlich von heilen, niemals existierenden Welten kündend. Werbung im Stil der fünfziger, sechziger Jahre – einer Epoche, die dem subjektiven Empfinden nach Jahrhunderte zurückzuliegen schien.

Er erreichte das erste Obergeschoss, sah einen kleinen Laden mit Regalen, Kühlschränken und einer breiten Verkaufstheke vor sich. In Kunststoffhüllen verpackte Teigwaren in den Regalen, in Klarsichtfolie vakuumierte Maultaschen hinter den Glastüren der Kühlschränke. Auf der Theke eine große, alte Kasse, die aus dem Treppenhaus bekannten Plakate davor. Braig starrte in eine der Kühltruhen, erkannte die dort gelagerten Maultaschen sofort wieder. Auffallend kleine Ausführung, identisch mit dem Material aus der Badewanne in Esslingen. Er war am richtigen Ort, ohne Zweifel.

Die Stimme, die ihn aus seinen Gedanken riss, kam ihm bekannt vor.

»Wellet Sie a paar von osere gute Maultäschle han?«

Er drehte sich zur Seite, sah eine Frau um die Fünfzig vor sich. Modern mit hellgrüner Hose und farblich passender Jacke gekleidet, eine weiße Bluse und ein rotes Einstecktuch darunter; eine Erscheinung, die eher Assoziationen an eine Managerin eines weltweit agierenden Konzerns in einem postmodern-sterilen Verwaltungsgebäude als an die Mitarbeiterin eines Familienbetriebs mitten auf der Schwäbischen Alb erweckte. Nur das unübersehbar verweinte Gesicht mit dem trotz notdürftiger Korrekturen noch nicht wieder vollständig in Ordnung gebrachten Make-up und der ausgeprägte Dialekt ihrer Sprache erinnerten an das Haus, in dem er sich aufhielt. Er kannte ihre Stimme vom Telefon, hatte heute Morgen bereits mit ihr gesprochen.

»Sie überleget noch, welche Sorte Sie wellet? Ob mit Fleisch oder lieber ohne?«

Braig griff in die Tasche, zog seinen Ausweis vor. »Später vielleicht«, erwiderte er. »Wir haben miteinander telefoniert. Mein Name ist Braig. Ich komme vom Landeskriminalamt.«

Sein Gegenüber hielt sich erschrocken die rechte Hand vor den Mund, schaute verlegen zu dem Besucher auf. »Oh, i bitt um Verzeihung, des han i et gwusst.«

Sie sprach, was er heute Morgen am Telefon überhaupt nicht bemerkt hatte, ein ausgeprägtes Alb-Schwäbisch, das Braig von privaten Ausflügen und beruflichen Exkursionen in die südlichen Gefilde Schwabens her kannte und besonders schätzte, weil es dem Tonfall – jedenfalls seiner Empfindung nach – einen besonders charmanten Beiklang gab. Statt das »N« bei der Verneinung beizubehalten, wie das nördlich der Alb üblich war, verschluckte sie den Konsonanten und machte aus dem »net« ein »et«, ein Sprachklang, der den Kommissar unter anderen Umständen an Urlaub, frische Luft und Natur hätte denken lassen. Im Bewusstsein dessen aber, was geschehen war, blieb ihm keine andere Wahl, als diesen Impuls zu unterdrücken und den beruflichen Pflichten nachzukommen.

»Sie müssen sich nicht entschuldigen«, versuchte er, die Frau zu beruhigen, stürzte sie mit seinem nächsten Satz jedoch in noch größere Verlegenheit. »Sie sind in der Geschäftsführung der Firma Fitterling tätig?«

Ihre Hände schossen augenblicklich in die Höhe. »Noi, so dürfet Sie des et sehe«, wehrte sie seine Vermutung ab. »I bin bloß die Sekretäre, soscht nix.«

»Frau ...?«

Sie sah seine fragende Miene, stellte sich vor. »Maria Sälzle.«

»Frau Sälzle, Sie sind also die Sekretärin von Herrn Fitterling, dem heute Nacht ...« Er stockte mitten im Satz, sah die Träne, die sich aus ihrem linken Auge löste.

»Von beide Herre«, erklärte sie mit holpriger Stimme, »so groß sind mir ette, dass jeder a eigene Sekretäre brauchet.«

»Von wem sprechen Sie?«, fragte er. Ein Schwall intensiv nach Mittagessen riechender Luft drang ihm in die Nase, brachte unwillkürlich seinen Magen zum Knurren. Er griff sich an den Leib, versuchte, das Geräusch zu unterbinden.

»Hano ja, die Firma gehört beide«, erklärte sie annähernd auf Hochdeutsch. »Dem Christian und dem Michael. Des heißt, jetzt, i mein, nachdem, was passiert isch ...« Sie wandte sich schluchzend von ihm ab, drückte beide Hände über ihr Gesicht.

Braig ließ ihr Zeit, warf einen Blick auf die gut bestückten Regale, die in Klarsichthüllen verpackte Teigwaren in den verschiedensten Formen und Farben präsentierten. Unwillkürlich fielen ihm seine Ermittlungen in der Nudelmanufaktur in Oettingen wieder ein. Die Besitzerin des kleinen Familienunternehmens war vor ein paar Jahren ermordet worden. Er erinnerte sich der mühsamen Arbeit in der Produktion des Betriebs, die ständig defekten Maschinen und veralteten arbeitsaufwändigen Methoden, mit denen dort aus Mangel an den eigentlich notwendigen Finanzen produziert worden war. Ob das Unternehmen hier mit ähnlichen Problemen zu kämpfen hatte?

Er hörte das Läuten eines Telefons in einem der benachbarten Räume, sah, wie die Frau vor ihm wieder Haltung annahm.

»Einen Moment, das isch für mich.« Sie lief in die Richtung des Büros, winkte ihm, ihr zu folgen.

Er trat aus dem Verkaufsraum, querte das Treppenhaus, sah die offene, als Büro deklarierte Tür, hinter der Frau Sälzle verschwunden war.

»Drauße wartet der Herr von der Polizei«, hörte er ihre Stimme.

Er lief ein paar Schritte weiter, fand die Frau in einem geräumigen, mit Büroschränken, einem großen Schreibtisch und mehreren Computermonitoren ausgestatteten Raum am Telefon. »Gut«, beendete sie das Gespräch, »ich richte es ihm aus.« Sie legte den Hörer zurück, wandte sich ihrem Besucher zu. »Der Herr Fitterling«, erklärte sie, »er isch noch unterwegs hierher. Er braucht nur noch a paar Minute.«

Braig nickte, beschloss, die Situation zu nutzen und sich über den Getöteten zu informieren. »Die Herren Fitterling, es handelt sich um Vater und Sohn?«

Maria Sälzle wies auf einen der Stühle, bat ihn, Platz zu nehmen. »Noi, doch et Vater und Sohn. Der Christian und der Michael, das sind Brüder.«

Er wartete, bis sich seine Gesprächspartnerin auf ihrem Bürodrehstuhl niedergelassen hatte, setzte sich ebenfalls. »Brüder. Und sie führen die Firma gemeinsam?«

Die Frau zögerte ein paar Sekunden, wandte ihren Blick zur Seite. »Hano ja, was heißt gemeinsam. Also, eigentlich ...« Sie hielt inne, schaute für den Bruchteil einer Sekunde zu ihm her, legte ihre Stirn in Falten.

»Ja?«

»Also, gemeinsam kann man et sage. Der Christian, also der ältere Herr Fitterling, isch für die Produktion und den Einkauf zuständig und der Michael, der jüngere Herr Fitterling, für den Verkauf und die Werbung. Der isch meistens unterwegs in unsere Filiale, wisset Se, der isch et so oft hier im Haus. Aber jetzt ...Wenn der Christian et mehr lebt ...« Sie verstummte, wagte nicht, die Konsequenzen des Vorgefallenen auszumalen. »I woiß et, wie es weitergehe soll.«

»Sie haben ein gutes Verhältnis zu den beiden Herren?«

Maria Sälzle benötigte ein paar Sekunden, zu sich zu finden und die Fragestellung zu begreifen. »Ein gutes Verhältnis? Hano ja, i wüsst et, was dagege spricht. Auch wenn es et immer so einfach isch, zwische ihne zu vermittle.«

Braig horchte auf. »Es gibt Differenzen?«

»Wo gibt es die et?«

Er sah ihr nervöses Kopfschütteln, bemerkte ihre zunehmend verkrampfte Körperhaltung. »Differenzen beruflicher Art«, sagte er. »Was die Geschäftsführung betrifft.«

Die Frau kämpfte mit sich selbst, konnte sich zu keiner Antwort entschließen.

»Der Verkauf läuft nicht so gut. Es gibt wirtschaftliche Probleme«, spekulierte er.

»Oh, fraget Sie das lieber den Herrn Fitterling selber. Et, dass i was Falsches sag.« Maria Sälzle ruderte verlegen mit den Armen durch die Luft. Er hatte ins Schwarze getroffen, das war nicht zu übersehen. »Die Zeite könntet besser sein, ja. Aber bitte, fraget Sie den Herrn Fitterling. I woiß et, wie lange mir noch durchhaltet.«

»Es gibt also Probleme.«

»Hano ja, mir hent grad fünf Leut entlasse müsse. Die Konkurrenz, verstehet Sie, die Konkurrenz isch zu groß.«

»Fünf Leute? Wie viele Beschäftigte hat die Firma noch? Sie wissen Bescheid?«

»Zweiunddreißig«, antwortete sie. »Aber wie lange noch? I woiß et.«

Er nickte, kannte den wirtschaftlichen Druck, dem viele Klein- und Familienbetriebe ausgesetzt waren, von seinen beruflichen Ermittlungen zur Genüge. Internationalen Großkonzernen auf Dauer Paroli bieten zu können, wurde von Jahr zu Jahr schwieriger. Ohne gemeinsam abgestimmte Bemühungen und ein durchdachtes, auf Marktnischen zielendes Konzept hatte eine kleine, unabhängige Firma nicht einmal mehr den Hauch einer Chance, ihre Produkte an den

Mann oder die Frau zu bringen. Um zweiunddreißig Arbeitskräfte bezahlen zu können, mussten eine ganze Menge Maultaschen produziert und verkauft werden. Wahrscheinlich war ein Großteil der Einwohner Geigelfingens bei der Firma beschäftigt, hing das wirtschaftliche Wohl und Wehe des Ortes weitgehend von der Prosperität des Familienbetriebs ab. War es den Brüdern nicht gelungen, sich auf einen gemeinsamen, die aktuellen Probleme bewältigenden Weg zu einigen?

»Die beiden Herren sind sich nicht einig, wie die Firma weiter betrieben werden soll?«, brachte er seine Vermutung zum Ausdruck.

Maria Sälzle ließ einen lauten Seufzer hören. »Sie gebet koi Ruhe, oder?«

»Es gehört zu meinem Beruf, keine Ruhe zu geben.«

»Bin i froh, dass i et bei de Kriminaler bin.«

Braig ließ sich nicht beirren. »Wie sehen die Differenzen aus?«, beharrte er.

»Was soll i da sage? Mir wisset halt et, ob mir allein noch a Chance hent.«

»Was heißt das? Die Firma soll verkauft werden?«

»Hano ja, darüber gibt es halt Streit.« Sie hielt inne, drückte erschrocken ihre linke Hand auf den Mund. »Also et, dass Sie jetzt denket«, versuchte sie, ihr letztes Wort aus der Welt zu schaffen, »die beide Herre hättet ...«

Doch, überlegte er, genau das denke ich. Ein Freud'scher Versprecher, es war ihr herausgerutscht, bevor sie ihren Redefluss hatte bremsen können. Und er hatte die Genugtuung, an der richtigen Stelle angesetzt zu haben. Es gab Streit zwischen den Brüdern, Streit darüber, ob die Firma verkauft werden sollte oder nicht. An wen auch immer. Streit um das gemeinsame Erbe. Auseinandersetzungen um den Besitz, das Einkommen. Ein uraltes Motiv für Mord und Totschlag. Eine geradezu klassische Wurzel unzähliger Verbrechen. Er musste dranbleiben, die Hintergründe aufdecken. Vielleicht befand er sich schon auf der richtigen Spur. »Wer will die Firma kaufen? Es gibt Interessenten?«, fragte er.

Die Frau winkte nervös mit beiden Händen ab. »Das dürfet Sie mi et frage. Die kommet aus Italien. Ein großer Konzern. Gegen die hent mir keine Chance.«

»Aber einer der Herren ist nicht damit einverstanden.«

»Der Michael«, erklärte Maria Sälzle, »der will das et. Aber der Christian ...« Sie verstummte, wandte den Kopf zur Seite, winkte mit beiden Händen ab. Braig sah die Tränen, die aus ihren Augen perlten.

Christian Fitterling, der Mann, der in dieser Nacht ums Leben gekommen war, hatte die Maultaschenfabrik also verkaufen wollen, soviel hatte er verstanden. Ganz im Gegensatz zu seinem Bruder. Was auch immer die Beweggründe dafür waren. Das schnelle Geld zu machen? Das sinkende Schiff noch rechtzeitig zu verlassen, bevor es vollends abgesoffen war? Vielleicht war die Firma schon so verschuldet, dass es gar nicht mehr viele Gelegenheiten gab, noch Gewinn aus ihrem Verkauf zu schlagen?

Er musste die finanzielle Situation des Unternehmens genau überprüfen, um Antworten auf diese Fragen zu erhalten, Michael Fitterling zudem befragen, weshalb er mit der Veräußerung des Unternehmens nicht einverstanden war. Weil er einen anderen Weg aus der schwierigen Situation zu kennen glaubte? Oder weil er der Auffassung war, dass man familiäres Erbe, mühsam aufgebauten Besitz nicht gerade so mir nichts dir nichts – und sei es auch noch so gewinnversprechend – aus den Händen gab?

»I kann es et verstande«, erklärte Maria Sälzle, »ausgerechnet jetzt, wo der Christian endlich wieder a neues Glück gfunde hat.«

Braig, aus seinen Gedanken gerissen, suchte den Sinn ihrer Aussage zu ergründen. »Von welchem Glück sprechen Sie?«

»Hano ja, die Eva, seine neue Frau.«

»Herr Fitterling ist frisch verheiratet?«

Seine Gesprächspartnerin wedelte mit ihrer Rechten abwehrend durch die Luft. »Noi, das et. Aber sie sind zueinander zoge, endlich, vor zwei Monat. Seit seiner Scheidung hat er nichts Festes mehr gehabt.«

»Er war dabei, eine feste Beziehung einzugehen.«

»Wenn Sie das so formuliere wollet, ja. Und neulich hat er auch vom Heirate gsproche. Zum ersten Mal wieder.«

»Bisher war davon nicht die Rede?«

»Seit seiner Scheidung vor über fünf Jahren et mehr, noi. Er hat einfach et den Mut zu einer neuen Verbindung aufbracht.« Sie hob wie zur Entschuldigung für das Verhalten ihres Vorgesetzten die Hände, schob die Unterlippe nach oben. »Obwohl es mi ja nix angeht, et wahr«, fügte sie dann hinzu.

Braig wollte sich gerade eingehender nach dem Privatleben des Getöteten erkundigen, als es an der Tür klopfte und ein kleiner, auffallend gut angezogener Mann das Büro betrat. Er grüßte, lief auf Braig zu, reichte ihm die Hand. Eine Wolke herben, aufdringlich nach Sandelholz riechenden Rasierwassers ging von ihm aus.

»Michael Fitterling. Mein Bruder wurde ...« Er wirkte unsicher, brach mitten im Satz ab. Seine Augen flatterten nervös hin und her.

Der Kommissar nickte, nannte seinen Namen und die berufliche Funktion. Er bekundete sein Beileid, musterte sein Gegenüber. Eine sehr auf ihr Äußeres bedachte, offensichtlich solariengebräunte Person um die Vierzig, mit aus der Stirn gekämmten, gegelten, dunklen Haaren und einer auffallenden modischen Designerbrille mit quadratischen Gläsern und bunter, rot getupfter Fassung. Bekleidet war er mit einem hellgrauen Anzug, einem weißen Hemd und blaugrau schraffierter Krawatte samt farblich passendem Einstecktuch.

Braig sah, wie sich die Frau von ihrem Stuhl erhob, mit ausgestreckter Hand auf den Mann zulief und ihm mit Tränen in den Augen kondolierte. »I weiß et, wieso das jetzt sein muss«, schluchzte sie, »es tut mir so leid.«

Fitterling gab keine Antwort, nickte ihr mit ausdrucksloser Miene zu, schob sie dann zögernd von sich. Er zog seinen Anzug wieder zurecht, überprüfte mit zitternden Fingern den korrekten Sitz seines Einstecktuchs. »Was ist da passiert?«, fragte er dann leise, mit brüchiger Stimme, »wer hat was gegen uns?« Mit fahrigen Bewegungen wies er auf den angrenzenden Raum, schlug vor, sich dort niederzulassen. »Frau Sälzle, wollen Sie nicht nach Hause?«

Die Frau wehrte mit beiden Händen entrüstet ab. »Noi, auf keinen Fall. Mir müsset weitermache, Herr Fitterling.«

Er nickte ihr zu, verließ den Raum, den Besucher hinter sich. Die herbe Rasierwasserwolke begleitete ihn auf Schritt und Tritt. Das Zimmer, in das sie jetzt kamen, ähnelte stark dem vorigen, war zweckmäßig eingerichtet mit allen Utensilien, die ein Büro benötigte, zeigte kaum Spuren einer persönlichen Note. »Das Büro meines Bruders«, erklärte er.

»Nicht Ihr eigenes?«, fragte Braig überrascht.

»Ich habe kein eigenes Büro«, antwortete er, »jedenfalls nicht hier.« Er sah die fragende Miene seines Gesprächspartners, wies auf das Fenster. »Ich bin vorrangig für den Verkauf zuständig und deshalb fast ständig im Außendienst. Meistens in einer unserer Filialen in Reutlingen, Esslingen, Ludwigsburg oder Stuttgart.«

»Sie haben die Aufgabenbereiche in Ihrer Firma genau aufgeteilt.«

Fitterling bat seinen Besucher, auf einem der Stühle an der

Innenwand des Büros, die um einen kleinen, rechteckigen Tisch gruppiert waren, Platz zu nehmen, lief nervös vor der Sitzgruppe hin und her. »Die haben wir genau verteilt, ja«, antwortete er. »Ich bin für den Verkauf und das Marketing zuständig, Christian für die Produktion. Das ist besser so, um unnötigen Streit zu ...«, er stotterte, »zu umgehen.«

»Aber ganz lassen sich Auseinandersetzungen wohl nie vermeiden.«

Der Mann blieb stehen, versuchte, einen ruhigeren, weniger aufgeregten Ton anzuschlagen. »Darf ich wissen, worauf Sie anspielen?«

»Die wirtschaftlichen Probleme Ihrer Firma.«

Fitterling schwieg ein paar Sekunden, nahm dann auf einem der Stühle seinem Besucher gegenüber Platz. »Die lassen sich nicht verleugnen, das ist richtig. Darüber berichten ja schon die Medien. Ob wir das wollen oder nicht«, erklärte er in etwas gestelztem Ton.

»Und? Wie bedrohlich ist die Situation?«

»Sie glauben, der Tod meines Bruders hat damit zu tun?«, fragte der Mann ausweichend. Er beugte den Kopf nach vorne, ließ seine Augen unsicher hin und her flattern.

»So lange Sie mir nicht das Gegenteil beweisen, muss ich die Frage zumindest offen lassen«, insistierte Braig. Er kämpfte mit sich selbst, war dabei, sich sein ablehnendes Gefühl, seine unterschwellige Antipathie dem Mann ihm gegenüber einzugestehen. Gegelte Haare, solariengebräunte Haut, affektierte Brille, geschniegelter Anzug – der aufgeputzte Gockel passte überall hin, nur nicht hierher in dieses kleine Maultaschenfabrikle auf der Alb. Hinzu kam seine unübersehbar nervöse, fast ängstliche Haltung – der Kontrast zu seiner Aufmachung hätte nicht größer sein können. Er war vom Tod seines Bruders deutlich gezeichnet, konnte seine tief reichende Betroffenheit nicht im Mindesten hinter seiner aufgebrezelten Schale verbergen. Fragte sich nur, woher das rührte: Am ehrlich empfundenen Entsetzen über den Verlust seines nahen Angehörigen oder eher ...

Braig wusste nicht, wieweit er sich in seinen Überlegungen treiben lassen, inwiefern er Michael Fitterling gar einen aktiven Part am schrecklichen Ende seines Bruders zuschreiben durfte. Die Mehrzahl aller Gewalt- und Tötungsdelikte resultierte nun einmal aus Auseinandersetzungen zwischen einander nahestehenden oder familiär miteinander verbundenen Personen – diesen Bereich besonders genau unter die Lupe zu nehmen, war die erste Pflicht eines jeden Ermittlers. Und dass es zwischen den beiden Brüdern tief greifende Zerwürfnisse und Streitereien zumindest beruflicher Art gegeben hatte, war ihm nicht nur von Frau Sälzle, sondern soeben auf seine ausdrücklichen Nachfragen hin auch von dem Mann persönlich bestätigt worden. Musste er sein unübersehbar von Nervosität geprägtes Gegenüber also fortan unter diesem Aspekt betrachten?

Er hatte noch zu keinem Urteil gefunden, sah sich von den Worten Fitterlings aus seiner Überlegung gerissen. »Sie gehen weiterhin davon aus, dass es sich nicht um einen Unfall handelt?«

Unfall oder Mord? Stand das wirklich noch zur Diskussion? Immerhin – noch hatte er den Tatbestand mit den Spurensicherern, die die Absturzstelle untersucht hatten, nicht detailliert erörtert. Die Vorabinformationen der Kollegen wie die persönliche Inaugenscheinnahme des Unfallortes auf der Geigelfinger Steige allerdings schienen stichhaltig genug, genau diese Sachlage als gegeben hinzunehmen. »Davon gehe ich aus«, erklärte er deshalb, »ja. Ihr Bruder wurde von der Straße abgedrängt. Genau an der Stelle, wo es für ihn keinerlei Überlebenschancen gab.« Er musterte das Mienenspiel des Mannes, bemerkte das fahrige Hin- und Herflattern seiner Augen.

Fitterlings bisher schon unübersehbare Nervosität schien weiter gewachsen. Er fuhr sich mit der Innenfläche seiner linken Hand über die Stirn und die Wangen, beugte den Kopf zur Seite, wandte sich vollends von dem Kommissar ab. »Und Sie glauben, es hat mit den Diskussionen um, um die Zukunft unserer, unserer Firma zu tun.« Seine Stimme zitterte, er stotterte, hatte Mühe, den Satz zu Ende zu sprechen.

Braig schob seinen Oberkörper zurück, um der aufdringlichen Duftwolke wenigstens ein Stück weit zu entgehen, versuchte, das Gesicht seines Gegenübers im Visier zu behalten. »Ihr Bruder wollte seinen Anteil an die Konkurrenz verkaufen.«

»Seinen Anteil?« Der Mann schüttelte den Kopf. »Nein. Nicht nur seinen Anteil. Die gesamte Firma!« Er legte eine Pause ein, wandte sich für einen Moment wieder dem Kommissar zu, sprach dann zögernd weiter. »Es handelt sich um das Angebot eines großes Konzerns. Mit der Hälfte geben die sich nicht zufrieden. Entweder alles oder gar nichts.«

»Sie sind dagegen.«

»Allerdings. Das ist ...« Er stockte, suchte nach dem passenden Wort. »Abzocke«, stieß er dann hervor, Braig mit erschrockenem Gesichtsausdruck kurz musternd, »Abzocke, sonst nichts. Die kennen unsere gegenwärtige ...« Fitterling hielt erneut inne. Er schien genau zu überlegen, wie er seinen Satz formulieren sollte. »Die kennen unsere derzeitige, nicht besonders erquickliche Lage und wollen sie ausnützen.«

»Der Konzern bietet Ihnen also zu wenig Geld. Deshalb sind Sie gegen den Verkauf.«

»Zu wenig Geld?« Der Mann schien getroffen. »So einfach ist die Welt, wie? Mehr Geld her und alle lassen sich kaufen.« Er strich mit zitternden Händen mühsam eine Falte auf seinem Anzug zurecht, öffnete seine Jacke, um den Stoff zu glätten, knöpfte sie wieder zu.

Ein Schwall herben Rasierwassers stieg Braig in die Nase.

»Meiner Erfahrung nach gibt es kaum einen Menschen, der sich dagegen wehren würde, mehr Geld zu erhalten«, wandte er ein.

Fitterling schüttelte den Kopf. »Das ist nicht der Punkt. Natürlich will ich mein Hab und Gut nicht unter Wert ...« Er wusste nicht weiter, schluckte, hatte Mühe, sich zu konzentrieren. »Ich will es nicht ... verschleudern«, stieß er dann hervor, »völlig unter Wert, wenn ich auf deren Angebot eingehen würde. Nein, der entscheidende Grund liegt ...« Er legte eine Pause ein, versuchte, sich zu sammeln.

Braig glaubte zu sehen, wie es in dem Mann arbeitete.

»Ich bin immer noch felsenfest davon überzeugt, dass wir es weiterhin allein schaffen können«, sagte Fitterling dann. »Mit einer Neuausrichtung unseres Marketings und auch eines Teils der Produktion, ja. Aber ohne unsere Firma dabei im Schlund dieses gefräßigen Raubtieres verschwinden zu lassen. Die entsprechenden Grundlagen dazu sind weitgehend erarbeitet, ich bin gerade dabei, sie fertigzustellen. Ich weiß nicht, ob Sie das nachvollziehen können oder nicht, aber dieses Unternehmen bedeutet mir zu viel, als dass ich bereit wäre, von heute auf morgen auf alles zu verzichten. Wir haben alles gemeinsam aufgebaut. Meine Eltern, mein Bruder und ich. Die Firma gerade so aus der Hand zu geben, dazu bin ich nicht bereit.«

Braig wunderte sich über die theatralisch anmutenden Ausführungen seines Gegenübers. Fitterling schien wieder an Selbstvertrauen gewonnen und einen Teil seiner Nervosität überwunden zu haben. Ob seine Worte allerdings ehrlich gemeint oder nicht eher dazu gedacht waren, bei seinem Zuhörer Eindruck zu schinden, ihm ein bestimmtes Bild, nämlich das des verantwortungsvollen, der familiären Tradition verpflichteten Firmenerben zu vermitteln, wagte er nicht zu beurteilen.

Was Braigs Zweifel verstärkte, war die Körperhaltung des Mannes: Fitterling hing immer noch mit eingezogenen Schultern und deutlich nach vorne gebeugtem Oberkörper in seinem Stuhl; seine Augen huschten nach wie vor ziellos im Raum umher. Der Kommissar verfolgte die fahrigen Bemühungen seiner Hände, sein Einstecktuch zurechtzuzupfen, sah, wie der Mann sich nach unten streckte und über seine blank polierten, hellbraunen Schuhe wischte. Nein, er konnte seine von Anfang an vorhandenen Zweifel an der Aufrichtigkeit seines Gesprächspartners nicht länger unterdrücken. Wollte er sich über die wahren Hintergründe der Auseinandersetzungen um die Zukunft der Firma informieren – und dazu sah er sich verpflichtet –, dann musste er seine Erkundungen an anderer Stelle fortsetzen. Vielleicht bei Frau Sälzle, sobald er sie unter vier Augen zu sprechen bekam.

Er versuchte, sich über sein weiteres Vorgehen klar zu werden, brachte die Angelegenheit vor, deretwegen er ursprünglich auf die Firma aufmerksam geworden war. »Sie sind für den Verkauf Ihrer Produkte zuständig, haben Sie erzählt. Bedeutet das, dass Sie Ihre wichtigsten Kunden persönlich kennen?«

Fitterling schien die Frage nicht zu verstehen. »Wieso sollte ich die persönlich kennen?«

»Na ja«, Braig präzisierte sein Anliegen, »Leuten, die größere Mengen Ihrer Produkte kaufen, kommt für die Existenz Ihrer Firma doch besondere Bedeutung zu. Ich meine, je mehr Maultaschen ein Kunde bei Ihnen erwirbt, desto wichtiger ist er für Sie. Deshalb könnte ich mir vorstellen, dass Sie sich um solche Käufer besonders bemühen, dass Sie sie hofieren und vielleicht versuchen, Ihre Identität zu ermitteln, um sie ab und an mit speziellen Angeboten bekannt zu machen.«

»Ah, ich verstehe.« Sein Gegenüber schien endlich zu begreifen. »Ja, natürlich kümmern wir uns um Großabnehmer. Das ist meine persönliche Aufgabe. Über zwei Drittel unserer Produktion verkaufen wir auf diesem Weg. Aber – was hat das mit Christian zu tun?«

»Ich weiß nicht, ob es einen Zusammenhang gibt«, bekannte der Kommissar. »Aber wir sind bei den Ermittlungen zu einem anderen Verbrechen auf Ihre Firma gestoßen.«

»Ein anderes Verbrechen?« Fitterling starrte ihm zum ersten Mal im Verlauf ihrer Unterhaltung mehrere Sekunden lang mitten ins Gesicht. Die fahrigen Bewegungen seiner Augen, das nervöse Zittern seiner Hände hatten ein Ende gefunden. Der Mann war vollkommen von Überraschung gezeichnet.

»Vielleicht haben Sie in der Zeitung davon gelesen oder in den Nachrichten davon gehört.« Braig sah das erstaunte Kopfnicken des Mannes, berichtete in groben Zügen von dem Geschehen in Esslingen.

»Und das sollen unsere, unsere Maultaschen sein?«, stotterte Fitterling ungläubig.

»Meine Kollegen sind dabei, das detailliert zu überprüfen. Aber eigentlich haben wir keine Zweifel mehr.« Er griff in seine Tasche, zog eine kleine Kunststoffbox vor, öffnete sie, schob sie über den Tisch.

Sein Gesprächspartner starrte gebannt ins Innere, musterte die Maultaschen, die Braig ihm präsentierte.

»Und?«, fragte der Kommissar. »Kommen sie Ihnen bekannt vor?«

Fitterling nahm eines der kleinen Exemplare aus der Box, drehte es auf die Seite, tastete es ab. »Aber wieso, ich verstehe nicht ...«

»Sind das Ihre Maultaschen?«, insistierte Braig.

»Ja, das sind unsere. Ja, auf jeden Fall.«

»Keine Zweifel?«

»Zweifel?« Der Mann legte die Maultasche wieder zurück,

schüttelte den Kopf. »Nein, warum sollte ich daran zweifeln? Das sind unsere, da bin ich mir absolut sicher. Wo haben Sie die her? Von ...«

»Aus der Wanne«, erklärte Braig. »Aus Esslingen. Das Opfer heißt Allmenger, Roland mit Vornamen. Der Name ist Ihnen bekannt?«

Fitterling betrachtete grübelnd die Kunststoffbox mit den Maultaschen, verneinte dann. »Tut mir leid, mit dem Namen kann ich nichts anfangen.«

»Er ist nicht als Kunde bei Ihnen verzeichnet?«

»Einen Moment, bitte. Ich werde das überprüfen.« Der Mann erhob sich, lief zu dem Computer auf dem Schreibtisch, fuhr das Programm hoch, machte sich an der Tastatur zu schaffen. Innerhalb einer einzigen Minute wusste er Bescheid. »Nein, wir haben keine Person mit diesem Namen in unserer Kundenliste. Weder in unserer Verkaufsstelle in Esslingen noch sonst wo.«

Braig nickte, hatte diese Antwort insgeheim befürchtet. Allmenger war schließlich das Opfer, nicht der Täter. Derjenige, der den Mann in die Wanne gezwungen hatte, war wohl kaum in der Hoffnung in seine Wohnung gekommen, dort so viele Maultaschen vorzufinden, dass er mit ihnen die Wanne bis oben füllen konnte, er hatte sie sicher selbst mitgebracht. War sein Name in der Kundenkartei der Firma zu finden? »Das Verzeichnis Ihrer besten Kunden. Wie umfangreich ist es?«, fragte er.

Fitterling erbleichte. »Sie wollen doch wohl nicht ...« Er schüttelte den Kopf. »Das dürfen Sie nicht, dazu haben Sie kein Recht.«

»Es sind viele?«

»Das geht nicht, unmöglich. Wir sind auf das Vertrauen unserer Kunden angewiesen. Unsere Geschäftsbeziehungen basieren auf äußerster Diskretion. Sie können nicht einfach ...«

»Ja, ja«, versuchte Braig ihn zu beschwichtigen, »jetzt beruhigen Sie sich wieder.«

»Wir beliefern die teuersten Restaurants, überall im ganzen Land. Gourmettempel, Sternelokale, um Gottes willen, das darf nicht an die Öffentlichkeit!« Er sprang vom Schreibtisch weg, baute sich vor Braig auf. »Ich lasse nicht zu, dass Sie unsere Firma ruinieren!«

Braig sah die aufgeregte Miene des Mannes, streckte seine Hand aus, versuchte, sein Gegenüber mit einer abwiegelnden Geste zu beruhigen. »Jetzt regen Sie sich nicht unnötig auf«, erklärte er, »das war doch nur eine Frage. Für den äußersten Notfall. Wenn wir überhaupt nicht weiterkommen. Vielleicht hat meine Kollegin inzwischen neue Informationen. Dann haben sich meine Überlegungen bereits erledigt.«

Fitterling fand nur langsam wieder zur Ruhe. »Warum fangen Sie dann überhaupt damit an? Unser Kundenverzeichnis ist unser Kapital. Ich kann es nicht zulassen, dass es in falsche Hände gerät. Was glauben Sie, wie sehr sich dieser Konzern dafür interessiert.«

Braig ging nicht mehr auf das Thema ein, um den Mann nicht weiter zu provozieren. Die Kundenkartei schien ein heikles Kapitel, soviel war ihm klar, eines der wichtigsten Betriebsgeheimnisse der kleinen Firma. Es in irgendeiner Weise infrage zu stellen, konnte den endgültigen Ruin des Unternehmens nach sich ziehen. Das konnte er nicht riskieren. Er musste mit Neundorf sprechen, ihr weiteres Vorgehen im Fall Allmenger abklären. Im Moment war es sinnvoller, sich auf das Geschehen auf der Geigelfinger Steige zu konzentrieren. »Eine ganz andere Frage«, sagte er deshalb, »wissen Sie, wohin Ihr Bruder gestern Abend unterwegs war?«

Fitterling nahm den Themenwechsel erstaunt zur Kenntnis, benötigte mehrere Sekunden, sich auf Braigs neues Anliegen einzustellen. »Gestern Abend?«

»Ja. Er war allein im Auto, wie meine Kollegen festgestellt haben. Wohin wollte er?«

Sein Gegenüber schob die Unterlippe hoch, überlegte. »Ich habe keine Ahnung. Sie haben mit Eva gesprochen?«

»Sie meinen die Partnerin Ihres Bruders?«

Fitterling nickte. »Christian lebt mit ihr zusammen. Hier in Geigelfingen, keine zweihundert Meter von uns entfernt. Sie müsste es wissen.«

»Wo finde ich die Frau?«

»Wahrscheinlich hier in der Firma. Eva Seibold. Sie arbeitet in der Produktion. Am besten, Sie sprechen mit Frau Sälzle. Die weiß bestimmt Bescheid.«

»Das werde ich tun, danke. Wann hatten Sie zuletzt Kontakt mit Ihrem Bruder?«

Sein Gesprächspartner warf ihm einen erstaunten Blick zu. »Ich? Wieso ich?«

»Sie sind sein Bruder und gemeinsam mit ihm für diese Firma verantwortlich. Das ist doch richtig, oder?«

»Ja«, bestätigte Fitterling, »schon.« Er hob seine Hände, zuckte mit der Schulter. »Also, ich verstehe zwar nicht, wieso Sie das interessiert, aber ... Kontakt zu Christian ... Ach so, ja, jetzt fällt es mir wieder ein. Gestern Morgen haben wir telefoniert.«

»Telefoniert? Sie hatten keinen persönlichen Kontakt?«

»Nein. Ich wohne in Reutlingen. In unserem Verkaufsgebäude. Wir haben dort mehrere Wohnungen.«

»Und gestern Abend? Wo waren Sie da?«

Der Mann schien den Boden unter den Füßen zu verlieren. Er stand stocksteif vor dem Tisch, starrte mit großen Augen zu Braig hinunter. »Sie wollen wissen ...?«

»Ja«, bestätigte der Kommissar, »wo Sie sich gestern Abend

aufgehalten haben. So zwischen zwanzig und vierundzwanzig Uhr etwa.«

Fitterling benötigte auffallend viel Zeit, bis er zu einer Antwort fähig war. »Ich war zu Hause. In Reutlingen. In meiner Wohnung.«

»Die ganze Zeit?«

»Ja. Den ganzen Abend.«

»Und das kann jemand bezeugen?«

Er hätte sich die Antwort sparen können, Braig hatte sie, das Mienenspiel des Mannes unmittelbar vor sich, bis ins Detail geahnt.

»Nein«, erklärte Fitterling mit brüchiger Stimme, »das kann niemand bezeugen. Ich war die ganze Zeit allein.«

9. Kapitel

Der Anruf war kurz nach elf Uhr am frühen Mittwochmittag eingegangen. Der Beamte, der ihn entgegengenommen hatte, war so geistesgegenwärtig gewesen, ihn sofort an Neundorf weiterzuleiten.

Die Stimmen zweier junger Männer am Ohr, der eine unmittelbar in sein Handy sprechend, der andere offensichtlich daneben stehend und die Behauptungen seines Freundes alle paar Sekunden bekräftigend, hatte sie ihren Erklärungen skeptisch gelauscht.

»Ihr wollt mir also sagen, dass es sich bei dem Phantombild in der Zeitung um diesen Herrn Silcher handelt, der an eurer Schule in Ludwigsburg unterrichtet und ihr schwört Stein und Bein, dass ihr nicht deswegen anruft, weil ihr eurem Lehrer eins reinwürgen wollt, von wegen Rache für schlechte Noten oder zu schwere Klassenarbeiten und so?«, hatte sie ihre Gesprächspartner mehrfach ermahnt. »Ihr wisst, was es bedeutet, eine Polizeibeamtin an der Nase herumzuführen?«

»Glauben Sie, ich wäre so blöd, mit meinem eigenen Handy anzurufen, wenn ich Sie verarschen wollte? Sie haben meine Nummer doch garantiert längst überprüft.«

»Überprüft noch nicht«, hatte Neundorf erklärt, »aber sie ist registriert, das ist richtig. Gut, dann will ich euch mal Glauben schenken. Weshalb meint ihr, dass es sich bei der gesuchten Person um Herrn Silcher handelt?«

»Das habe ich Ihnen doch gerade erzählt. Weil wir ihn in der Zeitung erkannt haben, und zwar wir beide, unabhängig voneinander. Ich sehe das Bild vor mir und denke, Mensch Alter, das ist doch die Petersilie ...«

»Wie bitte?«, hatte Neundorf seine Ausführungen unterbrochen.

»Wir nennen ihn Petersilie. Er heißt Peter Silcher, verstehen Sie? An unserer Schule ist er bei allen nur die Petersilie.«

»Ah ja. Du hast ihn also in der Zeitung erkannt ...«

»Ja. Und genau in dem Moment, wo ich denke, Mensch Alter, das ist doch die Petersilie, fängt Jan Erik neben mir auch damit an: ›Du, Alter, mich laust der Affe, das ist die Petersilie. Ist er doch, oder?‹ Wir haben ihn beide erkannt, gleichzeitig. Am Gesicht, seiner Nase und den dicken Backen, alles typisch Petersilie. Und dann ist in dem Text darunter auch noch die Rede von einer großen, dunklen Jacke, die er trägt. Auch die kennen wir. Auf jedem Ausflug hat er die an. Seit Jahren. So eine dicke, dunkle, viel zu große Jacke. Petersilies Reizwäsche. Die kennt an unserer Schule jeder.«

»Gut, ihr scheint euch ja ziemlich sicher zu sein, was Herrn Silcher betrifft. Wisst ihr zufällig, ob er heute Morgen noch Unterricht hat?«

»Allerdings hat er das. Bei uns. Fünfte und sechste Stunde. Grundkurs Biologie. Wir warten ja auf ihn. Erste und Zweite Chemie, Dritte und Vierte hohl, weil die Kreiter auf Austausch in England ist, Fünfte und Sechste Bio bei der Petersilie. Wegen der Hohlstunden eben kamen wir auch dazu, in die Zeitung zu schauen. Sonst hätten wir ihn nicht gesehen.«

»Gut. Dann bedanke ich mich für euren Anruf. Wir kümmern uns darum. Um eines möchte ich euch allerdings noch bitten: Ihr müsst mir versprechen, mit niemand darüber zu reden, dass ihr Herrn Silcher auf dem Bild erkannt habt. Ist das klar?«

»Unser heiliges Ehrenwort.«

»Also. Ich mache mich gleich auf die Socken. Vielen Dank für die Information.«

Neundorf hatte sich den Namen und die Anschrift der Schule sowie der beiden Anrufer notiert, sich dann noch die

Nummer und die genaue Lage des Raums, in dem Silcher den Grundkurs Biologie unterrichtete, schildern lassen. Ihre von Anfang an vorhandene Skepsis, die Behauptung der beiden jungen Männer betreffend, war nicht gewichen: Nicht, weil sie fürchtete, auf einen plumpen Dumme-Jungen-Streich hereinzufallen, sondern eher, was die Aussagekraft des Phantombildes anbelangte. Dass die beiden Informanten ihrem Lehrer übel mitspielen oder sich wenigstens von einer oder zwei lästigen Unterrichtsstunden an diesem Mittag befreien wollten, schien ihr weniger wahrscheinlich; weit größer aber war ihre Befürchtung, dass der Mann einer Verwechslung zum Opfer fiel, die auf dem Unbekannten in der Zeitung ähnlichen Gesichtszügen beruhte. Die große, dunkle Jacke, die Diebele beobachtet und an die sich die beiden jungen Männer erinnert haben wollten, konnte wohl kaum als ernsthaftes Indiz dafür herhalten, dass Silcher tatsächlich mit dem Gesuchten identisch war: Welche Person in diesem Land hatte nicht eine große, dunkle Jacke für kalte oder nasse Tage im Schrank hängen?

Ohne große Hoffnung, in der Angelegenheit wirklich Fortschritte zu erzielen, hatte sie die Kantine aufgesucht, eine Portion Spaghetti Bolognese und einen kleinen Salat bestellt, war dann nach einer im Büro getrunkenen Tasse Kaffee nach Ludwigsburg gefahren. Sie kannte die Lage des Gymnasiums; mehrere Schulen in unmittelbarer Nähe des Bahnhofs. Sie hatte nicht lange suchen müssen, bis sie den Eingang fand. Kurz vor dreizehn Uhr hatte sie vor dem beschriebenen Raum Stellung bezogen, das Läuten der Pausenglocke, einen vornehmen melodischen Gong, abgewartet, dann, nachdem mehrere etwa achtzehn Jahre junge Frauen und Männer durch die geöffnete Tür nach außen gekommen waren, das Unterrichtszimmer betreten.

Die Einrichtung erinnerte an ein naturwissenschaftliches

Labor, mehrere Leitungen und dünne Rohre in verschiedenen Farben auf den jeweiligen Arbeitstischen endend, mit Hähnen und rot leuchtenden Knöpfen individuell zu bedienen. Computermonitore auf jeder Arbeitsplatte, an der Decke ein Beamer, verschiedene Apparaturen vorne auf dem Lehrerpult. Der Raum hatte nicht mehr viel gemein mit dem, was sie aus ihrer Schulzeit kannte, lediglich das große Wasserbecken an der Seite, die Tafel an der Stirnwand sowie das dem menschlichen Körper nachgeahmte Kunststoff-Skelett gehörten damals schon zum Inventar eines Biologie-Raums. Vertraut schien ihr auch der leichte Formalingeruch, den die leise surrende Klimaanlage nicht aus der Luft zu verbannen schaffte.

Sie sah die verwunderten Gesichter einiger junger Frauen, die ihre Taschen und Rucksäcke packten, bemerkte das verlegene Grinsen zweier junger Männer, die ihr Auftauchen interessiert zu verfolgen schienen. Die beiden Informanten?

Neundorf bemerkte, dass die einzige etwas ältere, mit einem weißen Kittel bekleidete Person gerade auf eine Tür auf der anderen Seite des Raums zusteuerte, verschwendete keine Zeit, sich um die jungen Leute zu kümmern. Sie beeilte sich, lief dem Mann, der eine dickbauchige, mit einer Flüssigkeit gefüllte Flasche in den Händen hielt, hinterher, sprach ihn an. »Herr Silcher?«

Die Person blieb stehen, drehte sich zur Seite, warf ihr einen überraschten Blick zu.

Eine Ähnlichkeit mit dem Phantombild war in der Tat vorhanden. Neundorf starrte dem Mann ins Gesicht, musterte ihn gründlich. Ein breitschultriger, kräftiger Mann Mitte vierzig mit einer auffallend großen Nase, etwa so, wie Diebele den von ihm beobachteten Unbekannten beschrieben hatte. Ihre Skepsis, den Anruf der beiden Schüler betreffend, schwand deutlich.

»Ja?« Silcher betrachtete sie mit kritischem, leicht genervt wirkendem Blick. Ich habe genug von der Schule, dem Geschrei und dem Generve, schien er zu denken, ich will nach Hause.

»Wir müssen miteinander sprechen«, erklärte sie.

»Wer sind Sie?«

Sie schaute sich um, sah, dass sich immer noch ein paar Schülerinnen und die beiden Schüler im Raum befanden, zögerte. »Unter vier Augen.«

»Unter vier Augen?« Der Blick des Mannes verdüsterte sich augenblicklich. »Es geht um eine Note«, sagte er dann.

Neundorf schüttelte den Kopf. »Nein«, erwiderte sie. »Es hat nichts mit der Schule zu tun.«

»Wie bitte?« Er hatte keine Lust oder keine Zeit, sich auf sie einzulassen, soviel war deutlich zu erkennen, hielt die dickbauchige Flasche abwehrend vor sich hin.

Sie griff nach ihrem Ausweis, streckte ihn ihm vors Gesicht.

Silchers Augen wanderten zu ihrer Kennkarte, blieben verwundert dort haften. Er runzelte die Stirn, musterte sein Gegenüber. »Frau Neundorf. Sie wollen wirklich zu mir?«

»Unter vier Augen«, wiederholte sie.

Endlich schien er ihr Angebot, Diskretion vor seinen Schülern zu wahren, zu begreifen. »Einen Moment, bitte.« Er lief zurück, stellte die Flasche auf der Arbeitsplatte am Fenster ab, bat die Schüler, den Raum zu verlassen.

»Ach, wir stören«, meinte eine der jungen Frauen, einen Schmollmund ziehend.

»Ein Rendezvous«, fügte eine andere grinsend hinzu.

Silcher verzichtete auf jeden Kommentar, wartete, bis alle außer Neundorf verschwunden waren, ließ dann die Tür ins Schloss fallen. Mit neugierigen Augen kam er auf sie zu. »Darf ich fragen, was Sie von mir wollen?«

Sie wies auf die zweite noch offene Tür, wartete, bis er auch sie verschlossen hatte.

»Mein Gott, das muss ja schlimm sein, was Sie mir zu sagen haben, wenn Sie so auf Diskretion achten.« Er kam zurück, ließ sich gemeinsam mit ihr in der ersten Reihe nieder.

»Roland Allmenger«, sagte Neundorf, das Gesicht ihres Gegenüber aufmerksam musternd.

Silcher wandte den Blick von ihr ab, überlegte. »Er hat bei uns Abitur gemacht?«

Sie zuckte mit der Schulter. »Keine Ahnung.«

»Es muss jedenfalls lange her sein«, ergänzte er. »Ich kann mich nicht mehr an ihn erinnern.«

»Er wohnt in Esslingen. Im Stadtteil Sulzgries, um es genauer zu sagen.«

»In Sulzgries?«

Sie sah, wie er leicht erbleichte.

»Gestern Morgen waren Sie bei ihm.«

»Ich?«, rief er laut. Er warf seinen Oberkörper ruckartig nach vorne, starrte sie mit vor Überraschung geweiteten Augen an.

»In Sulzgries«, wiederholte sie laut. »Gestern Morgen, acht Uhr. Wir haben mehrere Zeugen. Jetzt geben Sie es schon zu.«

Silcher stöhnte laut, rang um Luft. »Mein Gott, ja, in Sulzgries, ich war dort, okay. Aber, aber, weshalb ...«

»Sie waren allein? Oder gibt es weitere Täter?«

»Weitere Täter?« Der Mann schüttelte den Kopf, prustete laut. »Was soll das denn bedeuten? Natürlich war ich allein. Aber mein Gott, können Sie mir mal erklären, was Sie das angeht?«

Neundorf ließ sich nicht beirren. »Allmenger. Warum?«

Ihr Gegenüber sprang von seinem Stuhl. »Was wollen Sie denn die ganze Zeit mit diesem Allmenger? Ich kann mich an keinen Schüler dieses Namens erinnern, kenne auch sonst keine Person, die so heißt. Was hat der Kerl denn mit Silke zu tun?«

»Silke? Was für eine Silke?«

»Mein Gott, jetzt tun Sie doch nicht so! Sie fragen doch die ganze Zeit nach Sulzgries. Wissen Sie jetzt Bescheid, oder nicht?«

»Silke?«, wiederholte Neundorf. »Ihre Mittäterin? Wer ist diese Silke?«

»Meine Mittäterin?« Der Mann musste an sich halten, lachte dennoch laut los. »Mein Gott, so kann man das auch formulieren, ja. Silke, meine Mittäterin.« Er drehte sich zur Seite, schüttelte immer noch lachend den Kopf. »Das muss ich ihr erzählen, das ist gut.« Er ließ sich auf seinen Stuhl fallen, donnerte mit der Faust auf die Arbeitsplatte. »Ich weiß zwar nicht, was Sie das angeht und wie das bei Ihnen abläuft, aber bei mir ist das irgendwie immer ähnlich: Wenn zwei sich im Bett miteinander vergnügen, gibt es immer zwei Täter. Ja, Silke ist wirklich meine Mittäterin.«

10. Kapitel

Michael Fitterling hatte für den gesamten Abend, an dem sein Bruder dem mörderischen Attentat zum Opfer gefallen war, kein Alibi vorzuweisen – Braig war sich bewusst, was das bedeuten konnte. Die beiden Firmeninhaber waren geprägt gewesen von völlig unterschiedlichen Vorstellungen, was die Geschäftspolitik und die Zukunft des gemeinsamen Unternehmens anbetraf; Streit um den Verkauf des Betriebes; Auseinandersetzungen darüber, ob man allein durchhalten konnte oder nicht doch den Rückhalt eines großen Konzerns benötigte; Angst um das eingesetzte Kapital; Befürchtungen, im schlimmsten Fall seinen gesamten Besitz, die kompletten Lebensgrundlagen zu verlieren. Konflikte ohne Ende, noch dazu innerhalb einer Familie, zwischen zwei Brüdern. Kain und Abel? Kriminalistisch gesehen der geradezu klassische Nährboden für ein Gewaltverbrechen – wie aus dem Lehrbuch der Polizeihochschule.

»Sie haben wirklich keine Person, die Ihre angebliche Anwesenheit in Ihrer Wohnung in Reutlingen belegen kann?«, hatte Braig nachgefragt. »Kein Familienmitglied?«

Fitterling hatte nur mit der Schulter gezuckt.

»Sie sind nicht verheiratet?«

»Doch«, hatte der Mann erwidert. »Aber meine Frau ist zur Zeit bei ihrer Mutter. In Berlin. Sie ist krank, benötigt Hilfe.«

»Und was haben Sie den ganzen Abend getan?«

»Geschäftsunterlagen studiert. Das neue Produktions- und Vertriebsmodell, das ich verwirklichen möchte.«

»Mit dem Ihr Bruder aber nicht einverstanden war.«

»Da gingen unsere Ansichten auseinander, ja.«

Er hatte ihn gerade danach fragen wollen, wie denn das neue Geschäftsmodell konkret aussah und weshalb sein Bruder nicht damit einverstanden gewesen war, als es an der Tür klopfte und ein ihm unbekannter Mann den Kopf in den Raum streckte.

»Herr Fitterling, ich bitte um Verzeihung. Ich will nicht stören, aber was ich heute Morgen hören musste ...« Er betrat das Büro, schloss die Tür hinter sich, lief mit bedächtigen Schritten auf den Firmeninhaber zu, reichte ihm die Hand. »Ich kann es nicht fassen, ich bin vollkommen am Ende. Mein aufrichtiges Beileid.«

Braig schätzte den Neuankömmling auf Anfang, Mitte fünfzig, ein sympathischer, vornehm wirkender, mit einem dunklen Anzug, einem weißen Hemd und einer anthrazitfarbenen Krawatte bekleideter Mann. Ein schmaler, schütterer Haarkranz umrahmte halbmondförmig seine ausgeprägte Glatze. Er hatte ein rundliches, von dunklen Augenbrauen und einer Stupsnase gezeichnetes Gesicht, lächelte freundlich. Die beiden Männer schüttelten einander die Hände, wortlos im Schmerz des Verlustes vereint, lösten sich nur langsam wieder voneinander.

»Ich werde alles tun, Ihnen über die nächsten Tage und Wochen zu helfen. Alles, was in meiner Macht steht.«

Fitterling nickte, bedankte sich für das Mitgefühl, wies dann auf Braig. »Die Polizei ist hier. Sie sind auf der Suche ...« Er vollendete den Satz nicht, überließ es der Fantasie des Besuchers, die fehlenden Worte zu ergänzen.

Der Mann trat zwei Schritte zur Seite, wandte sich Braig zu. »Stollner ist mein Name«, erklärte er. »Klemens Stollner. Ich bin der Bürgermeister.« Er reichte dem Kommissar die Hand, deutete eine leichte Verbeugung an, seufzte dann laut. »Ja, das ist schrecklich. Ich konnte es kaum glauben, als ich es hörte.«

»Wer hat es Ihnen mitgeteilt?«, fragte Braig, nachdem er sich vorgestellt hatte.

»Meine Frau«, antwortete Stollner. Er fuhr sich mit der Hand über die Glatze, tastete sie sorgsam ab. »Ich war mitten in einem Kundengespräch, als der Anruf kam. Da noch ein Geschäft abschließen ... ich war kaum im Stande dazu.«

»Ein Geschäft für die Gemeinde abzuschließen?«

»Nein, ich arbeite bei einer Bank in Reutlingen«, erklärte der Mann. »Geigelfingen kann sich keinen voll bezahlten Bürgermeister leisten, wenn Sie das meinen. Das ist ein Ehrenamt.« Er lächelte Braig freundlich zu, hob seine rechte Hand, streckte ihm alle fünf Finger entgegen. »Wir haben gerade mal fünfhundert Einwohner. Selbst wenn wir Luitlingen, unsere Teilgemeinde, dazurechnen. Fünfhundertachtzehn, um es genau zu sa...« Er hielt mitten im Wort inne, starrte erschrocken zu Fitterling hinüber, presste seine Lippen aufeinander.

Braig wusste sofort, was den Mann so erschütterte. Fünfhundertachtzehn Einwohner, das war der Stand von gestern, nicht die aktuelle Zahl ...

»Ich kann es nicht fassen«, brachte Stollner seine Empfindungen auf den Punkt, »ausgerechnet jetzt auch noch, in dieser Situation.«

»Sie sprechen von den wirtschaftlichen Problemen der Firma?«

»Geigelfingen und Fitterlings Maultaschen gehören zusammen. Und das muss so bleiben. Unbedingt!«, erklärte der Bürgermeister. Er wandte sich von Braig ab, dem Inhaber der Firma zu. »Heute Abend um zwanzig Uhr, Herr Fitterling. Ein kurzer Gottesdienst, zu Ehren Ihres Bruders. Hier in der Kirche. Ich bin gerade auf dem Weg dorthin. Mit der Pfarrerin habe ich bereits gesprochen. Sie bereitet sich schon vor.«

Fitterling sah auf, runzelte die Stirn. »Heute Abend?«

»Nur ein kurzer Gottesdienst. Noch keine offizielle Trauerfeier«, erklärte Stollner. »Ein erstes meditatives Gedenken.

Zwei, drei Stücke mit der Orgel, dazu ein paar nachdenkliche Worte der Pfarrerin. Das sind wir Ihrem Bruder schuldig.«

Fitterling hob abwehrend beide Hände, verzichtete aber auf jedes Wort.

»Das bereite ich also vor.« Der Bürgermeister schaute auf seine Uhr, deutete dann zur Tür. »Wenn ich Ihnen in irgendeiner Weise behilflich sein kann, Herr Fitterling, jederzeit. Aber jetzt muss ich kurz in die Kirche, Frau Maier wartet. Ich bin mit ihr verabredet. In fünfzehn Minuten, um es genau zu sagen. Und vorher möchte ich noch der Partnerin Ihres Bruders kondolieren.«

»Dieser Eva ...?«, mischte Braig sich ins Gespräch, vergeblich nach dem Familiennamen suchend.

»Eva Seibold, ja«, bestätigte der Mann. »Sie wollen ebenfalls zu ihr?«

»Ich möchte mit ihr sprechen, ja«, antwortete er. »Falls sie dazu fähig ist.«

Stollner wiegelte mit der Hand ab. »Das wird nicht so einfach sein. Frau Seibold hat nahe am Wasser gebaut, wenn Sie verstehen. Sie hängt sehr an Herrn Fitterling. Ich fürchte ... Aber das müssen Sie selbst sehen, ob Sie sich das zutrauen. Wenn Sie wollen, kommen Sie mit. Sie werden den Weg nicht kennen, nehme ich an?«

»Den kenne ich nicht, nein«, bestätigte Braig. »Wenn ich Sie nicht störe, nehme ich Ihr Angebot an.«

»Sie stören nicht. Weshalb auch?« Der Mann verabschiedete sich von Michael Fitterling, wartete, bis Braig sich dessen Handynummer notiert hatte, verließ dann gemeinsam mit ihm das Büro.

Sie folgten dem Treppenhaus abwärts, erreichten den Hof des Firmengeländes.

»Wir müssen zu Fuß gehen«, erklärte Stollner. »Es ist aber nicht weit. Ich habe meinen Wagen an der Kirche geparkt, als ich diese Ansammlung sah.« Er deutete auf die Menschenmenge vor dem Tor. »Es hätte keinen Sinn gehabt, hierher zu fahren.«

Braig nickte, sah, dass die Anzahl der wartenden und lauthals miteinander parlierenden Menschen gegenüber seiner Ankunft kaum abgenommen hatte, stellte erstaunt fest, dass sein Begleiter nicht auf die Leute zu, sondern in den rückwärtigen Teil des Firmengeländes lief.

»Das können wir uns ersparen«, meinte Stollner, Braigs skeptische Miene im Blick, »sonst muss ich jedem Einzelnen erklären, dass ich keinen Deut mehr weiß als er selbst. So sind die Leute nun mal. Wenn man selbst keine Ahnung hat, der Bürgermeister muss auf dem Laufenden sein.« Er steuerte ein schmales, kaum zwei Meter breites Tor an, drückte es zurück, ließ Braig passieren. »Die sind alle wahnsinnig aufgeregt. Fitterling tot. Angeblich gewaltsam von der Straße abgedrängt. So machte es jedenfalls bei uns die Runde. Sie werden es besser wissen.«

»Besser?« Der Kommissar schüttelte den Kopf. »Von der Straße abgedrängt, ja. Weitere Informationen waren mir bisher auch nicht zugänglich.«

»Na also. Von der Straße abgedrängt. Mord, ja? Das hat es in Geigelfingen noch nicht gegeben. Bei uns ist die Welt in Ordnung, wenn Sie verstehen. Nicht wirklich natürlich, aber im Empfinden der Leute. Gutes Land, böse Stadt. Und jetzt das!« Stollner stampfte mit dem Fuß auf den Boden, folgte einem schmalen Weg, der vom Ortskern weg leicht den Hügel hinaufführte.

Braig atmete kräftig durch, roch das Aroma verschiedener Kräuter und Blüten, fühlte sich von dem unerträglichen Geruch der Rasierwasserwolke in Fitterlings Umgebung endlich befreit.

»Ausgerechnet jetzt, wo es mit der Firma so bedenklich

steht«, fuhr der Bürgermeister fort. »Mein Gott, muss das denn wirklich sein?«

»Der Ort lebt von der Fabrik?«

»Das kann man ein Stück weit sagen, ja. Nicht, was die Gewerbesteuer angeht, nein, das ist ohnehin nicht viel. Aber die Arbeitsplätze, zweiundzwanzig allein in Geigelfingen, sonst haben wir ja nicht viel. Das muss einfach weitergehen mit den Maultaschen. Die Firma gehört zu unserem Ort. Und das Restaurant ist im ganzen Land bekannt. Die meisten Touristen kommen, das ist ein offenes Geheimnis, nur seinetwegen.«

»Die beiden Brüder haben es geerbt?«

»Von ihren Eltern, ja«, erklärte Stollner. »Die haben mit der Wirtschaft angefangen. Ein waghalsiges Unternehmen damals im pietistischen Geigelfingen.«

»Wann war das?«

»In den frühen sechziger Jahren des letzten Jahrhunderts. 1963, um es genau zu sagen. Die Story ist im ganzen Dorf bekannt. Ihre Mutter entstammte einer Flüchtlingsfamilie. Zuzogene, wie es oft abschätzig hieß. Ihr Vater hatte sich schon dadurch unmöglich gemacht, weil er mit einer Zuzogenen angebändelt hatte. Anständige Frauen und Männer ließen sich auf ›Sottiche‹ erst gar nicht ein. Wer es dennoch tat, sich von einer Zuzogenen verführen ließ, gute Nacht! Ihr Vater und ihre Mutter hatten ein gemeinsames Hobby: Sie kochten beide für ihr Leben gern. Das war wohl der entscheidende Grund, der sie endgültig zusammenbrachte. 1963 machte die Textilfabrik in Reutlingen dicht, er verlor seinen Arbeitsplatz. Da riskierten sie es. Sein Elternhaus liegt zentral an der Durchgangsstraße, Sie haben es bemerkt.« Er deutete auf das Firmengelände zurück, das hinter ihnen lag.

»Da, wo sich heute die Fabrik befindet?«

Stollner nickte. »Die ist rund um das alte Haus gebaut worden, ja. Ich würde mal sagen, sie hatten keine Chance, aber sie nutzten sie. Ein ordentlicher Mensch verbringt seine Zeit nicht im Wirtshaus, wusste man damals bei den Pietisten. Ein ordentlicher Mensch arbeitet von morgens bis abends, und in seinen wenigen freien Momenten liest er mit voller Intensität in Gottes Wort. Man geht überall hin, nur nicht ins Wirtshaus. Am Anfang kamen deshalb fast nur Papisten aus den Nachbardörfern.«

»Papisten?«, fragte Braig.

»Katholiken. Die Alb ist konfessionell streng geteilt. Der Teil, den die österreichischen Habsburger über Jahrhunderte hinweg an sich gerissen hatten, blieb katholisch, nur dort, wo die Württemberger regierten oder im Umfeld der freien Reichsstädte Esslingen, Reutlingen und Ulm wurden die Menschen von den Fesseln Roms befreit. Und was unternahmen etliche Evangelische auf der Alb mit dieser neu gewonnenen Freiheit? Sie lieferten sich den Weltuntergangsbeschwörungen pietistischer Eiferer aus. Statt Fegefeuerqualen und Höllenstrafen Nacht für Nacht in immer neuen Alpträumen über sich ergehen und sich ihr ohnehin spärliches Hab und Gut von römischen Ablassbrieflügnern aus der Tasche rauben zu lassen, wurden sie jetzt des irdischen Daseins als sündiges Jammertal belehrt, dem nur mit Arbeit und Verzicht auf alle weltlichen Vergnügungen zu entfliehen ist. Alle Lebewesen außer unseren Pietisten auf der Alb haben begriffen, dass der Hauptzweck unseres Daseins darin besteht, es zu genießen. Und in dieser Umgebung eröffneten die Fitterlings ihr Wirtschäftle.«

Braig kannte die wechselhafte Geschichte der verschiedenen Regionen der Schwäbischen Alb, wunderte sich dennoch über die tief schürfenden Ausführungen des Mannes. »Und das Experiment mit dem Lokal ging tatsächlich gut?«

Stollner fuhr sich mit seiner Rechten über die Glatze, verharrte einen Moment. »Ja und nein«, erwiderte er dann.

Der Kommissar wartete schweigend auf eine Erklärung.

»In Geigelfingen von einer Wirtschaft zu leben, nein, das war damals jedenfalls nicht möglich. Unter der Woche abends eine Handvoll Bier schluckende Papisten – das macht die Kuh nicht fett. Am Wochenende aber sah die Sache bald anders aus.«

»Da kommen die Ausflügler«, meinte Braig.

»Aus Stuttgart, Reutlingen, Esslingen, Ludwigsburg und Umgebung, ja. Leute mit Geld, Hunger und Durst. Es hatte sich überraschend schnell herumgesprochen, dass die Fitterlings gut kochen können – das Lokal platzte bald aus allen Nähten. Sie schufteten wie die Weltmeister. Samstag und Sonntag, im Frühling und im Sommer. Und es dauerte nicht lange, da waren sie regelrecht berühmt für ihre einzigartige Spezialität. Fitterlings Hausgmachte Maultaschen.« Er wandte sich Braig zu, wies auf die Umgebung. »Wie man sich erzählt, war es die Idee der Ehefrau. Statt im Herbst und im Winter ohne Arbeit und ohne Geld auf den Frühling und den Sommer zu warten und sich dann an den Wochenenden in der warmen Jahreszeit halb tot zu schuften, um wieder über die kalten Tage zu kommen, fand sie die Lösung: Maultaschen das ganze Jahr über dort anbieten, wo die Menschen wohnen. So wurde aus dem Wirtschäftle eine kleine Manufaktur mit eigenen Verkaufsstellen in den wichtigsten Städten.«

»Die zeitweise recht gut lief.«

»In der Tat, ja. Der Ruf, den Fitterlings Maultaschen inzwischen genießen, verschafft ihnen Zutritt in die teuersten Küchen. Selbst in den Häusern der Haute Cuisine stehen sie auf der Speisekarte, wie ich mir habe sagen lassen. Und wenn Sie selbst mal erleben wollen, in welchen Scharen die gut betuchten Stuttgarter, Esslinger und Reutlinger bei uns einfallen, sollten Sie mal an einem der nächsten Wochenenden ins Restaurant einkehren.« Stollner blieb stehen, deutete nach unten, wo am Rand des Ortes neben dem Fabrikgebäude ein langgezogener Glaspavillon zu erkennen war. *Fitterlings Maultaschen Haus* prangte in großen Lettern auf seinem Dach.

»Aber, was sage ich«, fuhr der Mann, seinem Begleiter zugewandt, fort, »das sollten Sie gerade nicht tun. Das ist die Hölle. Sommer, Sonne, schönes Wetter – die werden dem Ansturm kaum mehr Herr. Gönnen Sie sich den Besuch lieber unter der Woche – heute Mittag zum Beispiel, oder haben Sie keine Zeit?«

Braig warf ihm einen skeptischen Blick zu. »Hat das Lokal heute denn offen?«

Stollner musterte ihn nachdenklich. »Sie meinen, wegen ...« Er hob abwehrend seine Hände. »Das habe ich völlig verdrängt ...Offen gesagt, ich weiß es nicht. Oh nein, wie soll das jetzt weitergehen?«

Er lief auf das Tor einer am Rand des steil ansteigenden Hügels gelegenen Villa zu, die auf allen Seiten von einer breiten Rasenfläche umgeben wurde. Das zwei Stockwerke umfassende, in hellem Gelb gehaltene Gebäude schien erst vor wenigen Jahren gebaut, alles an ihm wirkte noch relativ neu: die Fassade mitsamt den weitläufigen Fensterflächen, das sanft ansteigende, von mehreren Solarzellen-Paneelen bestückte Dach wie die schmalen Ziergartenstreifen, die das Gebäude vom Rasen abgrenzten.

»So, wir sind da«, erklärte Stollner. »Ich melde uns an, wenn Sie gestatten.« Er drückte auf die Klingel an der niedrigen Steinmauer, winkte der Frau, die kurz darauf aus der Haustür trat. »Eva, hier, ich bin es, Klemens.«

Braig sah, dass die Frau reglos vor dem Haus stehen blieb, folgte dem Mann durch den Garten. »Sie sind per Du?«, fragte er.

»Geigelfingen ist klein«, antwortete Stollner, »wir kennen uns.«

Der Zustand, in dem Eva Seibold sich befand, war ihr schon aus mehreren Metern Entfernung anzusehen. Mit eingezogenen Schultern wartete sie auf ihre Besucher, das Gesicht von Tränen verschleiert, ein Papiertaschentuch in der Linken. Braig schätzte sie auf Mitte dreißig, eine große, schlanke Frau mit kurzen, blonden Wuschelhaaren und einem schmalen, hübschen Gesicht. Sie schien ungeschminkt, trotz der Tränenflut jedenfalls ohne jedes Anzeichen unerwünschter Farbschlieren unter den Augen oder auf den Wangen.

Stollner lief ohne jedes weitere Wort auf sie zu, warf beide Arme um sie, drückte sie fest an sich. Sie ließ ein lautes Schluchzen hören, verharrte mehrere Minuten an der Brust des Mannes, löste sich erst wieder von ihm, als er sie zögernd freigab und ihre rechte Hand in seiner barg.

»Ich weiß nicht, was ich sagen soll«, erklärte er langsam, in getragenen Worten und mit ruhiger, sonorer Stimme, »das kann niemand verstehen.« Er drückte ihr sacht die Hand, trat dann einen Schritt zurück, gab ihr Gelegenheit, sich die Tränen aus dem Gesicht zu wischen. »Mein Beileid, Eva, mein aufrichtiges Beileid.«

Sie wandte sich ab, fuhr sich über die Stirn, die Wangen und das Kinn, ließ ein kaum vernehmbares »Danke« hören.

Stollner wartete, bis sie das Tuch aus dem Gesicht genommen und einen kurzen Blick auf seinen Begleiter geworfen hatte, stellte den Kommissar vor. »Herr Braig von der Polizei. Wenn du es dir zutraust, kurz mit ihm zu sprechen?« Er sah ihre abweisende Miene, die Träne, die sich erneut aus ihrem Auge löste. »Ich bleibe dabei, wenn es dir recht ist.«

Eva Seibold nickte mit dem Kopf, klammerte sich am Arm des Mannes fest.

Da war nicht viel an Informationen zu holen, war Braig sich bewusst, nicht in dem Zustand, in dem die junge Frau sich im Moment befand. Was sie in den letzten Stunden hatte hinnehmen müssen, überforderte die Kraft jedes noch so gesunden Menschen. Ihr Partner, mit dem sie sich eingerichtet hatte, gemeinsam die Höhen und Tiefen der kommenden Jahre zu meistern, war aus ihrem Leben gerissen worden wie eine Pflanze aus der fruchtbaren Erde. Niemand war dazu imstande, diese Entwurzelung ohne grundlegende Erschütterung der eigenen Existenz zu überstehen. Einen Menschen in dieser ohnehin kaum erträglichen Situation mit Fragen nach den letzten Momenten des Zusammenseins mit der so jäh aus dem Leben gerissenen Person zu traktieren, schien taktlos, zudem auch nur selten von Erfolg gekrönt, war er logischem Denken jetzt doch nur bedingt zugänglich. Es verlangte auf jeden Fall ein großes Ausmaß an Rücksicht und Fingerspitzengefühl des jeweiligen Ermittlers. Ohne den Beistand des Bürgermeisters hätte Braig einen solch frühen Versuch, Eva Seibold auf den vergangenen Abend anzusprechen, deshalb niemals gewagt.

Er sah, dass Stollner ins Innere des Hauses deutete, trat zur Seite, um seinem Begleiter Platz zu machen. Der Mann lief, die Frau in seinem Arm, langsam zur Haustür, betrat dann die Diele, gab Braig mit einer Kopfbewegung Bescheid, ihm zu folgen. Der Kommissar schloss die Tür, querte mit kleinen Schritten den hellen, mit weißen Fliesen ausgelegten Vorraum. Das Haus roch nach frischen, belebenden Extrakten von Kräutern und Blüten, war angenehm kühl. Irgendwo in einem der Zimmer dudelte ein Radio oder Fernsehgerät.

Braig betrat den großen, mit einem Ensemble weißer Zwei- und Dreisitzer ausgestatteten Wohnraum, entdeckte die Ursache des Geräuschpegels: Ein überdimensional großer, in der Mitte der Wand befestigter Flachbildschirm, auf dem sich gerade irgendwelche Marsmenschen mit unverständlichem Gestammel und nicht nachvollziehbaren Rhythmen hin und her bewegten.

Stollner bugsierte die Frau zu einem der Sofas, wartete, bis sie sich dort niedergelassen hatte. Sie lehnte sich im Sitz zurück, stöhnte laut.

»Ein Tee«, sagte der Mann, »du trinkst einen Tee, ja?«

Sie schaute fragend zu ihm auf, wartete auf eine Erklärung.

»Ein Tee«, wiederholte Stollner, »ein kräftiger schwarzer Tee, ja?«

Eva Seibold nickte, ließ den Mann gewähren. Er bat Braig, auf dem Dreisitzer Platz zu nehmen, verschwand in der Diele.

»Sie sind von der Polizei?«, fragte die Frau.

Der Kommissar nickte, wiederholte seinen Namen, sprach ihr sein Beileid aus.

»Ihr Beileid?«, fragte sie.

Sie war ganz und gar nicht in dem Zustand, rational auf Fragen einzugehen, spürte er, sie hatte Schwierigkeiten, in die Realität zu finden.

Die Alien-ähnlichen Figuren auf dem Bildschirm wurden von einer anderen Gruppe scheinbar Außerirdischer, ihr Geschrei und Gekrächze von einem nicht weniger unerträglichen Lärmpegel abgelöst. Braig war froh, als Stollner nach wenigen Minuten wieder auftauchte, eine große Tasse mit einem aromatisch duftenden Tee in der Hand. Er stellte sie samt Untertasse auf dem Glastisch in unmittelbarer Nähe Eva Seibolds ab, wies auf den Teebeutel hin, dessen Schnur über den Tassenrand ragte, bat sie, ihn noch eine Weile ziehen zu lassen. »Damit er beruhigt, verstehst du?«

Sie starrte ihn verständnislos an, zeigte keine Gegenwehr, als der Bürgermeister zu der Fernbedienung auf dem Tisch griff und mit einem Knopfdruck den unrhythmischen Bewegungen auf dem Bildschirm und dem Lärmterror aus allen Ecken des Raumes ein Ende machte.

»Das passt jetzt wirklich nicht«, erklärte Stollner. Er lief zu dem schlanken CD-Turm an der Seitenwand, musterte den

Inhalt, zog dann eine der Scheiben vor und machte sich an der Musikanlage zu schaffen.

Als er zu dem Sofa zurückkehrte und sich neben der Frau niederließ, erfüllten getragene Klänge den Raum. »Beethoven«, sagte er, Braigs aufmerksame Miene im Visier, »vielleicht hilft ihr das etwas.« Er zog den Teebeutel aus der Tasse, drückte ihn aus, legte ihn auf dem Unterteller ab. »Ich habe mit Honig gesüßt«, sagte er dann, reichte der Frau das Getränk.

Braig sah, wie Eva Seibold vorsichtig daran nippte, die Tasse dann in der Hand festhielt und sachte ihren Duft einsog. Kleine, dünne Wölkchen erhoben sich in die Luft.

»Sie müssen entschuldigen, wenn ich Ihnen nichts anbiete«, erklärte Stollner. »Ich denke, Sie verstehen.«

Der Kommissar winkte mit beiden Händen ab. »Ich bitte Sie.«

»Ich hoffe, ihr tut es gut. Heißer Tee beruhigt, sagt man. Wenn das überhaupt möglich ist, in der Situation.« Stollner legte seine Rechte auf den Arm der Frau, sah sie fragend an. »Glaubst du, der Polizeibeamte kann dir ein paar Fragen stellen, Eva?«

Sie wandte sich ihm zu, zuckte mit der Schulter. »Warum?«

»Wegen gestern Abend, denke ich, oder?«

Braig sah seine auffordernde Miene, nickte. »Vielleicht können Sie mir helfen, indem Sie mir erzählen, wohin Herr Fitterling, also Ihr Partner, gestern Abend noch wollte?«, fragte er.

Eva Seibold atmete tief durch, lauschte den getragenen Klängen der Musik. Der Raum verfügte über eine hervorragende Akustik, man glaubte, in einem Konzertsaal zu sitzen, ein lebendiges Orchester vor sich. »Christian?«, fragte sie. Die Tasse in ihrer Hand zitterte. Sie stellte sie vorsichtig auf dem kleinen Teller ab.

Braig nickte, wusste nicht, ob sie die Frage verstanden hatte. »Wohin wollte er gestern Abend fahren?« Er musterte ihr Gesicht, glaubte zu sehen, wie es in ihr arbeitete.

»Er hat mich angelogen«, sagte sie plötzlich, an ihm vorbei ins Leere starrend.

Er sah an Stollners Mienenspiel, dass der Mann genauso überrascht war wie er selbst. »Wer hat Sie angelogen?«

Eva Seibold legte ihre Stirn in Falten, schaute ihm in die Augen. »Christian hat mich angelogen«, wiederholte sie.

»Gestern Abend?«, mischte Stollner sich ins Gespräch.

»Er sagte, es sei etwas Geschäftliches. Eines der Fahrzeuge sei wieder unterwegs.«

»Eines der Fahrzeuge?«, fragte Braig.

»Er hat mich angelogen«, fuhr sie fort. »Es war wieder eine dieser Schlampen. Sie lassen ihm keine Ruhe. Er ist zu ihr.«

Eine dieser Schlampen, überlegte Braig. Die Sache schien eine überraschende Wendung zu nehmen. Doch keine geschäftliche, sondern eine private Problematik? Eine der üblichen Beziehungs-Streitereien, die – aus welchen Gründen auch immer – eskaliert und zum Totschlag, wenn nicht gar Mord ausgeartet war? Der Großteil aller Gewaltverbrechen wurzelte in diesem leicht entflammbaren Gefühlsgeflecht, wusste er aus Erfahrung, viele, allzu viele Delikte, um deren Aufklärung er sich hatte bemühen müssen, waren diesem logischen Argumenten weitgehend unzugänglichen Bereich des menschlichen Miteinanders zuzuschreiben. Hatte er es auch im vorliegenden Fall mit einer privaten Verzweiflungstat zu tun?

Braig musterte die Miene der Frau, versuchte sich auf die wichtigsten Fragen zu konzentrieren. Hatte Fitterling seine Partnerin, obwohl sie seinen Informationen nach erst vor Kurzem zusammengezogen waren, betrogen? Wie war sie überhaupt auf die Idee mit der nächtlichen Fahrt zu der anderen Frau gekommen? »Woher wollen Sie das wissen?«, fragte er.

Eva Seibold rang um Atem, stöhnte laut. »Das Telefon«, sagte sie dann. »Die Nummer von einer der Schlampen, ich habe sie gesehen.«

»Auf dem Display?«

Die Frau nickte mit dem Kopf. »Als er weg war. Ich bin misstrauisch geworden, habe es überprüft. Sie war so dreist, auf dem Festnetz anzurufen. Es ist die Nummer der Schlampe aus Hechingen.«

»Sie kennen sie?«

Sie gab keine Antwort, heulte plötzlich los. Tränen perlten aus ihren Augen, rannen ihr über die Wangen. Stollner zog ein Papiertaschentuch aus einer angebrochenen Packung, reichte es ihr. Sie benötigte mehrere Minuten, wieder zu sich zu finden, tupfte sich dann das Gesicht gründlich ab.

»Die Telefonnummer«, fragte Braig. »Dürfte ich sie bitte haben?« Er merkte, dass die Frau nicht reagierte, sein Anliegen wohl nicht verstand, wiederholte seinen Wunsch. »Die Nummer der Frau oder ihren Namen. Wenn Sie mir die bitte geben könnten?«

Sie deutete ein zustimmendes Kopfnicken an, griff mit zitternden Händen in ihre Hosentasche, zog ein zusammengefaltetes, völlig zerknittertes Blatt daraus hervor, reichte es ihm. Er nahm es entgegen, strich es zurecht, sah ein handgeschriebenes Verzeichnis weiblicher Namen samt Telefonnummern und E-Mail-Adressen vor sich.

»Die Schlampe aus Hechingen«, wiederholte sie mit brüchiger Stimme, auf das Papier deutend.

Ausnahmslos Frauen, vergewisserte er sich, als er die Zeilen überflog, das ist tatsächlich eine Auflistung von verschiedenen, weiblichen Namen samt deren Adressen.

Er sah ihr aschfahles Gesicht, war sich bewusst, wie sehr

ihr seine Fragen zusetzten. Er musste das Gespräch beenden, durfte sie nicht länger mit der Erinnerung an die erfreulichen und weniger erfreulichen Momente ihrer heute Nacht abrupt beendeten Beziehung konfrontieren. Sie hatte genug unter dem Geschehen zu leiden, benötigte wahrscheinlich Wochen und Monate, um wieder zu einem einigermaßen normalen Leben zu finden. Es sei denn ...

Die Möglichkeit, Eva Seibold aus einem anderen Blickwinkel zu sehen, tauchte für den Bruchteil einer Sekunde in sein Bewusstsein. Was, wenn die von ihrem Partner betrogene Frau nicht Opfer, sondern ...

Er sah das Blatt vor sich, die Auflistung fast eines ganzen Dutzends von Frauen. Alles »Schlampen«, mit denen Fitterling ein Verhältnis gehabt hatte? Was, wenn Eva Seibold das alles überfordert, der Schmerz und die Eifersucht ihre Liebe in Hass verwandelt hatte? Wenn ihre Seele revoltiert, ihr nur noch einen Gedanken eingebrannt hatte: Rache zu üben für den vielfachen, über längere Zeit hinweg mit wechselnden Partnerinnen vollzogenen Betrug? Handelte es sich bei dem Verbrechen also um eine im Affekt ausgeführte Attacke gegen die Person, der Eva Seibold am meisten vertraute und von der hinters Licht geführt zu werden ihr die größte Qual verursachte?

Braig wollte den Gedanken nicht weiterspinnen, beschloss, nachher, nach Verlassen des Hauses, Stollner nach dem Wagen der Frau zu fragen. So taktlos es auch schien, ganz durfte er ihn nicht beiseite schieben.

»Der Tee. Willst du nicht noch einmal davon trinken?«

Stollners Stimme riss ihn aus seinen Gedanken. Der Mann hatte sich erhoben, die Tasse aufgenommen und sie Eva Seibold in die Hand gedrückt. Braig beobachtete, wie die Frau die inzwischen etwas abgekühlte Flüssigkeit an den Mund führte und in kleinen Schlucken davon trank.

»Das tut gut, oder?«

Sie reagierte nicht auf die Bemerkung des Bürgermeisters, umklammerte die Tasse mit beiden Händen, als suche sie an ihr Halt.

»Ich glaube, du brauchst Ruhe, Eva. Ja?«

Sie wandte sich dem Mann zu, reichte ihm die Tasse.

Stollner stellte sie auf ihren alten Platz zurück, blieb stehen. »Vielleicht sollten wir es dann gut sein lassen und das Gespräch zu einem Ende bringen«, sagte er dann, Braig zugewandt. »Heute Abend oder morgen können Sie ja noch einmal mit ihr ...«

»Eine letzte Frage, Frau Seibold«, fiel der Kommissar ihm ins Wort. »Sie erwähnten ein Fahrzeug. Ein Fahrzeug sei wieder unterwegs.«

Die Frau starrte ihn mit ausdruckslosen Augen an.

»Um was für ein Fahrzeug geht es hier?«, fragte Braig.

Eva Seibold schüttelte den Kopf. »Christian hat mich angelogen«, erklärte sie. »Es ging nicht um das Fahrzeug. Es war diese Schlampe. Die aus Hechingen. Ich habe ihre Nummer entdeckt. Er ist zu ihr.«

11. Kapitel

Kurz nach fünfzehn Uhr an diesem Mittwochnachmittag war es Neundorf gelungen, Roland Allmenger zu sprechen. Sie hatte sich von Peter Silcher davon überzeugen lassen, dass der Mann das Haus in Esslingen am Vortag aufgesucht hatte, um seine außereheliche Liaison mit einer Kollegin zu pflegen, die an einem Stuttgarter Gymnasium unterrichtete, an diesem Morgen aber wie er selbst keinen Unterrichtsverpflichtungen nachzukommen hatte, zu der Zeit außerdem über eine sturmfreie Bude verfügte.

»Wir sind beide verheiratet«, hatte er erklärt. »Nicht miteinander, nein. Aber unsere Partner wissen nichts von diesen sporadischen Treffen. Und das muss auch so bleiben. Ich warne Sie, das in die Öffentlichkeit zu tragen. Einer meiner besten Freunde ist Rechtsanwalt, ein sehr tüchtiger. Ich werde Sie gnadenlos zur Rechenschaft ziehen, wenn Sie sich unterstehen sollten, meine und Silkes Ehe zu zerstören.«

»Ich Ihre Ehe zerstören?« Neundorf hatte laut gelacht. »Das tun Sie doch wohl selbst.«

»Was wollen Sie damit andeuten?«

Sie hatte sich nicht länger auf das Wortgefecht eingelassen, war hartnäckig geblieben. »Mir ist es vollkommen egal, mit wem Sie sich im Bett vergnügen. Das können Sie tun und lassen, wie Sie wollen. Was ich benötige, sind nur der Name und die Handy-Nummer der Frau, bei der Sie gestern Morgen angeblich waren. Und zwar jetzt sofort. Ich notiere.«

Silchers Gesicht hatte sich in eine wütende Grimasse verwandelt. »Ich warne Sie. Wenn meine Frau, meine Schwiegermutter oder irgendjemand sonst davon erfährt ... Das mit dem Rechtsanwalt ist kein Witz. Ich bringe Sie vor Gericht!«

»Ja, das haben Sie mir schon erklärt. Aber vorher benötige ich den Namen und die Nummer, Sie wissen schon.«

Silchers Flüstern war kaum zu verstehen gewesen. »Silke ...«

»Silke wie?«, hatte sie zweimal, zuerst in normaler, dann in deutlich gesteigerter Lautstärke gefragt.

Das Gesicht ihres Gegenübers war dunkelrot angelaufen. »Silke Daikler.«

Neundorf hatte sich die Handynummer der Frau notiert, sich dann erkundigt, wo sie jetzt um diese Zeit wohl anzutreffen sei.

»Sie wollen sie doch nicht etwa …?«

»Genau das. Jetzt auf der Stelle und zwar mit Ihnen.«

»Ich warne Sie!«

»Ich weiß, Ihr Rechtsanwalt. Einer Ihrer besten Freunde und sehr tüchtig. Das haben Sie mir zur Genüge erklärt. Aber ob Sie dem jetzt zustimmen oder nicht, wir beide werden persönlich mit Frau Daikler sprechen. Und zwar möglichst schnell. Und sollten Sie mir jetzt nicht bald eine Antwort auf meine Frage geben, besorge ich die mir eben woanders. Aber Sie werde ich dann wegen Behinderung meiner Ermittlungen belangen, darauf können Sie und Ihr tüchtiger Rechtsanwalt sich verlassen.«

Silcher hatte sich im wahrsten Sinn des Wortes wutschnaubend zu genauerer Auskunft breitschlagen lassen. »Mittwochs hat sie sechs Stunden Unterricht. Vormittags. Normalerweise jedenfalls.«

»Und wo finde ich sie so gegen ...«, sie hatte das Zifferblatt ihrer Uhr studiert, dann überschlagen, wie viel Zeit sie wohl benötigen würde, nach Esslingen zu gelangen, »...gegen 14.30 Uhr etwa?«

»Da dürfte sie gerade zu Hause angekommen sein.«

»Gut. Dann fahren wir jetzt gemeinsam zu ihr.«

»Gemeinsam?«, hatte er empört gefragt.

»Ja glauben Sie, ich gebe Ihnen jetzt noch die Gelegenheit, nachträglich ein Alibi zu verabreden?«

Murrend hatte er sich in sein Schicksal gefügt.

Silke Daikler stand die Überraschung ins Gesicht geschrieben. »Du?«, hatte sie verwundert gefragt, den Blick auf Peter Silcher gerichtet.

»Kein Grund zur Aufregung«, hatte er erwidert. »Du bist allein?«

»Ja, schon, das weißt du doch. Was …«

»Frau Daikler«, hatte sich Neundorf ins Gespräch gemischt und ins Innere der Wohnung gewiesen, »ich komme vom Landeskriminalamt. Wir müssen miteinander sprechen. Dürfen wir …«

»Landeskriminalamt? Was will das Landeskriminalamt von mir?«

»Bitte.« Die Kommissarin hatte ihre Geste wiederholt.

Silke Daikler begriff erst nach mehreren Sekunden. Erst als Silcher an ihr vorbei in die Wohnung gelaufen war, hatte sie nachgegeben. Die beiden Besucher voraus, waren sie ins feudal eingerichtete Wohnzimmer marschiert.

Neundorf hatte die Frau taxiert. Eine attraktive, modisch gekleidete und dezent geschminkte Person Mitte dreißig. Kein Wunder, dass Silcher sich diesen Bissen nicht entgehen ließ, war es ihr durch den Kopf gegangen. Ohne jeden Zweifel wurde diese Frau von Männern hofiert.

Sie hatte sich umgeblickt, den großen, mit dicken Teppichen ausgelegten Raum betrachtet. Zwei weiße Dreisitzer irgendeines schnöseligen In-Designers, eine schmale Vitrine mit Gläsern und feinem Porzellan, dazu ein niedriger Tisch aus Marmor. Außergewöhnlich war nur das riesige Gemälde einer Frau und eines Mannes, das fast die gesamte Schmalseite des Raums einnahm und unübersehbar Silke Daikler darstellte. Neundorf hatte vermutet, dass es sich bei dem Mann um ihren Ehepartner handelte.

»Es geht um gestern Morgen. Ich muss wissen, was Sie da getan haben?«

»Gestern Morgen? Wieso?« Die Frau hatte sich dem Mann zugewandt. »Peter, was soll das?«

»Bitte, Frau Daikler, antworten Sie mir«, hatte Neundorf mit fester Stimme erklärt.

»Gestern Morgen? Was geht Sie das an?«

»Silke«, hatte sich Silcher ins Gespräch gemischt, »sag es ihr.«

Mit stockender Stimme hatte die Frau ihr Treffen mit ihm bestätigt. Ja, sie hatten ein Verhältnis, und ja, die fragliche Zeit hatten sie gemeinsam verbracht.

Neundorf hatte Silke Daikler eingehend gemustert, den Mann daraufhin gebeten, ihr die Gelegenheit zu einem persönlichen Gespräch mit seiner Geliebten zu geben.

Silcher hatte sofort verstanden. »Dann kann ich jetzt wohl gehen, ja?«

Die Kommissarin hatte sich für sein Entgegenkommen bedankt und ihn zur Tür begleitet, sich dann der Frau zugewandt.

»Warum immer Sie das wissen wollen, er darf es nicht erfahren.« Silke Daikler hatte auf das Gemälde an der Wand gedeutet. »Mein Mann ist ohnehin eifersüchtig bis zum Geht-nicht-mehr. Und bei Peter verhält es sich genauso. Er ist ebenfalls verheiratet. Und daran soll sich vorerst auch nichts ändern. Weder bei ihm noch bei mir.«

Neundorf hatte das Porträt des Mannes betrachtet und der Frau aufs Wort geglaubt. Die herrischen Gesichtszüge wurden von einem durchdringenden Blick und einer energischen Kinnpartie begleitet. Ein auf Erfolg gepolter Unsympath durch und durch. Sich mit ihm anzulegen, schien nicht besonders ratsam. Ein Wunder, dass die Frau diesen Seitensprung riskierte.

Neundorf hatte sich mehrere Minuten mit Silke Daikler unterhalten. Bei der Beziehung mit Peter Silcher handelte es sich um die fast zehn Jahre lang unterbrochene Fortsetzung einer Liaison, die sie schon einmal, sie als unverheiratete Studentin, er als bereits verheirateter Lehrer, der nebenbei an der Uni als Dozent tätig war, über mehrere Monate hinweg praktiziert hatten. Vor mehreren Wochen waren sie sich bei einer Fortbildung wiederbegegnet.

»Na ja, und es hat sofort wieder gefunkt«, hatte Silke Daikler erklärt.

Neundorf hatte keinen Grund gesehen, den Erzählungen der Frau zu misstrauen. Den unmissverständlichen Äußerungen nach handelte es sich bei Silke Daiklers Ehemann um einen vom beruflichen Erfolg besessenen Firmenmakler, der seiner Karriere absoluten Vorrang vor allem anderen im Leben einräumte, ihre Beziehung deshalb seit Jahren vernachlässigte.

»Zehn nach eins ist er gestern Nacht nach Hause gekommen, ich wurde wach, weil er so aufgeregt war und ungestüm wie ein Elefant durch die Wohnung stapfte. Ein Stuhl flog um, dann zersplitterte ein Glas auf dem Küchenboden. Es hatte beruflich Ärger gegeben, das war mir sofort klar. Irgendein Firmenverkauf hatte nicht geklappt, das Geld war ihm durch die Lappen gegangen. Glauben Sie, er hätte es nötig gehabt, mich vorher über sein spätes Erscheinen zu informieren? Wieso denn? Kurz vor sieben am frühen Morgen verabschiedete er sich dann auch schon wieder, mit der Bemerkung, er habe viel zu tun, er wisse nicht, wie spät es wieder werde. Da gab ich Peter per SMS Bescheid«, hatte Silke Daikler ihr mitgeteilt. »Ich bin eine normale Frau und habe das Recht, als solche wahrgenommen zu werden. Und wenn die Person, von der ich diese Aufmerksamkeit erwarte, mich einfach links liegen lässt, dann schenke ich meine Zeit eben dem, der mir ehrlich zu erkennen gibt, dass er mich als Frau schätzt und liebt. Geld beruhigt, zugegeben, aber es ist nicht alles im Leben, das hat Niklas immer noch nicht begriffen. Und ständig vor anderen mit dem Wohlstand und Reichtum aufzutrumpfen, zu dem man es gebracht hat, schafft auf Dauer keine Befriedigung. Mir jedenfalls nicht. Und wenn Sie wissen wollen, wann mein Mann gestern Abend dann wieder nach Hause kam, nur zu Ihrer Information, überhaupt nicht. Erst heute Morgen kurz nach eins. Es polterte wieder, davon wurde ich wach. Offenbar hatte es erneut Ärger gegeben. Vielleicht verstehen Sie mich jetzt etwas besser.«

Neundorf hatte sich von den Argumenten der Frau überzeugen lassen, war bereit gewesen, ihr und ihrem Geliebten größtmögliche Diskretion zuzusichern. »Was allerdings das Phantombild anbelangt, damit müssen Sie und Herr Silcher selbst zurechtkommen. Wir werden es jetzt zwar zurückziehen und die Angelegenheit als erledigt erklären, ob Herr Silcher aber nicht eventuell von Angehörigen oder Bekannten darauf angesprochen wird ...«

»Dann handelt es sich dabei eben um eine Person, die ihm ähnlich sieht«, hatte ihre Gesprächspartnerin geantwortet, »das ist doch nicht aus der Welt. Damit kommen wir zurecht.«

Fast gleichzeitig mit dem ohnehin beabsichtigten Ende ihres Gesprächs war der Anruf des Arztes aus dem Esslinger Klinikum erfolgt. Sie hatten sich voneinander verabschiedet, die Angelegenheit, die sie zusammengeführt hatte, als weitgehend geklärt betrachtet. Herr Allmenger sei jetzt zu einem kurzen, nicht zu anstrengenden Gespräch fähig, hatte der Arzt erklärt, seine Anwesenheit im Krankenhaus aus medizinischer Sicht allerdings momentan und für den Verlauf der nächsten Nacht noch unabdingbar. Neundorf hatte sich bei dem Mann bedankt und ihr Erscheinen innerhalb der nächsten Stunde angekündigt.

Roland Allmengers auffallend bleiche Gesichtsfarbe war ihrer Empfindung nach immer noch nicht gewichen, sein Mienenspiel jedoch hatte sich auffällig verändert. Schon beim Betreten des geräumigen Krankenzimmers, in dem er als einziger Patient untergebracht war, nahm sie erfreut seinen bewussten Augenkontakt wahr, auch der Gruß, mit dem sie vor sein Bett trat, wurde sofort von ihm erwidert. »Mein Name ist Neundorf. Ich komme vom Landeskriminalamt«, stellte sie sich vor. »Ihr Arzt hat mich informiert, dass wir ein paar Worte miteinander wechseln können.«

Er deutete ein zustimmendes Nicken an, richtete sich vorsichtig auf, reichte ihr die Hand.

Neundorf holte sich einen der Stühle, die vor dem Fenster um einen kleinen Tisch gruppiert waren, ließ sich vor dem Bett nieder. »Sie wissen, was mit Ihnen passiert ist?«, fragte sie.

Allmenger stöhnte leise auf. »Mein Gott, ich dachte die ganze Zeit, ich ertrinke. Die Brühe, dieses ekelhafte, glitschige Zeug ... alles war voll davon, es reichte mir bis zum Mund.« Er schüttelte sich vor Abscheu, atmete heftig, hatte Mühe, wieder zur Ruhe zu kommen.

»Wie ist es dazu gekommen?«, fragte sie. »Sie können sich erinnern?«

Der Mann ließ sich auf das Bett zurückfallen, presste Luft durch seine fast geschlossenen Lippen. »Ich habe niemand erkannt. Weder den Großen noch den Kleinen.«

»Es handelte sich um zwei Täter?«

Allmenger stimmte ihr sofort zu. »Ja. Sie waren beide vermummt. Kapuzen oder so etwas Ähnliches über dem Kopf und die Gesichter verhüllt. Alles ging so schnell. Ich hatte keine Zeit und keine Gelegenheit, sie näher anzuschauen. Es läutete und ich wunderte mich noch, wer so früh schon etwas von mir wollte, dachte mir aber nichts dabei. Wieso auch?«

»Sie öffneten Ihre Wohnungstür, ohne zu wissen, wer davorstand?«

»Ich erkundigte mich über die Sprechanlage, wie immer. Kurierdienst, hörte ich eine Stimme, ein Brief aus Reutlingen für einen Roland Allmenger.«

»Aus Reutlingen?«

»Ja. Das war auch nicht weiter verwunderlich, schließlich habe ich seit ein paar Monaten mein Büro in Reutlingen.«

»Und dann öffneten Sie die Tür.«

»Ja.« Er stöhnte laut auf. »Und das war es dann auch schon. Die rannten wie die Wilden die Treppe hoch, schossen beide auf mich zu, sofort, in dem Moment, als ich die Tür einen winzigen Spalt zurückgezogen hatte. Und dann stülpten sie mir sofort einen Sack oder so etwas Ähnliches über den Kopf.«

»Was wollten die von Ihnen? Geld?«

»Geld?«

»Ja, warum sonst haben die Sie überfallen? Die haben kein Geld verlangt oder sonst etwas von Ihnen erpresst?«

Allmenger schüttelte bedächtig seinen Kopf. »Woher soll ich das wissen?«

»Na ja, zum Beispiel weil die Sie danach gefragt haben. Oder Ihnen vorher schon Erpresserbriefe oder entsprechende Anrufe oder Mails zukommen ließen.«

»Nein, wieso denn?« Er stöhnte laut. »Von was reden Sie? Ich bekam doch keine Erpresserbriefe! Mir ist überhaupt nicht bekannt, was die wollten. Die sprachen kein Wort.«

»Kein Wort?«, wunderte sich Neundorf.

»Nein.«

»Die waren also vermummt und sprachen außer der Bemerkung mit dem Kurierdienst und dem Brief aus Reutlingen kein Wort. Weil sie Angst hatten, dass Sie sie an ihren Stimmen erkennen würden?« Sie schaute den Mann fragend an.

»Ich sollte die an ihren Stimmen erkennen?«

»Ich weiß es nicht. Wäre doch möglich, wenn die, wie Sie sagen, kein Wort miteinander wechselten.«

Der Mann blieb ruhig.

»Vielleicht war es auch nur eine der beiden Personen, die Angst haben musste, dass Sie sie an ihrer Stimme erkennen. Die andere war ein Kumpel, der mitgebracht wurde, um zu helfen. Die hatten vorher vereinbart, kein einziges Wort von sich zu geben, damit sie ja nicht in die Verlegenheit kamen, sich durch die Stimmen zu verraten.«

»Tut mir leid, aber dazu kann ich Ihnen nichts sagen. Mein Gott, ich war so in Panik ...«

»Ja, das verstehe ich. Aber über eine Sache sollten Sie noch genauer nachdenken: Handelte es sich bei den Tätern um Männer oder könnten es auch Frauen gewesen sein?«

»Frauen?« Allmenger schloss für einen Moment seine Augen, schien zu überlegen. »Mein Gott, Sie bringen mich total durcheinander. Ich weiß es nicht. Darüber habe ich mir noch keine Gedanken gemacht. Ich habe einfach vorausgesetzt, dass es Männer waren. Eine größere, relativ kräftige Gestalt und ... Der andere, ich schätze ihn fast einen Kopf kleiner.«

»Aber Sie können nicht ausschließen, dass es sich auch um Frauen handelte?«

»Frauen?«, stöhnte der Mann. »Wieso denn Frauen?«

»Ich weiß es nicht. Ich will nur Klarheit darüber haben, ob wir zu hundert Prozent davon ausgehen können, dass es wirklich Männer waren.«

»Aber warum sollten mir Frauen so etwas antun?«

»Das müssen Sie selbst entscheiden. Vielleicht gab es in einer ihrer Beziehungen Probleme? Fühlte sich eine ihrer ehemaligen Partnerinnen von Ihnen verletzt?«

Allmenger gab keine Antwort. Neundorf sah, wie es in ihm arbeitete, seine Augen unruhig von einer Seite auf die andere schwenkten. Er wälzte sich im Bett hin und her, Schweißtropfen perlten ihm von der Stirn.

Volltreffer, überlegte die Kommissarin, er weiß genau, welchen Frauen er besonders übel mitgespielt hat. »Es wäre gut, wenn Sie weiter darüber nachdenken«, forderte sie ihn auf, »vielleicht fällt Ihnen später etwas ein, was uns weiterhilft.«

Ihr Gegenüber kam nur langsam wieder zur Ruhe.

»Die Täter, gleich ob Frauen oder Männer – habe ich das richtig verstanden, dass Sie sie nicht genauer beschreiben können?«

Allmenger bewegte seinen Kopf vorsichtig hin und her, um seine Verneinung deutlich zu zeigen. »Die waren vermummt, von Anfang an, ich sagte es Ihnen doch. Schmuddelige weite Jacken, das ist das Einzige, woran ich mich noch erinnern kann. Wie kann man nur so unvorteilhaft gekleidet sein, schoss es mir durch den Kopf, als ich die Tür öffnete. Zugegeben, das ist seltsam, dass ich das jetzt noch weiß, aber diesen Gedanken habe ich tatsächlich noch im Gedächtnis. Schmuddelige, abgetragene Jacken hatten sie an, jedenfalls diejenige Person, die ich schemenhaft erkennen konnte. Typische Unterschichtkleidung. Das habe ich nicht vergessen.«

»Eine schmuddelige, abgetragene Jacke«, nahm Neundorf seine Aussage auf. »Sie kennen niemand, auf den das passen würde?«

»In meinem Bekanntenkreis?« Der Mann starrte erschrocken zu ihr hoch.

»Zum Beispiel, ja. In Ihrem privaten oder beruflichen Umfeld.«

Allmenger ließ sich Zeit, überlegte angestrengt. »Also, ich weiß nicht. In meinem eigenen Umfeld?« Er schüttelte den Kopf. »Mit solchen Leuten verkehre ich nicht. Außerdem: Wer sollte denn so etwas tun?«

»Vielleicht sind Sie einem der Täter, ob Mann, ob Frau,

irgendwann einmal kurz begegnet. Eine unvorteilhaft gekleidete Person. Schmuddelige Jacke, wie kann man sich nur so anziehen? Ging Ihnen der Gedanke nicht früher schon mal durch den Kopf?«

Der Mann stöhnte leise. »Sie haben Ideen! Früher schon mal begegnet? Das kann ich so auf die Schnelle nicht sagen. Dazu benötige ich Zeit, mir das erst mal zu überlegen.«

»Darum möchte ich Sie dringend bitten. Vielleicht erinnern Sie sich tatsächlich an eine solche Person.« Neundorf schob ihren Stuhl ein Stück weit zur Seite, um ihre Beine besser ausstrecken zu können, warf einen Blick aus dem Fenster. Das Häusermeer der Innenstadt Esslingens erstreckte sich vor ihr, eingebettet zwischen den Anhöhen der Fildern auf der einen und denen des Schurwalds auf der anderen Seite des Neckartals. Etwas weiter entfernt ragten die Kirchtürme der Altstadt daraus hervor, auf dem Hügel darüber die Silhouette der Burg. Sie versuchte, sich auf den Überfall zu konzentrieren, wandte sich wieder Allmenger zu. »Warum haben die das getan? Haben Sie sich das schon einmal gefragt?«

»Warum?« Der Mann lachte bitter. »Warum?« Er klatschte mit seiner rechten Handfläche auf die Bettdecke, streckte den Arm in die Höhe. »Woher soll ich das wissen?«

»Rache«, spekulierte Neundorf. »Wenn es nicht um Erpressung oder Diebstahl ging, war es dann Rache?«

»Rache? Wofür?«

»Irgendeine private oder berufliche Auseinandersetzung. Woran erinnern Sie sich?«

»Oh nein. Was wollen Sie denn von mir? Soll ich Ihnen jetzt alle Streitereien auflisten, die ich in meinem beruflichen Alltag zu bewältigen hatte? Ich bin der Geschäftsführer von vier großen Seniorenheimen, trage die Verantwortung für über achthundert Menschen, die ihren Lebensabend bei uns verbringen. Gesunde, Kranke, Demente. Wir haben fast dreihundert Mitarbeiter. Das sind Menschen aus allen Schichten unserer Gesellschaft, die auf relativ engem Raum zusammenleben und arbeiten. Was glauben Sie, was es da Tag für Tag an kleinen und großen Auseinandersetzungen gibt?«

»Viele«, antwortete Neundorf, »ohne Zweifel sehr viele. Anders ist das gar nicht möglich. Wo so viele verschiedenartige Menschen auf engem Raum zusammenleben, bleiben Konflikte nicht aus. Aber vielleicht liegt gerade in einem dieser Konflikte die Ursache für den brutalen Überfall auf Sie. Vielleicht fühlt sich jemand zu Unrecht behandelt und sieht in Ihnen die verantwortliche Person dafür. Auch wenn Sie sich objektiv gesehen gar nicht anders entscheiden konnten. Subjektiv schiebt Ihnen dieser Mensch die Schuld zu und sinnt auf Rache. Und jetzt hat er sie ausgeführt.«

»Rache, Schuld, subjektiv, objektiv, zu Unrecht behandelt. Was wollen Sie mir denn da in die Schuhe schieben?«, ereiferte sich der Mann.

Neundorf wandte ihren Blick nicht von ihm ab. »Marc Bumiller«, erklärte sie. »Was sagt Ihnen der Name?«

Allmengers Miene verkrampfte innerhalb von Sekunden. Er legte seine Stirn in Falten, die Augen verengten sich zu schmalen Schlitzen. »Was soll das jetzt?« Seine Stimme klang heiser, wie die einer an einer schweren Erkältung erkrankte Person. »Haben Sie vergessen, was die mir angetan haben? Ich bin das Opfer, muss ich das extra erwähnen?«

»Sie sind das Opfer, ja«, versuchte sie, seine Aufregung zu mildern, »aber wenn Sie mir nicht helfen, nach möglichen Ursachen für dieses Verbrechen zu suchen, wie sollen wir dann die Täter finden?« Sie erhielt keine Antwort, sah an seinem Mienenspiel, wie es in ihm arbeitete. Er kämpfte offenbar mit sich selbst, war sich nicht einig, ob er ihr antworten, ihr helfen oder ihre Anwesenheit einfach ignorieren sollte. »Was war das mit den Maultaschen?«, fügte sie hinzu. »Wieso verwendeten die ausgerechnet Maultaschen, um Sie zu quälen?«

Die Frage riss ihn aus seiner unentschlossenen Selbstbeschäftigung. Er schob den Kopf nach vorne, schaute sie mit vor Ekel verzerrter Miene an. »Warum fragen Sie das? Müssen Sie mir das antun?«

Neundorf wunderte sich über seine Antwort, wusste nicht, wie sie reagieren sollte. »Na ja, ich verstehe, dass Sie jetzt traumatisiert sind«, formulierte sie vorsichtig. »Aber was das Zeug in der Badewanne anbelangt – ich möchte wissen, wo das herkam. Woher hatten die das? Stammen alle Maultaschen aus Ihrem Haushalt? Oder haben die Täter die mitgebracht?«

Allmengers vor Ekel verzerrtes Gesicht hatte sich nicht verändert, schien eher noch mehr von Abscheu geprägt als zuvor. Er richtete sich vollends auf, schob die Bettdecke von seinem Oberkörper, musterte sie mit starrem Blick. »Verdammte Scheiße«, stöhnte er laut, heftig um Luft ringend. »Wissen Sie, was das für mich bedeutet, dieses widerliche, glitschige Zeug, in dem ich beinahe ertrank?«

»Maultaschen?«

»Ja«, brüllte der Mann mit lauter, sich überschlagender Stimme, »Maul...« Er verstummte mitten im Wort, starrte sie mit entgeisterter Miene an.

Sie wusste nicht, was genau ihn so sehr erregte, fürchtete um seine Psyche. Der schnappt über, überlegte sie, beende das Spiel und kümmere dich um den Arzt. Der Überfall setzt ihm dermaßen zu, der ist am Rand der Hysterie.

»Wissen Sie, wie mir die ganze Zeit zumute war?« Allmenger schien sich für einen Moment gefangen zu haben, flüsterte in nur schwer verständlicher Lautstärke. »Die stülpten mir den Sack über den Kopf, warfen mich in die Badewanne und schnallten mich an der Einstiegshilfe, die ich damals für meine Mutter habe einbauen lassen, fest. Ich kämpfte die ganze Zeit um mein Leben, war ständig am Ertrinken. Wissen Sie, wie ich mich fühlte, wie es mir ging, mitten in dieser stinkenden Brühe, diesem widerlichen ...« Er brach mitten im Satz ab, starrte an die Wand des Zimmers, schlug sich mit der rechten Hand an die Stirn. »Nein«, Allmenger stöhnte laut, »woher sollen Sie das auch wissen, woher?« Er wandte ihr seinen Blick wieder zu, musterte sie mit großen, hin und her flackernden Augen.

Der wird hysterisch, arbeitete es in ihr, der verliert seinen Verstand.

»Maultaschen, deswegen geriet ich von Anfang an so in Panik, die müssen ...«

Neundorf kämpfte mit sich, den Arzt zu rufen oder nicht, sah, wie der Mann erneut zu einer Erklärung ansetzte.

»Maultaschen. Ich ekle mich vor dem Zeug seit meiner frühesten Kindheit. Sie dürfen mir alles anbieten, nur das nicht. Ich hätte eine Phobie, hat mir ein Arzt vor ein paar Jahren erklärt, eine tief in meinem Inneren sitzende, mit rationalen Überlegungen nicht zu bekämpfende Abscheu vor dem Zeug. Er schlug mir eine Therapie vor, dagegen anzugehen. Ich lehnte sie ab.«

»Sie leiden unter einer Phobie vor ...« Neundorf stockte, verzichtete darauf, den Begriff zu artikulieren. »Und, wenn ich fragen darf, Sie wissen, weshalb?«

Allmenger stöhnte erneut auf, blies Luft von sich. Seine Miene schien sich leicht zu entspannen. »Ich war noch ein kleiner Junge. Unser damaliger Nachbar ist daran schuld. Er machte sich einen Spaß daraus, mir einzureden, beim Inhalt des Zeugs handle es sich nicht um normales Fleisch, sondern um tote, zermanschte Schnecken, Käfer und anderes Ungeziefer. Die Metzger packten die nur in Nudelteig, um den wahren Inhalt zu verschleiern. Die Leute seien so blöd, zu glauben, es handle sich um normales Fleisch. In Wirklichkeit ginge es denen nur darum, viel Geld zu verdienen.«

»Und Sie waren ein kleines Kind und haben das geglaubt.«

»Geglaubt? Ich war fünf oder sechs Jahre alt, da hat er mir das gezeigt. Vor meinen Augen mehrere von den Dingern aufgehackt, mit einem Messer aufgeschnitten und mir die toten Käfer präsentiert. Mir läuft jetzt noch Gänsehaut über den Rücken, wenn ich nur daran denke.«

»Er hatte das Zeug präpariert?«

»Muss ja wohl so gewesen sein, nicht? Aber damals habe ich ihm das abgenommen. Und es ging mir in Fleisch und Blut über, meine Mutter und mein Vater konnten auf mich einreden, so viel sie wollten. Seitdem kann ich das Zeug nicht mehr sehen, geschweige denn essen. Das ist mein Trauma, so wie andere Leute sich vor Spinat oder Schnecken ekeln.«

»Dieser Nachbar. Warum ...«

»Warum er das getan hat?« Allmenger hatte sich wieder gefangen, atmete kräftig durch. »Er war alleinstehend, hasste Kinder. Das haben jedenfalls meine Eltern später erzählt. Er rief oft die Polizei, wenn wir Fußball spielten, ließ uns von den Beamten ermahnen. Keine Ahnung, was aus dem Kerl wurde.«

»Wer weiß von diesem … Trauma, diesem Problem?«

Der Mann schaute an Neundorf vorbei, schüttelte den Kopf. »Sie meinen, auf diese Weise die Verbrecher ...« Er wandte sich ihr zu, fuhr sich mit der Hand über die Brust. »Niemand. Das habe ich so gut wie noch nie jemandem erzählt.«

Die Kommissarin schürzte die Lippen. »So gut wie noch nie«, wiederholte sie. »So gut wie noch nie.«

Allmenger schnappte nach Luft. »Mein Gott. Sie glauben, die müssen mich kennen?«

Neundorf nickte. »Allerdings. Sehr gut sogar.«

12. Kapitel

Dr. Otto Genkinger war gerade dabei, den letzten Patienten des Tages samt dessen Herrin zu verabschieden, als Braig vor dem Haus anlangte. Der Veterinär zog sich von der geöffneten Beifahrertür eines dunklen Daimler zurück, auf dessen vorderen Sitzen eine freundlich blickende, ältere Dame sowie ein eifrig mit seinem Schwanz wedelnder Retriever Platz genommen hatten. »Bald sind wir soweit«, flötete der in einen weißen Arztkittel gekleidete Mann, »dann hat Bernstein keine Probleme mehr mit den Frauen.« Er warf die Autotür ins Schloss, trat einen Schritt zurück, winkte der mit dreifachem Hupen startenden Limousine hinterher.

Braig kannte seinen Vermieter inzwischen zur Genüge, um auf der Stelle zu begreifen, weshalb er sich persönlich auf die Straße bemüht hatte. »Oh, da fährt sie dahin, die wichtigste Geldquelle des Monats«, frotzelte er.

Dr. Genkinger ließ sein gewohnt kräftiges Lachen hören, klopfte dem Kommissar auf den Arm. »Keine Angst, übermorgen kommt sie wieder!«, erklärte er.

»Eine größere Sache?«, fragte Braig.

»So lässt sich das formulieren, ja.« Der Veterinär trat vom Gehweg in den Vorgarten, wartete, bis sein Gesprächspartner ihn erreicht hatte. Ein verschmitztes Lächeln überzog seine Miene. »Allerdings nur, weil ich etwas nachgeholfen habe.«

»Nachgeholfen? Das arme Tier seiner Herrin gegenüber für schwer krank erklärt, obwohl es sich nur um eine harmlose Sache handelt?«

»Schwer krank? Nein, das nicht.« Dr. Genkinger schüttelte den Kopf. »Sagen wir es mal so: Ich habe der Frau nur geraten, die ohne Zweifel notwendige Operation in eine langwierige, zeit- und kostenintensive Therapie einzubetten. Dass diese Prozedur vollkommen überflüssig ist, wen interessiert das schon? Was ich nicht weiß, macht mich nicht heiß. Dem Hund schadet es nicht und seine Besitzerin darf sich endlich wieder in dem Bewusstsein sonnen, ihrem Tier Gutes zu tun und seinem Wohlergehen wenigstens einen Teil ihrer ohnehin im Überfluss vorhandenen Zeit und ihres noch reichlicher vorhandenen Geldes zur Verfügung zu stellen. Was glauben Sie, wie sehr das ihrer Psyche bekommt! Der Veterinär als Therapeut für Frau und Hund. Mehr für die Frau als für den Hund, um es genauer zu sagen.«

»Eine nicht ganz uneigennützige Therapie«, meinte Braig, das Grinsen des Arztes erwidernd, »zumindest was den freundlichen Therapeuten betrifft.«

»Nicht ganz uneigennützig, nein. Aber Sie kennen ja meinen Grundsatz: Lieber da ernten, wo reichlich Früchte vorhanden sind; nicht dort, wo die Leute hungern. Und hier gibt es Früchte und in welchem Ausmaß! Der Herr des Hauses hat einen Direktorenposten beim Daimler. Das schreit geradezu nach Umverteilung.«

Braig, seit eineinhalb Jahren als Mieter im Haus des Tierarztes und nach vielen intensiven Gesprächen in einem Stadium, in dem er den Mann, auch wenn sie noch nicht beim Du angekommen waren, mehr und mehr als persönlichen Freund schätzte, war dessen revolutionäre Gesinnung und unkonventionelle Arbeits- und Lebenspraxis inzwischen wohlbekannt. Schon bald nach ihrem Einzug in das von dichten Büschen und Sträuchern gesäumte Haus am Rand des Cannstatter Kurparks war ihm und seiner Partnerin die auffällige Häufung etwas ungepflegt wirkender Kunden der Praxis aufgefallen.

»Ich will ja jetzt nicht unverschämt sein«, hatte Ann-Katrin ihn eines Mittags, er war zu einer kurzen Mahlzeit nach Hause gekommen, gefragt, »aber hast du schon mal bemerkt, was für Leute der Arzt da an manchen Tagen empfängt und in welchem Zustand sich viele von deren Tieren befinden?«

Braig, tagsüber nur selten zu Hause, war wenige Wochen später durch einen Zufall auf des Rätsels Lösung gestoßen.

»Wo 's 'n der Tierarzt, wo 's nix kostet?«

Früher als gewöhnlich vom Amt zurückkehrend, hatte ihn keine hundert Meter von der Praxis entfernt ein Mann angenuschelt, der ihm von seinem Äußeren her unwillkürlich als Obdachloser aufgefallen war. Die angetrunkene, intensive Ausdünstungen von Alkohol, Schweiß und lange ungewaschener Kleidung von sich absondernde Person hatte eine schwer verletzte, leise winselnde Promenadenmischung an der Leine mit sich geführt.

»Der Tierarzt, wo es nichts kostet?« Er hatte nicht lange überlegen müssen, es gab nur eine Antwort. Weit und breit war kein anderer Veterinär zu finden.

»Wissen Sie, was den höchsten Wert im Leben eines Menschen ausmacht, dem sonst nicht viel geblieben ist? Ein lebendiges Wesen, mit dem er Zärtlichkeiten austauschen, Zwiesprache halten, die Höhen und Tiefen der Existenz gemeinsam durchschreiten kann – und mancher findet diese Erfüllung nur in einem Tier«, hatte Dr. Genkinger Wochen später dazu erklärt. »Obwohl das Wort *nur* an dieser Stelle völlig unpassend ist. Für viele sind Tiere weit passendere Partner als andere Menschen. Sie denken jetzt, der alte Genkinger spinnt, was? Verrennt sich in seinem Tierwahn, der verschrobene Menschenhasser, ja?« Er hatte sich an die Schläfe gegriffen, dann die Katze gestreichelt, die ihm um die Beine gestrichen war. »Hatten Sie schon einmal näheren Kontakt zu einer dieser verarmten, nach unseren offiziellen Maßstäben gescheiterten Existenzen? Was haben diese Leute von anderen zu erwarten – was außer Vorwürfen, Zurechtweisungen, Ablehnungen, triefender Häme? Ein Tier ist das einzige lebendige Wesen, das ihnen nicht mit von Abscheu geprägtem Unwillen gegenübertritt, das seine Liebe, seine Zuneigung ohne jede Vorbedingung verschenkt. Was gibt es Wertvolleres im Leben als ein solches Wesen?«

Dienstags war die Praxis offiziell geschlossen, das war auf dem Schild am Gartentor deutlich zu lesen. An diesem Tag stand seine Arbeit nur denen zur Verfügung, die ihren Vierbeinern sonst keine Hilfe zukommen lassen konnten. Der Veterinär behandelte die Tiere der Bedürftigen nicht nur unentgeltlich, wie Braig erfahren hatte, er versorgte seine Kunden auch noch mit Taschen voller Futter, das er – palettenweise – einmal im Monat ins Haus kommen ließ.

»Sie nehmen kein Geld für Ihre Arbeit?«, hatte Braig ihn am Abend einer dieser Tage angesprochen.

»Wie die Leute es können. Manche wollen unbedingt bezahlen. Dann verlange ich eben fünf oder zehn Euro.«

»Und schenken ihnen zugleich Futter für das Dreifache.«

»Noch nage ich nicht am Hungertuch«, hatte der Arzt erwidert. »Oder sehe ich so aus?«

»Dienstags umsonst. Die anderen Tage gegen Geld. Warum diese Trennung?«

Dr. Genkingers Miene hatte jede freundliche Regung verloren. »Wie gut kennen Sie die Menschen?«, hatte er gefragt. »Glauben Sie, ein einziger dieser Neureichen käme in meine Praxis, wenn er im Wartezimmer auch nur zehn Sekunden neben einem Obdachlosen Platz nehmen müsste?«

Nein, der Mann kam nicht von einem anderen Stern, er stand mit beiden Beinen auf dem Boden der Realität, war Braig sich bewusst. Der Realität, die den Alltag in dieser Gesellschaft prägte. Dass er von denen nahm, die genügend oder noch mehr hatten, und denen gab, denen es an allen Ecken und Enden fehlte – war es ein Wunder, dass die Sympathie seiner Mieter ihm gegenüber mehr und mehr wuchs? Ein moderner Robin Hood, hatte Ann-Katrin eines Tages ihre Wertschätzung zum Ausdruck gebracht.

»Welche Krankheit quält jetzt diesen Bernstein?«, fragte Braig, als die dunkle Limousine endgültig um die Ecke verschwunden war. »Was für ein Leiden muss mit einer langwierigen Therapie geheilt werden?«

»Sie wollen es wirklich wissen?« Dr. Genkinger grinste über beide Ohren.

»Wenn es Ihre ärztliche Schweigepflicht nicht verletzt.«

»Oh je, meine ärztliche Schweigepflicht!« Der Veterinär winkte mit beiden Händen ab. »Wenn ich mich daran orientieren wollte, dann müsste ich schweigen wie ein Grab.« Er machte eine kurze Pause, gab mit seinem fortwährenden Grinsen zu erkennen, dass er nicht gewillt war, sich daran zu halten. »Eine peinliche Sache«, erklärte er, »äußerst peinlich sogar. Jedenfalls in den Augen von Bernsteins Herrin.«

»Ihrer Auffassung nach aber nicht.«

»Peinlich? Nein.« Braig schien die Meinung seines Gesprächspartners voll getroffen zu haben. »Im Gegenteil«, sagte der Tierarzt. »Mit peinlich hat das überhaupt nichts zu tun. Was Bernstein angeblich plagte, ist vollkommen normal.«

»Um was geht es?«

»Der Ruf der Natur. Bernstein besprang ständig andere Vierbeiner. Läufige Hündinnen, um es konkret zu sagen.«

»Das ist alles?«

»Nicht ganz. Das Schamlose daran: Er tat das vor den Augen seiner Herrin und der sie begleitenden Damen. Frau Daimlerdirektorengattin X, Frau Bürgermeistersehefrau Y, Frau Bauunternehmersgattin Z.«

»Ah ja«, ahnte Braig. »Und Ihre Aufgabe ist es jetzt, dem kleinen Kerl das abzugewöhnen.«

»So könnte man das formulieren, ja.«

»Was ist daran so Weltbewegendes? Lässt sich das Problem nicht dadurch lösen, dass man das Tier kastriert?«

»Um Gottes willen! Wo denken Sie hin!« Dr. Genkinger warf beide Hände in die Luft. »Kastrieren? Es handelt sich um Bernstein, das edle Geschöpf einer Daimlerdirektorengattin!« Er schüttelte den Kopf. »Nein, so einfach ist das nicht. Das Tier wurde nämlich bereits ...« Der Arzt verstummte, legte den rechten Zeigefinger über den Mund.

»Wie?«, fragte Braig. »Der Hund ist schon kastriert?«

Sein Gesprächspartner nickte mit dem Kopf. »Genau das, ja. Frau Daimlerdirektorengattin entdeckte das Tier höchstpersönlich letztes Jahr im Urlaub in der Toskana. Es gefiel ihr so gut, dass sie es sofort erwarb. Weil der kleine Kerl nach Aussage des Züchters fast ein Jahr alt war, ließ sie ihn an Ort und Stelle bei einem Kollegen von mir gleich kastrieren. Das bescheinigt jedenfalls ein Zertifikat, das sie von dort mitbrachte. Deshalb wunderte sie sich natürlich über sein aufgeregtes Verhalten läufigen Hündinnen gegenüber.«

»Und Sie empfahlen der Frau jetzt eine langwierige Therapie für den Hund.«

»Nachdem ich den Unterleib des Tieres und die Einkommensverhältnisse seiner Besitzerin näher begutachtet hatte, ja.«

»Und wenn es sich bei Bernstein um den Hund eines Obdachlosen gehandelt hätte?«

»Dann hätte ich es dabei belassen, dem Tier mit einem kurzen Eingriff die verwachsenen, ohne genauere Überprüfung kaum erkennbaren Hoden zu amputieren.«

»Ja, was jetzt?«, fragte Braig. »Der Hund war also doch nicht kastriert?«

»Nein, das war er nicht. Entgegen der Bescheinigung des Zertifikats. Sei es, dass er damals, als der Kollege sich darum bemühte, noch zu jung, also seine Hoden nicht genügend ausgebildet waren, sei es, dass der Dottore in Italien dieselbigen Körperteile als dermaßen verwachsen empfand, dass er ihr Funktionieren für alle Zeit infrage stellte und sich die Operation ersparte – keine Ahnung. Hauptsache, er ließ sich die nicht erfolgte Prozedur bezahlen – so glaubt Frau Daimlerdirektorengattin jetzt, die von mir empfohlene Therapie sei wirklich notwendig.«

»Sie haben die Frau nicht über Ihren Befund informiert?«

Der Veterinär schüttelte den Kopf. »Der Einblick in die Einkommensverhältnisse der Dame hat mich eines Besseren belehrt.«

»Und wie darf ich mir den Verlauf dieser Therapie vorstellen?«

»Kommt Zeit, kommt Rat«, antwortete Dr. Genkinger. »Bisher gab es acht jeweils halbstündige Sitzungen mit vielen Streicheleinheiten, Placebo-Salben, Placebo-Wässerchen, Massagen und Bestrahlungen. Alles in Premium-Ausführung, versteht sich.«

»Aber operiert, ich meine, kastriert, haben Sie den Hund noch nicht?«

»In drei bis vier Wochen etwa«, erklärte der Tierarzt. »Vorher sind noch eine große Menge halbstündiger Sitzungen erforderlich. Je länger es dauert, desto größer die Dankbarkeit des Frauchens. Sie fiebert ja schließlich mit ihrem Zögling mit. Und dass ich ihr in all dieser Zeit mit der Sorge um das Wohlergehen ihres Bernsteins eine Aufgabe und einen Sinn in ihrem sonst sehr langweiligen Leben schenke, dafür ist sie mir ewig wohlgewogen, vor allem, wenn am Ende aller Bemühungen die Genesung ihres Lieblings erfolgt.«

»Und die etwas voluminösere Rechnung bereitet ihr dann auch kein Kopfzerbrechen.«

»Ganz gewiss nicht. Man hat sehr viel und gibt einen kleinen Teil davon ab«, meinte Dr. Genkinger, nicht einen Hauch von Ironie in seiner Miene. Er sah auf, weil aus seiner Praxis das Läuten des Telefons zu hören war, deutete ins Innere. »Aber darüber schweigen die Götter. Und die Klugen tun es ihnen gleich. Bis bald, auf einen Schluck, ja?«

Braig nickte, verabschiedete sich von seinem Vermieter. Er trat ins Haus, folgte der Treppe nach oben. Seine Lebensgefährtin hatte seine Stimme gehört, öffnete, den Zeigefinger auf den Lippen, die Tür. Ann-Katrin Räuber war es gerade gelungen, ihre Tochter nach mehreren erfolglosen Versuchen in den Schlaf zu wiegen.

»Sie war völlig übermüdet. Ich konnte nicht warten, bis du kommst. Sie hat den ganzen Mittag im Park gespielt. Die frische Luft hat uns beiden gut getan.«

Die Lage der Wohnung unmittelbar am Cannstatter Kurpark, in die sie vor etwas mehr als einem Jahr gezogen waren, hatte sich in den Monaten seit der Geburt Ann-Sophies als Glücksfall erwiesen. Ohne eine einzige Strasse überqueren zu müssen, führte der Weg auf einer schmalen Fußgängerbrücke über die Güterumgehungsbahn hinweg direkt ins schattige Gelände des grünen Hügels mitten in Bad Cannstatt. Auch jetzt im Sommer ließ es sich dort unter den weit ausladenden Ästen hoher Bäume angenehm verweilen.

Braig umarmte seine Lebensgefährtin, schlich sich auf Zehenspitzen ins Schlafzimmer. Ann-Sophie atmete in langen Zügen, selige Unbekümmertheit in ihrer Miene spiegelnd. Er strich dem schlafenden Kind sanft über den Kopf, verweilte mehrere Minuten an ihrem Bett. Erst als er Ann-Katrins leise rufende Stimme hörte, trat er wieder aus dem Raum.

»Ich habe einen grünen Salat vorbereitet, hast du Lust?«

Er schloss die Tür zum Schlafzimmer, setzte sich seiner Partnerin gegenüber an den Tisch. »Grüner Salat? Gerne.«

Sie wies auf die Glasschüssel mitten auf dem Tisch, wartete, bis er sich bedient hatte, füllte sich dann selbst eine kleine Portion in ihren Teller. »Die Maultaschen haben geschmeckt?«

»Ausgezeichnet«, bestätigte er. »Morgen bringe ich eine Packung mit.«

Nach seinem Gespräch mit Eva Seibold war er in die kleine Fabrik zurückgekehrt und hatte sich nebenan in *Fitterlings Maultaschen Haus* einen Maultaschen-Teller bestellt. Obwohl die Küche um diese Zeit – es war kurz nach 14 Uhr – bereits geschlossen hatte, war man bereit gewesen, ihm ein einfaches Tagesessen zu servieren. Gebratene Maultaschen mit Tomatensalat, eine ungewöhnliche, nichtsdestotrotz aber sehr schmackhafte Kombination. Er hatte die kleinen, mit einer Fleischpaste gefüllten Teigwaren sofort erkannt, sich augenblicklich an den Anblick der Badewanne und den von ihrem Inhalt ausgehenden nicht gerade angenehmen Geruch erinnert. Nur zögernd hatte er die Maultaschen auf die Gabel genommen, sie dann jedoch, nach den ersten, sehr genussvollen Versuchen, mit immer größerem Appetit verspeist. Sie waren in einer provenzalischen Kräutermischung gebacken, überraschten mit einem würzigen, an einen kräftigen Braten erinnernden Geschmack.

Nachdem er die Mahlzeit in Ruhe genossen und sich noch einen Kaffee hatte servieren lassen, war es ihm gelungen, Neundorf über seine neuesten Ermittlungsergebnisse zu unterrichten.

»Wo ist der Zusammenhang zwischen den beiden Verbrechen?«, hatte sie sofort gefragt, »was haben Allmenger und dieser Fitterling miteinander zu tun?«

»Ich weiß es nicht. Allmenger ist nach Aussage Michael Fitterlings, der für den Verkauf der Maultaschen zuständig ist, nicht als persönlicher Kunde registriert.«

»Sie kennen die Namen ihrer Kunden?«

»Nur die von denen, die große Mengen abnehmen. Das sind meistens aber Restaurants, wenn ich den Mann richtig verstanden habe.«

»Du hast dir die Liste geben lassen?«

»Ist das wirklich notwendig?«, hatte Braig gefragt. »Ohne Erlaubnis des Ermittlungsrichters wird Fitterling die wohl kaum herausrücken. Der hat panische Angst davor, uns Einblick in seine Kundenkartei zu geben. Der fürchtet um die Existenz seiner Firma.«

»Wieso das?«

»Es gibt wohl eine Menge teurer Lokale, die exquisite hausgemachte Maultaschen anbieten, diese in Wirklichkeit aber von den Fitterlings beziehen. Wenn das bekannt wird...«

»Meine Herren, die übliche Schmierenkomödie. Aber da geht es wahrscheinlich wirklich um sehr viel Geld. Wenn Leute für ein Essen eine dreistellige Summe oder was weiß ich wie viel bezahlen, wollen sie natürlich nicht hören, dass sie gelinkt wurden. Obwohl ich es diesen Typen herzlich gönne.« Neundorf hatte kurz gelacht. »Aber Spaß beiseite. Kannst du den Mann nicht überreden, dich wenigstens einen kurzen Blick auf die Liste werfen zu lassen? Er muss sie ja nicht extra ausdrucken. Und von deiner Diskretion wirst du ihn hoffentlich überzeugen können.«

»Wer weiß, vielleicht lässt er sich dazu erweichen, wenn ich eine Weile auf ihn einrede«, hatte Braig erwidert. »Mein Problem ist nur: Wonach soll ich auf der Liste suchen? Ich habe doch überhaupt keine Ahnung, wer von den Kunden der Fitterlings mit Allmenger zu hat, in welcher Weise auch immer? Über das Leben des Mannes fehlen mir fast sämtliche Informationen. Woran soll ich eventuelle Verbindungen zu Leuten auf der Liste erkennen? Indem ich alle Kunden aus Esslingen und Umgebung überprüfe?«

Neundorf hatte einen lauten Seufzer hören lassen. »Nein, so hat das natürlich keinen Sinn. Warten wir erst mal ab, ob wir auf anderen Wegen zu neuen Erkenntnissen gelangen. Ich gebe dir Bescheid, sobald ich mehr weiß.«

Braig hatte sich von ihr verabschiedet, sich dann mit Ann-Katrin über ihren bisherigen Tagesablauf unterhalten. Er hatte ihr versprochen, möglichst bald nach Hause zu kommen, war dann, nach der Beendigung des Gesprächs dazu übergegangen, die Frau aus Hechingen, die Christian Fitterling nach den Aussagen Eva Seibolds gestern am späten Abend aufgesucht haben sollte, auf der Liste zu suchen. Es war umständlicher, als er es sich vorgestellt hatte. Auf dem Blatt waren elf verschiedene Namen von Frauen aufgeführt, zwei davon aus Hechingen. Eine Janet Reiss und eine Sarah Benkle. Er hatte überlegt, ob in dem Gespräch ein konkreter Name gefallen war, hatte sich nicht daran erinnern können. »Die Schlampe aus Hechingen«, mehr hatte sie seines Wissens nicht erwähnt.

Braigs Versuch, die beiden Frauen telefonisch zu erreichen, war nur bei Sarah Benkle geglückt. Er hatte von ihr erfahren, dass sie in einem großen Altenheim mitten in Hechingen arbeitete und erst vor Kurzem von der Frühschicht nach Hause gekommen war.

»In einem Altenheim?«, hatte er überrascht gefragt, sofort den Gedanken an Roland Allmenger im Kopf.

»Seniorenheim, wenn Sie es genau wissen wollen«, hatte Sarah Benkle erwidert, ob in sachlichem oder ironischem Ton hatte er nicht eruieren können.

Seniorenheim, hatte er überlegt, das konnte passen.

Er war mit der Bitte um ein persönliches Gespräch vorstellig geworden, hatte sich von einem der in Geigelfingen anwesenden Beamten der Schutzpolizei nach Hechingen bringen lassen und die junge Frau dort in ihrer Wohnung am Rand der sich einen Hügel hochziehenden Altstadt getroffen. Fast die Hälfte der Häuser der Umgebung stand, wie er im Vorbeigehen bemerkt hatte, leer; unzählige große und kleine Schilder wiesen darauf hin, dass sie zu verkaufen oder zu vermieten waren. Ein seltsamer Anblick, wie er ihn bisher nirgends erlebt hatte.

»Sie kommen wegen Christian Fitterling?«, hatte ihn die junge, angesichts der sommerlich heißen Temperaturen mit einem weißen T-Shirt und kurzen, grellroten Hosen bekleidete Frau empfangen. Sie hatte eine sportlich schlanke, durchtrainierte Figur, kurze, blonde Haare, ein schmales, dezent geschminktes Gesicht. Er wusste nicht, woran es lag, aber sie schien ständig zu lächeln, ohne dass es in irgendeiner Weise aufgesetzt wirkte. Einfach eine fröhliche, lebensbejahende Grundhaltung, die sich in ihrer Mimik manifestierte?

»Wegen Christian Fitterling, ja«, hatte er geantwortet.

»Ich kann es nicht fassen, dass ausgerechnet ihm das passiert ist. Er empfand sich als absolut sicheren, routinierten Fahrer.«

»Das sind genau die Leute, die für einen großen Teil der Autounfälle verantwortlich sind. Aber in Herrn Fitterlings Fall ...«

»Was ist in seinem Fall?«

»Er wurde von der Straße abgedrängt. Von einem anderen Fahrzeug.«

»Wie bitte?« Ihre vorher so freundlich wirkende Miene hatte sich plötzlich in eine von Überraschung, Angst und Schrecken verzerrte Grimasse verwandelt. Sie war von ihrem Stuhl gesprungen, dann unruhig vor ihm auf und ab marschiert. »Sie meinen, er wurde ...«

»Ermordet, ja.« Ein kurzes Telefonat mit dem Leiter der die Geigelfinger Steige untersuchenden Spurensicherung während seiner Fahrt nach Hechingen hatte ihm die endgültige

Bestätigung dieser Tatsache erbracht. »Sie haben es nicht gewusst?«

»Woher?« Sie hatte ihm offen in die Augen geblickt, in ihrer gesamten Körperhaltung von der schlimmen Nachricht gezeichnet. »Ich wusste nur, dass er von der Straße abgekommen war. Wegen überhöhter Geschwindigkeit, an der Geigelfinger Steige.«

»Von wem haben Sie es erfahren?«

»Von Timo Gengle, einem Kollegen. Während unserer Frühstückspause. Gengles Freundin wohnt in Geigelfingen, sie rief ihn an.«

»Wann haben Sie Christian Fitterling zuletzt gesehen?«

Er hatte die Frau beobachtet, sie bei ihrer Antwort keine Sekunde aus den Augen gelassen. Ihre Sätze waren auf Anhieb, ohne lange Überlegung erfolgt.

»Das ist eine Weile her. Fast zwei Monate.«

»Wie bitte? Zwei Monate? Und was ist mit dem Treffen gestern Abend?«

Sie war stehen geblieben, hatte den Kopf geschüttelt, leicht verwirrt zu ihm hergestarrt. »Was für ein Treffen gestern Abend?«

»Jetzt tun Sie doch nicht so. Sie und Herr Fitterling.«

»Christian und ich? Sie glauben ...« Sarah Benkle hatte mit hoch erhobener Hand abgewunken. »Mein Gott, das ist doch schon lange vorbei. Christian vergnügt sich längst mit anderen Frauen. Der hat es noch nie lange mit einer einzigen ausgehalten. Vanessa Reuter, ist das nicht seine Neueste? Obwohl, die ist auch schon wieder Vergangenheit. Zur Zeit ist er mit dieser Eva Seibold liiert. Ja, natürlich, erst letzte Woche habe ich davon gehört. Vanessa soll ihm Hölle, Tod und Teufel angedroht haben und dass sie ihn persönlich über den Haufen fahre, sobald er sich auf die Straße wage ...« Sie hatte mitten im Satz innegehalten.

»Dass sie ihn persönlich über den Haufen fahre?«, war er auf ihre Aussage eingegangen.

Sie hatte ein paar Sekunden mit ihrer Antwort gezögert, ihre Worte dann bestätigt. »Meine Schwester war dabei, sie hat es selbst gehört. Vor zehn Tagen, Samstag vor einer Woche. In einer Kneipe in Tübingen. Da gab es eine Riesenszene zwischen den beiden.«

»Wo wohnt diese Vanessa ...«

»Vanessa Reuter?«

»Genau die, ja.«

»Mein Gott, wollen Sie die Frau jetzt etwa verhaften? Wenn ich das gewusst hätte ...«

»Wo finde ich sie? Sie wissen Bescheid?«

Sarah Benkle war zu ihrem Stuhl gelaufen, hatte sich wieder darauf niedergelassen. Mit missmutigem Blick hatte sie zu ihm hergeschaut. »In Ludwigsburg. Ich weiß nur, dass sie dort lebt und in einem Kindergarten arbeitet.«

»Als Erzieherin?«

»Als was denn sonst? Als Putzfrau bestimmt nicht.«

Er hatte Eva Seibolds Aufzählung der weiblichen Namen überflogen, war tatsächlich auf die erwähnte Vanessa Reuter gestoßen.

»Das ist aber nicht die einzige Frau, die von Christian übel behandelt wurde. Da gibt es eine ganze Menge, die ihn zum Teufel wünschen. Nur damit Ihnen das klar ist,« hatte Sarah Benkle erklärt.

»Sie kennen weitere Namen?«

»Da sollten Sie sich vielleicht besser bei dieser Eva erkundigen. Das ist die aktuelle Liaison.«

»Eva Seibold.«

»Ja.«

»Und Sie? Gehören Sie ebenfalls zu denen, die ihn zum Teufel wünschen?«

»Tut mir Leid. Damit kann ich nicht dienen. Mir war von Anfang an klar, auf wen ich mich da einlasse. Ich wollte meinen Spaß, das war alles.«

Braig hatte sie mit prüfendem Blick gemustert, ihr kein Wort geglaubt. Zu oft in den vergangenen Jahren hatte er diese so cool und abgebrüht daherkommenden Sätze gehört, sie kurze Zeit später als billige Floskeln entlarvend, die der Gemütslage der entsprechenden Person in keiner Weise gerecht wurden. »Herr Fitterling war gestern also nicht bei Ihnen?«

»Bei mir? Meine Herren, wann begreifen Sie das endlich: Die Sache mit ihm ist gelaufen.«

»Aber Sie können mir erzählen, was Sie gestern Abend unternommen haben.«

»Gestern Abend? Gerne. Wir waren in Tübingen in einer Kneipe, den ganzen Abend.«

»Wer ist ›wir‹?«

»Timo Gengle, mein Kollege, und zwei weitere Pflegerinnen meiner Station.«

»Den ganzen Abend? Obwohl Sie heute Frühschicht hatten?«

»Das frühe Aufstehen sind wir gewöhnt. Man ist nur einmal jung, verstehen Sie? Kurz nach Mitternacht waren wir wieder hier. Sie können Mandy und Simone gerne fragen, Sie werden es Ihnen bestätigen.«

Braig hatte sich die Namen und Adressen der Kolleginnen notiert, dann nach Roland Allmenger gefragt. »Seit wann kennen Sie ihn?«

»Roland wer?« Die Verwirrung im Gesicht seines Gegenübers schien nicht gespielt gewesen.

»Allmenger«, hatte er wiederholt.

»Allmenger?« Sie hatte den Namen langsam, fast Buchstabe für Buchstabe wiederholt. »Wer soll das sein?«

»Der Leiter Ihres Seniorenheims.«

»Mein Arbeitgeber?« Sarah Benkles Kopfschütteln war nicht zu übersehen gewesen. »Der heißt Kaiser und wohnt nur wenige Häuser von mir entfernt. Tut mir leid, dieser Allmen... oder wie auch immer ist mir nicht bekannt.« Das Lächeln hatte ihr Mienenspiel wieder dominiert, Braigs Skepsis Lügen strafend. Sie schien Allmenger tatsächlich nicht zu kennen, hatte jedenfalls erfolgreich versucht, diesen Eindruck zu erwecken. »Ich kann Ihnen wohl nicht viel helfen, wie?«

Braig hatte laut geseufzt, dann kräftig durchgeatmet. »Es sieht nicht so aus, nein.« Er hatte Eva Seibolds Liste noch einmal überflogen, nach Janet Reiss gefragt. »Sagt Ihnen dieser Name etwas? Die Frau soll ebenfalls in Hechingen wohnen.«

Ihre Antwort war so ausgefallen wie fast alle anderen vorher ebenfalls. »Das tut mir wirklich leid, aber den Namen höre ich heute zum ersten Mal.«

»Du glaubst der Frau?«, fragte Ann-Katrin später, als sie gemeinsam den Tisch abgeräumt und es sich im Wohnzimmer bequem gemacht hatten. Sie waren miteinander ins Gespräch gekommen, seine aktuellen Ermittlungen reflektierend.

»Dass sie sich nicht mit Fitterling getroffen haben will? Ich habe mit diesem Timo Gengle telefoniert. Er schwört Stein und Bein, dass sie bis kurz nach Mitternacht gemeinsam unterwegs waren. Obwohl das ihre Unschuld nicht vollkommen beweist. Das kann abgesprochen sein. Außerdem wissen wir nicht genau, wann die Tat geschah. Irgendwann am späten Abend oder in der Nacht. Genauer können es die Techniker und der Arzt noch nicht definieren.«

»Du hast ihr Auto überprüft?«

»Sie fährt einen kleinen Renault, keinen Geländewagen. Was aber nichts heißt. Der Täter kann sich das Fahrzeug geliehen haben.«

»Was ist mit diesem Allmenger? Kennt sie den Mann wirklich nicht?«

»Wie soll ich ihr das Gegenteil beweisen? Wir müssen erst noch überprüfen, ob Allmenger in irgendeiner Weise mit dem Seniorenheim zu tun hat, bei dem Frau Benkle arbeitet, oder ob es sich bei dieser beruflichen Übereinstimmung nur um einen Zufall handelt. Wäre natürlich möglich. Außerdem muss ich mich noch um die andere Frau aus Hechingen kümmern, die auf Eva Seibolds Liste zu finden ist: Janet Reiss. Vielleicht war sie es, die Fitterling gestern Abend angerufen hat.«

»Bisher habt ihr also noch keine Verbindung zwischen den beiden Männern feststellen können?«

Braig seufzte laut. »Nein, wir finden einfach keinen Zusammenhang. Ich habe vorhin in der Bahn noch einmal ausführlich mit Katrin telefoniert. Sie war heute Mittag im Klinikum in Esslingen, konnte sich zum ersten Mal mit ihm unterhalten. Dieser Allmenger hat eine Phobie vor Maultaschen, die er aber niemand mitgeteilt haben will.«

»Eine Phobie?« Sie wandte den Blick fragend zu ihm her.

Er berichtete ihr, was Neundorf von dem Überfallopfer erfahren hatte, sah die Überraschung im Gesicht seiner Partnerin.

»Er hat im Alter von fünf oder sechs Jahren mit ansehen müssen, wie sein Nachbar Maultaschen aufschnitt und tote Käfer daraus hervorpulte? Maultaschen, die der Kerl eigenhändig zu diesem Zweck präpariert hatte?«

»In diesem Alter, schätze ich, bist du bereit, die größten Absurditäten für wahr zu halten – vor allem, wenn du sie mit deinen eigenen Augen siehst.«

»Was war das nur für ein perverses Schwein. Maultaschen sind hier bei uns doch fast so was wie ein Grundnahrungsmittel. Manche Familien essen die alle paar Tage. Einem Kind so übel mitzuspielen! Der Kerl muss doch krank gewesen sein, oder?«

»Er hatte wohl einen Hass auf Kinder. Ich denke, er wollte ihnen heimzahlen, dass sie sein Leben mit so viel Lärm und Unruhe belästigen.«

»Lärm und Unruhe? Aber 30 Millionen Autos in diesem Land finden solche Kreaturen normal, ja?«

»Wie andere *normale* Bürger auch, ja. Auf jeden Fall leidet Allmenger deshalb heute unter einer Phobie vor Maultaschen. Schon der Geruch löse Panikattacken bei ihm aus, hat er Katrin erzählt. Das ist verständlich, oder?«

»Das ist mehr als verständlich. Einem kleinen Kind das anzutun! Und dann zwingen die ihn in eine Badewanne, angefüllt mit dem Zeug. Sadismus pur.«

»Wer tut so etwas?«

»Private Rache?«, fragte Ann-Katrin. Sie griff nach dem Rotweinglas, nahm einen kleinen Schluck, prüfte den Geschmack auf der Zunge.

»Zufrieden?«

Sie schluckte die Flüssigkeit, schwenkte den Kopf abwägend hin und her. »Nicht ganz. Zu viel Saure.«

»Schade.«

»Ist vielleicht gut so. Dann komme ich nicht in Versuchung.« Seit sie um ihre Schwangerschaft wusste, hatte sie ihren ohnehin geringen Alkoholkonsum fast auf null reduziert. Nach der Geburt Ann-Sophies war sie dieser Haltung treu geblieben. Größere Mengen von Alkohol blieben, solange sie das Kind stillte, tabu.

»Private Rache«, konstatierte Braig, »genauso haben wir das auch interpretiert. Bleibt nur zu überlegen, wer für diese Aktion infrage kommt.«

»Wer weiß von Allmengers Phobie?«

»Niemand, glaubt er. Panikattacken beim Geruch von

Maultaschen, weil in seinem Unterbewusstsein das Bild mit den Käfern lebt. Ekelerregende Insekten, die in dem Teig versteckt seien. Dass er diese Angst nicht an die große Glocke hängt, scheint mir nachvollziehbar. Angst vor Ungeziefer im Essen, das ist kein Ruhmesblatt. Ein persönliches, fast intimes Problem. Und das behältst du normalerweise für dich. Das stellst du nicht ins Schaufenster. Das erzählst du, wenn überhaupt, nur wenigen Leuten.«

»Deinem Partner«, erklärte Ann-Katrin, »oder einem Menschen, mit dem du eine intime Situation erlebst, die dir die Zunge löst.« Sie warf ihm einen fragenden Blick zu. »Hat seine geschiedene Frau nicht erzählt, er habe sie ständig betrogen?«

Braig nickte. »Du denkst an eine abgehalfterte Geliebte?«

Sie holte tief Luft, überlegte. »Was ist mit Fitterling? Sind beide Männer an dieselbe Frau geraten?« Ann-Katrin lehnte sich auf dem Sofa zurück, beobachtete ihren Partner, der nach dem Glas griff und von dem Wein kostete.

»An dieselbe Frau?«, fragte Braig nuschelnd, Flüssigkeit auf der Zunge.

»Ja«, bekräftigte sie ihre Vermutung. »An dieselbe Frau. An eine, die von beiden Männern wie das letzte Stück Dreck behandelt wurde.«

Er schluckte den Wein, verzichtete auf eine Antwort.

»Dieses rücksichtslose Verhalten Frauen gegenüber scheint doch die einzige Gemeinsamkeit der beiden Typen, die euch bekannt ist. Oder sehe ich das falsch?«

»Du meinst, dass sowohl Allmenger als auch Christian Fitterling häufig wechselnde Beziehungen pflegten?«

»Das habt ihr doch so gehört, oder?«

»Das haben wir so gehört, ja. Und du glaubst, beide seien zufällig an ein und dieselbe Frau geraten, hätten sie gleichermaßen übel behandelt ...«

»Oder es waren zwei Frauen. Freundinnen«, fiel Ann-Katrin ihm ins Wort. »Die eine verliebt sich in Allmenger, die andere in Fitterling, wie das Leben so spielt. Und nach kurzer Zeit sehen sie sich ausgebootet, benutzt, gegen eine neue Gespielin ausgetauscht. Pech gehabt. Der Typ war eben ein Schwein. Einer wie der andere. So läuft das normalerweise. Jetzt aber ...«

»Du meinst, die haben sich gegenseitig aufgefangen und hochgepuscht? Zwei Frauen, die gemeinsam ...« Braig verzichtete darauf, den Satz zu vervollständigen, pfiff leise vor sich hin.

»Eine ihrer zahlreichen Ex«, erklärte Ann-Katrin, »sie weiß genau, wie sie es Allmenger heimzahlen kann. In einem besonders intimen Moment wird er sentimental, erzählt ihr von seinem Problem. Er braucht jemanden, dem er sein Herz ausschütten kann, seine Last loswerden, die ihn seit Jahren, was sage ich, seit Jahrzehnten drückt. Und das nützt sie aus, später, als er sich als gewissenloses Schwein entpuppt hat und ihr nur noch nach Rache zumute ist. Von Fitterling ist den Frauen nichts Besonderes bekannt. Nur, dass er wie ein Verrückter die Geigelfinger Steige herunterrast, weil er sich als coolen Fahrer versteht. Das nehmen sie zum Anlass, ihn zu attackieren. Zwei Frauen, die es satt haben, sich wie altes Mobiliar auf dem Sperrmüll wiederzufinden. Beide zutiefst verletzt. Und statt sich weiter als Gebrauchsobjekte benutzen zu lassen, raffen sie sich auf und ziehen die Sache durch. Vielleicht wollten sie Fitterling nicht in den Abgrund stürzen, sondern ihm nur einen Denkzettel verpassen, ähnlich wie dem anderen, aber die Sache ging schief?«

»Das hältst du für möglich?«, fragte Braig.

Seine Partnerin zeigte nicht den Hauch eines Zweifels. »Wieso nicht? Ich in einer ähnlichen Situation könnte mir jedenfalls vorstellen, genau so etwas zu tun. Nimm dich also in Acht.«

Er stellte das Glas zurück, betrachtete seine Partnerin mit großen Augen. Hatte sie sich einen Spaß erlaubt, oder war das ernst gemeint? Er wusste es nicht. Wie auch immer – ihre Überlegungen waren keineswegs neu. Vorhin, im Verlauf ihres Telefonats, hatte Neundorf genauso argumentiert und dieselben Schlussfolgerungen gezogen. Fast bis aufs Wort genau.

13. Kapitel

Mario Aupperle arbeitete jetzt seit genau eineinhalb Jahren beim Landeskriminalamt. Der kleine, drahtige, immer noch von seinen jahrelangen Besuchen in verschiedenen Fitnessstudios und dem daheim im Keller betriebenen privaten Krafttraining unübersehbar gestählte Mann hatte seine Versetzung von Trossingen in die Landeshauptstadt noch nicht bereut. Trossingen, das alte Musikstädtchen am südlichen Rand des Landes, atmete Ruhe und Gemütlichkeit in allen Winkeln. Hier zu leben war der Traum eines jeden Pensionärs und Rentners, die den Anblick des Türmles wie des nahen Albtraufs schätzten und mit einem weitgehend stressfreien und beschaulichen Dasein zufrieden waren. Für einen lebenslustigen, jungen Mann von inzwischen dreißig Jahren hatte diese Gemütlichkeit und Behäbigkeit auf Dauer aber einschläfernd und ermüdend gewirkt. Zwar war Aupperles Dienst beim LKA bei Weitem nicht so spannend und abwechslungsreich, wie er sich das einst in der Provinz ausgemalt hatte – statt großen, von viel journalistischem Tamtam begleiteten Auftritten im hehren Kampf gegen das internationale Verbrechertum hatte sich die Arbeit in Bad Cannstatt eher als mühseliges, so manchen Abend und viele Wochenenden verschlingendes, letztendlich oft sinnloses Kleinklein erwiesen, das von niemand entsprechend gewürdigt wurde, doch war er auf privater Ebene zumindest annäherungsweise auf ein Umfeld gestoßen, das seinen Erwartungen durchaus gerecht geworden war.

Von dem Gerücht nach Stuttgart gelockt, in und um die schwäbische Metropole stehe ein großer Teil der reichlich vorhandenen Weiblichkeit unverbindlichen, aber nichtsdestotrotz physisch äußerst intensiven Begegnungen mit naschsüchtigen, männlichen Existenzen noch weit aufgeschlossener gegenüber als in der Provinz, hatte er in den vergangenen Monaten viel Energie darauf verwandt, diese Behauptung bis ins Detail zu überprüfen. Wann immer es die Zeit erlaubte, war er bestrebt gewesen, sich einer der in der Umgebung herumschwirrenden, wohlduftenden Blüten zu widmen – mit vollem Engagement und aller Kraft, die ihm zur Verfügung stand. Eine länger anhaltende Liaison hatte sich bis jetzt noch nicht ergeben, waren doch nicht nur er, sondern auch etliche seiner kurzzeitigen Eroberungen nicht bereit gewesen, die Jagdsaison mit der gerade erlegten Beute zu beenden. Vom Ausmaß seiner beruflichen Beanspruchung hing es ab, wie weit er sich dieser Leidenschaft hingeben konnte.

Selten nur, allzu selten hatten sich in den letzten Monaten Synergieeffekte zwischen der täglichen Arbeit und den privaten Interessen erzielen lassen. Aupperle dachte mit zwiespältigen Gefühlen an den März des vergangenen Jahres zurück, als ihn Stefanie Riedinger, die bildhübsche, junge Kommissarin der Abteilung Gewaltkriminalität beauftragt hatte, die verflossenen Gespielinnen eines ermordeten Managers aufzusuchen, um sie auf eine eventuelle Tatbeteiligung hin zu überprüfen. Begeistert hatte er die jungen Frauen der Reihe nach aufgesucht, vergeblich darum bemüht, private Kontakte herzustellen. Nicht eine einzige Beziehung war diesen Begegnungen entsprungen, kein One-Night-Stand, nicht einmal ein kurzes Rendezvous. Er durfte nicht daran denken, dass er auch noch Anstalten gemacht hatte, sich einer Frau zu nähern, die sich dann als Lesbe entpuppt hatte ...

Vielleicht tat er wirklich besser daran, sein privates Leben von seinen beruflichen Aufgaben zu trennen, hatte er in einer stillen Stunde überlegt, schon um der Gefahr zu entgehen, seine kriminalistische Urteilskraft von subjektiven Faktoren beeinflussen zu lassen.

Der dienstliche Auftrag, sich an diesem Donnerstagvormittag um ein persönliches Gespräch mit Vanessa Reuter in Ludwigsburg zu bemühen, um deren von Augen- und Ohrenzeugen bestätigte Morddrohungen gegen Christian Fitterling zu überprüfen, vermochte daher bei Weitem nicht mehr die Begeisterung in ihm zu entfachen, wie das im Vorjahr bei ähnlichen Ermittlungstätigkeiten noch der Fall gewesen war. Ruhig, sachlich, gelassen hatte er die Frau kurz nach neun Uhr am Morgen telefonisch um einen Termin gebeten, sie dann zehn Minuten vor zwölf, zu Beginn ihrer Mittagspause auf dem Marktplatz mitten in der Barockstadt getroffen.

»Sie sind Erzieherin?«, hatte er sich vergewissert.

»Das geht Sie überhaupt nichts an!« Ihre Antwort war deutlich ausgefallen. »Unterstehen Sie sich, mich im Hort aufzusuchen. Dann hören Sie von mir kein Wort. Entweder wir treffen uns auf dem Marktplatz oder Sie sparen sich den Weg!«

Er hatte befürchtet, dass es kein Zuckerschlecken würde, war von der Begegnung mit ihr dann gewaltig überrascht worden. Die brennende Zigarette in der Hand, wie sie es als Erkennungsmerkmal vereinbart hatten, saß sie bereits an einem Tisch in der äußersten Reihe des Cafés auf dem Marktplatz, der Bedienung gerade ihre Bestellung mitteilend, als er hinzukam. Das türkisfarbene T-Shirt, die schwarze Hose, dazu türkisfarbene Slipper, er erkannte sie auf den ersten Blick. Die Frau schien knapp über dreißig, hatte lange, hellblonde Haare, unübersehbar prächtige Kurven – sie kam ganz nach seinem persönlichen Geschmack. Was ihn störte, war nur die große Wunde auf ihrer rechten Wange.

»Frau Reuter?« Aupperle sah ihr zustimmendes Nicken, stellte sich vor. Er reichte ihr die Hand, setzte sich ihr gegenüber an den Tisch.

»Ah, Sie sind nicht in Uniform. Das ist schon mal ein Vorteil.«

»In Uniform?« Er schüttelte den Kopf. »Ich bin Kommissar. Uniform trage ich nur zu besonderen Anlässen.«

»Na, das ist schon mal gut. Ich dachte, das Theater geht wieder los. Was hat mein Alter dieses Mal angestellt?«, fragte die Frau.

»Ihr Alter? Verzeihung, es geht um Herrn Fitterling. Christian Fitterling. Sprechen wir über dieselbe Person?«

»Christian Fitter...?« Sie hielt mitten im Wort inne, den Schrecken unübersehbar ins Gesicht gemeißelt. »Hat, hat mein Alter ihm ...?«

Aupperle verstand nicht, worauf ihre Frage zielte, sah der Bedienung hinterher, die mit wippenden Hüften zu einem Nachbartisch eilte. Knackiges Hinterteil, überlegte er, aber mit den Kurven der Tussi an meinem Tisch kann sie nicht mithalten. Er musterte die drahtigen Fesseln der Frau, wandte seinen Blick erst ab, als er die Frage seiner Gesprächspartnerin hörte.

»Er hat ihm die Fresse poliert, wie?«

»Die Fresse poliert?« Aupperle wusste nicht, von wem und von was die Rede war. »Wer hat wem die Fresse poliert?«

»Na, Sie haben doch mit Fitterling angefangen, nicht ich.«

Er wandte den Kopf zur Seite, um der Rauchwolke ihrer Zigarette auszuweichen, die geradewegs auf ihn zuschwebte, hörte die Stimme einer fremden Frau.

»Hallo. Was darf ich Ihnen bringen?«

Aupperle sah auf, blickte der Bedienung mitten ins Gesicht. Sie hatte seiner Gesprächspartnerin ein Glas Wasser serviert, war jetzt ganz auf ihn konzentriert. Ein hübsches, junges, kaum zwanzig Lenze zählendes Ding. Muntere, dunkle Augen, volle, rote Lippen, in der oberen Körperhälfte – soweit erkennbar und nicht push-up-mäßig vorgetäuscht – ganz gut bestückt. Oder trug sie gar nichts darunter?

Er schaute genauer hin, konnte sich nicht zu einem endgültigen Urteil entschließen. Seltsamer Stoff. Hatten sich doch sonst nicht so, die meisten Weiber. Blickdicht. Fast jedenfalls.

»Ja, was denn jetzt?«

»Ach so, ein großes Cola«, sagte er. »Coca, nicht Pepsi. Mit Eis.« Was sonst wohl? Doch kein Bier bei der Hitze!

Er sah ihr zustimmendes Nicken, widmete, als sie davonlief, seine Aufmerksamkeit erneut ihrem knackigen Hintern. Ob die solo war? Oder wenigstens willig, einer neuen Begegnung nicht abgeneigt?

»Mein Gott, ziehen Sie das Mädchen doch gleich komplett aus«, maulte es hinter der Qualmwolke. »Ist die nicht etwas zu jung für Sie?«

Aupperle wedelte sich die Sicht auf den Tisch wieder frei, versuchte sich zu konzentrieren. Zu jung für ihn? Was bildete die Tussi sich eigentlich ein? Die war doch nur eifersüchtig, weil er offen zu erkennen gab, dass außer ihr noch andere weibliche Wesen existierten. Eingebildete Zicke, dämliche. »Christian Fitterling«, sagte er laut. »Ihr ehemaliger Freund.«

»Mein Gott, wollen Sie nicht gleich ein Megaphon benutzen, damit es ja der gesamte Marktplatz hört?« Sie nahm einen kräftigen Zug von ihrer Zigarette, blies den Rauch in seine Richtung. »Hat mein Alter ihm jetzt die Fresse poliert, ja oder nein?«

Aupperle wurde hellhörig. »Ihr Alter? Sie sind verheiratet? Weshalb sollte er das tun?«

Seine Gesprächspartnerin schüttelte den Kopf. »Sie haben wohl überhaupt keinen Durchblick, wie?«

Er versuchte, den Rauch zur Seite zu pusten, nahm die Frau ins Visier. »Was ist mit Ihrem Mann? Er weiß von Ihrer Beziehung zu Fitterling?«

Vanessa Reuter brach in ein solch lautes Gelächter aus, dass die beiden jungen Männer am Nachbartisch überraschte Blicke zu ihr herwarfen. »Mein Gott, jetzt packen Sie doch endlich aus! Was wollen Sie mit Fitterling?« Sie hatte Mühe, sich zu beruhigen, hustete kräftig.

Ihr aggressives Gehabe nervte ihn zusehends. »Er ist tot«, antwortete er deshalb kurz und knapp, seine Gesprächspartnerin aufmerksam fixierend.

»Wie bitte?« Das Lachen erstarb ihr binnen einer Sekunde. »Fitterling?« Sie starrte ungläubig zu ihm her.

Aupperle nickte.

»Wie? Ein Unfall?« Die Zigarette war ihr aus der Hand gefallen, qualmte auf dem Boden vor sich hin. Sie schien es nicht zu bemerken.

»Mord«, sagte er.

Die Frau erstarrte, so kam es ihm vor, zur Statue, verharrte für Sekunden in derselben steifen Pose. Sie stierte zu ihm über den Tisch, blankes Entsetzen in der Miene.

War das gespielt? Er wusste es nicht.

»Hier ist Ihr Salat.« Die junge Bedienung ließ den kleinen Teller samt Serviette und Besteck vor ihr nieder, wünschte ihr einen guten Appetit.

Vanessa Reuter schien langsam wieder zum Leben zurückzufinden. »Fitterling«, zischte sie. »Scheiße.« Sie wartete, bis die Bedienung gegangen war, warf ihm einen prüfenden Blick zu. »Aber Sie wollen mir jetzt nicht erklären, dass das mein Alter war?«

»Das wissen Sie besser als ich«, gab er zur Antwort.

Sie fand keine Zeit, sich auf ihren Salat zu konzentrieren, behielt ihr Gegenüber im Blick. »Ich? Wo ich mich die ganze Zeit vor ihm verstecke? Sie haben Humor.«

»Sie verstecken sich vor Ihrem Mann? Weshalb?«

Die Frau griff nach der Serviette, wickelte die Gabel aus der Umhüllung, stocherte im Salat. »Ihr seid doch ein seltsamer Verein«, brummte sie. »Bei euch weiß anscheinend die rechte Hand nicht, was die linke gerade tut.«

Aupperle musterte die Wunde auf ihrer Wange, benötigte nicht lange, zu verstehen. »Sie stehen unter Polizeischutz?«

Vanessa Reuter schob sich ein Salatblatt in den Mund, kaute langsam. »Schutz?«, maulte sie. »Dafür habt ihr doch viel zu wenig Leute. Wurde mir jedenfalls so erzählt.«

»Was ist mit Ihrem Mann?« Er sah die Bedienung zum Tisch kommen, lächelte der jungen Frau zu, bedankte sich für das Glas, das sie vor ihm abstellte.

»Er hat mich erwischt«, nuschelte sein Gegenüber. Sie hatte sich eine kleine Portion Selleriesalat in den Mund geschoben, kaute. »Als ich mit Christian aus dem Hotel kam.«

Aupperle trank von seiner Cola, wartete auf weitere Erklärungen.

»Ich hatte keine Ahnung, dass er mir hinterherspioniert. Aber er musste seit Wochen davon gewusst haben.«

»Sie trafen sich mit Fitterling in einem Hotel?«

»Manchmal.« Sie stocherte in ihrem Salat, stippte ein grünes Blatt auf die Gabel. »Je nachdem, wie wir gerade Lust hatten.«

»Wie lange ging das?«

Vanessa Reuter schaute von ihrem Teller auf, warf ihm einen gereizten Blick zu. »Fast zwei Jahre«, zischte sie.

»Fast zwei Jahre?« Er verharrte mitten in seiner Bewegung, mit der er das Glas erneut an den Mund führen wollte, schaute seine Gesprächspartnerin mit überraschter Miene an. »So lange?«

Sie legte die Gabel samt dem grünen Salatblatt zurück auf den Teller, starrte angestrengt zu ihm her. »Wir wollten zusammenziehen«, erklärte sie mit schrillem Unterton. Ihre Augen schienen ihn zu durchbohren.

»Aber dann hatte er plötzlich kein Interesse mehr«, warf er ein.

Sie konnte sich die Antwort sparen, ihr Gesichtsausdruck

sprach Bände. Der Hass auf den Mann drang ihr aus allen Poren.

Mein Gott, die war es, überlegte er. Die ist dermaßen in Rage, dass sie sich kaum noch auf ihrem Platz halten kann. Die hat den Kerl von der Straße gefegt. Die Trennung von ihm war zu viel. Das ist ihr wunder Punkt. »Haben Sie ihn deshalb die Geigelfinger Steige hinuntergestürzt?«

»Die Geigelfinger Steige?« Sie starrte ungläubig zu ihm her, lachte laut los. »Dort ist es passiert?« Den Kopf schüttelnd packte sie ihre Gabel, schob sich das Salatblatt in den Mund. »Das ist gut«, sagte sie lachend und kauend, »das ist wirklich gut.«

»Was soll daran gut sein?«

Vanessa Reuter holte sich die nächste Portion, ließ sie sich schmecken. »Er ist eine der Serpentinen hinunter ...« Sie verschluckte den Rest des Satzes, schnaubte laut. »Das ist gut.«

Er merkte, dass sie ins Reden kam, trank von seinem Glas. Es schmeckte süß und süffig, war genau richtig temperiert, gerade so, wie er es liebte.

»Er raste immer wie ein Verrückter in die Kurven, bremste erst in letzter Sekunde. Und dann ergötzte er sich an meinem ängstlichen Gesichtsausdruck, wenn es mal wieder gerade noch gereicht hatte. Je lauter ich schrie, je mehr ich in Panik geriet, desto besser fühlte er sich. Wie ein pubertierender Teenie.«

»Haben Sie es deshalb dort getan?« Aupperle wischte sich die Reste der klebrigen Flüssigkeit von den Lippen, betrachtete sein Gegenüber aufmerksam.

»Jetzt hören Sie doch endlich auf mit dem saudummen Gelaber!« Vanessa Reuter hielt einen Moment still, warf ihm einen wütenden Blick zu. »Dass ich es dem Dreckskerl gönne, heißt noch lange nicht, dass ich mit seinem Tod zu tun habe. Wie soll es überhaupt passiert sein, ich dachte, er ist zu schnell in die Kurve ...«

»Er wurde von der Straße abgedrängt. Von einem anderen Fahrzeug.«

»Oh.« Sie pfiff laut durch die Lippen, bewegte den Kopf zustimmend auf und nieder. »Alle Achtung. Da hat sich tatsächlich jemand die Mühe gemacht?«

»Was für ein Auto fahren Sie?«

»Ich?« Sie gönnte sich eine Gabel voll Maissalat, kaute genüsslich. »Gar keines«, antwortete sie dann grinsend. »Pech, was? Seit ich von meinem Alten getrennt lebe, kann ich keine großen Sprünge mehr machen. Wenigstens habe ich jetzt wieder einen Arbeitsplatz.« Sie wies in die Richtung der Wilhelmstraße. »Tut mir leid, dass ich Sie enttäuschen muss.«

»Das holt Sie nicht aus der Schusslinie. Autos kann sich jeder mieten, alle Typen, ob von seinem Partner getrennt oder nicht. Und Fakt ist und bleibt, dass Sie vor wenigen Tagen damit gedroht haben, Christian Fitterling über den Haufen zu fahren. Genau das, was ihm passiert ist. Wir haben genügend Zeugen dafür.«

»Mein Gott, Sie kapieren wohl überhaupt nichts, was? Ich werde seit Wochen von meinem Alten bedroht, bin mit Wunden und Verletzungen am ganzen Körper übersät, weil der mir beinahe sämtliche Knochen gebrochen hat, und dann habe ich nichts anderes zu tun, als dem Schwein, dem ich das alles zu verdanken habe, hinterherzujagen und es von der Geigelfinger Steige zu drängen? Wie soll das funktionieren, bitte?«

»Seit wann werden Sie von ihrem Mann bedroht?«, fragte er.

Vanessa Reuter kaute mürrisch zu Ende, warf ihm vorwurfsvolle Blicke zu. »Das habe ich Ihnen doch alles erzählt. Seit er mich mit Christian aus dem Hotel kommen sah. Arm in Arm.«

»Fitterling war der Auslöser?«

»Bravo. Sie haben es kapiert.«

»Und wann war das?«

Die Frau musste nicht lange überlegen. Das Datum hatte sich ihr offensichtlich eingeprägt. »Am 14. März dieses Jahres.«

»Vor knapp fünf Monaten«, überlegte er.

Sie nickte. »Seither bin ich auf der Flucht. Er hat mich zweimal halb tot geschlagen.« Sie hatte die Gabel aus der Hand gelegt, deutete auf ihre Wange. »Das war im Mai. Wird wohl immer etwas davon zurückbleiben, meint der Arzt. Sozusagen als Erinnerung an meinen Alten.«

»Wo ist er jetzt? Sie haben keine Angst, dass er plötzlich vor Ihnen steht, hier mitten in der Stadt?«

Vanessa Reuter schüttelte den Kopf. »Normalerweise ist er auf Montage irgendwo in Arabien. Baut Straßen für einen Konzern. Zur Zeit aber ist er gerade auf Heimaturlaub. Das weiß ich von meinem Bruder. Der informiert mich nämlich sofort, wenn er kommt. Die beiden verstehen sich nach wie vor gut. Die gießen sich fast jeden Abend einen hinter die Binde, bis sie sternhagelvoll sind. Teddy ruft mich ständig an, solange mein Alter im Land ist.«

»Zur Zeit ist er hier in Ludwigsburg?«

»Doch nicht in Ludwigsburg. Wir leben in Ulm. Ludwigsburg ist sozusagen mein Zufluchtsort. Mein Alter weiß nichts davon. Eine Freundin hat mir einen neuen Arbeitsplatz beschafft, das hat sich zufällig so ergeben. Ich bin erst seit zwei Wochen hier.« Vanessa Reuter nahm ihre Gabel wieder auf, aß den Rest des Salates. »Wann ist das mit Christian passiert? Gestern?«

Aupperle schüttelte den Kopf. »Vorgestern am späten Abend oder in der Nacht.«

»Sehen Sie.« Sie hielt mitten im Kauen inne. »Das trifft sich gut. Vorgestern am späten Abend. Da habe ich ein wasserdichtes Alibi, oder wie Sie das bei der Polizei so nennen. Da saß ich mit meiner Freundin und deren Mutter zusammen. Den ganzen Abend, bis in die Nacht. Bei denen wohne ich nämlich. Die werden das garantiert bezeugen. Ich gebe Ihnen gerne ihre Nummer.«

Er runzelte die Stirn, sah ein, dass er ihrem Angebot nachkommen musste, auch wenn er sich die Sache anders ausgemalt hatte. Das angebliche Alibi konnte abgesprochen sein, sprach die Frau nicht automatisch von jedem Verdacht frei. Andererseits war durch ihre Ausführungen aber eine weitere Person in das mögliche Tatumfeld gerückt, die bisher – jedenfalls seinem Aktenstudium und dem ausführlichen Gespräch mit seinem Kollegen Braig nach – völlig außen vor geblieben war. »Ihr ehemaliger Mann, hegt er nur Aggressionen gegen Sie oder auch gegen ...«

»Christian?«, fiel sie ihm, das letzte Salatblatt kauend, ins Wort.

Aupperle nickte zustimmend. »Fitterling, genau.«

»Er hat versucht, ihn zu überfahren.«

Aupperle rutschte das Glas aus der Hand, das er gerade aufgenommen hatte. Ein Schwall bräunliches Cola schwappte über den Rand, klatschte auf den Tisch. Er achtete nicht auf die Flüssigkeit, konzentrierte seine gesamte Aufmerksamkeit auf die Frau an seinem Tisch. »Wann war das?«

»Im Mai, in Pfullingen. Mein Alter war zurück aus Arabien, beschattete uns.«

»Was ist passiert?«

»Christian war aus dem Auto gestiegen, wie wollten in eine Kneipe. Da raste er auf ihn zu. Christian konnte gerade noch zur Seite springen.«

»Er wurde nicht verhaftet?«

»Christian wollte kein Aufsehen. Außer mir war niemand dabei. Keine Polizei, beharrte er, er konnte alles gebrauchen, nur keine schlechte Publicity. Die Firma, verstehen Sie, seine Firma. Er wollte sie verkaufen, damals jedenfalls, wie die Sache zur Zeit steht, weiß ich nicht. Er wollte es vermeiden, irgendwie mit Polizei und so in Verbindung gebracht zu werden. ›Das drückt den Preis, verstehst du‹, sagte er immer. Dann haben die uns noch stärker in der Hand. Alles, nur kein zusätzliches Aufsehen. Deswegen hielten wir still.«

»Und Sie haben die Angriffe Ihres ehemaligen Mannes nicht zur Anzeige gebracht?«

Vanessa Reuter legte die Gabel zurück, wischte sich mit der Serviette über den Mund. »Kurz darauf war die Sache mit Christian vorbei. Die Beziehung mit mir war ihm zu anstrengend und zu gefährlich. Meinte er.«

Aupperle tupfte mit einem Papiertaschentuch den Tisch sauber, atmete tief durch. »Ihr Ex ist gemeingefährlich, oder?« Er wartete auf eine Antwort, sah, wie sie mit sich kämpfte. »Er weiß von Ihrer Trennung von Fitterling?«

»Woher?« Sie schüttelte den Kopf. »Glauben Sie, ich rede noch ein Wort mit dem Kerl?«

»Seit wann ist er wieder hier?«

»Seit Sonntag ist er wieder im Land. Mein Bruder hat mich sofort informiert.«

»Seit Sonntag.« Aupperle war sich sofort bewusst, was das bedeuten konnte. Fitterling war am späten Dienstagabend von der Straße abgedrängt worden, zwei Tage nach der Rückkehr dieses gemeingefährlichen Rächers, der schon einmal einen Versuch unternommen hatte, ihn zu überfahren. Er musste sofort Braig und Neundorf informieren und sie über das Ergebnis seiner Ermittlungen unterrichten.

»Sind Sie jetzt zufrieden?«, riss ihn die Frau aus seinen Gedanken. »Meine Mittagspause geht langsam zu Ende.«

Er versuchte, sich das Gespräch mit seinem Kollegen Braig vom Morgen noch mal in Erinnerung zu rufen, überflog insgeheim die Liste der ihm aufgetragenen Fragen, als es ihm einfiel. »Allmenger«, fragte er, »kennen Sie einen Mann namens Roland Allmenger?«

Das Gesicht der Frau sprach Bände. »Wer soll das sein?«

»Sie haben noch nie mit ihm zu tun gehabt?«

»Allmenger? Nein, tut mir leid.« Sie schüttelte den Kopf.

Aupperle griff zu seinem Glas, trank den Rest. Süßes, süffiges Cola. Die junge Bedienung trat an den Tisch, fragte, ob sie noch etwas servieren dürfe, eilte mit dem Teller und den Gläsern davon. Er schaute ihr nach, betrachtete ihr schaukelndes Hinterteil. Doch, überlegte er, der kurze Trip nach Ludwigsburg hatte sich gelohnt. Vielleicht nicht unbedingt privat, wohl aber beruflich. Und das war ja der eigentliche Grund, weshalb er den Mittag auf dem stimmungsvollen Marktplatz der Barockstadt verbracht hatte.

14. Kapitel

Nein, mit Margarethe Maultasch, der 1318 geborenen Herzogin von Kärnten und Gräfin von Tirol, haben die schwäbischen Maultaschen wohl nichts zu tun. Diese junge Frau, die ihrer auffälligen Mundpartie wegen den Beinamen »Maultasch« erhalten haben soll, war im Alter von zwölf Jahren mit Johann von Tirol verheiratet worden – eine allein zum Zweck des Machterhalts geschlossene Verbindung. Romantische Liebesvorstellungen hatten in diesen Kreisen keinen Anspruch auf Verwirklichung.

Dass sich Margarethe Maultasch ihres zum Zeitpunkt der Hochzeit erst acht Jahre jungen Angetrauten nach zehnjährigem Ehemartyrium zu entledigen wagte, indem sie ihm nach längerem Ausritt mit Unterstützung mehrerer Adliger einfach das Burgtor nicht mehr öffnete und ihn des Landes verweisen ließ, machte sie weit über die Grenzen hinaus bekannt. Als die lebenslustige Frau dann ein halbes Jahr später ohne Ehescheidung Ludwig den Brandenburger heiratete und diesem in der Folgezeit auch noch mehrere Töchter und Söhne schenkte, ohne beim obersten Sittenwächter in Rom um Erlaubnis nachgesucht zu haben, zog sie sich dessen heiligen Zorn zu. So viel aufrüherisches Verhalten musste im Keim erstickt werden. Prompt verhängte der Papst den Bann über Margarethe Maultasch und ihre Familie.

Möglicherweise hat die Entstehung der schwäbischen Maultasche aber dennoch mit dieser seit bald 2000 Jahren praktizierten Überwachungsmanie der katholischen Kirche zu tun. Wie viele Mönche und Nonnen in der langen Fastenzeit zwischen Fastnacht und Ostern über die Jahrhunderte hinweg von dem Wunsch beseelt waren, sich endlich wieder einen saftigen Happen Fleisch einzuverleiben, eine Speise, die in diesen Wochen streng verboten war, bleibt ein niemals zu lüftendes Geheimnis. Der Legende nach sei es den Zisterziensern des im westlichsten Zipfel Schwabens gelegenen Klosters Maulbronn in langen, schlaflosen Nächten gelungen, einen Weg aus diesem Dilemma zu finden. Um sich ihren illegalen Wunschtraum ungestraft erfüllen zu können, habe man in der Klosterküche die Vorräte an Fleisch und Wurst insgeheim in kleine Stücke zerhackt und in Nudelteig verpackt und dann die äußerlich unsichtbare Füllung voller Vergnügen verspeist. Nicht ein einziger Vorgesetzter habe von dieser ruchlosen Tat Kenntnis erhalten, weshalb die Maulbronner Nudeltaschen bis auf den heutigen Tag im Volksmund auch »Herrgottsbscheisserle« genannt werden.

Nicht alle schenken dieser Legende Glauben. Viele Historiker sprechen der Überlieferung größere Authentizität zu, die die Herkunft der Maultaschen in den Zusammenhang mit der Ansiedlung protestantischer Glaubensflüchtlinge aus Frankreich und Italien in der Nähe Maulbronns Ende des 17. Jahrhunderts verweist. Die Anhänger des schon fünfhundert Jahre früher tätigen Wanderpredigers Petrus Valdes, die nur Gott und die Bibel als Autorität akzeptierten, waren in ihren Heimatländern auf Anordnung der Päpste zu Tausenden ermordet worden. Erst in den evangelischen Ländern des Herzogtums Württemberg und der benachbarten Markgrafschaft Baden-Durlach wurde den Waldensern Aufnahme gewährt. Innerhalb kürzester Zeit verwandelten sie die württembergisch-badische Grenzregion um Maulbronn in eine wirtschaftlich prosperierende Region. Ortsnamen wie Kleinvillars, Pinache und Perouse künden heute noch von der Herkunft ihrer Gründer.

Die Waldenser bauten nicht nur als Erste in Süddeutschland die Kartoffel an, ihre aus Italien geflohenen Glaubensschwestern und -brüder brachten auch die Kenntnis der Herstellung besonderer Teigwaren wie Ravioli und Tortellini mit. Der durch die intensiven Niederschläge und die fruchtbaren Böden ihrer neuen Heimat außergewöhnlich gut wachsende Spinat soll sie auf die Idee einer weiteren Teigtaschenfüllung gebracht haben, womit dieser Überlieferung nach die Maultasche erfunden worden war.

Auf welchem Weg auch immer dieses Nahrungsmittel Zugang in den deutschen Südwesten fand, die Schwaben bemächtigten sich seiner alsbald in allen seinen Variationen und erhoben es innerhalb kurzer Zeit zu ihrer »Nationalspeise«. Weil sie mit feinfühligem Gespür erkannt hatten, dass die Maultasche den innersten Kern des schwäbischen Charakters repräsentiert wie nichts anderes auf der Welt? Nach Außen hin unscheinbar, einfach, bescheiden, ein heller Klumpen ohne jede Zier – der krasse Gegensatz zu all den Wunderwerken aus exotischen Pflanzensprösslingen und im letzten Winkel des Erdballs aufgespürtem, frisch gebratenem Getier, die die Teller der Nachbarn schmücken.

Kenner jedoch wissen: Hinter einer einfachen Schale verbirgt sich ein umso schmackhafterer Kern. Und so ist jede Maultasche genau wie jeder Schwabe trotz des Verzichts, mit optischen Tricks zu punkten, für eine besondere Überraschung gut: Die Füllung macht's, nicht das unscheinbare Äußere – beim Essen wie beim Menschen. Immer neue Kombinationen von Fleisch, Wurst und dem verschiedensten Grünzeug wurden und werden in schwäbischen Küchen ausgetüftelt, um den Geschmack noch weiter zu verbessern oder ihm neue, bisher unbekannte Komponenten zu verleihen.

Und genau in diesen vielfältigen Kombinationsmöglichkeiten gründet die zweite wichtige Eigenschaft, die die Maultasche derart zur Verkörperung des schwäbischen Charakters werden lässt, dass man eigentlich darauf schwören müsste, sie sei im Ländle erfunden worden: Sie repräsentiert mit ihrem bescheidenen Auftreten nicht nur das schon fast sprichwörtliche schwäbische Understatement, sie ermöglicht es auch, die diesem Menschenschlag zugeschriebene Sparsamkeit im Alltag zu praktizieren. Bleiben nämlich vom Festessen am Sonntag Fleisch und Gemüse übrig, wurde auf die extra für die Wochenend-Besucher gekauften Weckle und süßen Stückle viel zu wenig zurückgegriffen, so eröffnet sich dem schwäbischen Küchenchef oder seinem weiblichen Pendant daraus ein abwechslungsreiches, fast kostenloses Wochenprogramm: Alle Essensreste werden zerkleinert und in Maultaschen-Füllung verwandelt. Montags gibt es die Maultaschen in der Brühe, am Dienstag werden dieselben zur Abwechslung in der Pfanne mit Zwiebeln gebraten und am Mittwoch, wieder eine neue Mahlzeit, in Streifen zerschnitten und geröstet zusammen mit schwäbischem Kartoffelsalat kredenzt.

* * *

Steffen Braig, von Maria Sälzle in deren Büro unmittelbar nach seiner Ankunft in Geigelfingen zu einem Kaffee eingeladen, hatte die Gelegenheit genutzt, die offenkundig von der Trauer um ihren verstorbenen Chef geprägte Frau erzählen zu lassen. Er war am frühen Donnerstagmorgen gemeinsam mit Neundorf Richtung Schwäbische Alb gestartet, sie, um sich im Reutlinger Seniorenheim nach potentiellen Feinden Roland Allmengers, er, um sich in Geigelfingen erneut über das Umfeld Christian Fitterlings zu erkundigen. Die Hintergründe der Verbrechen an den beiden Männern waren wohl in deren Privatleben zu suchen, soweit waren sie sich in ihrem Gespräch unterwegs einig gewesen. Irgendwo in der Vergangenheit von Allmenger und Fitterling musste es einen gemeinsamen Punkt geben, ein Ereignis oder eine Person, die die Verbindung zwischen dem Altenheim-Manager und dem

Teigwaren-Fabrikanten herstellte. Diesen Punkt aufzuspüren, bedurfte es intensiver Nachforschungen und Gespräche mit Menschen in der unmittelbaren Umgebung der beiden.

Maria Sälzle, den Eindruck hatte Braig jedenfalls am Vortag schon bei seinem ersten Besuch in der Firma gewonnen, schien über das Privatleben ihres ehemaligen Chefs weit besser informiert, als man das von einer normalen Angestellten erwarten durfte. Aber war die von Braig auf Mitte fünfzig geschätzte Frau, nach ihrer eigenen Aussage bereits seit fünfunddreißig Jahren bei den Fitterlings beschäftigt, nur eine »normale« Angestellte?

»I han die zwoi Bube ufwachse sehe«, hatte sie ihm mitgeteilt, »i bin doch et bloß d' Sekretäre, sondern so was wie a Tante für die. Deswege goht mir des au so an d' Niere mit dem Christian.«

Braig hatte sich die Zeit für eine ausführliche Unterhaltung mit der Frau genommen und sie zunächst nach der Herstellung und den verschiedenen Rezepturen der Maultaschen befragt. Wollte er eine aufgelockerte Gesprächsatmosphäre schaffen, so viel wusste er aus Erfahrung, musste er zuerst und in aller Ausführlichkeit auf Nebensächliches eingehen, sein zentrales Anliegen scheinbar außer Acht lassend. Die Zunge eines Menschen zu lösen und sich auf diesem Weg Informationen zu erschließen, die sonst – jedenfalls nicht ohne mühsame Umwege – kaum zugänglich waren, erforderte viel Geduld und die Bereitschaft, sich intensiv mit seinem Gesprächspartner zu beschäftigen, er kannte das aus unzähligen Ermittlungen. Sich die legendären Hintergründe der Herkunft der Maultasche wie ihre genaue Herstellung erklären zu lassen, war da noch eine der harmlosen, geradezu amüsanten Varianten dieser Tätigkeit.

»Und wie sieht Ihr eigenes Lieblingsrezept aus?«, hatte er sie gefragt. »Welche Füllung bevorzugen Sie?«

»Mei oigenes, moinet Sie?«, hatte sie lächelnd gefragt.

»Ich nehme doch an, dass Sie ein Lieblingsrezept haben. Oder täusche ich mich?«

Ihr heftiges Kopfschütteln hatte deutlich verraten, dass sie seine Fragestellung auf völlig neue Gedanken gebracht hatte. »Gehacktes mit Mangold«, hatte sie erklärt.

Er war ruhig geblieben, hatte ihre genaueren Ausführungen abgewartet.

»Also, Sie machet en Nudelteig aus Mehl, Eiern, Salz ond Wasser und lasset den zugedeckt in einer Schüssel a halbe Stund stehe. Dann mischet Sie 200 Gramm Hackfleisch, zwoi Brötle, drei Eier, a bissle Schnittlauch ond 200 Gramm zerkleinerten Mangold ond schmecket des Ganze mit Muskat ond Salz ab. Anschließend wird alles fescht durchgeknetet, der Teig ausgewellt ond die Fülle drauf verteilt. No wicklet Sie den Teig ein ond schneidet kleinere Täschle raus. Wichtig isch, dass Sie die Teigende fescht zusammedrücket, damit die Ihne nachher in der Brühe net ufplatzet. Anschließend lasset Sie die Täschle in kochender Fleisch- oder Gemüsebrühe so zehn Minute siede. Des wäret meine Lieblingstäschle.«

»Sie nehmen keinen Brät oder Schinken und auch keinen Spinat für die Füllung?«

»Nur wenn's et anders goht. Des isch des Gute an de Maultasche, dass es so viele verschiedene Zubereitunge gibt. Wie-'s oim halt schmeckt.«

»Und die Firma Fitterling arbeitet mit derselben Rezeptur wie Sie?«

»Also, des dürfet Sie et von mir erwarte, dass i Eahne jetzt die genaue Zubereitung von unserem Teig ond unsere verschiedene Füllunge verrat«, hatte sie sich verwahrt. »Des send streng gehütete Geheimnisse!«

»Die nur Herr Fitterling kannte?«

Durch seine Fragestellung wieder an das Geschehen

erinnert, hatte sie ihn betroffen gemustert, ihm dann erst nach einer Weile geantwortet. »Noi, des et. Mir hent ja noch die Renate, des isch unser zwoite Köche, die woiß des au.« Sie hatte tief durchgeatmet, mit einem Taschentuch die Träne weggewischt, die über ihre linke Wange geperlt war, dann wieder Fassung gewonnen. »Außerdem hent mir a Rezeptbuch, do send älle Rezepte genau verzeichnet. Des liegt aber immer im Tresor.«

»Streng verschlossen?«

»Streng verschlosse. Do hent nur die Herre Fitterling Zutritt dazu.«

»Die Lebensgefährtin Christian Fitterlings nicht?«

Maria Sälzle hatte mit heftigem Kopfschütteln reagiert. »Um Gottes wille, noi. Des goht et. Gschäft isch Gschäft. Des hat der Her Fitterling nie erlaubt, dass oine von seine Bekannte Zutritt zu osere Gschäftsonderlage bekäm. Wo führet denn so was na?«

»Das hängt sicher damit zusammen, dass die Beziehungen von Herrn Fitterling nicht allzu lange Bestand hatten. Ich meine ...«

»Ja, i verstand scho, worauf Sie aspielet. Des hat wirklich a bissle zu schnell gwechselt, i bin ja manchmal gar et mehr mitkomme. Scho wieder a neuer Name, kaum han i den Alte glernt ghett. I han des et verstande. Obwohl, do waret Weiber dabei ...« Sie hatte den Kopf geschüttelt, das Gesicht von Entrüstung gezeichnet.

»Nicht jede dieser Affären ging im Guten zu Ende, nehme ich an«, war Braig zu seinem eigentlichen Anliegen gekommen. »Es gab öfter mal böses Blut, richtig?«

Er hatte gesehen, wie die Frau erbleichte, dann auf Abwehr schaltete. »Noi, also, was schwätzet Sie denn do? Böses Blut ...« Sie war offensichtlich nicht bereit, ihren ehemaligen Chef einem solchen Verdacht auszusetzen.

Braig hatte versucht, sie zu besänftigen. »Frau Sälzle, mir geht es nicht darum, Herrn Fitterling schlechtzumachen, wirklich nicht«, hatte er betont, »aber ich muss wissen, wer etwas gegen ihn hatte, ob es Streitereien oder Auseinandersetzungen gab, die letztendlich zu seinem Tod führten. Er wurde von einem anderen Menschen gewaltsam von der Straße abgedrängt, das ist ein Verbrechen, verstehen Sie? Und um dieses Verbrechen aufzuklären, denjenigen oder diejenige zu finden, die das getan hat, muss ich genau wissen, ob es eine Person gab, die mit ihm Streit hatte. Böses Blut halt, wie man das so im Volksmund nennt. Also, wenn Sie irgendjemanden kennen, der mit Herrn Fitterling in den letzten Monaten oder vielleicht auch früher eine Auseinandersetzung hatte, es wäre sehr hilfreich für mich ...«

»Ja, ja, i verstand scho, was Sie wellet«, war Maria Sälzle ihm ins Wort gefallen. Sie hatte die Augen von ihm abgewandt, war ganz offensichtlich damit beschäftigt gewesen, seine Worte und ihre eigenen Bedenken gegeneinander abzuwägen.

Braig hatte ihr Zeit gelassen, darauf hoffend, dass sie ihm Namen präsentieren, einige der besonders unappetitlichen Zerwürfnisse Fitterlings mit ehemaligen Partnerinnen schildern würde.

»Hano ja, es isch ja et so, dass diese Sache immer in Gutem zu Ende gange send«, hatte sie nach einer Weile zugegeben, »i moin, der Herr Fitterling war da manchmal vielleicht a bissle ...« Sie hatte den Rest des Satzes für sich behalten, unstet von einem Winkel ihres Büros in den anderen geblickt, immer an Braig vorbei.

»Kein Mensch ist ohne Fehler«, hatte er mit ruhiger Stimme eingeworfen.

»Noi, des isch koiner«, hatte sie ihm zugestimmt. »So isch es halt uf dere Welt.« Sie hatte geschluckt und nach Luft geschnappt. »Also, wisset Se, wenn i ehrlich bin, do waret scho a paar Fraue, die ... Hano ja, es war scho a bissle overschämt, wie er sich dene gegeüber verhalte hat.«

Endlich war es draußen, hatte sie es selbst mit ihren Worten formuliert, war es Braig durch den Kopf gegangen. »Wenn Sie mir vielleicht ein paar Namen ...«

»Die Maria hat mir am meiste leid tan«, war es plötzlich aus ihr herausgesprudelt, »und des sag i jetzt net, weil sie so heißt wie i, sondern weil er sie so übel versetzt hat. So a aständiges Ding und kaum war sie mit ihm zusamme, kommt er scho wieder mit einere andere a. Maria Weick hat se ghoiße, aus Tübinge, wenn i recht woiß. Oder die Sache mit der Kerstin, a bildhübsche Ausländere aus Schweden, lange, blonde Haar; bei der bleibt er jetzt endlich, han i denkt und kurz drauf war's au scho wieder vorbei. Die Kerstin, ihren volle Name wellet Sie wisse? Kerstin Svedholm, i woiß es no ganz genau, weil sie mir so gut gfalle hat. Sie studiert in Reutlinge, wohnt au dort. Und dann die kurze Affäre mit der Tanja – wisset Sie, i han ja selbscht scho Schwierigkeite, die Frau älle auseinanderzuhalte. Die hat vielleicht gschriee und tobt, wie die ihn hier in der Firma mit der Kerstin gsehe hat – 's war kaum zu ertrage. Dabei war die Kerstin nur da, weil sie für den Michael, also den Bruder vom Christian, gearbeitet hat.«

»Diese Kerstin Svedholm?«

»Die hübsche, blonde Schwedin aus Reutlinge, ja.«

»Und wie heißt diese Tanja?«

»Tanja Bregele. I moin, die war aus Böblinge, i bin mir aber net ganz sicher.«

Braig hatte sich die Namen und die vermeintliche Herkunft der von Maria Sälzle erwähnten Frauen notiert, sich dann in einen Nebenraum zurückgezogen, um sich im Amt deren Adressen ermitteln zu lassen. Kriminalobermeister Stöhr hatte keine Probleme, die Anschriften und Telefonverbindungen herauszufinden. Die Angaben der Sekretärin waren allesamt korrekt, die Frauen genau in der Stadt zu Hause, die sie erwähnt hatte. Braig überlegte gerade, ob er sich ein einfaches Mittagessen im Lokal der Firma gönnen sollte, als sein Handy vibrierte. Er hatte es auf lautlose Anrufanzeige eingestellt, um eine Unterbrechung seines Gesprächs zu vermeiden, nahm es zur Hand.

Neundorf war in der Leitung. »Und?«, fragte sie. »Irgendeine Verbindung zu Robert Allmenger entdeckt?«

»Tut mir leid«, antwortete er. »Fehlanzeige.« Er hatte Frau Sälzle ausdrücklich nach dem Mann gefragt, damit keinen Erfolg gehabt. Den Namen hatte sie vorher noch nie gehört.

»Und wie steht es mit dieser Frau aus Hechingen, von der Eva Seibold gesprochen hat? Die ›Schlampe‹, wie sie sie bezeichnet hat. Hast du die erreicht?«

»Janet Reiss? Immer noch nicht. Ihre Mailbox labert immer dasselbe. Im Moment wegen einer Fortbildung nicht zu erreichen. Wenn sich da nicht bald was ändert, schalte ich die Hechinger Kollegen ein, um der Sache mal nachzugehen. Dafür habe ich eine ganze Menge neuer Namen, die ich überprüfen muss.«

»Um was geht es?«

»Ex-Beziehungen Fitterlings, die nicht gerade friedlich endeten.«

»Na ja, da könnte was draus werden. Wenn es nur eine Verbindung zu Allmenger gäbe.«

»Vielleicht sind wir total auf dem Holzweg, und die beiden Verbrechen haben überhaupt nichts miteinander zu tun.«

»Daran habe ich auch schon gedacht. Den ganzen Morgen, als ich einfach keinen Zusammenhang zwischen den beiden Typen finden konnte.«

»Du hast überhaupt nichts Neues erfahren?«

»Nichts, was uns wirklich weiterbringen könnte. Allmenger scheint ein egomanischer, von Geldgier getriebener Typ zu sein. Er behandelt die Angestellten der Seniorenheime ziemlich rücksichtslos, kürzt Personalstellen, wo es nur geht. Abteilungen, die früher von drei Pflegern betreut wurden, müssen unter seiner Regie mit eineinhalb Leuten auskommen. Mindestens die Hälfte davon sind keine ausgebildeten Fachkräfte, sondern nur kurz angelernt. Fatal ist nur, dass die Leute alle Angst vor dem Kerl haben, es ist kaum möglich, etwas unter der Hand zu erfahren. Langsam glaube ich, der hat sein Badewannen-Abenteuer vielleicht verdient.«

»Das klingt nicht berauschend.«

»Nein«, bestätigte Neundorf. »Das ist es wirklich nicht. Und jetzt habe ich auch noch Hinweise darauf, dass sich der Kerl auch in seinem Privatleben wie eine hinterhältige Zecke verhält. Mit seinen Beziehungen scheint es hinten und vorne nicht zu stimmen. Einer der üblichen Verdächtigen. Ich habe allerdings wenig Konkretes erfahren, meist nur Andeutungen. Ich erwähnte ja, die haben fast alle Schiss vor ihm. Den Namen einer Frau, die er in den letzten Monaten terrorisiert haben soll, weil sie nichts von ihm wissen wollte, konnte ich ermitteln. Soll eine bildhübsche Blonde aus Schweden sein.«

»Aus Schweden?«

»Ja. In Schweden gibt es viele hübsche Blondis. Weiblein und Männlein. Das weiß ich aus eigener Erfahrung. Ich war schon oft in dem Land.«

»Deshalb frage ich nicht«, erwiderte Braig. »Du hast den Namen der Frau?«

»Ja«, antwortete Neundorf. »Es handelt sich um eine Kerstin Svedholm. Sie wohnt in Reutlingen.«

Braig glaubte, nicht richtig zu hören. Er musste das Blatt mit den Namen der Frauen, die Maria Sälzle ihm genannt hatte, gar nicht erst vorziehen, erinnerte sich noch genau daran. »Wie bitte? Kerstin Svedholm? Du bist dir absolut sicher?«, rief er. »Und sie wohnt in Reutlingen?«

»Ja«, erklärte Neundorf, Verwunderung in der Stimme. »Ich habe bereits mit der Frau gesprochen und meinen Besuch angekündigt. Sie studiert an der Hochschule in Reutlingen. Was ist mit ihr? Hast du ihren Namen etwa schon mal gehört?«

»Allerdings«, erklärte Braig. Er war von seinem Stuhl aufgesprungen, spürte, wie sich sein Herzschlag beschleunigte. War das endlich die Person, nach der sie die ganze Zeit gesucht hatten? »Bei der Dame handelt es sich wahrscheinlich um eine Ex des Herrn Fitterling. Die Sache ging im Bösen auseinander. Wurde mir jedenfalls so erzählt. Hast du etwas dagegen, dass ich dich zu ihr begleite?«

15. Kapitel

Wann und wo immer man in der Geschichte des deutschen Südwestens nach den Wurzeln, den Triebfedern zu sozialem Fortschritt und demokratischen Reformen der Gesellschaft sucht, eine alle Zeiten überdauernde Gemeinsamkeit lässt sich nicht übersehen: Jede das alltägliche Leben der Menschen bereichernde Errungenschaft musste von den kleinen Leuten gegen die jeweils herrschende Clique mühsam erkämpft werden, oft unter dem Einsatz des eigenen Lebens. Dem einfachen Volk blieb und bleibt es überlassen – vom Aufstand des »Armen Konrad« 1514 im Remstal bis zu den allwöchentlichen Montagsdemonstrationen in Stuttgart heute im zweiten Jahrzehnt des neuen Jahrtausends – das korrupte Geflecht zwischen Herrschenden und Besitzenden bloßzustellen und deren übelste Machenschaften wenn möglich zu verhindern oder wenigstens abzumildern.

Die rührigsten Streiter, die wirkungsvollsten Aktionen kamen dabei – wen wundert's – nicht aus der unmittelbaren Umgebung des verfilzten Großkopfeten-Klüngels, nein, sie entsprangen fast ausnahmslos der Provinz. Beruht es auf Zufall oder lässt es sich wissenschaftlich begründen – auffallend viele der Bestrebungen nach einer humaneren Gesellschaft, nach demokratischer Teilhabe und sozialer Gerechtigkeit wurzeln in Reutlingen. Wie kein anderer Ort im Schwäbischen zeigt sich diese Stadt über die Jahrhunderte hinweg geprägt vom Kampf und dem Engagement seiner Bürger um eine fortschrittliche, gleichberechtigte Zivilgesellschaft.

Schon 1521 mit dem unmittelbaren Beginn der Reformation wagte es die freie Reichsstadt Reutlingen, sich als erste Gemeinde im Südwesten von den Fesseln Roms zu lösen und die Gottesdienste in der Stadt in lutherischer Weise in deutscher Sprache und nicht mehr in lateinischen Formeln, somit allen Einwohnern verständlich abhalten zu lassen. Innerhalb kurzer Zeit strömten die Menschen aus der gesamten Umgebung zu den Predigtdisputationen des Reutlinger Theologen Matthäus Alber.

Die Reaktion der um ihre unbegrenzte Allmacht fürchtenden Machthaber erfolgte postwendend: Der erzkatholische, österreichische Erzherzog Ferdinand, der Bruder Kaiser Karls V., der seit 1519 die Herrschaft über Württemberg inne hatte, weil dessen Herzog Ulrich zum gefährlichen Unruhestifter erklärt und aus dem Land vertrieben worden war, bedrohte die kleine Stadt und forderte den Tod Matthäus Albers. In höchster Not diskutierte der Rat Reutlingens über die erforderlichen Konsequenzen, kam jedoch zu keinem Ergebnis. Erst die einzigartige Courage eines Großteils der Reutlinger Bürger führte zum endgültigen Widerstand der Stadt gegen die römisch-österreichische Despotie: Nach einem großen Brand im Zentrum der Stadt an Pfingsten 1524, der nur mit dem Einsatz aller Einwohner gelöscht werden konnte, verharrten die Reutlinger auf dem Marktplatz und berieten gemeinsam mit Matthäus Alber das Verhalten der Stadt. Ohne jedes Wenn und Aber wurde der Rat der Stadt im berühmten »Reutlinger Markteid« von der versammelten Bürgerschaft beauftragt, Widerstand gegen die katholische Großmacht zu leisten.

Nur glückliche politische Umstände verhinderten, dass der wirtschaftliche Boykott über Reutlingen verhängt wurde: Der Aufmarsch türkischer Soldaten vor den Toren Wiens zwang die katholischen Herrscher, die renitenten Mitbürger um die Mithilfe bei der Abwehr der Muslime zu bitten. So konnte Reutlingen postwendend vom Mut seiner Bürger profitieren: Gottesdienste und Disputationen wurden in deutscher Sprache gehalten, Schulmeister angestellt und Schulen für die ganze Bevölkerung eingerichtet, das Franziskanerkloster in ein großes Krankenhaus umgewandelt.

Dreihundert Jahre später, wieder ausgehend von einem Pfingstereignis, wurde die Stadt erneut zum landesweit einzigartigen Symbol der Freiheit. Seit 1806 Teil des Königreichs Württemberg, zeigten die Reutlinger wie keine andere Gemeinde des Landes ihren Willen zur Umgestaltung der Herrschaftsstrukturen. Die Stadt präsentierte sich als Hochburg republikanischen Denkens, der Schulmeister Kapf als Symbolfigur demokratischer Gesinnung im Ländle. Der Reutlinger »Volksverein« forderte 1848 zeitgleich mit der Versammlung der deutschen Demokraten in Frankfurt Grundrechte wie die Pressefreiheit für jeden Bürger. An Pfingsten 1849 trafen sich etwa 15.000 Mitglieder von »Volksvereinen« aus dem ganzen Land in der Stadt, von einem großen Kontingent württembergischer Soldaten »beschützt«. Die Reutlinger seien ebenso rote Luder wie die Badenser, urteilte einer der mit der Überwachung beauftragten Offiziere – welch andere Gemeinde im Ländle darf sich mit einem ähnlichen Adelsprädikat schmücken?

Bleibt zu ergänzen, dass auch zwei der wichtigsten Kämpfer für wirtschaftlichen Fortschritt und soziale Gerechtigkeit in Reutlingen zu Hause sind: der Nationalökonom Friedrich List, der sich zeitlebens für den Bau von Eisenbahnen als Garant wirtschaftlichen Wohlergehens engagierte, und der Theologe Gustav Werner, der im 19. Jahrhundert von seinem Reutlinger »Bruderhaus« ausgehend ein Netz von Rettungshäusern im gesamten Südwesten ins Leben rief, die Tausenden von Behinderten, Kranken, Waisen und Verelendeten Arbeit, Ausbildung, Unterkunft und Verpflegung schufen und somit weltweit zum Vorbild nachhaltiger sozialer Hilfeleistung wurden.

* * *

Gedanken an diese Tradition der Stadt gingen Braig durch den Kopf, als er an diesem Donnerstagnachmittag aus dem im sechsten Obergeschoss gelegenen, lichtdurchfluteten Arbeitsraum eines der modernen Reutlinger Hochschulgebäude blickte. Die weitläufigen Fensterfronten des auf einer Anhöhe am westlichen Rand der Stadt gelegenen Campus' gestatteten einen reizvollen Ausblick auf das hügelige, dicht besiedelte Vorland der Alb und die dahinter aufragende, fast senkrecht über mehr als zweihundert Höhenmeter ansteigende, durchgehend von dichtem Wald bewachsene Mauer des Albtraufs. Zu Füßen des Hochschulgeländes erstreckte sich das weitläufige Häusermeer Reutlingens, wie auf einem eigens für Touristen arrangierten Postkartenidyll markant von der über siebenhundert Meter hohen Achalm mit ihrem Aussichtsturm überragt.

Selbst das urige Gebäude des Pfullinger Schönbergturms, im Volksmund treffend »die Onderhos« genannt, war südlich der Stadt zu erkennen. Das 1905 auf 793 Metern Höhe errichtete, vom Pfullinger Papierproduzenten Laiblin finanzierte Bauwerk bestand aus zwei filigranen, mit spitz zulaufenden Dächern gekrönten Türmen, die oben durch eine Brücke miteinander verbunden waren und wirklich verblüffend an eine jener altmodischen, langbeinigen Unterhosen erinnerten, die in längst vergangenen Jahrzehnten getragen worden waren. Anlässlich des hundertjährigen Jubiläums des Doppelturms hatte man unter der Federführung der Tübinger Aktionskünstler Bachschuster und Knodel eine riesige, aus fast 420 Metern Stoff bestehende Unterhose herstellen lassen und sie dem Gebäude mit Hilfe eines Hubschraubers »angezogen«. Einen ganzen Sommermonat lang ragte der Schönbergturm so verkleidet und des Nachts angestrahlt von der Bergspitze in den Himmel, eine der skurrilsten Szenerien, die Braig je gesehen hatte.

Natürlich wusste er auch, welches andere, einzigartig filigrane Bauwerk sich wenige Kilometer südlich der Unterhose über den schroffen Felsen des Albrandes erhob: das den schriftlichen Ausführungen des 1826 erschienenen Romans »Lichtenstein« des jungen, allzu früh verstorbenen Dichters Wilhelm Hauff nachempfundene, gleichnamige kleine Schloss. »Wie das Nest eines Vogels auf die höchsten Wipfel einer Eiche oder auf die kühnsten Zinnen eines Turmes gebaut, hing das Schlösschen auf dem Felsen«, hatte Hauff phantasiert, ohne zu ahnen, dass der Herzog Wilhelm von Urach, Graf von Württemberg, sechzehn Jahre später genau dieses Traumgebilde in Stein gemeißelt errichten ließ. Wie gebannt starrte der Kommissar jedes Mal aufs Neue, wenn ihn der Weg ins schmale Echaztal südlich von Reutlingen führte, von Honau oder Traifelberg aus zu dem filigranen Märchenschloss hoch, ein Anblick, der nie an Faszination verlor. Das kleine, bescheidene Lichtenstein war längst zum Wahrzeichen schwäbischer Romantik geworden – im Gegensatz zu anderen Ländereien jedoch immer noch viel zu wenig bekannt.

Lägen der Stadt und ihrer Umgebung nicht so ausgeprägt landestypische Charakterzüge wie schwäbisches Understatement und die daraus resultierende Ablehnung jedes marktschreierischen Protzes im Blut, das landschaftliche wie das städtebauliche Potential hätten Reutlingen und der gesamten Region weit höhere Wertschätzung und Bekanntheit beschert, ging es Braig durch den Sinn. Doch so reizvoll sich der Ausblick hier auch gestaltete, die Schlagzeilen der Tourismusindustrie wurden seit jeher von jenen Kitschlandschaften im Südosten der Republik dominiert, auf deren ewig gleichförmigen Voralpenwiesen sich neben weiss-braun gescheckten Milchvieh tief dekolletierte Dirndln und krachlederne Mannsbilder tummelten und im Disney-Stil errichtete Zuckerbäckerschlösser in den blauen Himmel wuchsen. Schwabens Nachbarn hatten es schon immer besser verstanden, sich lautstark in Szene zu setzen.

Dass Reutlingen zudem eine der weltweit führenden betriebswirtschaftlichen Fakultäten, ein Juwel wissenschaftlicher Forschung und Lehre, beherbergte, die in sämtlichen Rankings stets aufs Neue Spitzenplätze belegte, war Braig erst im Vorjahr bei einem Gespräch mit einem der Professoren der ESB Business School der Hochschule Reutlingen bewusst geworden. Die Mehrzahl der internationalen Auszeichnungen und Preise war in den vergangenen Jahrzehnten in aufsehenerregender Regelmäßigkeit nicht den betriebswirtschaftlichen Fakultäten in München, Frankfurt oder Köln, sondern der ESB an der staatlichen Hochschule Reutlingen zuteil geworden. Die Reutlinger Denkfabrik profitierte in besonderem Maße von ihrer Zusammenarbeit mit Hochschulpartnern in vielen Ländern der Welt sowie ihrer intensiv gepflegten Ausbildungskooperation mit unzähligen international tätigen Firmen. Dass sich diese Bemühungen auch in einem stetig anwachsenden Interessentenkreis studierwilliger, junger Menschen aus aller Herren Länder niederschlug, war auf dem gesamten Campus nicht zu übersehen. Junge Frauen und Männer der verschiedensten Nationalitäten strömten umher oder saßen in eifrige Gespräche vertieft auf den Grünflächen des weitläufigen Hochschulgeländes.

»Meine Herren, was bin ich froh, dass wir nicht den Aupperle hergeschickt haben«, hatte Neundorf beim Betreten des Campus' geäußert, Scharen junger, auffallend gut aussehender Frauen im Blick.

»Du meinst, die Versuchungen, Kontakte zu knüpfen, hätten seine beruflichen Aufgaben beeinträchtigt?«

»Beeinträchtigt? Du glaubst doch nicht, der hätte sich hier in dieser Umgebung auch nur für eine Sekunde erinnert, dass er irgendwann einmal einen Beruf ergriffen hat?« Sie hatte auf zwei junge, bildhübsche Frauen gedeutet, die Englisch parlierend auf sie zugekommen waren. »Aupperle hätte höchstens um ein Zimmer im Studentinnenwohnheim nachgesucht, mit lebenslangem Aufenthaltsrecht dort.«

Braig hatte gelacht, kurz darauf fasziniert die junge Frau betrachtet, die sich ihnen als Kerstin Svedholm vorgestellt hatte. Eine nordische Schönheit mit langen, blonden Haaren, einem schmalen, von einer kleinen Stupsnase geprägten Gesicht und leuchtend blauen Augen. Ihre vornehme Kleidung, sie trug eine royalblaue Jacke über einer fein ziselierten, weißen Bluse, dazu dunkle Jeans, verstärkte den Eindruck einer außergewöhnlichen Erscheinung. Kein Wunder, war es Braig im ersten Moment des gegenseitigen Kennenlernens durch den Kopf gegangen, dass sich sowohl Christian Fitterling als auch Roland Allmenger um ein Verhältnis mit dieser Frau bemüht hatten. Ein Verhältnis, das für beide Männer nicht ohne schlimme Folgen geblieben war?

Aller beruflichen Erfahrung zum Trotz fiel es ihm schwer, sich auf diesen Gedanken einzulassen. Natürlich durfte man sich nicht vom Äußeren eines Menschen, von seinem Aussehen und seinem Auftreten beeinflussen lassen, zu oft hatten sich gerade die scheinbar freundlichsten Damen und Herren als die hinterhältigsten Ganoven entpuppt, die buchstäblich über Leichen gegangen waren, um ihre eigenen Interessen eiskalt durchzusetzen. Alle Kraft darauf zu konzentrieren, den Gesprächspartner bewusst hinters Licht zu führen, war oft genug von Erfolg gekrönt – auch einem erfahrenen Kriminalbeamten gegenüber, das wusste Braig aus eigener Erfahrung. Diese junge Frau jedoch ...

Er hatte Neundorf und sich vorgestellt, war dann gemeinsam mit seiner Kollegin von Kerstin Svedholm in deren Arbeitszimmer im sechsten Obergeschoss des Hochschulgebäudes gebeten und mit einem Stuhl versorgt worden. Es handelte sich um einen geräumigen, etwa acht auf zehn Meter großen Raum mit mehreren hellen Arbeitstischen, Wandschränken, Regalen und Computern. Bücher, Aktenordner, Papiere stapelten sich auf den Tischen. Dass er sich hier in einer Art Büro aufhielt, war nicht zu übersehen. Die großen Fenster mit ihrem prächtigen Landschaftspanorama ließen dennoch eine aufgelockerte, in keiner Weise an trockene, schweißtreibende Arbeit erinnernde Atmosphäre entstehen.

»Darf ich Ihnen einen Kaffee oder einen Tee anbieten?« Kerstin Svedholm wies zu der Kaffeemaschine neben der Eingangstür.

Braig und Neundorf zeigten sich erfreut. »Gerne.«

Er musterte den Bildschirm, an dem die junge Frau offensichtlich gerade gearbeitet hatte, sah eine Tabelle mit unzähligen Zahlenreihen vor sich. Worauf sie sich bezogen, konnte er nicht erkennen, einzig der Name in der Überschrift weckte seine Aufmerksamkeit. *Fitterlings Liebestäschle.*

Liebestäschle? Er wusste nicht, ob er die Buchstaben richtig entzifferte oder ob es sich um einen Schreibfehler handelte, hörte das Blubbern der Kaffeemaschine. Die dunkle Flüssigkeit sprudelte zischend in zwei kleine Tassen, erfüllte den Raum mit einem verlockend-würzigen Aroma.

Die junge Frau griff nach zwei kleinen Tellern, stellte die beiden Tassen darauf ab, reichte sie ihren Besuchern. »Milch oder Zucker?« Sie legte mehrere Miniportionen auf den Tisch, nahm vor ihrem Monitor Platz.

Braig bedankte sich für den Kaffee, träufelte Milch in seine Tasse. »Sie arbeiten nebenbei für die Firma Fitterling. Habe ich das am Telefon richtig verstanden?« Er hatte sich nach Neundorfs Anruf nur kurz mit der jungen Frau unterhalten, dabei von ihrem Studium in Reutlingen erfahren und sie um einen kurzfristigen Gesprächstermin ersucht. Kerstin Svedholm hatte sich sofort dazu bereit erklärt.

»Das haben Sie richtig verstanden, ja. Einer der großen Vorteile des Betriebswirtschaftsstudiums hier an der ESB ist die Kombination von, Moment, wie sagt man das auf Deutsch? Die Kombination von Theorie und Praxis, glaube ich, Sie verstehen?«

Braig nickte mit dem Kopf, hatte keinerlei Schwierigkeiten, der jungen Frau zu folgen. Sie sprach ein fast einwandfreies Hochdeutsch, ließ nur ab und an ein paar im typisch skandinavischen Idiom formulierte Worte hören. Statt »Deutsch« sagte sie »Deuts«, statt »Kombination« hauchte sie »Kombinasion«. Das macht sie nur noch sympathischer, gestand er sich insgeheim ein. Fehlte nur noch, dass sie vom »Sie« zum »Du« wechselte, weil sie diese Unterscheidung von ihrer Heimat her nicht kannte. Er musterte ihre freundlich lächelnde Miene, sah, wie sie auf den Papierstapel neben dem Monitor deutete.

»Wir haben gemeinsam ein neues Konzept für die Firma entwickelt. Damit sie nicht verkaufen müssen.«

Konsept, wiederholte er im Stillen ihre Aussprache, Konsept. Er musste selbst lachen, hatte Mühe, sich auf den sachlichen Inhalt ihrer Aussage zu konzentrieren.

»Sie sprechen von der Firma Fitterling?«, fragte Neundorf.

»Fitterlings Maultaschen, ja.«

»Verstehe ich das richtig, Sie als Studentin entwickeln ein Konzept, das der Firma Fitterling im realen Betrieb helfen soll?«

Braig sah die kritische Miene seiner Kollegin, spürte ihre Skepsis.

»Wir sind zu zweit. Zwei Studentinnen, ja.«

Su Sweit, wiederholte er still, swei Studentinnen.

»Wie heißt Ihre Kollegin?«, fragte Neundorf.

»Maria Menendez«, antwortete die junge Frau. »Sie kommt aus Spanien. Heute Morgen hat sie einen Termin beim Arzt. Sonst wäre sie hier.«

»Und die Firma, das heißt, Herr Fitterling ist mit Ihrer Mitarbeit einverstanden.«

Kerstin Svedholm bemerkte offenbar den kritischen Ton ihrer Gesprächspartnerin, lachte laut. »Ja, natürlich ist Michael, also Herr Fitterling, einverstanden. Er hat bei der ESB um Unterstützung nachgesucht. Das Konzept haben wir gemeinsam erstellt. Wir arbeiten seit fast fünf Monaten gemeinsam daran.«

»Fünf Monate lang?« Neundorf zeigte sich überrascht. »Das ist eine größere Sache, ja?«

Die junge Frau lachte erneut. »Das kannst du so sagen, ja. Das ist der große Vorteil von der ESB hier. Schon im Studium, ich habe jetzt fünf Semester, kommst du direkt in die Praxis. Mitten ins Leben, wie unsere Professoren immer sagen. Und am Ende wird unsere Examensarbeit daraus.« Anscheinend ohne es selbst zu bemerken, war sie vom Sie ins Du verfallen.

»Und wie sieht dieses Konzept aus?«, mischte sich Braig ins Gespräch. »Soweit Sie darüber sprechen können, falls es sich nicht um Betriebsgeheimnisse handelt, meine ich.«

»Betriebsgeheimnis?« Kerstin Svedholm winkte mit ihrer rechten Hand ab. »Oh nein, das ist kein Geheimnis, wirklich nicht. Im Gegenteil.« Sie schüttelte ihren Kopf. »Fitterlings haben starke Umsatzverluste, fast dreißig Prozent die letzten Jahre, das ist bekannt. Deshalb mussten sie etwas tun. Das ist der Punkt.«

»Sie können die Firma verkaufen«, warf Braig ein. »Ein großer Konzern, ich glaube in Italien, hat Interesse, soweit ich informiert bin.«

»Ein großer Konzern, ja«, bekräftigte die junge Frau. Ihre Stimme klang rau, ließ ihren vorherigen Charme vermissen. »Du weißt, wie diese Konzerne arbeiten?«

Braig trank von seinem Kaffee, schüttelte den Kopf.

»Seit ein paar Jahren hat die Europäische Union ein neues Gesetz. Produkte dürfen sich nur dann nach einer bestimmten Region nennen, wenn sie wirklich dort hergestellt werden. Schwäbische Maultaschen dürfen nur als schwäbische Maultaschen verkauft werden, wenn sie hier produziert werden, klar?«

»Ein Gesetz zum Schutz kleinerer Firmen«, sagte Neundorf.

»Genau. Was machen jetzt aber die großen Konzerne? Mit ›schwäbischen Maultaschen‹ kannst du Geld verdienen, vorausgesetzt, du produzierst billig. Billig, verstehst du? Billig produzieren heißt: Große Maschinen, wenige Arbeiter, riesige Mengen von gleichen oder ähnlichen Produkten. Das kann sich eine kleine Firma wie Fitterling nicht leisten. Die haben kein Geld für teure Maschinen. Aber die großen Konzerne, die haben das. Die brauchen nicht mal das Geld für diese Maschinen, denn die besitzen diese Maschinen schon. Die produzieren viele Millionen Packungen Teigwaren mit diesen Maschinen. Um Maultaschen herzustellen, kommen nur ein paar kleine Maschinen dazu, für die Füllung. Aber auch die haben die großen Konzerne schon. Sie produzieren ja nicht nur gewöhnliche Nudeln, sondern auch Ravioli und Tortellini. Mit den gleichen Apparaten kannst du auch billige Maultaschen machen. Also fehlt den Konzernen seit der neuen Gesetzgebung der EU nur eine Sache: Die Fabrik hier in Schwaben. Damit sie ihre billigen Maultaschen teuer als »schwäbische Maultaschen« verkaufen können.«

»Das heißt, die Firma Fitterling...«

Kerstin Svedholm ergänzte bereitwillig Neundorfs Vermutung. »Von Fitterling bleibt nicht viel übrig«, erklärte die junge Frau, »eine einzige Maschine mit einem Arbeiter. Für die Kontrolleure der EU. Die Hauptsache produzieren sie in Italien. Oder, wenn sie noch mehr verdienen wollen, irgendwo auf der Welt. In Vietnam, auf den Philippinen oder in China, wenn das mit dem Transport funktioniert. So kannst du wirklich viel Geld einfahren.«

»Und die Kontrollen ...« Braig verzichtete darauf, seinen Satz zu vervollständigen, wusste selbst, wie es um diese Maßnahmen bestellt war.

»Du bist selbst von der Polizei, ja?«, erwiderte die junge Frau.

Er sah ihr freundliches Lächeln, nickte mit dem Kopf. »Erstens viel zu wenig Leute, um die Kontrollen durchzuführen«, sagte er, »und zweitens keinerlei Unterstützung von irgendeiner Behörde oder gar der Politik, gegen die großen Konzerne vorzugehen.«

»Siehst du, deswegen will die große Firma die kleine Fitterling kaufen.«

»Aber die wollen sich nicht schlucken lassen«, warf Neundorf ein.

»Es gab großen Streit. Ich glaube, der Konzern bietet viele Millionen Euro.«

»Es gab?«, fragte die Kommissarin.

»Na ja, ich denke, du weißt Bescheid. Christian ist tot. Er wollte verkaufen. Michael nicht.«

»Wie haben Sie von seinem Tod erfahren?« Neundorf hielt ihre Kaffeetasse in der Hand, musterte ihr Gegenüber aufmerksam.

»Das interessiert dich?« Kerstin Svedholm fuhr sich über ihre langen Haare, schaute irritiert zu der Kommissarin. »Maria hat es am Mittwochmorgen erfahren. Von Frau Sälzle, der Sekretärin. Am Telefon. Wir waren beide an der Arbeit.«

»Hier?«

Die junge Frau nickte. »Natürlich. Die ESB stellt allen Studenten Arbeitsplätze für deren Projekte zur Verfügung. Das hier ist unser Büro für diese Zeit.« Sie wies mit der Hand durch den Raum.

»Sie sagten, der Konzern bietet Millionen. Warum will Michael Fitterling dann nicht verkaufen?«

»Fitterlings Maultaschen. Die Firma ist sein Leben. Seine Eltern haben alles aufgebaut. Und es gibt große Chancen für eine erfolgreiche Zukunft und den Erhalt der Arbeitsplätze. Warum soll er da verkaufen?«

»Große Chancen für eine erfolgreiche Zukunft?«, fragte Neundorf, Skepsis in der Stimme.

Kerstin Svedholm nickte. »Große Chancen, ja. Unser Konzept ist gut. Und genau auf die Firma Fitterling zu..., wie sagst du auf Deutsch, ich glaube, zugeschnitten, ja?«

»Zugeschnitten, ja.«

»Wir haben ein neues Produktions- und Verkaufskonzept entwickelt. Die einzige Chance, die einer kleinen Firma bleibt. Besondere Ware in ausgewählter Qualität, keine Industrieproduktion wie von den Konzernen. Hausgemachte Spezialitäten. Aber nicht so wie in den letzten Jahren nur für alte Leute, für Omas und Opas, weil die es schon immer gekauft und gegessen haben, schon als sie noch jung waren. Nein, jetzt gibt es auch was für die Jungen. Spritzig, gagig, ein bisschen frech. Genau so ist unsere neue Kollektion, wenn ich sie mal so nennen darf. Seit zwei Wochen verkaufen wir sie, also nicht wir, sondern Herr Fitterling. Michael, um es genau zu sagen. Und weißt du, wie das Geschäft bisher läuft, jetzt, nach den ersten paar Tagen?« Die junge Frau strahlte übers ganze Gesicht, brachte den Inhalt ihrer Worte mit ihrer Körpersprache deutlich zum Ausdruck.

»Gut, ja?«, sagte Braig.

»Zweihundert Prozent höhere Bestellungen«, erklärte sie, »verstehst du, zweihundert Prozent!«

»Meinen Glückwunsch«, meinte er, »dann geht es mit der Firma wieder aufwärts.«

»Wenn wir es durchhalten, ja. Das Konzept schlägt ein, genau wie wir es uns gedacht haben. Wir verkaufen nicht mehr nur ›Fitterlings Hausgmachte‹, sondern auch ›Fitterlings Liebestäschle‹. Unsere neueste Kreation.«

»Liebestäschle?«, fragte Braig, erneut einen Blick auf den Monitor werfend, wo er den Begriff vorhin entdeckt hatte.

»Aphrodisiaka.« Kerstin Svedholm formulierte das Wort langsam, Buchstabe für Buchstabe. »Du weißt, was das bedeutet?«

Braig sah ihr spitzbübisches Grinsen, nickte. »Zur Liebe anregende Stoffe.«

»Richtig. Die gibt es jetzt bei Fitterlings zu kaufen. Und bald in ihrem Restaurant und anderen Lokalen zu essen. Vor allem am Abend. Zur Anregung. In einer großen Auswahl mit verschiedenen, wie sagt man, Geschmacksrichtungen, ja?«

Er bestätigte den Ausdruck, ließ sich den Sachverhalt genauer erklären.

»Wenn du heute gute Qualität verkaufen willst, die mehr kostet als die Industrieprodukte im Supermarkt, hast du zwei verschiedene Gruppen von Menschen, die als Kunden infrage kommen: Das eine sind die älteren Leute: Die legen Wert auf ein seriöses Angebot. Gute Qualität wie früher bei Mama, hergestellt nach den alten Rezepten, in den gleichen Größen, mit denselben Materialien, möglichst in einfacher, neutraler Verpackung, ohne bunte Aufkleber und laute Werbung. Diese Leute kaufen wie eh und je ›Fitterlings Hausgemachte‹. Sie zahlen dafür gerne mehr als für Massenprodukte, wissen aber, dass sie wie schon vor fünfundzwanzig Jahren gute

Qualität erhalten. Leider aber werden diese Kunden immer älter. Immer mehr kommen ins Seniorenheim und sterben.«

Seniorenheim, überlegte Braig, war das die Verbindung zu Allmenger? Er merkte an Neundorfs angespannter Miene, mit der sie ihre Gesprächspartnerin musterte, dass ihr derselbe Gedanke durch den Kopf ging.

»Das ist das Problem der Firma Fitterling. Deshalb gehen die Umsätze zurück«, erklärte Kerstin Svedholm.

»Sie benötigen jüngere Kunden als Ersatz.«

Die junge Frau wischte sich über die Haare. »Jüngere Kunden, ja. Aber die kriegst du nicht mit den alten Methoden. Die jungen Leute sind von den Medien beeinflusst, vom Fernsehen, Radio, dem Internet. Die hören und sehen grelle Parolen, laute Sprüche, peppige Bilder. Da brauchst du andere Wege, die zu erreichen, da darfst du dich nicht verstecken, sonst sehen und hören die dich nicht. Wenn du die von der guten Qualität deiner Waren überzeugen willst, die du zu verkaufen hast, musst du laut schreien, sehr laut, oder eine gute Idee entwickeln, um sie als Kunde zu gewinnen. Fitterlings haben kein Geld, laut zu schreien, das können die großen Konzerne viel besser. So laut kannst du gar nicht krakeelen, so sagt man, ja?« Sie schaute sich um, sah das zustimmende Nicken ihrer Gesprächspartner. »So laut kannst du gar nicht krakeelen, um diese Konzerne zu überstimmen. Deswegen braucht Fitterling eine gute Idee.«

»Und das ist die Sache mit den Aphrodisiaka?«, fragte Neundorf, unterschwellige Zweifel in der Stimme.

»Wir haben lange überlegt, wie wir die jüngeren Leute ansprechen können, ohne dass es viel kostet. Maultaschen bunt färben, rot, grün, orange, blau? Das hat man schon mit Nudeln gemacht, Lebensmittelfarben dazu benutzt, ohne Gift. Aber was hat es gebracht? Manche Leute kaufen sie mal, die bunten Nudeln, an Fasching oder für eine Party, aber sonst? Außerdem wirken diese Farben auch nicht besonders gesund – rote oder orangefarbene Nudeln, da denkt fast jeder irgendwie an Gift, das kriegst du aus den Köpfen nicht raus. Also hat das keinen Sinn für die Maultaschen. Fitterlings bieten ja extra gesunde Maultaschen an, nicht nur mit Fleischfüllung, nein, auch mit Gemüse und Kräutern, also vegetarisch und aus biologischem Anbau. Und so haben wir lange nachgedacht und kamen dann auf die Idee von Fitterlings Liebestäschle. Wir haben auch über dem Namen gebrütet, sind jetzt aber zufrieden, seit wir sehen, wie die Leute reagieren. Der Name soll ruhig zeigen, dass wir die Liebestaschen in dieser Region herstellen. Und was den Inhalt betrifft, da haben wir uns extra von Biologen und Lebensmittelchemikern der Universität Hohenheim beraten lassen. Wir arbeiten auf wissenschaftlicher Basis, um das klar zu sagen, seriös. Für Fitterlings Liebestäschle werden nur Pflanzen und Kräuter verwendet, denen die Biologen aphrodisierende Wirkung zuschreiben. Und je nachdem, wie sie diese Pflanzen mischen, schmecken die Liebestäschle völlig verschieden. So bieten wir sechs«, sie betonte die Zahl ausdrücklich, »verschiedene Geschmacksrichtungen an.«

»Genau sechs?«, fragte Braig.

»Sechs«, erklärte Kerstin Svedholm, »aber nicht mit x. Obwohl wir natürlich genau diese Assoziation erzielen wollten.« Sie zeigte ein fröhliches, unverkrampftes Lachen. »Viele Lokale sind begeistert. Wir haben den Verkauf der Liebestäschle ganz neu aufgezogen. Herr Fitterling, also Michael, verkauft sie persönlich. Angezogen wie ein liebestoller Dandy, parfümiert von Kopf bis Fuß, damit die Kunden sofort auf unser neues, schrilles Produkt aufmerksam werden. Er hat sich lange geziert, so sagt man, ja? Aber natürlich geht er so nur zu den Lokalen, die wir mit den Liebestäschle beliefern wollen, nicht zu den anderen. Um Gottes willen, die würden total erschrecken und nie mehr etwas bei Fitterling bestellen!«

Braig sah ihr ausgelassenes Lachen, erinnerte sich an Michael Fitterlings seltsame Aufmachung und die penetrante Parfümwolke, die ihn umgeben hatte, als er dem Mann zum ersten Mal begegnet war. Er hatte ihn für affektiert gehalten, war ihm sofort ablehnend und misstrauisch gegenüber getreten. Nur seines auffälligen Outfits wegen?

»Die außergewöhnliche Kleidung und die intensive Verwendung des Parfüms wurde von Ihnen geplant?«, vergewisserte er sich.

Die junge Frau musterte sein Gesicht, nickte zustimmend. »Wir haben ein völlig neues Konzept für die Firma entwickelt: Von der Rezeptur der Liebestäschle bis zu deren Verkauf. Da soll alles Hand in Hand gehen, die neue Produktlinie in ein stimmiges Umfeld eingebettet sein. Fitterlings Liebestäschle in sechs Geschmacksrichtungen sollen einen neuen aufgeschlossenen Kundenkreis erschließen, Leute, die gerne leben, lustige Überraschungen lieben und mit der heutigen Zeit optimal zurechtkommen. Da kannst du nicht einen hyperkorrekten, in einen anthrazitgrauen Anzug verpackten Vertreter schicken, dem die Seriosität und Langeweile ins Gesicht geschrieben stehen. Ein schrilles Produkt verlangt eine schrille Darstellung, sonst hast du keine Chance auf unseren übersättigten Märkten.« Sie hielt einen Moment inne, fuhr sich mit einem Papiertaschentuch über die Stirn und die Wangen. »Herr Fitterling hat sich dagegen gewehrt, er wollte nicht so auftreten. Wir haben lange mit ihm gekämpft, ja, ich glaube, so muss ich das ausdrücken, bis er einverstanden war.« Sie zeigte ein breites Grinsen, zwinkerte ihren Gesprächspartnern spitzbübisch zu.

»›Mein Gott, wenn das einer von unseren alteingesessenen Kunden sieht‹, jammerte er, als wir seine Kleidung und das

Parfüm zusammenstellten. Parfüm und Rasierwasser.« Sie lachte laut. »Wir haben sein Auftreten gecastet, die Aufnahmen gemeinsam analysiert, seine Bewegungen und seine Aussprache optimiert. Die Firma kann sich keine anderen Verkäufer leisten, dazu ist unser Budget zu begrenzt. So blieb ihm nichts übrig, als mitzuspielen. Und wir bestanden auf dieser Performance. Du hast ihn gesehen und gerochen?« Sie betonte das letzte Wort, griff sich mit der rechten Hand an die Nase, drückte sie schelmisch zu. »Nicht auszuhalten, wie?«

»Das kann man so sagen, ja«, bestätigte er.

»Aber es hat Erfolg«, fuhr sie fort. »Noch weit mehr, als wir erwartet haben. Wenn der Verkauf auch nur annähernd auf einem ähnlichen Niveau bleibt wie bisher, sind sie alle Sorgen los. Die Firma ist gerettet.«

»Aber der Bruder von Herrn Fitterling, dem das Unternehmen zur Hälfte gehört, war nicht damit einverstanden«, meldete sich Neundorf zu Wort.

»Christian?« Kerstin Svedholms Miene verdüsterte sich augenblicklich. »Ich kann es nicht fassen, was ihm passiert ist.«

»Er war nicht mit Ihrem Projekt einverstanden«, wiederholte die Kommissarin.

Die junge Frau schien in Gedanken versunken, benötigte mehrere Sekunden, zu einer Antwort zu finden. »Nein, er ist strikt dagegen.«

»Weshalb?«

»Er will die Firma verkaufen. Das Angebot des großen Konzerns. Die bieten mehrere Millionen, wir haben vorhin darüber gesprochen.«

»Klingt nachvollziehbar.« Neundorf musterte die Miene der jungen Frau, bemerkte deren Zögern. »Oder finden Sie nicht?«

Kerstin Svedholm fuhr sich über die Haare, warf den Kopf zurück. »Auf den ersten Blick vielleicht, ja.«

»Nur auf den ersten Blick?«

»Denke an die Arbeitsplätze. Fitterling beschäftigt über dreißig Menschen, viele davon auf der Alb. Da gibt es nur wenige Alternativen, Beschäftigung zu finden. Wenn Fitterlings verkaufen, gehen die meisten Arbeitsplätze verloren, machen wir uns nichts vor. Fast alle. Michael fühlt sich für seine Angestellten verantwortlich.«

»Das glauben Sie doch nicht wirklich. Er verzichtet auf die Millionen, die ihm der Konzern bietet, weil er um die Arbeitsplätze seiner Angestellten fürchtet, und geht stattdessen das Risiko ein, mit dem neuen Projekt zu scheitern? Noch wissen Sie nicht, ob es auf Dauer wirklich funktioniert. Zwei Wochen reichen nicht, das endgültig zu beurteilen.« Neundorf schüttelte vehement ihren Kopf, fügte ein spöttisches: »Was für ein guter Mensch, dieser Herr Fitterling!«, hinzu.

Kerstin Svedholm hielt die Hand vor den Mund, hustete. »Es gibt einen weiteren Punkt. Er möchte die Firma seiner Eltern nicht gerade so aufgeben.« Sie schien von den Worten der Kommissarin unbeeindruckt.

Neundorf legte ihre Stirn in Falten, betrachtete ihr Gegenüber mit skeptischem Blick. »Das klingt alles nach einer Seifenoper oder einem romantischen Film. Die Realität sieht doch anders aus.«

»Das mag sein. Ich glaube ihm trotzdem. Er hält viel von Tradition und der Verantwortung eines Unternehmers.«

»Und deswegen lässt er die Millionen sausen?« Die Kommissarin brachte ihre Skepsis kopfschüttelnd zum Ausdruck.

»Kommt hinzu, dass er kein Vertrauen in diesen Konzern hat. Er fürchtet ...« Die junge Frau verstummte, wandte ihren Blick zur Seite.

»Was fürchtet er?«, verlangte Neundorf nach einer Erklärung.

»Darüber musst du mit Herrn Fitterling persönlich sprechen.«

»Ich möchte es aber von Ihnen hören.«

Kerstin Svedholm schaute auf den Monitor ihres Computers. »Das sind vertrauliche Firmeninterna. Ich weiß nicht einmal, inwieweit sie wirklich korrekt oder nur Spekulationen sind. Du musst mit ihm sprechen, ich kann nichts sagen.«

»Das werden wir tun«, erklärte die Kommissarin. »Ich habe aber noch eine Frage an Sie: Wie gut kannten Sie Christian Fitterling?«

»Christian?«

Braig trank den Rest seines Kaffees, sah den erstaunten Blick der jungen Frau.

»Christian, genau«, wiederholte Neundorf.

Kerstin Svedholm hielt nicht lange mit ihrer Antwort zurück. »Wir hatten eine kurze Beziehung«, sagte sie.

»Wann war das?«

»Vor vier Monaten. Im April.«

»Und danach?«

»Nichts mehr. Warum fragst du?«

»Na ja, finden Sie das nicht etwas seltsam?«, erwiderte die Kommissarin. »Mit Michael Fitterling arbeiten Sie zusammen, mit seinem Bruder ...«

»... habe ich eine Affäre, willst du sagen?« Die junge Frau schüttelte den Kopf. »Was ist daran seltsam? Im März begann unser gemeinsames Projekt. Michael Fitterling ist der Vertragspartner, Christian kümmerte sich nicht darum, er will ja verkaufen. Ich war mehrmals in der Firma in Geigelfingen, da lernte ich ihn kennen. Christian, meine ich. Er ...«, sie hielt einen Moment inne, suchte nach den richtigen Worten. »Er machte mir von Anfang an den Hof, so drückt man das wohl aus, denke ich, und, na ja, er war sehr charmant. Das muss ich sagen.«

»Aber er wollte die Firma trotzdem verkaufen und nicht das gemeinsame Projekt verwirklichen? Ist das nicht seltsam, ich meine, wo Sie und er ...«

Kerstin Svedholm nahm den Gedanken sofort auf. »Es war nur eine kurze Affäre, mehr nicht. Christian ist hinter jedem Rock her, ich habe ihm nicht viel bedeutet. Eine weitere Eroberung, eine von vielen. Ich denke, so beschreibe ich das richtig. Warum soll er deshalb seinen Plan aufgeben? Er ist ein Lebemann, diesen Ausdruck gibt es, ja?« Sie sah das zustimmende Nicken ihrer Gesprächspartner, vervollständigte ihre Aussage. »Christian benötigt Geld, viel Geld zum Leben. Er ist ein ganz anderer Typ als sein Bruder. Der Verkauf der Firma kommt ihm gerade recht.«

»Er hat Sie sitzen lassen?«, fragte Neundorf. »Weil er eine andere Frau hatte?«

Braig verstand sofort, worauf seine Kollegin hinauswollte. Sie, dieses bildhübsche Wesen, diese einzigartige Verkörperung unzähliger Männerträume war verlassen worden, weil ihr Liebhaber einer anderen Frau den Vorzug gegeben hatte? Ein angesichts ihrer überirdischen Schönheit unvorstellbarer Vorgang, eine garantiert neue, äußerst bittere Erfahrung, eine Blamage, ein unerwarteter Schock. Hatte Christian Fitterlings Verhalten die junge Frau dermaßen getroffen, dass sie sich zu dem blutigen Racheakt hatte hinreißen lassen, dem er vor wenigen Tagen zum Opfer gefallen war?

Er sah, wie Kerstin Svedholm zur Antwort ansetzte, hörte ihre Stimme.

»Das soll es geben, ja«, antwortete sie. »Hast du noch nie davon gehört?« Sie schien seltsam entrückt, nicht von ihrer eigenen schlechten Erfahrung, sondern der fremder Menschen zu sprechen.

»Darf ich wissen, wo Sie sich am vergangenen Dienstagabend aufgehalten haben?«, fragte Neundorf.

»Am Dienstagabend?« Die Verwunderung in der Miene der jungen Studentin war nicht zu übersehen. Sie fand nicht gleich zu einer Antwort, gab sie ihnen erst nach einigem

Zögern kund. »Ich war zu Hause. Ich habe gearbeitet.«

»Am Dienstagabend? Mit wem?«

Kerstin Svedholm schüttelte den Kopf. »Allein.«

»Den ganzen Abend?«

»Ja. Wir waren von Montag bis Mittwoch damit beschäftigt, eine zusätzliche Liste von Lokalen zu erstellen, die Herr Fitterling noch besuchen soll. Jetzt, wo die Liebestäschle so gut laufen, wollen wir die Chance nützen, sie auch außerhalb der bisherigen Verkaufsregion der Firma anzubieten. Nicht mehr nur in Baden-Württemberg, sondern auch darüber hinaus. Herr Fitterling soll weitere angesagte Restaurants besuchen, besonders im Gebiet von Frankfurt und Mainz, auch in Köln und Düsseldorf und zusätzlich in München und Zürich. Das ist eine Heidenarbeit!«

»Und Sie sind nicht mehr ausgegangen?«

»Am Abend?«

»Dienstag auf Mittwoch Nacht, ja«, bestätigte Neundorf.

»Die ganze Woche nicht«, antwortete die junge Frau. »Vielleicht schaust du einmal die Liste der Lokale an, die wir ausgesucht haben, dann verstehst du, wovon ich spreche.«

»Aber Zeugen haben Sie keine?«

»Wie denn?«

Braig sah den skeptischen Blick seiner Kollegin, hatte ebenfalls Mühe, zu akzeptieren, dass diese strahlende Schönheit sich angeblich abends allein in einem Berg voller Arbeit begrub anstatt sich von einer Horde oder zumindest einem einzigen Verehrer umschwärmen und verwöhnen zu lassen. War das wirklich glaubhaft?

»Roland Allmenger. Wie lange waren Sie mit ihm liiert?« Neundorf hatte den Namen des Mannes ohne jede Überleitung formuliert.

Kerstin Svedholm schaute überrascht auf. »Liiert?« Sie hob ihre Hand, winkte ab. »Was willst du mit dieser Frage?«

»Warum beantworten Sie sie nicht?«

»Allmenger«, erklärte die junge Frau. »Ich war nie mit ihm liiert. Ich weiß nicht, wer so etwas behauptet.«

»Sie waren nicht mit ihm zusammen?« Neundorf war deutlich anzusehen, dass sie ihrer Gesprächspartnerin nicht glaubte.

»Wenn du es unbedingt hören willst: Der war hinter mir her, ja. Auf eine widerliche, impertinente Art und Weise. Aber zwischen uns lief nichts, zu keiner Zeit.«

»Wann war das?«

Die junge Frau musste nicht lange überlegen. »Im letzten Herbst fing es an. Auf einem Fest bei einer Kommilitonin. Irgendjemand hatte ihn mitgeschleppt. Angeblich suchte er nach einem Team der ESB, das ihm eine betriebswirtschaftliche Expertise zur Weiterentwicklung seines Seniorenheim-Verbundes erstellen sollte. Mit der Begründung machte er sich jedenfalls an mich heran.«

»Aber Sie zeigten kein Interesse.«

»Nein. Wenige Tage vorher hatte ich das Schreiben Herrn Fitterlings erhalten und mich gemeinsam mit Maria, also Frau Menendez, zum ersten Mal mit seiner Firma beschäftigt. Das schien mir interessanter.«

»Aber mit Herrn Allmenger gab es dann doch private Kontakte«, beharrte Neundorf.

»Er lud mich ein. Zum Essen und nach Stuttgart in ein Musical. Das war nett. Aber er wollte mehr. Im Gegensatz zu mir.«

»Warum machten Sie ihm das nicht klar?«

»Nicht klar?« Kerstin Svedholm lachte. »Was glaubst du denn, wie oft ich ihm das *klar*«, sie betonte das Wort, indem sie es langsam und besonders deutlich formulierte, »gemacht habe. Aber er wollte es nicht begreifen und gab keine Ruhe. Er rief an, fuhr her. Alle paar Tage. Er lauerte mir auf, so sagt man das, ja?«

»Allmenger lauerte Ihnen auf?«

»Ein paar Mal, abends. Im Studentenwohnheim, vor meiner Tür. Du kannst meine Nachbarin fragen, Madeleine aus Bordeaux, sie hat es gehört.« Sie schwieg einen Moment, setzte dann: »Madeleine hat es nicht nur gehört, sie hat mir geholfen«, hinzu.

»Geholfen?«, fragte Braig.

»Er hat sich vergessen. Du verstehst?«

»Er wurde gewalttätig?« Neundorf musterte ihr Gegenüber mit scharfem Blick.

»Darüber will ich nicht sprechen. Aber, bitte, erwähne den Namen nicht mehr. Ich hasse den Kerl!«

16. Kapitel

Zwei Stunden später hatten sie die endgültige Gewissheit, wie die auf den ersten Blick so harmlos anmutenden Worte Kerstin Svedholms zu interpretieren waren. *Er hat sich vergessen. Du verstehst?*

Madeleine Senges, eine zweiundzwanzig Jahre junge Frau aus Bordeaux, zur Zeit im zweiten Auslandssemester an der Reutlinger Hochschule, hatte keinen Zweifel gelassen. »Dieser widerliche Kerl. Er hat versucht, sie zu vergewaltigen«, hatte sie in fast akzentfreiem Deutsch erklärt.

Braig und Neundorf waren kurz nach siebzehn Uhr in ihrem Zimmer im Studentenwohnheim, keine fünfhundert Meter vom Hochschulcampus entfernt, zu einem Gespräch mit ihr zusammengetroffen.

»Ich kann mich noch genau an die Situation erinnern«, hatte sie auf ihre Frage geantwortet, »Kerstin kann von Glück sagen, dass ich in dem Moment gerade zu Hause war.«

»Sie meinen, ohne Ihr Einschreiten ...«

»Ich meine nichts. Das ist eine Tatsache, wovon ich spreche. Der machte so einen Lärm an der Tür und dann auch in Kerstins Zimmer, das hörte ich durch die Wand. Sie schrie um Hilfe, so etwas habe ich noch nie erlebt. Ich nahm ihren Schlüssel, Sie müssen wissen, jede von uns hat den Schlüssel der anderen, damit wir die Pflanzen gießen können. Manchmal sind wir ein paar Tage weg.«

»Und dann?«

Madeleine Senges hatte einen Moment gezögert, dann auf eine leere Plastikflasche gezeigt, die auf dem Tisch stand. »Warum ich sie mitgenommen habe, weiß ich heute nicht mehr. Es kam ohne Überlegung, einfach so. Impulsiv, sagt man wohl. Die Flasche stand hier auf dem Tisch, so wie diese.

Aber sie war fast ganz voll. Fast. Ich hatte erst ein Glas davon getrunken. Wasser. Normales Wasser. Ich packte die Flasche, ging zu ihrer Tür, wartete nur eine Sekunde. Kerstin schrie laut, sie war in großer Not. Ich schloss die Tür auf, sprang durch die Diele, und da sah ich den Kerl. Er hatte schon seine Hose heruntergezogen, lag halb auf ihr. Mit seinen Armen drückte er sie auf ihr Bett. Ich habe nicht lange überlegt. Die Flasche ist zerplatzt, sie war nur aus Plastik. Aber voller Wasser. Ich habe ihn am Kopf getroffen. Von hinten.«

Braig und Neundorf hatten verstanden, ohne jede weitere Erklärung. Allmenger – denn um ihn handelte es sich bei der versuchten Vergewaltigung, Madeleine Senges hatte ihn auf dem von der Kommissarin mitgeführten Foto sofort erkannt – war, leicht betäubt von dem Schlag und völlig durchnässt von dem Wasser aufgesprungen und ohne seine Hose in Ordnung gebracht zu haben aus der Wohnung gerannt.

Wieso war die Tat nicht in ihren Unterlagen verzeichnet? »Sie haben Anzeige erstattet?«

Die junge Frau hatte kaum merklich den Kopf geschüttelt.

»Was heißt das?«, hatte Neundorf nachgefragt. »Sie haben nicht …?«

»Kerstin wollte es nicht. Sie hat mich angefleht, nicht zur Polizei zu gehen.«

»Verdammter Mist, das darf doch nicht wahr sein!« Die Kommissarin war vor Empörung aufgesprungen, hatte mit der Faust an die Wand gedonnert. »Sie haben nichts, überhaupt nichts gegen den Kerl unternommen?«

Madeleine Senges hatte sich mehrmals entschuldigt. »Kerstin bestand darauf. Sie hatte Angst, dass es bekannt wird. Was sollte ich tun ...«

»Der Kerl gehört hinter Gitter«, schimpfte Neundorf, »der läuft immer noch frei herum.«

Die junge Frau hatte verlegen genickt, erst nach einer Weile zu einer Antwort gefunden. »Sie haben recht, ja. Aber Kerstin wollte nichts unternehmen. Und ich meine, das muss ich respektieren.«

»Ja, natürlich. Sie ist das Opfer, ihr bereitet jede Erinnerung an den Dreckskerl neue Schmerzen. Und ich weiß gut genug, was eine Anzeige für Folgen hätte. Endlose Befragungen ...« Sie hatte innegehalten, tief durchgeatmet. »Dass sie sich das ersparen will, kann ich nachvollziehen. Allzu gut. Aber trotzdem ...«

»Es ist Kerstins Entscheidung. Ich kann ihr nichts vorschreiben.«

»Nein«, hatte Neundorf ihr zugestimmt. »Das können Sie nicht.« Sie hatte versucht, sich zu beruhigen, die Folter erwähnt, der Allmenger unterworfen worden war. »Ein Stück weit hat er ja schon seine Strafe gefunden.«

Madeleine Senges hatte sofort verstanden. »Die Sache mit der Badewanne. Ich habe mich gefreut, als ich hörte, dass er das Opfer war. Richtig gefreut. Das hat gut getan.«

Sie hatten die Angelegenheit Punkt für Punkt durchgesprochen, jede Minute der Rückfahrt für ihre Überlegungen nutzend, waren dennoch zu keinem abschließenden Urteil gekommen. Hatte Allmengers Badewannentortur mit seiner versuchten Gewalttat an der jungen Studentin zu tun? Waren die beiden Frauen übereingekommen, die Sache nicht zur Anzeige zu bringen, um sich die langwierigen, in jedem Fall demütigenden und die Erinnerung an das Geschehen wieder aufwühlenden Gedanken zu ersparen und die Angelegenheit dafür – umso effektiver – selbst zu erledigen? Kerstin Svedholm gemeinsam mit Madeleine Senges oder einer anderen Frau als Rächerinnen in eigener Sache? Vergeltung für ein unentschuldbares Verhalten, weil man der Polizei und der Justiz nicht traute?

Braig und Neundorf wussten nicht, wie sie ihre neuesten

Erkenntnisse zu den beiden Verbrechen einordnen sollten, sahen sich die ganze Zeit einem weiteren Dilemma gegenüber: Wie in aller Welt passte ein möglicher Racheakt der jungen Studentinnen an Robert Allmenger zu dem Mord an Christian Fitterling? Hatte auch er versucht, sich eine der Frauen gewaltsam gefügig zu machen? Oder war es ihm gar geglückt?

»Das ist der Punkt«, war Neundorf sich sicher. »Möglicherweise handelt es sich bei dem Kerl um ein ähnliches Schwein. Und im Gegensatz zu Allmenger hatte Fitterling Erfolg. Deswegen beließen sie es nicht bei der Folter.«

»Fragt sich dann nur noch, wer in diesem Fall das Opfer war.«

»Genau«, erklärte seine Kollegin. »Das ist die eine Frage. Und die zweite, vielleicht viel wichtigere: Sind wir nicht verpflichtet, die Frau, welche immer es war, in Ruhe zu lassen, weil der Saukerl ganz einfach verdient hat, was mit ihm geschehen ist?«

17. Kapitel

Haigerloch, das war für Braig bis zu seinem Besuch des kleinen Städtchens im vorletzten Sommer der Ort am Rand der Schwäbischen Alb, in dem in den letzten sechs Monaten des Zweiten Weltkriegs Versuche zur Kernspaltung durchgeführt worden waren. Physiker wie Werner Heisenberg, Carl Friedrich von Weizsäcker und Karl Wirtz hatten sich hier Ende 1944 und Anfang 1945 an der Entwicklung eines Kernreaktors mit Uran und Schwerem Wasser als Moderator versucht. Sie waren vor den intensiven Bombenangriffen aus Berlin geflohen, hatten im Bierkeller des Haigerlocher Schwanenwirts im Schutz eines mächtigen Bergkegels Schutz gefunden. Der massive Hohlraum war Jahrzehnte vorher im Zusammenhang mit dem Bau des Tunnels der Hohenzollerischen Landesbahn entstanden, durch den diese den Haigerlocher Bergrücken unterfährt. Nach wenigen Monaten unter hohem Druck durchgeführter Forschungen war die Anlage am 23. April 1945 von den Amerikanern besetzt und mitsamt den führenden Wissenschaftlern in die USA verfrachtet worden. Der originalgetreue Nachbau des Reaktors wie der Arbeitsutensilien der weltbekannten Physiker ließ sich heute an Ort und Stelle im alten Bierkeller museal bestaunen.

Was Braig bei seinem Besuch im vorletzten Sommer jedoch weit mehr beeindruckte als das Atomkellermuseum war die außergewöhnliche Lage Haigerlochs. Selten hatte er einen Ort mit einer derart faszinierenden Topographie zu Gesicht bekommen wie dieses kleine Städtchen. Nicht einmal zweitausend Einwohner beherbergend zog sich die einstige Residenz der Grafen von Hohenzollern-Haigerloch (16. Jahrhundert) und der Fürsten von Hohenzollern-Sigmaringen (17.

Jahrhundert) halbmondförmig aus dem schluchtartig engen Tal der Eyach steil einen schmalen Bergrücken hoch.

Schon beim Aussteigen aus der von Eyach nach Hechingen führenden Museumsbahn war Braig der Faszination des bizarren landschaftlichen Panoramas und der prächtigen Kulisse des Städtchens verfallen. So klein und überschaubar der Ort auch war, er hatte es in sich.

Auf eine im späten 11. Jahrhundert gegründete Burg in unmittelbarer Nähe des heute noch prächtig erhaltenen Römerturms zurückgehend, verwirklichten die Grafen von Hohenberg keine hundert Jahre später ihren Plan, auf der anderen Seite des Flusses eine zweite Festung zu bauen. Innerhalb kurzer Zeit führte das zur funktionalen Teilung des Ortes: Die Unterstadt wurde zum Zentrum der Handwerker und des Marktes, oben siedelten die Bauern. Bald zur Stadt erhoben, wurde die jüngere Burg im 16. Jahrhundert in ein Renaissance-Schloss samt benachbarter Kirche umgebaut. Deren später hinzugefügter barocker Schmuck wie die Errichtung der ebenfalls barocken St. Anna-Kirche am höchsten Punkt Haigerlochs ließen das Städtchen zum Ziel etlicher katholischer Wallfahrer werden.

Braig wusste noch allzu gut, wie schnell er im vorletzten Sommer gemeinsam mit Ann-Katrin dem überladenen Inneren dieser Gotteshäuser entflohen war. Umso mehr hatten sie das faszinierende landschaftliche und städtebauliche Panorama und die Atmosphäre der kleinen Stadt genossen. Er erinnerte sich noch genau an den Besuch eines kleinen, über zwei Stockwerke und mehrere verwinkelte Räume verteilten Galerie-Cafés im Steilanstieg zur Oberstadt, den anheimelnden Flair des kleinen Gebäudes und den einzigartig guten Geschmack der Kirschkokostorte, die sie dort genossen hatten. »Der beste Kuchen meines Lebens«, hatte seine Lebensgefährtin noch lange nach ihrem Besuch in Haigerloch geschwärmt und immer wieder darauf gedrängt, einen Ausflug in die kleine Stadt zu unternehmen.

Die Gedanken an den schon fast vierundzwanzig Monate zurückliegenden Besuch des Ortes gingen ihm durch den Kopf, als er durch die schmale Pfleghofstraße vollends in die Oberstadt lief. Es war ihm an diesem Freitagmorgen kurz nach Betreten seines Büros endlich gelungen, Janet Reiss, eine jener beiden Frauen, die Eva Seibold als »Schlampe von Hechingen« bezeichnet hatte, zu erreichen. Er hatte sich der Frau vorgestellt und von ihr erfahren, dass sie als Lokführerin bei der Hohenzollerischen Landesbahn arbeitete und an den vergangenen beiden Tagen einer beruflichen Fortbildung wegen nicht zu erreichen gewesen war, den Freitag und das gesamte Wochenende aber in der Wohnung ihrer Schwester in Haigerloch verbringen würde. Braig hatte sich die genaue Lage des Hauses beschreiben lassen, sich dann mit ihr, ohne auf seine Beweggründe einzugehen, zu einem Gespräch gegen elf Uhr verabredet.

Janet Reiss schien deutlich von Müdigkeit gezeichnet, als er zehn Minuten nach dem vereinbarten Termin vor ihr stand. Sie steckte in einem weiten, weißen Hausmantel, ihre kurzen, dunklen Haare standen wirr in alle Richtungen von ihrem Kopf ab. Sie hatte Mühe, den Hausmantel mit der linken Hand zusammenzuhalten, war ihre Rechte doch ständig damit beschäftigt, sich den Schlaf oder was auch immer aus den Augen zu reiben. Braig schätzte sie auf Anfang, Mitte dreißig, sah sich nach kurzem Zögern von ihr ins etwas ungeordnete, mit den verschiedensten Spielsachen übersäte Wohnzimmer geführt.

»Meine Schwester ist mit ihrer Familie ein paar Tage weg«, erklärte Janet Reiss. »Sie müssen entschuldigen, ich bin erst heute Nacht gekommen.« Sie bot ihm Platz auf dem Sofa an, warf einen dicken Teddybären aus dem Sessel, ließ sich selbst, die Beine unter den Hintern geschoben, darin nieder.

Braig setzte sich, sah, wie sein Gegenüber mühsam den Hausmantel zurechtzurrte.

»Sie kommen wegen des tragischen Geschehens um Herrn Fitterling?«

»Tragisch?« Er wunderte sich über den Ausdruck, warf der Frau einen überraschten Blick zu. Sie fuhr sich mehrmals über die Augen, versuchte immer noch, ihre Müdigkeit zu vertreiben. Ein Mord als tragisches Geschehen. Na ja, wenn man die aktive Rolle des Täters außer Acht ließ, konnte man das vielleicht tatsächlich so formulieren.

»Sein Tod, meine ich.« Sie gähnte ausgiebig, entschuldigte sich. »Verzeihung, ich bin immer noch etwas groggy.«

»Ihre Fortbildung war anstrengend.«

»Doch, das kann man sagen, ja. Diese neuen Loks sind wahre High-Tech-Wunderwerke. Wenn Sie sich da nicht ständig mit der neuesten Software beschäftigen, haben Sie keine Chance, die zu beherrschen. Das wird immer komplizierter.«

»Wo fand die Fortbildung statt?«

Janet Reiss warf ihren Kopf zurück, betrachtete ihren Besucher mit starrem Blick. »Sie wollen alles ganz genau wissen, was?«

»Ich bin Kriminalbeamter.« Braig setzte ein freundliches Lächeln auf. »Alles zu hinterfragen, bringt mein Beruf so mit sich.«

»Na gut, dann will ich Sie nicht länger auf die Folter spannen. Die Fortbildung war in Krefeld. Das liegt bei Düsseldorf, auf der anderen Seite des Rheins.«

»Sie waren mehrere Tage weg?«

»Mittwoch und Donnerstag, ja. Seit gestern Abend bin ich zurück.«

»Aber am Dienstag waren Sie noch hier.«

»In Haigerloch? Nein. Zu meiner Schwester ...«

»Darf ich fragen, wo Sie sich am Dienstag aufgehalten haben?«, fiel Braig ihr ins Wort.

»Ich habe gearbeitet. Ganz normal.«

»Als Lokomotivführerin?«

»Ja. Ich habe Ihnen am Telefon doch erklärt, welchen Beruf ich ausübe.«

Braig nickte. »Ja. Ich wollte mich nur noch einmal vergewissern, dass ich es richtig verstanden habe.« Er wurde von ihrem kräftigen Niesen unterbrochen, wartete, bis sie sich die Nase geputzt hatte. »Herrn Fitterling, wann haben Sie den zuletzt gesehen?«

»Christian?« Sie kniff ihre Stirn zusammen, überlegte. »Oh, das ist schon eine Weile her.«

»Geht es etwas genauer?«

»Genauer? Mein Gott, was weiß ich. Die Sache mit Christian ist schon lange vorbei. Mindestens zwei Monate.«

»Wie lange waren Sie mit ihm zusammen?«

»Wie lange? Fragen Sie das jetzt alle seine Verflossenen?« Sie hatte ein spöttisches Grinsen in ihrer Miene, schien auf eine Antwort zu warten. Erst als Braig nicht reagierte, setzte sie ihre nächsten Worte hinzu. »Dann sind Sie eine Weile beschäftigt und mehrere Kollegen von Ihnen dazu.« Sie lachte laut. »Aber das wissen Sie inzwischen ja wohl schon.«

Der Kommissar wartete, bis sie sich wieder beruhigt hatte, verzichtete darauf, seine Frage zu wiederholen. Indirekt hatte sie sie ja beantwortet. Es handelte sich um eine kurze Beziehung, so viel war klar. Er konzentrierte sich auf sein primäres Anliegen, formulierte es deutlich. »Was wollte Herr Fitterling am Dienstagabend bei Ihnen?«

»Bei mir? Mein Gott, wie oft soll ich das noch sagen, die Sache ist längst vorbei! Sie sind auf dem Holzweg.«

»Weshalb haben Sie ihn dann angerufen?«

»Wann?«

»Jetzt tun Sie doch nicht so scheinheilig. Am Dienstagabend. Das wollen Sie doch wohl nicht abstreiten?«

»Ach so, der Anruf.« Die Frau schaute mit verblüffter Miene zu ihm her.

»Sie haben sich mit ihm verabredet.«

Die Antwort auf seine Behauptung erfolgte sofort. »Quatsch, verabredet. Bei dem Anruf ging es um etwas völlig anderes.«

»Um was, wenn ich fragen darf?«

»Um den Lastwagen. Ich war unterwegs, im Dienst, fuhr die Regionalbahn von Sigmaringen nach Tübingen. Da sah ich plötzlich wieder einen seiner Lastwagen.«

»Einen Lastwagen seiner Firma? Und deswegen rufen Sie ihn am späten Abend extra an?«

Janet Reiss' Miene verfinsterte sich deutlich. »Sie sind nicht über die Angelegenheit informiert?«

»Über welche Angelegenheit?«

Die Frau reagierte mit kräftigem Kopfschütteln. »Also, das müssen Sie schon mit Christian ...« Sie wurde sich ihres Fehlers augenblicklich bewusst, schluckte kurz, winkte dann mit der rechten Hand ab. »Sprechen Sie mit jemand von der Firma, am besten mit Christians Bruder, die klären Sie schon auf, was es mit diesem Lastwagen auf sich hat. Von mir erfahren Sie darüber kein Wort. Ich weiß nicht, ob die Interesse haben, die Polizei einzuschalten.«

Braig nahm den entschlossenen Gesichtsausdruck der Frau wahr, notierte sich den Sachverhalt. »Sie behaupten also, Christian Fitterling trotz Ihres Anrufs am Dienstagabend nicht getroffen zu haben, verstehe ich das richtig?«

»Das verstehen Sie richtig, ja. Ich informierte ihn über den Lastwagen, sonst nichts.«

»Darf ich fragen, womit Sie an diesem Abend beschäftigt

waren? Habe ich das richtig verstanden, Sie waren unterwegs mit der Bahn?«

»Allerdings.«

»Zu welcher Zeit und wie lange?«

»Den ganzen Abend«, antwortete Janet Reiss, »bis dreiundzwanzig Uhr.«

»Das lässt sich nachweisen, nehme ich an?«

»Das lässt sich allerdings nachweisen, ja. Ich fuhr an dem Abend zwei Mal von Tübingen nach Sigmaringen und zurück und dann mit dem letzten Zug nach Hechingen. Da saßen insgesamt mehrere hundert Leute drin. Sie können die ja fragen, ob sich der Zug bewegte oder den ganzen Abend über nur im Bahnhof stand. Und dann rufen Sie noch bei der Lokleitung der Hohenzollerischen Landesbahn an und verlangen die Dienstpläne von Dienstagabend. Vielleicht sind Sie dann endlich zufrieden.«

»Das werde ich tun, danke«, erklärte er, fragte dann nach dem ominösen Lastwagen. »Wann und wo haben Sie dieses Fahrzeug gesehen?«

»Das war auf der Rückfahrt nach Tübingen zwischen Nehren und Dußlingen, dort, wo die Bahnlinie die Nehrener Straße überquert. Wir waren pünktlich, ich schaute auf meine Uhr. Es war 22.19 Uhr, als ich das Auto in Richtung Gomaringen fahren sah. Sofort nach meinem Halt in Dußlingen rief ich Christian an und informierte ihn über den LKW. Das war alles.«

»So spät konnten Sie noch erkennen, dass es sich um einen Lastwagen der Firma Fitterling handelt?«

»Allerdings. Wir haben Anfang August, es war noch nicht ganz dunkel. Außerdem fuhr das Auto genau unter mir und wurde von einem entgegenkommenden Wagen angestrahlt. Die Aufschrift war jedenfalls nicht zu übersehen.«

»Wie reagierte Herr Fitterling?«

»Auf meinen Anruf?«

Braig nickte.

»Na, er erklärte, er wolle sich darum kümmern. Er war natürlich total aufgeregt, als er das von dem LKW hörte.«

»Er war aufgeregt?«

Janet Reiss antwortete, ohne lange zu überlegen. »Allerdings, ja. Und wie! Offensichtlich ist die Sache immer noch am Laufen.«

Er musterte die Frau aufmerksam, überlegte, ob er darauf bestehen sollte, dass sie ihm endlich erklärte, was es mit dem seltsamen Lastwagen auf sich hatte, hielt sich dann aber zurück. Er musste Michael Fitterling danach fragen, den Mann ins Gebet nehmen, sich die Angelegenheit aus erster Hand ausführlich erklären lassen. Wenn Christian Fitterling tatsächlich des LKWs wegen zu dieser Fahrt aufgebrochen war, die zur letzten seines Lebens hatte werden sollen – wer konnte ausschließen, dass das Auto, in welcher Weise auch immer – mit seinem Tod zu tun hatte? »Sie wissen also nicht, was er nach Ihrem Anruf unternehmen wollte?«, fragte er. »Immerhin setzte er sich unmittelbar danach in seinen Wagen und fuhr los. Und auf dieser Fahrt wurde er von seinem Mörder überrascht.«

»Nach meinem Anruf?« Die Frau starrte mit völlig verzerrter Miene zu ihm hin. Das pure Entsetzen stand in ihrem Gesicht.

Braig signalisierte mit leichtem Kopfnicken Zustimmung.

»Mein Gott, davon hatte ich keine Ahnung! Dann hatte er doch recht mit seinen Befürchtungen.«

»Was für Befürchtungen?«

»Ich habe es nicht ernst genommen«, antwortete Janet Reiss, »ich dachte immer, er übertreibt, will sich wichtig machen, vor mir angeben. So wie er sich auch sonst gerne aufplustert. Aber dann stimmt es doch! Um Gottes willen!«

Sie hielt ihre Hände vors Gesicht, schluchzte laut.

Braig ließ sie gewähren, wartete schweigend auf weitere Erklärungen.

»Die Mafia«, stammelte die Frau, »Christian sprach immer davon, dass sie erpresst werden. Von der Mafia. Irgendein italienischer Konzern wolle unbedingt ihre Fabrik kaufen. Die ließen nicht locker, denen sei jedes Mittel recht. Und dann erzählte er mir, dass die schon zwei oder drei Mal einen der Firmenlastwagen in ihre Gewalt gebracht hatten, um Maultaschen mit verdorbenem Inhalt unter ihre Bestände zu mischen. Nachts müsse das gewesen sein, anders konnten sie sich das nicht erklären. Deshalb bliebe ihnen jetzt nichts anderes, als jede Bewegung ihrer LKWs besonders zu überwachen. Es handle sich um kein Spiel mehr, sondern um brutale Realität. Die Mafia, man wisse ja, mit welchen Methoden die arbeite. Aber ich ...« Sie hielt inne, rang um Luft, versuchte sich zu sammeln. »Ich habe gedacht, er übertreibt ...«

18. Kapitel

Michael Fitterling war nur noch ein Schatten seiner selbst. Braig wusste nicht, woran es lag, aber sein Gegenüber schien im Vergleich zu ihrer ersten Begegnung vor zwei Tagen um Jahre gealtert. Die Körperhaltung des Mannes brachte das deutlich zum Ausdruck: Den Rücken gekrümmt, die Schultern eingezogen, hing der Mann auf seinem Bürostuhl. Seine Augen huschten unstet hin und her, die Hände zitterten. Er hatte Mühe, ein Papier aus der Schublade des Schreibtischs zu ziehen.

Das war nicht mehr der lebenslustige, aufgetakelte Verkäufer gagiger Liebestäschle, das war eine zutiefst verunsicherte Gestalt. War ihm der überraschende Tod seines Bruders, so unbeteiligt er am Mittwoch darauf reagiert zu haben schien, letztendlich jetzt doch so intensiv zu Herzen gegangen?

Braig hatte sich unmittelbar nach seinem Gespräch mit Janet Reiss mit Michael Fitterling in Verbindung gesetzt und den Mann nach unnachgiebigem Zureden von der dringenden Notwendigkeit eines sofortigen persönlichen Gesprächs überzeugt. Schon am Telefon war ihm die seltsame Stimmlage des Maultaschenfabrikanten aufgefallen. Er hatte sich sofort auf den Weg nach Geigelfingen gemacht, Fitterling in dessen Firma getroffen.

»Sie werden also seit Wochen erpresst, verstehe ich das richtig?«, versuchte Braig ihre bisherige Unterhaltung zusammenzufassen. »Die ersten Drohungen kamen per Mail auf ihr Handy beziehungsweise auf das Ihres Bruders. Heute Morgen haben Sie zum ersten Mal eine schriftliche Mitteilung erhalten, ja?«

Michael Fitterling nickte, schob seinem Gegenüber mit zitternden Händen das Papier zu, das er der Schublade entnommen hatte. Es handelte sich um ein weißes, nur mit wenigen Sätzen beschriebenes Blatt im Format DIN-A4, dem Schriftbild nach zu urteilen an einem normalen Computer verfasst und ausgedruckt.

Das ist unsere letzte Warnung. Geben Sie endlich auf und verkaufen Sie die Firma. Oder wollen Sie auch das Schicksal Ihres Bruders erleiden? Die Polizei bleibt aus dem Spiel, das wäre tödlich! Da kennen wir keinen Spaß. Wir geben Ihnen 14 Tage, keine Sekunde mehr! Sie wissen, was zu tun ist. Unser Angebot liegt vor. Handeln Sie endlich!

Braig atmete kräftig durch, hatte Mühe, sich auf das Schreiben zu konzentrieren. Der Text schien eindeutig, ließ keinerlei Interpretationszweifel zu. Es ging um den Verkauf der Maultaschenfabrik Fitterling, der erzwungen werden sollte ...

Er versuchte, seine Überlegungen zu ordnen, war sich darüber klar, dass sie alle ihre bisherigen Ermittlungsergebnisse neu analysieren mussten. Alle, ohne Ausnahme. Denn so viel war jetzt schon klar. Erwies sich das Drohschreiben hier als authentisch, dann war Christian Fitterling nicht dem privaten Racheakt einer der von ihm misshandelten oder schäbig abgehalfterten Frauen zum Opfer gefallen, sondern einer skrupellosen Bande von Geschäftsleuten, denen der Erwerb der kleinen Maultaschenfabrik so wichtig war, dass sie dafür buchstäblich über Leichen gingen. Und, wie er hier mit eigenen Augen lesen konnte, nicht nur über eine Leiche, sondern, falls das notwendig war, auch über zwei.

»Was, was wollen Sie jetzt tun?« Fitterling hatte Mühe, den Satz korrekt zu formulieren.

»Wir müssen jetzt ruhig bleiben, das ist das Allerwichtigste. Nur nicht die Nerven verlieren, das wäre das Schlimmste.« Er musterte die Miene seines Gegenübers, sah dessen fahrig hin und her huschende Augen. »Ich kann Sie unter Polizeischutz stellen, wenn Sie das beruhigt.«

»Polizeischutz?«

»Ja. Kollegen von mir werden Sie begleiten. Rund um die Uhr, wenn Sie das wünschen.«

»Glauben Sie wirklich, das ist notwendig?«

»Wir müssen uns erst einmal mit diesem Papier befassen und die Mails überprüfen, die Sie und Ihr Bruder erhielten. Warum haben Sie uns nicht früher darüber informiert?«

»Warum?« Der Mann warf ihm einen gequälten Blick zu. »Wir, wir hatten Angst davor, dass die ganze Angelegenheit an die Öffentlichkeit kommt. Wenn so etwas erst in den Zeitungen steht ...Verdorbene Maultaschen, wer will dann noch bei uns kaufen?«

»Verdorbene Maultaschen?«, fragte Braig überrascht. »Heißt das, die haben ihre Drohungen tatsächlich wahr gemacht?«

»Allerdings. Zwei Mal schon, und diese Woche haben wir erneut Reklamationen erhalten.«

»Reklamationen welcher Art?«

»In zwei verschiedenen Lieferungen waren wieder verdorbene Füllungen. Ich fuhr sofort hin, habe mich persönlich entschuldigt und eine Entschädigung gezahlt. Zum Glück waren es langjährige Kunden, deshalb riefen die sofort bei uns an und verständigten nicht Ihre Kollegen. Die Lebensmittelkontrolleure, meine ich.«

»Sie sind sich sicher, dass das mit der Erpressung zu tun hat? Kann es sich nicht um einen Produktionsfehler handeln?«

»Nein!« Fitterling schien zu gewohnter Selbstsicherheit zurückzufinden, donnerte mit der geschlossenen Faust auf den Schreibtisch. »Wissen Sie, was das für eine Füllung war? Das war kein Produktionsfehler, nein! Völlig verdorbenes Fleisch, Hunde- oder Katzenfutter, das tage- oder gar wochenlang vor sich hinrottete und dann in Teig gemischt wurde. Das stank grauenvoll. Ekelerregend! Zum Glück handelte es sich dieses Mal bei beiden Kunden um Altenheime. Die alten Leute, verzeihen Sie, das soll nicht abfällig sein, aber die haben ja zum Glück nicht mehr die besten Geschmacksnerven. Aber stellen Sie sich vor, es hätte wieder eines der von uns belieferten teuren Restaurants erwischt.«

»Das war schon der Fall?«

Fitterling holte tief Luft, fand nur schwer zu einer Antwort. Offensichtlich regte ihn die Sache doch noch zu sehr auf. »Also, das ist jetzt schon fünf oder sechs Wochen her. Zwei Feinschmeckerlokale wurden damit beliefert. Sie können sich nicht vorstellen, was danach los war. Ich habe alles versucht, zu retten, was zu retten war, aber uns gingen trotzdem fast fünfzehn Prozent unseres Absatzes verloren. Das sprach sich in Windeseile herum, da war alles zu spät. Es hagelte Absage auf Absage. Nie mehr was von uns!« Der Mann schüttelte schwer atmend den Kopf. »Die absolute Katastrophe. Ich wollte aufgeben, die Firma verkaufen. Vor allem, als dann wenige Tage später auch noch die erste Drohung kam.«

»Per Mail.«

Fitterling nickte. »Aufs Handy meines Bruders.«

»Sie haben nicht versucht, den Absender ...« Braig wurde mitten im Satz unterbrochen.

»... zu ermitteln? Um Gottes willen, nein! *Die Polizei bleibt aus dem Spiel, das wäre tödlich! Da kennen wir keinen Spaß.* Hier«, er deutete mit seiner rechten Hand auf das Erpresserschreiben, »da lesen Sie es doch.«

»Die benutzten dieselben Worte wie hier auf dem Papier?«, fragte Braig.

Sein Gegenüber stocherte mit dem Zeigefinger auf das Blatt. »Wort für Wort. Ich kenne es inzwischen auswendig.«

Der Kommissar bat den Mann um eine große Kunststoffhülle, nahm sie entgegen, bewahrte das Schreiben darin auf.

»Wir werden das Blatt untersuchen. Wer außer Ihnen hatte es schon in der Hand?«

»Außer mir? Niemand.«

»Das ist gut. Dann benötigen wir Ihre Fingerabdrücke. Ich schicke einen Techniker vorbei, das geht schnell.« Er wies auf das Schreiben. »Wie ist es gekommen? Per Post?«

Fitterling schaute ratlos zu ihm her. »Keine Ahnung. Ich denke schon. Ich fand es...« Er musterte den Schreibtisch, blickte dann zur Seite, wühlte in einem Papierkorb. »Hier, das ist das Kuvert, in dem es steckte.«

Braig nahm einen weißen, rechteckigen Briefumschlag entgegen, der handschriftlich mit großen Druckbuchstaben an die *Firma Fitterling, Herrn Michael Fitterling persönlich* adressiert war. Die Briefmarke war von einem Poststempel entwertet worden, wann und in welchem Briefzentrum war allerdings nicht zu erkennen.

»Er war also heute in der Post«, überlegte der Kommissar. »Wer nimmt die bei Ihnen entgegen?«

Der Mann suchte nach einer Antwort. »Sie meinen, wer das Kuvert schon in der Hand hatte, bis es auf meinem Schreibtisch landete?«

Braig nickte zustimmend.

»Also, normalerweise ...« Fitterling brach mitten in seinem Satz ab. »Sie müssen entschuldigen, aber ich bin etwas durcheinander. Das war einfach zu viel, diese Woche. Zuerst der Tod meines Bruders, dann dieser Brief.«

Der Kommissar musterte sein Gegenüber, wunderte sich über die teilnahmslos anmutende Ausdrucksweise, mit der der Mann den Verlust seines nahen Familienangehörigen kommentierte. Hatten sich die Brüder durch ihre völlig konträren beruflichen Pläne, die nicht miteinander zu vereinbaren waren, so voneinander entfremdet, dass jede emotionale Verbindung zu Bruch gegangen war?

»Nein, Frau Sälzle war heute Morgen bei unserer Pfarrerin. Sie haben die Beerdigung besprochen.«

Fitterlings Worte rissen ihn aus seinen Überlegungen. »Frau Sälzle?«

»Ja«. Sein Gegenüber fühlte sich sichtbar unwohl, hatte Mühe, seine Gedanken zu formulieren. »Sie kann das besser als ich.« Er schwieg einen Moment, versuchte dann, sein Verhalten genauer zu erklären. »Sie kannte meinen Bruder sehr gut. Schließlich arbeitete sie schon für meine Eltern.«

Braig nickte, hatte Probleme, die Aussage mit seiner Fragestellung in Einklang zu bringen.

»Ich habe die Post heute deshalb persönlich entgegengenommen«, fand Fitterling endlich zum Thema. »Ich sah den Briefträger kommen, lief die Treppe runter zur Tür. Er übergab mir mehrere Sendungen.«

»Das ist gut«, erklärte der Kommissar, steckte das Kuvert zu dem Schreiben in die Kladde. »Vielleicht haben wir Glück und stoßen auf brauchbare Spuren.« Er betrachtete die Briefmarke, sah, dass es sich um eines jener unansehnlichen Exemplare handelte, die überall an Automaten zu erwerben waren. »Eine in Deutschland gekaufte Marke«, sagte er, »die Firma, die Ihr Unternehmen übernehmen will, kommt aber aus Italien, bin ich da richtig informiert?«

Fitterling nickte schweigend.

»Das heißt, die haben ihre Handlanger hier bei uns«, überlegte Braig. »Aber das ist ja kein Wunder. Die Maultaschen mit der verdorbenen Füllung wurden ja auch hier im Land verkauft.« Er sah die aufmerksame Miene des Mannes, erkundigte sich, wie die Auslieferung der Firmenproduktion gehandhabt wurde. »Sie haben eigene LKWs und Fahrer?«

»Zwei Sprinter, ja. Und drei Männer, die damit unterwegs sind.«

»Wie viele Leute pro Fahrzeug?«

»Einer. Immer nur einer. Der Dritte arbeitet normalerweise in der Produktion. Er kommt nur dann zum Einsatz, wenn einer der beiden anderen ausfällt.«

»Die verdorbenen Maultaschen wurden von diesen Leuten ausgeliefert?«

Fitterling sah erstaunt auf, legte seine Stirn in Falten. »Auf was wollen Sie hinaus?«

»Beantworten Sie doch bitte meine Frage.«

Der Mann holte tief Luft. »Ja, natürlich wurden die Maultaschen mit der verdorbenen Füllung von diesen Fahrern ausgeliefert. Aber Sie wollen doch nicht sagen ...«

»Ich will gar nichts«, erklärte Braig. »Ich versuche nur, mir klarzumachen, wie das widerliche Zeug in Ihre Produkte kommt. Da gibt es doch nur zwei Möglichkeiten: Entweder mischt jemand in Ihrer Küche die verdorbene Füllung in die Maultaschen, oder es wird woanders hergestellt und in Ihrer Auslieferung versteckt.«

»Doch nicht in unserer Küche! Da sind doch ständig mehrere Leute. Wie soll das denn gehen? Außerdem: Der Konzern, der unsere Firma kaufen will, sitzt in Italien, nicht hier, vergessen Sie das nicht!«

»Das vergesse ich nicht. Aber irgendwie muss das Zeug ja in die LKWs gekommen sein. Dass es in Ihrer Küche passierte, schließen Sie aus. Schauen wir uns also die andere Möglichkeit an. Wie oft, sagten Sie, waren bisher verdorbene Füllungen dabei?«

»Drei Mal.«

»Wer lieferte es aus? Immer dasselbe Auto, derselbe Fahrer?«

»Ja, das heißt«, Fitterling geriet ins Stottern, »darüber haben wir auch schon nachgedacht, mein Bruder und ich. Es war jedes Mal derselbe Lastwagen.« Er schwieg einen Moment. »Aber nicht derselbe Fahrer«, fügte er dann hinzu.

»Wie denn das? Wechseln die Leute die Autos?«

»Nein. Eigentlich nicht.«

Braig musterte sein Gegenüber, spürte seine aufkommenden Kopfschmerzen. Das Gespräch mit dem Mann war mühsam und anstrengend, kostete Zeit und psychische Kraft. Er sehnte sich nach einem Kaffee und einer kurzen Pause, um seine Gedanken ordnen und eine sinnvolle Strategie entwickeln zu können.

»Klöpfer fährt den alten und Gruber den neuen Sprinter. Nur wenn Gruber ausfällt oder eine der Maschinen reparieren muss, springt Brinkle für ihn ein. Das ist öfter der Fall, weil Gruber immer häufiger in der Fabrikation gebraucht wird. Der Mann hat uns schon oft aus der Patsche geholfen, wenn es irgendwo in der Technik Probleme gab. Er ist ein Allround-Talent.«

»Und welche Fahrer lieferten die Maultaschen aus, als die verdorbenen Füllungen dabei waren?«

Fitterling zögerte erneut. »Das kann nicht sein. Die Männer arbeiten seit Jahren bei uns. Ich möchte nicht, dass Sie sie ...«

»Ein Auto, aber zwei Fahrer«, unterbrach Braig die Befürchtungen des Mannes, »Gruber und Brinkle also. Richtig?«

Sein Gegenüber nickte schwerfällig mit dem Kopf.

»Wer, wann, wie oft?«

»Beim ersten Mal Gruber, zwei Wochen später Brinkle und jetzt wieder Gruber. Das hat aber nichts zu bedeuten!«

»Wann werden die Fahrzeuge beladen?«, fragte der Kommissar. »Jeden Morgen?«

»Das ist verschieden. Manchmal morgens, oft aber auch noch mittags oder abends. Manchmal müssen die Fahrer sehr früh los, wenn sie weite Entfernungen zu bewältigen oder viele Kunden zu beliefern haben. Dann werden die Fahrzeuge auf jeden Fall am Abend vorher schon beladen, um Zeit zu sparen. Die Ladefläche wird gekühlt, die Ware kann also nicht verderben.«

»Wie war das an den Tagen, als die verdorbenen Füllungen ausgeliefert wurden – haben Sie das schon überprüft?«

»Sie meinen, wann die Fahrzeuge beladen wurden?«

»Genau.«

Fitterlings Miene verzog sich zu einer von Missmut und Unwillen geprägten Grimasse. »Gruber und Brinkle haben uns sofort darauf hingewiesen, als es passiert war.«

»Die Autos waren am Vorabend schon beladen worden.«

»Ja.«

»Diese Woche ebenfalls?«

»Diese Woche auch, ja.«

»Und wo stehen die LKWs in der Nacht, vor allem wenn sie schon beladen sind?«

»Hier, in unserem Firmengelände.«

»Das Tor ist verschlossen?«, fragte Braig.

»Ja, natürlich.«

»Wer hat die Schlüssel?«

»Na, ich und mein Bruder, Frau Sälzle, der Küchenchef und die Fahrer. Die müssen ja manchmal sehr früh weg.«

»Alle drei Fahrer?«

»Alle drei, ja.«

»Dann hätte ich gerne die genauen Adressen der Herren.«

Fitterling seufzte laut. »Muss das wirklich sein?«

Braig fühlte sich nur noch genervt. »Ihr Bruder wurde getötet. Haben Sie das vergessen?«

19. Kapitel

Der Schreibtisch war unter einer Ansammlung handschriftlich beschriebener und mit großen Ausrufezeichen versehener Blätter begraben, die Faxablage mit einem dicken Stapel automatisch in Empfang genommener Papiere gefüllt, sein virtuelles Postfach mit einem kompletten Dutzend fast gleich lautender Mails bestückt, als Braig am Samstagmorgen kurz nach zehn sein Büro betrat. Er musste gar nicht erst nachschauen, wusste ohne jede Nachprüfung, wer der Absender und was ihr gemeinsamer Inhalt war.

Neundorf hatte ihn am Vorabend auf seiner Rückfahrt von Geigelfingen telefonisch vorgewarnt und ihm dringend empfohlen, keine Zwischenstation im Amt einzulegen, sondern sich auf direktem Weg nach Hause zu begeben. »Der Evaluationseffizienzoptimierer sucht dringend nach Details, um die mörderischen Furien Frau Svedholm und Frau Senges verhaften zu können. Ich habe ihm nur einen knappen Bericht gemailt, absichtlich, damit er keine Handhabe hat, etwas gegen sie zu unternehmen. Seither bin ich für ihn nicht mehr erreichbar. Jetzt versucht er es garantiert über dich.«

Braig hatte sich über die Worte seiner Kollegin nicht weiter gewundert, waren doch auf seiner Mailbox, die er im Anschluss an das ausführliche Gespräch mit Michael Fitterling abgehört hatte, vier fast gleich lautende Anfragen bei ihm eingegangen.

»Hier ist das Sekretariat von Herrn Staatsanwalt Söderhofer. Der Herr Staatsanwalt wünscht dringend, mit Ihnen zu sprechen. Er fordert Sie auf, umgehend zurückzurufen.«

»Hier ist noch einmal das Sekretariat von Herrn Staatsanwalt Söderhofer. Der Herr Staatsanwalt«, die weibliche Stimme war verstummt, stattdessen aus dem Hintergrund ein stakkatoartiges, männliches Bellen zu hören. »Wo sind der Kerl oder das grauenvolle Weib? Schaffens' mir einen von den beiden Loosern endlich her!« Erst im Anschluss an diese Unterbrechung war die weibliche Stimme, jetzt mit etwas angespanntem Unterton, wieder zu Wort gekommen. »Der Herr Staatsanwalt wünscht dringend mit Ihnen zu sprechen! Ich wiederhole: Dringend! Rufen Sie umgehend zurück!«

Obwohl ihm die Sekretärin leid tat, war Braig der Empfehlung Neundorfs gefolgt. Zu Hause hatte er die schriftliche Warnung Ann-Katrins vorgefunden, erst nach gründlicher Prüfung der Nummer des Anrufers im Display ans Telefon zu gehen, weil »die Sekretärin des Oberevaluierers, du weißt schon, wer« ihn unablässig zu sprechen verlange.

Er hatte sich jeden Kontakt mit Söderhofer erspart, stattdessen die Kollegen der Abteilung Wirtschaftskriminalität Ausland beauftragt, den Leumund des italienischen Konzerns zu überprüfen, der der Firma Fitterling das Kaufangebot hatte zukommen lassen.

»Ist es vorstellbar, dass die in irgendeiner Weise mit Mafia-Methoden arbeiten?«, hatte er sich erkundigt.

»Du meinst Erpressung, um den Kaufpreis zu drücken?«

»Beeinträchtigung des Rufs der erwünschten Firma, um sie zum Verkauf zu zwingen oder damit den Kaufpreis zu drücken, ja.«

»Das ist gang und gäbe«, hatte Jan Ohmstedt, der im letzten Jahr ins Ressort Wirtschaftskriminalität gewechselte Hauptkommissar erklärt, »auch bei uns, nicht nur in Italien.«

»Auch, dass die dabei über Leichen gehen?«

»Prinzipiell würde ich das von meiner Erfahrung her nicht ausschließen. Wir haben mehrere solcher Fälle vorliegen, können aber nichts beweisen. Bisher sind das offiziell nur Vermutungen, denn jede dieser Aktionen ist ungemein clever eingefädelt. Du darfst nicht vergessen, um welche Summen es dabei oft geht.«

Er hatte den Kollegen gebeten, ihm die Beurteilung des Konzerns möglichst bald zukommen zu lassen, hatte sie an diesem Samstagmorgen in seinem virtuellen Postfach vorgefunden. Ohmstedt war ausführlich auf die Geschäftspraxis des italienischen Konzerns eingegangen, soweit sie ihnen bekannt war, hatte zudem sämtliche Tochtergesellschaften samt der dabei jeweils vollzogenen Kauf- und Übertragungsmodalitäten aufgelistet, jedoch, wie er urteilte, vorläufig keinerlei Verdachtsmomente erkennen können, die die angedeutete Befürchtung rechtfertigten. »Hierbei handelt es sich natürlich um einen vorläufigen Befund. Ich werde die Prüfungen fortführen und sofort Bescheid geben, sobald ich zu anders lautenden Ergebnissen gelange.«

Braig hatte die Ausführungen überflogen, sich dann per Mail bei dem Kollegen bedankt. Die Expertise beinhaltete keine Garantie. So gründlich sie bei ihren Recherchen vorgingen, auch sie kochten nur mit Wasser, das wusste er aus Erfahrung. Wenn bisher keine nachteiligen Informationen über den italienischen Konzern vorlagen, bedeutete das nicht, dass der sich auf keinen Fall krimineller Methoden bediente, um sich die kleine Maultaschenfabrik einzuverleiben. Zum einen war es möglich, dass die kriminellen Machenschaften dieses Unternehmens bislang nicht bekannt geworden waren, zum anderen gab es keine Garantie, dass auch eine bis zu diesem Zeitpunkt seriös arbeitende Firma aus welchen Gründen auch immer im vorliegenden Fall auf eine indiskutable Vorgehensweise setzte. Braig musste die weiteren Nachprüfungen des Kollegen abwarten, um zu einem grundlegenden Urteil zu gelangen.

Die Überprüfung der Fahrer, die die Auslieferung der Maultaschen an die Kunden durchführten, durfte deshalb nicht länger warten. Schweren Herzens hatte er sich dafür entschieden, die Sache heute am Samstag noch anzupacken, obwohl er sich zumindest den Mittag hatte freihalten wollen, um Ann-Katrin und Dr. Genkinger auf die an diesem Mittag stattfindende Großdemonstration gegen »Stuttgart 21« begleiten zu können.

»Immerhin hat Dr. Genkinger mir versprochen, zeitweise den Kinderwagen zu übernehmen. Außerdem will er gleich zwei Hunde mitbringen, die besonders laut bellen«, hatte seine Partnerin erklärt.

»Ich versuche, mich zu beeilen«, hatte Braig ihr beim Verlassen des Hauses zugesagt, »vielleicht reicht es mir ja doch.«

Tobias Brinkle zu sprechen, hatte sich noch als am einfachsten erwiesen.

»Das ist jetzt aber ganz schlecht«, hatte ihm der Mann bei seinem Anruf erklärt, »ich helfe heute beim Umziehen und bin schon unterwegs. Dass ich mitmache, habe ich meinem Freund schon vor Wochen versprochen. Da kann ich jetzt nicht mehr zurück. Der rechnet fest mit meiner Unterstützung.«

»Das geht heute den ganzen Tag?«

»Ich fürchte, ja. Schön wär's, wenn wir es schneller hinbekämen, aber ich glaube kaum, dass sich das machen lässt. Es handelt sich um einen größeren Haushalt, zwei Erwachsene und mehrere Tiere. Das wird kompliziert. Und anschließend: Na ja, da werden wir uns noch ordentlich einen hinter die Binde gießen. Solche Anlässe muss man nützen, wenn Sie verstehen?«

»Darf ich fragen, wo der Umzug stattfindet?«

»Das ist es ja. Nicht hier in Geigelfingen und auch nicht auf der Alb. Von Fellbach nach Leonberg, eine ganze Ecke weg.«

»Fellbach?« Braig hatte die Chance sofort begriffen. Fellbach lag keine fünf Kilometer vom Amt entfernt. »In welcher Straße?«

»Auberlenstraße. Eines der Hochhäuser nicht weit vom Bahnhof.«

Keine halbe Stunde später war Braig an der genannten Adresse angelangt, fast zeitgleich mit seinem erhofften Gesprächspartner. Ein kleiner LKW stand mit geöffneter Ladefläche auf der anderen Straßenseite, zwei mit kurzen Hosen und Muskel-T-Shirts bekleidete Männer schleppten gerade eine schwere Truhe aus Eichenholz zu dem Auto. Er wartete, bis sie das Möbelstück ins Innere des Fahrzeugs verfrachtet hatten, fragte nach Tobias Brinkle.

»Der is drobn in der Wohnung«, erklärte einer der Männer, ein kleiner, untersetzter Typ Mitte vierzig im reinsten Sächsisch. »Sind Sie der Dyp von dr Bollizei?«

Braig nickte zustimmend.

»Nu, dann gommn Se mal mit, der Dobias is grade hochgefohrn.« Der Mann reichte ihm freundlich lächelnd die Hand. »Isch bin der Ronny«, erklärte er, »un das is der Jürgen, mein Lebensportner.«

Der Kommissar begrüßte auch den anderen Möbelschlepper, folgte den Männern dann durch die offene Tür zum Fahrstuhl des Hauses. Sie fuhren ins achte Obergeschoss, zwängten sich durch ein fast unpassierbares Wirrwarr von Möbelstücken und Umzugskisten in ein halb leergeräumtes Zimmer. Braig hatte den stechenden Geruch schon seit dem Verlassen des Fahrstuhls in der Nase, begriff erst, als er unmittelbar davor stand, woher er rührte: Drei große, jeweils etwa zwei Meter lange, vielleicht einen Meter breite und ebenso hohe Terrarien, in denen sich auf mehrfach verzweigtem, kahlem Astwerk riesige Schlangen räkelten. Er schrak zusammen, trat unwillkürlich einen Schritt zurück, nahm jetzt erst den Mann wahr, der im Eck neben einem der Glaskästen stand und den Inhalt mit neugierigen Augen betrachtete.

»Da isser ja, unser Dobias«, hörte er die wohlbekannte Stimme hinter sich, »und das sind sozusachen unsere Kinder.«

Braig sah, wie sich eine der Schlangen dem Ast folgend nach oben der kleinen Öffnung zuwand, vergrößerte den Abstand um einen weiteren Schritt. Er hörte nicht länger auf die in sächsischem Tonfall vorgetragenen Erklärungen, die mehr und mehr in liebkosende Schmeicheleien in Richtung der Terrarien übergingen, wandte sich dem Mann zu, der ihm als Tobias vorgestellt worden war. »Herr Brinkle?«, fragte er.

»Tobias Brinkle, ja.«

Der Mann trug dunkelblaue Latzhosen und ein giftgrünes T-Shirt, unter dem muskulöse Oberarme zum Vorschein kamen, hatte ein breites, auf der Höhe der rechten Wange von einer Verletzung lädiertes Gesicht und einen kahl rasierten Kopf. Er war nicht besonders groß, vielleicht 1,65 Meter, etwa fünfzig Jahre alt.

Braig spürte von Anfang an gewisse Vorbehalte gegen den Mann, reichte ihm die Hand. »Können wir uns kurz sprechen?« Er sah die Schlange immer näher auf die Öffnung zukriechen, deutete zur Tür. »Vielleicht in einem anderen Raum, wo wir etwas mehr Ruhe haben?«

Brinkles Miene zeigte ein hämisches Grinsen. »Wenn Sie wollen. In der Küche stehen noch ein paar Stühle, habe ich gesehen.«

Braig folgte dem Mann zur Tür, wartete, bis der Eingang zur Küche freigeräumt war, zwängte sich dort auf einen Stuhl.

»Wir machen derweil ma weiter«, tönte es aus der Diele.

»Es dauert nicht lange. Ich habe nur ein paar Fragen.«

»Sie kommen wegen Fitterling?« Brinkle fuhr sich mit der Hand über seine Glatze.

»Und wegen der verdorbenen Maultaschen.«

»Sie wissen davon? Eigentlich ...«

»Die Polizei sollte nichts davon erfahren, richtig?«

»So war es abgesprochen, ja.« Sein Gegenüber schaute verlegen zur Seite.

»Wer wollte unbedingt verhindern, dass wir darüber informiert werden?« Braig musterte die Miene des Mannes, sah, wie Brinkle nervös auf eine der Umzugskisten starrte.

»Fitterling. Er legte größten Wert darauf, kein Wort darüber zu verlieren. Es gehe um den Ruf der Firma, meinte er.«

»Von welchem der beiden Herren sprechen Sie? Christian oder ...«

»Nein. Sein Bruder. Michael Fitterling.«

»Er sorgte sich um den Ruf der Firma?«

»Ja. Da hat er natürlich auch recht. Wenn erst mal bekannt wird, dass wir verdorbene Waren verkaufen ... Haben Sie eine Ahnung, was da los war in den letzten Wochen?« Er sah auf, blickte Braig kurz ins Gesicht, dann wieder zur Seite.

»Was war los?«, fragte der Kommissar.

»Die Hölle. Mehrere Restaurants haben gekündigt. Auch solche, die gar nicht betroffen waren.«

»Sie sind für die Auslieferung der Maultaschen zuständig?«

Brinkles Augen flatterten fahrig zwischen seinem Gegenüber und den Umzugskisten hin und her. »Teilweise, ja.«

»Und eine der Lieferungen mit den verdorbenen Waren wurde durch Sie zugestellt?«

»Ja.« Der Mann fühlte sich sichtbar unwohl, rutschte auf seinem Stuhl hin und her. »Aber ich hatte doch keine Ahnung davon.«

»Wie kamen die Maultaschen in Ihren Wagen?«

»Das verdorbene Zeug, meinen Sie?«

Braig nickte bestätigend.

»Keine Ahnung. Ich kann das nicht erklären.«

»Sie haben Ihren LKW an dem Tag nicht selbst beladen?«

»Doch, natürlich.« Brinkle fuhr sich über seine Glatze, wischte sich den Schweiß von der Stirn. »Am Vorabend, wie fast immer.«

»Und bei der Auslieferung ist Ihnen nichts aufgefallen?

Dass die Ware anders im Laderaum lag, als Sie sie angeordnet hatten, zum Beispiel?«

Die Antwort kam etwas zögernd. »Nein, mir ist nichts aufgefallen.«

»Wirklich nicht?«

»Nein.«

»Wo kamen die Maultaschen her, als Sie den LKW am Abend beluden?«

»Aus der Kühlanlage, wie immer. Die wurden morgens hergestellt und mittags ins Kühlfach gelegt. Das lief alles ganz normal.«

»Normal?«, fragte Braig. »Wieso war dann das verdorbene Zeug dabei?«

»Ich weiß es nicht!«, rief der Mann. Er warf seine Arme in die Höhe, fuchtelte mit den Händen durch die Luft.

»Es gibt doch nur zwei Möglichkeiten: Entweder das Zeug wurde in der Küche der Firma produziert, oder jemand schmuggelte es in die Palette der auszuliefernden Waren.«

Brinkle sah keinen Anlass, zu widersprechen. Er hockte mit eingezogenen Schultern auf seinem Stuhl, machte einen niedergeschlagenen Eindruck.

»Glauben Sie, dass es in der Küche der Firma unter den Teig gemischt wurde?«

Der Mann warf seine Arme in die Höhe. »Ich weiß es nicht.«

»Bei so vielen Leuten, die dort arbeiten?«

Sein Gegenüber zeigte keine Reaktion.

»Ist es nicht wahrscheinlicher, dass die verdorbene Ware irgendwann gegen gute Produkte im Laderaum des LKW ausgetauscht wurde?«

»Was fragen Sie das mich? Ich weiß es nicht!«

»Dann sollten wir eine weitere seltsame Sache klären. Am letzten Dienstag kurz nach zweiundzwanzig Uhr wurde einer Ihrer Lastwagen in der Nähe von Gomaringen gesehen. Laut Fahrtenschreiber und Protokoll standen zu der Zeit aber beide Fahrzeuge im Hof der Firma. Können Sie mir bitte erklären, was Sie so spät noch zu erledigen hatten und weshalb Sie auch noch den Fahrtenschreiber fälschten?«

»Wie bitte?« Brinkle sprang von dem Stuhl, lief einen Schritt nach vorne, starrte Braig ins Gesicht. »Was unterstellen Sie mir da? Ich – am späten Dienstagabend unterwegs?«

Aus dem Flur waren Schritte und laute Stimmen zu hören. »Und nu, Dobias, is die Bollizei mit dir zufrieden?«

Brinkle wandte sich von Braig ab, schüttelte seinen Kopf. »Ich war am Dienstagabend nicht mehr weg, und ich habe mit der ganzen Sache auch nichts zu tun, da können Sie behaupten, was Sie wollen. Oder glauben Sie wirklich, ich mache mir meinen eigenen Arbeitsplatz kaputt?«

20. Kapitel

Joachim Gruber zu erreichen, war nicht möglich. Wann immer Braig es versuchte, er hatte nur die Mailbox des Mannes am Ohr.

»Der ist weggefahren, glaube ich«, hatte Brinkle ihm auf seine Nachfrage erklärt. »Er hat gestern Abend jedenfalls so etwas erwähnt.«

»Mit seiner Familie?«

»Der hat keine Familie«, hatte Brinkle geantwortet. »Gruber lebt allein. Hat mal eine Affäre, dann ist er wieder solo, je nachdem.«

»Und Sie wissen auch nicht, wohin er wollte?«

»Nein. Das ging ziemlich schnell und kam auch total überraschend. Normalerweise erzählt er das schon Tage vorher, wenn er mal wegfährt, aber jetzt? Erst gestern am späten Abend, als wir uns zufällig trafen, fing er damit an. Keine Ahnung, was plötzlich in ihn gefahren ist.«

»Wer kann genauer wissen, wo er sich aufhält? Hat er Verwandte oder gute Bekannte in der Nähe?«

»Fragen Sie nicht mich«, hatte Brinkle erklärt, »Gruber ist ein launischer Eigenbrötler. An den kommt keiner so richtig ran.«

Mit Rüdiger Klöpfer ins Gespräch zu kommen, war da schon wesentlich unkomplizierter.

»Herr Fitterling hat uns zwar extra gebeten, der Polizei gegenüber kein Wort über die Erpressung zu verlieren. Aber wenn Sie ohnehin schon Bescheid wissen ...«, hatte er ihm am Telefon erklärt.

»Wann kann ich mit Ihnen sprechen?«

»Ich habe meiner Frau fest versprochen, heute nach Reutlingen zu fahren. Gemeinsamer Einkaufsbummel, verstehen

Sie? Aber wenn Sie sich damit zufrieden geben könnten, dass wir uns dort irgendwo treffen, vielleicht in der Fußgängerzone in einem Café?«

Braig hatte nicht lange gezögert, das Café in der Buchhandlung Ossiander vorgeschlagen, sich dort gegen 14.30 Uhr mit dem Mann verabredet. Die Reutlinger Fußgängerzone lag nur einen Katzensprung vom Bahnhof entfernt, so fand er wenigstens Zeit, auf der Hinfahrt im Zug zwei belegte Brötchen zu genießen.

Rüdiger Klöpfer war nicht zu verfehlen. Obschon sämtliche Tische und fast alle Stühle des kleinen Cafés zu dieser Zeit besetzt waren, stach Braig das bunte Plakat schon von Weitem ins Auge. *Fitterlings Hausgmachte Maultaschen* prangte in dicken Balken über dem erwartungsvollen Gesicht eines Mannes, der gerade dabei war, sich eine der kleinen, typisch Fitterling'schen Maultaschen in den weit geöffneten Mund zu schieben. Oder sollte es eine andere Person sein, die ihm das wohlschmeckende Wunderwerk servierte?

Braig fand keine Zeit, darüber nachzudenken, sah sich dem Mann gegenüber, der als einzige Person an dem Tisch mit dem Plakat saß. »Herr Klöpfer?«, fragte er.

Der mit einem sommerhellen Anzug bekleidete, etwa fünfzigjährige Mann erhob sich von seinem Stuhl, deutete eine kurze Verbeugung an. »Der bin ich, ja.«

»Mein Name ist Braig. Wir haben miteinander telefoniert.« Er reichte Klöpfer die Hand, nahm dann auf dem einzig noch freien Stuhl ihm schräg gegenüber Platz, zeigte auf das Plakat. »Fitterlings Maultaschen. Das ist nicht zu übersehen. Vielen Dank.«

»Eine Idee meiner Frau«, erklärte der Mann. »Der Beamte kennt dich doch nicht, meinte sie. Hier, nimm das mit, damit ihr euch leichter findet.« Er trug ein weißes Hemd, hatte eine bunte, von kleinen Fischen bevölkerte Krawatte umgebunden. Vor ihm auf dem Tisch lag eine Brille; die schmale, rötlich angelaufene Querlinie auf seiner Nase zeugte davon, dass er sie oft trug. Er hatte schütteres, graues Haar mit ausgeprägten Geheimratsecken. »Dann hat es ja wirklich geholfen.« Er nahm seine Brille auf, griff nach dem Plakat, faltete es zusammen, legte es neben seine halb gefüllte Kaffeetasse auf den Tisch.

»Ja«, sagte Braig. »Und damit sind wir ja auch schon beim Thema. Es geht um die verdorbene Ware, die Sie ausgeliefert haben.«

»Das ist nicht ganz korrekt ...« Klöpfer wurde mitten im Satz unterbrochen, weil sich die junge Bedienung zu ihnen gesellt hatte und fragend zu Braig hinuntersah. »Grüß Gott. Was darf ich Ihnen bringen?«

Der Kommissar nickte der Frau freundlich zu, bestellte einen Milchkaffee.

Klöpfer wartete, bis die Bedienung davongeeilt war, kam dann wieder auf sein Anliegen zurück. »Also, ich wollte nur darauf hinweisen, dass ich mit der Auslieferung dieses ekelhaften Zeugs nichts zu tun habe. Das ist zum Glück nur meinen Kollegen passiert.«

»Ja, da haben Sie wirklich Glück gehabt, oder?«

»Das kann man so sagen, ja.« Der Mann schob die Brille hoch, nickte.

»Aber auch wenn Sie bisher davor verschont blieben, werden Sie sich doch gefragt haben, wie das Material in die Lieferung kam. Richtig?«

»Ja, natürlich habe ich mich das gefragt. Wir alle haben uns das überlegt. Aber wenn Sie eine Antwort erwarten ...« Klöpfer schüttelte den Kopf.

»Sie haben keine Idee?«

Die Bedienung kam, stellte eine große Tasse Milchkaffee vor Braig auf den Tisch, wünschte ihm guten Appetit. Er bedankte sich, sah, wie sein Gegenüber über seine Krawatte strich.

»Was soll ich da sagen? Wir haben uns das alle gefragt, wie das passieren konnte. Aber eine Antwort? Nein.«

»Wie kam die verdorbene Ware in den LKW? Wurde sie nachts ausgetauscht?«

»Nachts? Von wem? Die Sprinter sind verschlossen!«

Braig nahm die Tasse auf, nippte an dem Kaffee, spürte den Milchschaum an seinen Lippen. »Wer hat einen Schlüssel?«

»Na ja, der jeweilige Fahrer.« Klöpfer warf Braig einen fragenden Blick zu. »Sie glauben, das verdorbene Zeug wurde nachts in die Lieferung gepackt?«

»Sie halten das nicht für möglich?«

»Hm, die Autos stehen im Hof der Firma. Da müssen Sie erst mal reinkommen.«

»Am letzten Dienstagabend wurde einer der Lastwagen gegen 22.15 Uhr bei Gomaringen gesehen. Können Sie sich vorstellen, wer da noch unterwegs war?«

»Am letzten Dienstagabend gegen 22.15 Uhr?« Klöpfer griff in seine Anzugjacke, machte sich an der Innentasche zu schaffen.

»Bei Gomaringen, ja. Aber laut Fahrtenschreiber und Firmenprotokoll standen beide Wagen um diese Zeit im Hof der Fabrik.«

»Wer behauptet denn, dass das Auto so spät noch unterwegs war?«

»Ein glaubwürdiger Augenzeuge. Und am nächsten Morgen wurden prompt wieder verdorbene Maultaschen ausgeliefert.«

»Was soll ich dazu sagen? Ich weiß nichts davon.« Der Mann schüttelte den Kopf, brachte ein kleines Kuvert zum Vorschein. Er öffnete es, zog drei Fotos daraus hervor, reichte sie seinem Gesprächspartner. »Hier, das sind unsere Fahrzeuge, mit denen wir die Maultaschen ausliefern. Ich weiß nicht, ob Sie sie schon gesehen haben.«

Braig betrachtete die Bilder, sah, dass sie im Innenhof der kleinen Firma aufgenommen waren, dort, wo er einen der Wagen bei seinem ersten Besuch hatte stehen sehen. Alle Fotos zeigten dasselbe Motiv, nur war jedes Mal eine andere, in eine Art Dienstkleidung gehüllte Person an der Seite des jeweiligen Fahrzeugs zu erkennen. »Vielen Dank«, sagte er, die Gesichter der Männer studierend, »das sind Sie und Ihre Kollegen.«

Klöpfer nickte, zeigte auf das Bild, auf dem er zu erahnen war. Die Mütze mit dem obligatorischen Aufdruck *Fitterlings Hausgmachte* verdeckte sein Gesicht, ließ ihn nur schwer zur Geltung kommen. Brinkle dagegen und der dritte Mann waren weit besser zu erkennen. Beide hatten ihre Mützen zurückgeschoben, somit die Schatten aus ihren Mienen verbannt.

»Das ist Herr Gruber?«, fragte er.

Sein Gegenüber nickte. »Er fährt abwechselnd mit Brinkle.«

»Ich habe versucht, ihn zu erreichen. Er geht nicht ans Handy. Wissen Sie zufällig, wo er sich aufhält?«

Klöpfer legte seine Stirn in Falten. »Das dürfen Sie mich nicht fragen. Ich habe ihn gestern Abend zum letzten Mal gesehen. Er war total aufgeregt, erzählte irgendetwas von Wegfahren. Keine Ahnung, wohin er wollte.«

»Sie wissen nicht, bei wem ich Genaueres über ihn erfahren kann?« Er sah, wie der Mann den Rest seines Kaffees trank, griff ebenfalls nach seiner Tasse.

»Nein, mit Gruber, das ist schlecht. Der lebt, soweit ich weiß, allein. Nur, dass er gestern Abend so plötzlich weg wollte, das ist seltsam.«

»Er fährt nicht öfter mal übers Wochenende weg?«

Klöpfer schüttelte den Kopf. »Nein, überhaupt nicht. Und

wenn er mal was unternimmt, dann erzählt er es allen schon Wochen vorher. Normalerweise weiß das die halbe Belegschaft, wenn Gruber sich einen Kurztrip gönnt. Und sei es, dass er nur nach Tübingen fährt und sich dort einen Kneipenbummel erlaubt. Dass er sich so unangekündigt davongemacht hat, ist wirklich außergewöhnlich. Keine Ahnung, wieso.«

21. Kapitel

Den Mann zur Fahndung ausschreiben?

Wenn Gruber mal was unternehme, dann erzähle er allen schon Wochen vorher davon. Normalerweise wisse das die halbe Belegschaft, wenn Gruber sich einen Kurztrip gönne. Dass er sich so unangekündigt davongemacht habe, sei wirklich außergewöhnlich, hatten Brinkle und Klöpfer sinngemäß gleichermaßen formuliert.

Drei Mal waren verdorbene Maultaschen ausgeliefert worden, zwei Mal davon durch Joachim Gruber. Alles nur Zufall?

Warum war der Mann plötzlich so schnell verschwunden? Weil er mitbekommen hatte, dass Fitterling doch die Polizei zu Rate gezogen hatte und jetzt seine Entlarvung fürchtete? Alles deutete in diese Richtung, folgte man den Worten seiner Kollegen.

Braig war am Samstagabend kurz vor siebzehn Uhr aus Reutlingen zurückgekehrt, zu müde, um sich weiter mit seinen Ermittlungen auseinanderzusetzen, aber noch rechtzeitig genug, um an der Demonstration teilzunehmen. Er hatte in seinem Büro eine kurze Zusammenfassung der Tagesergebnisse verfasst und diese Neundorf und dem Staatsanwalt gemailt, jede Aktion, Joachim Gruber aufzugreifen, vorerst aber unterlassen. Wenn sie Glück hatten, würde der Mann spätestens am Montagmorgen wieder an seinem Arbeitsplatz auftauchen, sich krank gemeldet oder Urlaub eingereicht hatte er nach Braigs ausdrücklicher Nachfrage nämlich nicht.

Der abendliche Marsch durch die Stuttgarter Innenstadt war eine der beeindruckendsten Veranstaltungen, die Braig je erlebt hatte. Er war mit seiner Lebensgefährtin und ihrer im Kinderwagen mitgeführten Tochter gemeinsam mit Dr. Genkinger zum Hauptbahnhof aufgebrochen, hatte sich dann in die immer weiter anschwellende Menschenmenge gemischt. Junge und Alte, Frauen und Männer, Leute in Jeans, mit Pearcings und in kurzen Hosen genauso wie gesetzte Herren in Anzug und Krawatte und gepflegt gekleidete Damen – das gesamte Spektrum der Bevölkerung war auf den Beinen. Über 50.000 Menschen liefen, Kerzen, Plakate in den Händen, Trillerpfeifen im Mund, friedlich durch die Straßen.

Wie aber hatte sich der Oberbürgermeister der Stadt noch am Vortag zur großen Begeisterung eines Teils der Medien in einem »offenen Brief« geäußert? Er warne die für die Demonstrationen Verantwortlichen vor der zunehmenden Aggression und Gewalt, die in der Stadt ständig um sich greife.

Braig sah sich um, betrachtete die radikalen Gewalttäter, die Unholde und Verbrecher um sich herum. Hinter ihm eine ältere Frau, die ihn stark an seine verstorbene Oma erinnerte, Hand in Hand mit zwei jungen Männern. Eine Reihe weiter eine junge Familie, Mutter, Tochter, Sohn und Vater. Gleich daneben eine Frau im Rollstuhl, geschoben von einem jüngeren Mann. Ein Stück weiter drei Mädchen, von Vater und Mutter flankiert. Neben ihm seine Lebensgefährtin, ihre gemeinsame Tochter vor sich im Kinderwagen, im eifrigen Gespräch mit ihrem Vermieter.

In welchem Land lebte dieser Oberindianer eigentlich, überlegte er. Hat der jemals einen Fuß in seine Stadt gesetzt?

Auch bei Theresa Räubers Besuch am Sonntagnachmittag hatten sie sich eingehend über die Demonstrationen unterhalten.

»Ich fand es wunderbar gestern wieder. Diese friedliche Stimmung, trotz aller Verbitterung über diese selbstherrliche Bande. Das Zusammensein so vieler völlig verschiedener Menschen. Ein einmaliges Erlebnis. Heute Morgen stellte ich es in den Mittelpunkt meiner Predigt.«

»Vor mir lief eine alte Frau«, berichtete Ann-Katrin, »ihre Tochter und ihre beiden Enkel an der Hand. Ihr Mann sei leider verstorben, sonst wäre der garantiert auch dabei. Sie wohnen in Göppingen, sind eigens wegen der Demonstration nach Stuttgart gefahren. Der Zug war voll, erzählte die Frau, bis auf den letzten Platz, fast alle hatten Plakate oder Transparente dabei. Es sei zum ersten Mal in ihrem Leben, dass sie zu einer Demonstration gegangen und gegen die Großkotzigen da oben losgezogen sei. Wir hätten alle viel zu lange gewartet, es sei höchste Zeit, dass sich noch viel mehr Menschen bei den Protesten beteiligen.«

»Und wo war deine Laura?«, fragte Braig irgendwann am Abend, Ann-Sophie war längst in den Armen ihrer Tante eingeschlafen und dann zu Bett gebracht worden. »Ich habe sie nicht gesehen. Wollte sie nicht mit?«

»Nein, Laura ist seit acht Tagen in einem Freizeitheim auf der Alb.«

»Auf der Alb?«, fragte Braig. »Und wo da?«

»In Obergailingen. Nicht allzu weit von diesem ...«

»Geigelfingen«, fiel er ihr ins Wort. Oft genug in den letzten Tagen waren ihm die Namen der beiden Nachbarorte Obergailingen und Untergailingen auf den Straßenschildern aufgefallen.

»Genau. Du bist mit dem Fall beschäftigt? Ich habe in der Zeitung davon gelesen. Der Mann wurde von der Straße abgedrängt, wenn ich das richtig mitbekommen habe.«

»Wenn es nur das wäre«, seufzte er.

»Ihr habt noch keine Anhaltspunkte?«

Braig hob abwehrend beide Hände. »Zu viele. Ich weiß nicht, wo ich anfangen soll.«

»Tut mir leid für dich, aber das ist ja wohl dein Alltag.«

Er nickte, wusste, wie ernsthaft sie sich mit seiner Arbeit auseinandersetzte. Oft genug in den letzten Jahren hatten sie sich intensiv über den Sinn und das Ziel, aber auch – mit aller gebotenen Diskretion – über die Inhalte seiner Ermittlungen unterhalten.

»Laura findet es langweilig«, fügte Theresa Räuber hinzu. »Nichts los auf der Alb«, meinte sie.

»Da bin ich inzwischen anderer Meinung«, erwiderte er grinsend. »Du glaubst gar nicht, was dort alles abgeht.«

»Das kann ich verstehen. Nein, Laura ist in falscher Gesellschaft. Lauter kleine Teenies. Zum ersten Mal über längere Zeit von Mama und Papa weg, lauter junge, verwöhnte Bälger. Das ist nichts für eine junge Frau, die ihre eigene Mutter über Jahre hinweg aus der Scheiße ziehen musste. Meine Schuld. Ich hätte es mir denken können. Sie langweilt sich halb zu Tode.«

»Aber ihr steht miteinander in Verbindung.«

»Jeden Tag. Manchmal zwei, drei Mal. Abends ist sie oft allein auf Tour. Das ist mir nicht so recht, aber was soll ich tun? Hier, das wollte ich dir zeigen. Eines der Fotos, die sie mir geschickt hat.« Sie schob ihr Handy über den Tisch, ließ Braig einen Blick darauf werfen.

Er betrachtete das anscheinend in der Dämmerung aufgenommene Bild, sah zwei Personen, eine Frau und einen Mann, Kartons in den Händen, auf einen kleinen Lastwagen zu ...

Braig verharrte auf der Stelle, spürte, wie sich sein Puls beschleunigte. Er warf erneut einen Blick auf den Lastwagen, betrachtete die Form und die Farbe, musterte dann die Gesichter der Frau und des Mannes. Nein, das war nicht möglich.

Er riss sich von dem Bild los, spürte, wie es ihm kalt über den Rücken lief, versuchte, Ruhe zu bewahren.

»Sie hat es spät am Abend aufgenommen, irgendwo am Waldrand. Keine Ahnung, was die da treiben, sie fand es nur sehr seltsam und irgendwie nicht ganz geheuer«, meinte Theresa Räuber.

Braig hörte nicht auf ihre Worte, starrte nur auf das Bild. »Vergrößern ist nicht möglich, oder?«

Sie schüttelte den Kopf.

»Dann muss ich meine Lupe holen«, erklärte er, das Handy zu sich herschiebend. »Ihr rührt es nicht an, klar?«

Ann-Katrin schaute von der Seite zu ihm her, betrachtete ihn aufmerksam. »Sag nur, du kannst was damit anfangen.«

Braig versuchte, nichts zu überhasten, lief in sein Zimmer, zog die Lupe aus der Schublade, setzte sich wieder an den Wohnzimmertisch.

»Wonach suchst du?«, fragte Theresa Räuber.

Er gab keine Antwort, hielt die Lupe über das Bild, starrte auf die Gesichter. Zuerst das der Frau, dann das des Mannes. Es konnte nicht wahr sein, unmöglich.

Seine Hand fing unwillkürlich an zu zittern, die Lupe schlingerte hin und her.

»Was ist los?«, fragte Ann-Katrin.

»Wahnsinn, der pure Wahnsinn«, stammelte Braig. Er bemühte sich, die Lupe still zu halten, starrte erneut auf das Bild.

Es konnte nicht wahr sein. Und doch gab es keinen Zweifel mehr.

22. Kapitel

Die Beerdigung am Dienstagmorgen war eine der größten, die Braig je erlebt hatte. Der kleine Geigelfinger Friedhof schaffte es nicht, all die Menschen aufzunehmen, die sich zur Bestattung Christian Fitterlings versammelt hatten. Unzählige dunkel gekleidete Frauen und Männer mussten mit dem holprig asphaltierten, durch die vielen Aufwölbungen mit gefährlichen Stolperfallen belasteten Eingangsbereich vorliebnehmen, um der Zeremonie beizuwohnen. Die winzige Friedhofskapelle hatte man für die Feierlichkeiten erst gar nicht in Betracht gezogen; der Gottesdienst war in der nahe gelegenen, kleinen Kirche des Ortes abgehalten worden, die Trauergemeinde dann auf dem Radweg und der von Beamten der Schutzpolizei für den Zeitraum von etwa dreißig Minuten gesperrten Durchgangsstraße zum Friedhof gepilgert.

Die schon etwas angegraute Pfarrerin hatte die Lebensleistung des Ermordeten ausführlich zur Sprache gebracht, seinen unternehmerischen Mut zum Aufbau und Erhalt so vieler Arbeitsplätze in der strukturschwachen Region überschwänglich gelobt. Viele Menschen der Gegend hätten die Nachricht vom unnatürlichen Tod des beliebten Firmenchefs schockiert wahrgenommen, die Erkenntnis, dass das Böse auch hier in die scheinbar heile Welt der etwas abgelegenen Alb vorgedrungen war, könne nicht länger verleugnet werden.

Die Ausführungen der Pfarrerin waren am Grab von den salbungsvollen Worten Klemens Stollners ergänzt worden. Trotz des schrecklichen Ereignisses der vergangenen Woche dürfe man sich jetzt nicht von Angst und Resignation lähmen lassen. Mut sei das Gebot der Stunde, und was die Zukunft der kleinen Firma betreffe, um die sich der Verstorbene so vorbildlich und aufopferungsvoll bemüht habe, gebe es keinen Anlass, zu verzagen, hatte der Bürgermeister erklärt. Wie alle wüssten, stehe ein starker, mächtiger Partner bereit, sich des Betriebs wie ein großer Bruder anzunehmen und diesem über alle Gefahren hinwegzuhelfen. Dies sei das große Vermächtnis Christian Fitterlings, man müsse sich jetzt nur daran halten und die Weichen in die richtige Richtung stellen.

Braig hatte die Worte des Mannes als eindeutiges Plädoyer für den Verkauf der Maultaschenfabrik an den italienischen Konzern verstanden, überlegte, ob sie mit ihren Verhaftungen des Vortages zu tun haben konnten. Glaubte Stollner den potentiellen Käufer inzwischen von jeder Schuld befreit?

Noch waren nicht alle Zweifel restlos beseitigt.

Unmittelbar nachdem ihm am Sonntagabend klar geworden war, wen er da auf dem Handy-Display vor sich sah, und dass das Bild laut einprogrammiertem Datum am vorherigen Dienstag um 21.59 Uhr aufgenommen worden war, hatte er Neundorf über seine Entdeckung informiert, anschließend der Staatsanwaltschaft Bescheid gegeben und den Einsatz gemeinsam mit seiner Kollegin für den nächsten Morgen vereinbart. Kurz nach sieben Uhr am frühen Montag hatten sie die beiden Personen dann überrascht: Neundorf in Geigelfingen, Braig selbst in Hechingen.

Das Seniorenheim, in dem Sarah Benkle arbeitete, lag mitten in der Stadt. Er hatte die Frau im Gespräch mit einem ihrer Kollegen in deren kurzer Frühstückspause getroffen, ihr das auf Papier gezogene Foto vorgelegt und sie aufgefordert, ihn nach Stuttgart zu begleiten. »Das ist eindeutig, ja?«, hatte er gefragt.

Sie war erst gar nicht darauf verfallen, nach Ausflüchten zu suchen, hatte sich widerstandslos in ihr Schicksal ergeben.

»In welchem Verhältnis stehen Sie zu Herrn Klöpfer?«

Braig hatte auf den Mann gezeigt, der zusammen mit ihr beim Austausch der Maultaschen zu sehen war.

»Wenn Sie es unbedingt wissen wollen, Rüdiger ist mein Bruder. Ich trage den Namen meines Ex.«

Bis Neundorf mit Rüdiger Klöpfer endlich in Stuttgart aufgetaucht war, hatte sich Sarah Benkle bereits ihren gesamten Frust von der Leber geredet.

»Christian hat mich behandelt wie den letzten Dreck. Er ist das verkommenste Schwein, das ich kenne. Am Anfang unserer Beziehung dachte ich, es handle sich nur um eine kurze Affäre, immerhin wusste er genau, dass ich verheiratet bin. Dann kam er ständig mit neuen Geschenken an, brachte mir Blumen und teuren Schmuck, lud mich in Konzerte, Musicals und sogar die Stuttgarter Oper ein. Ich sei die Frau fürs Leben, endlich habe er mich gefunden. Ich müsse nur noch den entscheidenden Schritt tun und mich zu ihm bekennen. Irgendwann war ich soweit, ihm zu glauben. Ich trennte mich von meinem Mann, ließ ihn buchstäblich sitzen. Ralf wollte es nicht glauben, versuchte mich mehrere Wochen lang umzustimmen. Ich war nur noch ekelhaft zu ihm, nahm mir eine neue Wohnung, ließ ihn trotz aller Bitten nicht rein. Bis er es kapierte. Ungefähr zur gleichen Zeit war alles vorbei.«

»Fitterling machte Schluss?«

»So können Sie das sagen, ja. Kurz, aber korrekt. Genau so. Er hatte plötzlich wieder was Neues am Laufen, wie er mir knallhart ins Gesicht erklärte. Er habe sich doch getäuscht, was seine Liebe betreffe. Überhaupt habe er bemerkt, dass er nicht der Typ sei, sich zu binden. Das sei zu langweilig, nicht das Richtige für eine dem Leben gegenüber so aufgeschlossene Person wie ihn.«

»Da beschlossen Sie, ihn zu töten.«

»Töten? Sind Sie verrückt? Das war doch nicht ich! Damit habe ich überhaupt nichts zu tun! Mein Alibi – haben Sie es nicht überprüft? Wir waren zusammen trinken, in Tübingen ab halb elf am späten Abend, ich habe es Ihnen doch erklärt.«

»Aber am gleichen Abend, als Fitterling getötet wurde, haben Sie doch wieder verdorbene Maultaschen in den Lastwagen gepackt.«

»Aber doch vorher!«, hatte sie sich ereifert. »Hätten wir gewusst, dass ihn irgendein Verrückter ins Jenseits befördert, hätten wir das doch überhaupt nicht mehr getan!«

»Wie kamen Sie auf die Idee?«

»Mein Bruder erzählte mir, dass Christian die Firma unbedingt verkaufen wolle, an einen italienischen Konzern. Rüdiger war sich von Anfang an darüber klar, was das bedeutete. Dieses Dreckschwein wolle verkaufen, um groß abzusahnen, damit er seine ganzen Weibergeschichten finanzieren könne. Der ertrinke doch in Schulden, das sei doch bekannt, sagte er. Würde der Laden aber verkauft, sei das das Aus für alle Beschäftigten. Der italienische Konzern brauche die Firma nur, um auf seine in Italien hergestellte Massenproduktion das Etikett *Schwäbische Maultaschen* kleben zu können. So läuft das doch heute. Wir Arbeitnehmer sind dann vollkommen überflüssig, das wird alles in Italien hergestellt. Dort laufen die Maschinen dann eben etwas schneller. Vielleicht lassen sie einen oder zwei Arbeitsplätze bei uns übrig, aber nur als Alibi. Alle anderen werden entlassen. Aber das interessiert doch diesen Dreckskerl nicht. Hauptsache, er kassiert seine Kohle. Aus und vorbei.«

»Und wenn Fitterling schon so abkassiert, wollten Sie und Ihr Bruder einen Teil davon für sich.«

»Quatsch!« Sarah Benkle hatte laut gelacht. »Wir wollten überhaupt nichts von dem Geld, im Gegenteil. Ich wollte ihm sein Konzept versauen, sonst nichts.«

»Das verstehe ich nicht.«

»Ich dachte, wenn das erst mal bekannt wird, dass die verdorbenes Zeug anbieten, ist es aus mit dem Verkauf. Da will doch kein Konzern mehr einsteigen, wenn die nicht sauber arbeiten. Somit kann sich der Dreckskerl seinen Traum vom großen Geld abschminken und mit seinen Weibergeschichten geht es auch nicht so weiter. Ohne Moos nichts los. Und ganz nebenbei bleibt auch bei der Firma Fitterling alles beim Alten, und Rüdiger muss keine Angst haben, seinen Arbeitsplatz zu verlieren.«

»Er muss keine Angst um seinen Arbeitsplatz haben, wenn Sie die Firma ruinieren?«

»Ach was!« Sarah Benkle hatte unwillig abgewunken. »Was reden Sie denn von Firma ruinieren? Nur weil wir drei Mal altes Hundefutter in den Teig gemischt haben? Wir hätten doch aufgehört, das wurde viel zu brenzlig! Rüdiger wollte sowieso nicht mitmachen. Ich musste ihn jedes Mal dazu überreden.«

»Sie haben altes Hundefutter benutzt?«

»Dosenzeug, ja. Beim Discounter gekauft, das Billigste, was es gibt. Ich habe sie geöffnet und dann mehrere Tage stehen lassen, bis die Schmeißfliegen kamen. Pfui Teufel, war das ekelhaft!«

»Und der Nudelteig? Ebenfalls selbst hergestellt?«

Sarah Benkle hatte mit der Hand abgewunken. »Das war mir zu viel Arbeit. Den können Sie fertig kaufen, das kostet nicht viel. Ich musste nur darauf achten, dass das Aussehen stimmt. Die Form der Maultaschen, meine ich.«

»Damit sie von Fitterlings Produkten nicht zu unterscheiden waren.«

»Jedenfalls nicht auf den ersten Blick.«

»Und die Drohschreiben? Warum griffen Sie zuerst zum Handy und dann zum Papier?«

»Wieso Papier?« Die Frau hatte ihn ratlos angestarrt.

»Ihre Drohungen. Sie schickten sie zwei Mal per Handy und dann per Brief. Weshalb?«

»Was wollen Sie denn mit Ihrem Brief? Ich habe mir ein altes Kartenhandy besorgt, in Tübingen auf dem Flohmarkt, und es zweimal benutzt. Zu der Zeit jeweils, als ich das Hundefutter in die Lieferungen packte. Von einem Brief weiß ich nichts.«

Er hatte sie aufmerksam gemustert, damit jedoch nur ihren Unwillen hervorgerufen.

»Was gaffen Sie mich so an? Ich weiß nichts von einem Brief. Was wollen Sie damit?«

»Hat Ihr Bruder ihn geschrieben?«

»Rüdiger?« Sarah Benkle hatte ein schrilles Lachen hören lassen. »Um Gottes willen, lassen Sie doch den aus dem Spiel. Rüdiger hat sich von mir überreden lassen, mir zu helfen, weil er die Schlüssel zu den beiden Lieferwagen der Firma hat. Um ihn aus der Schusslinie zu halten, habe ich von Anfang an darauf gedrungen, dass wir das andere Fahrzeug nehmen, das etwas Modernere, das er nie benutzt. Damit Sie ihn nicht in die Mangel nehmen.«

»Das ist Ihnen ja ganz gut gelungen. Wir haben zuerst Herrn Gruber verdächtigt.«

»Der musste jetzt übers Wochenende auch noch überraschend weg nach Italien. Sein Vater ist im Urlaub zusammengeklappt und liegt dort im Krankenhaus.«

»Wer sagt das?«

»Ja, wer wohl? Rüdiger natürlich.«

»Er hat es gewusst?«

»Gruber hat es ihm am Freitagabend zwischen Tür und Angel erzählt. Als Rüdiger mich anrief, dass die Polizei, also Sie, ihn unbedingt interviewen wollten, machte ich ihm klar, dass er das mit Grubers Italientour vor Ihnen verschweigen sollte, um Sie etwas auf die Folter zu spannen. Hat geklappt, wie?«

»Das wird in Ihrem Prozess garantiert nicht zu Ihren Gunsten ausgelegt. Sabotage polizeilicher Ermittlungen, nennt man das.«

»Ach, hören Sie doch damit auf! Ich wollte mich nur revanchieren, Christian, dem Dreckskerl ein Stück von dem heimzahlen, was er mir angetan hat.«

»Wer hat ihn von der Straße abgedrängt? Sie oder Ihr Bruder?«

»Sind Sie verrückt?« Sarah Benkle hatte urplötzlich mit hysterisch anmutendem Schreien reagiert. »Wir haben damit nichts zu tun! Wie oft soll ich Ihnen das noch sagen?«

»Sie vielleicht nicht, aber Ihr Bruder.«

»Verdammte Scheiße, nein!« Sie hatte mit ihrer Faust auf seine Schreibtischplatte gedonnert, dass die Schreibstifte und sämtliche Papiere samt der Computer-Maus in die Höhe flogen, dann ein dreifaches »Nein!« gebrüllt.

Braig hatte sich nicht beeindrucken lassen, sofort seine nächste Frage formuliert. »Der Brief! Warum haben Sie Ihre dritte Drohung als Brief geschickt?«

Die Frau hatte ihre Fassung dann endgültig verloren. Sie war von ihrem Stuhl aufgesprungen, hatte sich, die Hände in die Seiten gestemmt, vor ihm aufgebaut und lauthals geschrien. »Jetzt lassen Sie mich endlich in Ruhe mit diesem Scheiß-Brief! Wie oft soll ich es noch erklären: Ich habe zweimal dieses alte Kartenhandy benutzt, sonst nichts. Weder ich noch mein Bruder haben einen Brief geschrieben, und wir haben auch nichts mit dem Tod dieses Dreckskerls zu tun! Wann begreifen Sie das endlich?«

Das Verhör Rüdiger Klöpfers war, was den Tonfall anbelangte, zwar weit ruhiger, in der Sache jedoch nahezu identisch verlaufen. Mit dem Tod Fitterlings hätten weder er noch seine Schwester zu tun und von einem Brief als Drohschreiben wisse er nichts. Er selbst habe keinen geschrieben und dass seine Schwester einen verfasst und abgeschickt haben sollte, könne er sich nicht vorstellen, sie hätte ihn ganz bestimmt darüber informiert.

»Was wollten Sie am Dienstagabend, nachdem Sie Ihrer Schwester geholfen hatten, das verdorbene Material unter die Auslieferungsware zu mischen, in Gomaringen?«, hatte Neundorf gefragt. »Es hat keinen Sinn, zu leugnen. Das Fahrzeug wurde dort gesehen.«

Klöpfer hatte nicht lange mit der Antwort gezögert. »In Gomaringen wohnt eine Großtante von uns. Ich dachte, ich benutze sie als Ausrede, falls sich irgendjemand darüber wundern sollte, wieso der Sprinter so spät unterwegs ist. Die Waren im Hof der Firma auszutauschen, war uns zu riskant, da hätte ja jemand zufällig dazukommen können. Und wenn ich so spät noch wegfuhr, musste ich einen Grund haben. Gomaringen ist nicht weit, und meine Großtante steht total auf Fitterlings Maultaschen. Dass ich erst am Abend kam, wunderte sie nicht. Sie weiß, dass ich manchmal sehr viel zu tun habe. Und dass ich das andere Fahrzeug benutzte, fiel niemandem auf. Die sehen von außen gleich aus. Hatte ich mich eben selbst vertan.«

»Die haben mit dem Tod Fitterlings nichts zu tun«, waren Neundorf und Braig sich einig. »Und was dieses dritte Drohschreiben betrifft ...«

»Mythen, nichts als Mythen«, hatte Söderhofer eingeworfen, »glauben Sie etwa, es gibt einen weiteren Erpresser und der artikuliert sich komplett identisch wie seine Vorgänger? Für wie dumm lassen Sie sich da verkaufen?«

Das war in der Tat ein nicht zu erklärender Punkt: Weshalb waren Sarah Benkle und auch ihr ansonsten über sämtliche Strecken des Verhörs so ausgeglichen, fast sanft auftretender Bruder nicht ein einziges Mal bereit gewesen, sich als Verfasser des mit der Post versandten Briefes zu bekennen? Welche

Gründe gab es, dass beide es ablehnten, mit der papierenen Version des Drohschreibens in Verbindung gebracht zu werden, obwohl sie haargenau identisch mit den per Handy übermittelten Botschaften ausfiel?

Den ganzen Montagnachmittag hatten Braig und Neundorf in getrennten Vernehmungen versucht, Bruder und Schwester dazu zu bewegen, sich zu dem Brief zu bekennen – vergeblich.

»Es gibt zwei Möglichkeiten«, hatte Neundorf gegen 16.45 Uhr auf dem Weg zur Montagsdemonstration gegen die Kastration des Stuttgarter Bahnverkehrs ihrem Kollegen erklärt. »Entweder die beiden lügen – weshalb auch immer. Oder ...«

»Oder ...«, hatte Braig gefragt, gespannt auf Neundorfs Überlegung.

»Falls der Brief wirklich von einer dritten Person stammt, muss diese Person die beiden vorherigen Drohmails gekannt haben. Denn dass jemand zufällig haargenau dieselben Worte benutzt, ist unmöglich.«

»Wer außer Benkle und Klöpfer kannte die Drohungen?«

»Sarah Benkle ist bereit, jeden Eid zu schwören, dass niemand außer ihr davon Kenntnis hatte. Nicht einmal ihr Bruder. Warum sollte die Frau lügen?«

»Weil sie jemanden decken will?«

»Und dafür alle Konsequenzen der Bestrafung auf sich nimmt? Wer soll das sein?«

»Ich weiß es nicht.«

»Nein. Das ist absurd. Wen sollte sie decken wollen und warum? Ich glaube der Frau«, hatte Neundorf erklärt. »Die war außer sich vor Wut auf diesen Kerl und wollte ihm eine reinwürgen. Verständlich, würde ich mal sagen. Ich hätte dem Halunken die Fresse poliert, wäre mir das passiert.«

»Damit haben wir aber immer noch keine Antwort, wer als dritte Person infrage kommt.«

»Die Antwort nicht«, hatte Neundorf zugegeben, »eine Vermutung aber schon. Wer außer Sarah Benkle – sofern wir ihr Glauben schenken – kennt alle Details über den Wortlaut der Drohungen?«

Braig hatte die leicht verkniffene Miene seiner Kollegin bemerkt und sofort begriffen, worauf sie anspielte. »Du glaubst ...« Er war unwillkürlich stehen geblieben.

»Ja?«

»Fitterling?«, hatte er langsam formuliert.

»Wer sonst?«

»Aber weshalb?«

23. Kapitel

Keine dreißig Minuten nach dem endgültigen Ende der Beerdigung – unzählige Menschen waren zum offenen Grab defiliert, hatten dem Ermordeten mit Blumen oder einer Schaufelspitze Erde die letzte Ehre erwiesen – war der Anruf eingegangen. Braig hatte sein Handy erst wenige Minuten vorher wieder aktiviert, die nur mit unwesentlichen Mitteilungen und nervigen Anfragen, unter anderem aus Söderhofers Büro, gefüllte Mailbox abgehört, dann Neundorfs Nummer auf seinem Display erkannt.

»Die Beerdigung ist vorbei?«

»Noch nicht lange. Die Leute stehen immer noch beieinander. Ich glaube, die ganze Umgebung war auf den Beinen.«

»Michael Fitterling«, sagte Neundorf.

»Was ist mit ihm?«

»Der Erbe.«

»Ja, darüber haben wir uns ja schon unterhalten.«

»Er hatte Streit mit Allmenger.«

»Wie bitte?« Er glaubte, nicht richtig zu hören. »Woher willst du das wissen?«

»Ich war bei Allmenger zu Hause, das haben wir doch abgesprochen. Er ist noch krank geschrieben. Ich habe den Kerl etwas in die Mangel genommen. Kerstin Svedholm, versuchte Vergewaltigung, strafrechtliche Konsequenzen und so. Er wurde butterweich.«

Braig benötigte nicht viel Phantasie, sich vorzustellen, wie seine Kollegin vorgegangen war. Im Bewusstsein, einem Ekelpaket wie diesem Allmenger gegenüberzustehen, der sich ihren bisherigen Informationen zufolge Frauen gegenüber unglaublich menschenverachtend verhalten hatte, pflegte sich Neundorf keinerlei Zurückhaltung aufzuerlegen. Die einzige Methode, wie Braig aus Erfahrung wusste, dieser skrupellosen Type Mann zu begegnen, wollte man ehrliche Antworten erhalten.

»Vorletzte Woche, Freitag. Vier Tage vor Allmengers Badewannenexkursion.«

Braig hatte Mühe, ruhig zu bleiben. Vier Tage vor der Folter des Mannes. Und, was dazu kam: Vier Tage vor dem Mord an Christian Fitterling. Hatten sie endlich die Verbindung zwischen den beiden Verbrechen offengelegt? »Was war der Anlass?«, fragte er.

»Allmenger hatte den Bezug von Fitterlings Maultaschen gekündigt. Ein Riesenauftrag sei das gewesen. Insgesamt vier große Seniorenheime, also weit über vierhundert Personen – und das regelmäßig, jede Woche. Er habe von Kollegen von der Lieferung verdorbener Produkte der Firma gehört, sah sich verpflichtet, die Konsequenzen zu ziehen. Wenige Tage später sei Fitterling, also dieser Michael, persönlich bei ihm aufgetaucht. Wie erwähnt, am Freitag vor seiner Folter. Der Mann habe die Rücknahme der Kündigung verlangt, sei ausgerastet, als er die verweigert habe. Bei der verdorbenen Ware handle es sich um einen einmaligen Fall, eine Wiederholung des Vorgangs könne für die Zukunft ausgeschlossen werden, außerdem seien seine, also Allmengers Heime ja nicht betroffen gewesen.«

»Und?«

»Na ja, Allmenger hat die Rücknahme der Kündigung abgelehnt. Da sei Fitterling beinahe handgreiflich geworden. Der Mann habe regelrecht die Kontrolle über sich verloren. Ausgerastet, wie man sich das schlimmer nicht vorstellen könne. Das werde Konsequenzen nach sich ziehen, habe er geschrien. Was immer das heißen mag, der Typ macht sich jetzt jedenfalls so seine Gedanken.«

»Ja, und ich denke, wir auch. Oder?«

»Du musst versuchen, mit ihm zu sprechen.«

»Das ist leichter gesagt als getan. Weißt du, was hier los ist? Außerdem hat er gerade seinen Bruder zu Grabe getragen. Wenn wir uns täuschen ...«

»Täuschen? Bei einem Typ, der so schnell die Kontrolle über sich verliert? Beim Tod seines Bruders und bei Allmengers Badewannentour hat auch jemand die Kontrolle über sich verloren, oder?« Sie hustete kurz, fügte dann hinzu: »Du musst es versuchen, okay?«

Braig sagte es ihr zu, sah wenige Meter vor sich Klemens Stollner aus der Menge auftauchen. Der Bürgermeister nahm ihn überrascht wahr, änderte seine Richtung, lief mit ausgestreckter Hand und freundlichem Lächeln auf ihn zu.

»Na, Herr Kommissar, Sie sind immer noch auf der Pirsch?«, begrüßte er ihn.

»So könnte man das umschreiben, ja. Und Sie haben einem Freund die letzte Ehre erwiesen?«

Der Mann nickte zustimmend. »Einem Freund und Geschäftspartner, ja.«

»Sie hatten ein gutes Verhältnis zu Herrn Fitterling.«

Stollner betrachtete ihn prüfend. »Sie haben meine Worte gehört.«

»Sie haben ihn sehr gelobt. Aber gut, am Grab sieht man über so manches hinweg.« Er dachte an Rössle und seine lateinische Zitatesammlung. »Wie sagt man: *De mortuis nisi nihil bene.*«

»Nicht allein deswegen«, erklärte sein Gesprächspartner. »Ich habe ihn wirklich gemocht. Er hat verstanden, zu leben. Kein leichtes Unterfangen in dieser kleinbürgerlichen Umgebung.«

»Zu leben?« Braig runzelte die Stirn. »Ob das alle seine ehemaligen Partnerinnen auch so sehen?«

»Aber, Herr Kommissar, weshalb so moralinsauer? Wenn

eine Frau und ein Mann sich aufeinander einlassen, tun es beide doch freiwillig. Oder glauben Sie, eine der Damen wurde von ihm gezwungen, sich mit ihm zusammenzutun?«

»Sie müssen verzeihen. Eigentlich geht mich das nichts an. Aber die Sache mit der Erpressung … Diese Verbitterung hat ja ihre Gründe. Und dann hatte ich in den letzten Tagen noch weitere Gespräche ...« Er ließ den Rest des Satzes offen.

»Ich verstehe. Natürlich kann man einen Menschen von verschiedenen Seiten sehen. Ich auf jeden Fall habe nur gute Erfahrungen mit Christian Fitterling gemacht. Und was die berufliche Seite angeht, da hatte er den vollen Durchblick. Was man leider nicht von jedem sagen kann.«

»Sie sprechen von seinem Bruder.«

»Das sagen Sie. Christian Fitterling hatte jedenfalls begriffen, welcher Wind heute in der Geschäftswelt weht. Wir schreiben das 21. Jahrhundert! Die Zeiten sind endgültig vorbei, wo jeder vor sich hinwirtschaften kann, wie er will. Kleine Klitschen haben keine Chance mehr. Die Großen bestimmen heute, was läuft. Wer sich da nicht rechtzeitig den richtigen Partner sucht, unter dessen Fittichen er Schutz findet, geht unter. Herr Fitterling war sich dieser Entwicklung voll bewusst.«

»Er wollte die Maultaschenfabrik an einen großen Konzern verkaufen.«

Klemens Stollner musterte Braig mit ernster Miene, nickte dann. »Er wusste um seine Bedeutung als einer der wichtigsten Arbeitgeber der Region, versuchte alles, dieser Verantwortung gerecht zu werden. Die Existenz von vierzig Menschen und deren Angehörigen hängt von der kleinen Fabrik ab. Die lassen sich nicht mit immer neuen verrückten Ideen in Lohn und Brot halten.«

»Sie sprechen von Michael Fitterlings Liebestäschle? Die verkaufen sich aber doch sehr gut.«

»Zwei, drei Wochen lang, Herr Kommissar, aber doch nicht auf Dauer! Der Mann hat doch nur Flausen im Kopf. Wie ein junger Teenie, der ein neues Spielzeug entdeckt hat. Der weiß nichts von modernem Management, hat keine Ahnung von langfristiger Unternehmensstrategie und internationalem Productplacement. Wenn es uns nicht gelingt, den in die richtige Spur zu bringen ...« Stollner seufzte laut. »Mit althergebrachten Vorstellungen von Familienehre und der vermeintlichen Verpflichtung den Eltern gegenüber, die kleine Klitsche unbedingt selbstständig am Leben erhalten zu müssen, können Sie heute nicht mehr bestehen. Das ist passé. Ja, er verachtete seinen Bruder, was sage ich, verachtete, er hasste ihn regelrecht, weil Christian zu clever war, sich von derlei substanzlosen Gehirnblähungen blenden zu lassen. Michael Fitterling ist ein hoffnungslos naiver Idealist, meine Herren, der ist ja vor Jahren eine Scheinehe eingegangen, um einer Asylantin das Aufenthaltsrecht in Deutschland zu verschaffen. Wie kann man nur so naiv sein?!«

»Wie bitte?«, fragte Braig. »Sie sprechen von Michael Fitterling?«

»Genau von dem, ja. Das wussten Sie nicht mit seiner Scheinehe, was? Wundern Sie sich nicht, dass der Mann allein am Grab seines Bruders stand, ohne seine rechtmäßig angetraute Frau?«

»Na ja, ich habe schon überlegt, wieso ich keine Frau an seiner Seite sah, aber ...«

»Sie lebt, wenn ich richtig informiert bin, in Berlin mit Teilen ihrer Sippe, die sie inzwischen nachgeholt hat, und kassiert jeden Monat einen sauberen Batzen Euro von ihrem Herrn Gemahl. Für nichts.« Stollner schüttelte den Kopf. »Der wird die Firma ruinieren, wenn wir ihn gewähren lassen, aber ...« Er brach mitten im Satz ab, weil er die Hand eines anderen Mannes auf seiner Schulter spürte, drehte sich zur Seite. »Ah, Sie sind es, Teubner. Ja, ich weiß, wir müssen. Der Kredit für die neue Hühnerfarm.«

Er entschuldigte sich bei seinem Gesprächspartner, reichte ihm die Hand. »Die Pflicht ruft, Herr Kommissar. Manche Termine lassen sich nicht verschieben.«

Braig schaute ihm verwundert nach, Stollners Bemerkung von der Scheinehe Michael Fitterlings im Kopf. Der Mann, ein naiver Idealist, versuchte er zu rekapitulieren, habe eine Scheinehe mit einer Asylbewerberin geschlossen, um der Frau das Aufenthaltsrecht in Deutschland zu verschaffen. Heute lebe die Dame in Berlin, jeden Monat mit einer finanziellen Zuwendung Fitterlings versorgt.

Er wusste nicht, ob er dieser Behauptung Glauben schenken sollte oder ob der Bürgermeister da nicht einem Gerücht aufgesessen war. Immerhin war die Praxis der Scheinehe, so wie sie hier beschrieben worden war, gesetzlich verboten, hatte Michael Fitterling sich einer Straftat schuldig gemacht. Aber was davon wirklich wahr war und ob die Angelegenheit in irgendeiner Weise mit dem Tod Christian Fitterlings zu tun hatte, musste er in einem persönlichen Gespräch mit dem Mann erst klären. Hatte der Ermordete etwa versucht, seinen Bruder mit dessen Scheinehe zu erpressen, um die Firmenleitung vollends an sich zu reißen und war dabei auf energischeren Widerstand gestoßen, als er gedacht hatte?

Braig kam nicht dazu, die Überlegung weiterzuführen, sah sich plötzlich von einer kleinen Gruppe älterer, angesichts des traurigen Anlasses überraschend lautstark miteinander diskutierender Frauen und Männer umringt. Er bemerkte die tränenverschleierten Augen Maria Sälzles am Rand der Gruppe, nahm ihr heftiges Kopfschütteln und die energisch vorgetragenen Worte wahr, mit der sie auf die Äußerung eines Mannes reagierte.

»Noi, so schlimm isch er jetzt au et gwä!«

Braig reihte sich in die Gruppe ein, sah die Augen mehrerer Leute auf sich gerichtet. Die Unterhaltung verstummte jäh. Er grüßte, wandte sich an die Sekretärin. »Sie haben ihn gemocht, ja?«

Maria Sälzle sah zu ihm auf, wischte sich das Gesicht mit einem weißen Stofftuch trocken. »Ach, Herr Kommissar. Noi, sottiche Däg sollt's et gebe.«

»Ja, er ist viel zu früh gestorben. Sie vermissen ihn sehr?« Er schaute in die Runde, bemerkte, wie mehrere der Anwesenden seinem Blick auswichen und das Gesicht zum Boden richteten.

»I ka et verstande, wie des hat sei müsse«, meinte die Sekretärin.

»Darüber ka mer geteilter Meinung sein«, gab ein Mann in trotzigem Ton von sich. Er war mit einem dunklen Anzug und einer schwarzen Krawatte bekleidet, trug als Einziger in der Runde einen anthrazitgrauen Hut.

Braig musterte seine Miene, sah, wie es in ihm arbeitete. »Sie haben ihn nicht besonders leiden können?«, fragte er ruhig.

Der Mann warf ihm einen kurzen Blick zu, starrte dann zur Seite. »Des hat mit leide könne oder et leide könne nichts zu tun. Der hätt mit seinem Lotterlebe die Firma noch vollends ruiniert. Mir könnet von Glück sage ...«

»Albert!« Maria Sälzles Stimme hatte einen schneidenden Ton angenommen. »Du solltesch dich et versündige. Der Mann isch tot, vergiss das et!« Sie wandte sich von ihrem Kollegen ab, Braig zu. »Sie dürfet et alles ernscht nehme, Herr Kommissar, was mir so schwätzet. Es war oifach a bissle viel in letzter Zeit.«

Braig versuchte, so teilnahmslos als möglich aufzutreten, sein brennendes Interesse an den Worten des Mannes und deren Hintergrund zu verschleiern. »Ja, das kann ich gut verstehen. Aber Herr Fitterling war doch ein guter Geschäftsmann, oder nicht?«

»Der?«, schimpfte der Mann mit dem dunklen Hut. »Sie hent den net kennt, des isch net zu überhöre. Der hätt doch die Firma verkauft, wenn es nach ihm gange wär, nur damit er sei Lotterlebe weiter finanziere kann. Und mir wäret alle arbeitslos worde.«

»Sie glauben, das bleibt Ihnen jetzt erspart?«

»Auf jeden Fall«, antwortete der Mann, »der Herr Michael«, er sagte tatsächlich »der Herr Michael«, wie Braig verwundert wahrnahm, »der rackert sich dermaßen ab, der probiert alles, damit er die Firma halten kann. Der isch doch jeden Tag von aller Herrgottsfrüh bis in die Nacht unterwegs, um noch mehr Aufträg reizuhole. Jetzt versucht er es sogar mit dene junge Fraue von der Hochschule in Reutlinge. Neumodischer Firlefanz und Blödsinn sei das, hent se am Anfang gelästert«, er deutete auf eine Gruppe etwas entfernt stehender Trauergäste, »aber jetzt sind se ruhig, wo des so gut lauft mit dem neue Zeug und plötzlich wieder Arbeit für alle do isch, jetzt haltet se uf oimal alle ihre Gosche!«

»Aber der Herr Fitterling, also ich meine, Herr Michael Fitterling – glauben Sie nicht, er ist überfordert, wenn er meint, die Firma selbstständig weiterführen zu können?«

»Der Herr Michael doch net! Der kämpft sich völlig ab«, korrigierte sein Gesprächspartner. »Der isch bereit, alles dafür zu tun, die Firma selbstständig zu erhalte und den Verkauf zu verhindern, buchstäblich alles! Dafür leg i mei Hand ins Feuer!«

Braig wollte gerade zu einer weiteren Frage ansetzen, wurde von Maria Sälzle daran gehindert. »Jetzt hent mir aber genug Gift verspritzt, jetzt isch Schluss mit dem Spektakel!« Sie nahm den Kollegen unter den Arm, zog ihn mit sich fort. »Herr Kommissar, Sie entschuldiget uns bitte. Mir müsset uns um die Küche kümmere, die Leut wollet ja schließlich was zum Esse!«

Braig wunderte sich, mit welcher Tatkraft die Frau plötzlich zu Werke schritt, sah sie, den Mann im Schlepptau, energisch durch die Menge davoneilen. Die Worte ihres Arbeitskollegen hallten ihm noch im Ohr. »Der Herr Michael isch bereit, alles dafür zu tun, die Firma selbstständig zu erhalte und den Verkauf zu verhindern, buchstäblich alles! Dafür leg i mei Hand ins Feuer!«

Fragte sich nur, was dieses »alles« beinhaltete. Michael Fitterling hatte kein Alibi für den Todeszeitpunkt seines Bruders. Ging sein Engagement so weit, das eigene Fleisch und Blut von der Straße abzudrängen?

Der Mann verachte, ja hasse seinen Bruder, weil der sich nicht um die Familienehre bemühe – die Worte des Bürgermeisters waren in seinem Gedächtnis festgebrannt: War das der Auslöser zu seiner Attacke gewesen? Kain gegen Abel?

Allmenger hatte behauptet, Michael Fitterling habe regelrecht die Kontrolle über sich verloren, als er sich weigerte, die Kündigung der Maultaschen-Bestellung rückgängig zu machen. Hatte dieser Verlust der Selbstkontrolle dazu geführt, den einen Widersacher in einer Badewanne zu foltern und den anderen von der Fahrbahn zu stoßen?

24. Kapitel

Der Anblick kam ihnen bekannt vor, verteufelt bekannt. So oder zumindest so ähnlich hatten sie das schon einmal gesehen. Eine Woche und einen Tag vorher, fast das gleiche Motiv.

Die Anrufe der Journalisten waren unmittelbar hintereinander eingegangen. Dieselben Blätter, derselbe Sender wie beim letzten Mal. Cannstatter, Esslinger, Waiblinger, Ludwigsburger Zeitung, dazu die Nachrichtenredaktion des SWR.

»Schauen Sie sich die Mail an, die wir Ihnen gerade zukommen ließen. Öffnen Sie die angegebene Internet-Adresse. Es gibt Interessantes zu sehen«, waren die Medien informiert worden. Fast wortwörtlich wie in der Vorwoche.

Erst nach genauerem Hinsehen hatten sie den Unterschied bemerkt. Das Opfer, ein wohlgenährter, fast feist zu nennender Typ war dieses Mal nicht in der Wanne festgebunden, sondern durch einen in die Wanne gekippten, umgedrehten Tisch, auf dem auch noch ein kleiner Schrank lag, eingeklemmt worden.

»Verdammter Mist«, schimpfte Neundorf. »Die waren schon wieder am Werk.«

Ob es sich erneut um Fitterlings Erzeugnisse handelte, war nicht zu erkennen. Die Flüssigkeit schien dunkler, von einer teigig-beigen Masse wie vor acht Tagen war nichts zu sehen.

»Das sind keine Maultaschen«, versuchte Braig den Inhalt der Wanne auf dem Monitor zu analysieren. »Und der Mann hat auch etwas mehr Luft zum Atmen als Allmenger. Die Brühe reicht ihm nur bis ans Kinn.«

»Solange er diese Lage beibehalten kann. Du weißt nicht, ob er sich nicht krampfhaft und mit letzter Kraft mit den

Füßen hochdrückt. Seinem Aussehen nach zu urteilen, fühlt er sich nicht gerade wohl.«

In der Tat schienen die Gesichtszüge des Opfers grotesk verzerrt. Zu erkennen, wie er in normaler Körperhaltung wohl aussah, war unmöglich, selbst sein Alter zu schätzen, außerhalb ihrer Möglichkeiten.

»Wir benötigen seine Adresse. Alles andere ist sekundär.«

Dr. Doldes Anruf kam nach quälend langem Warten. »Wir müssen nach Böblingen.« Er nannte die Straße und den Namen des Wohnungsinhabers, auf den der Internet-Anschluss zugelassen war, bat Braig darum, die Kollegen vor Ort mit der sofortigen Rettung des Mannes zu beauftragen.

Wenige Minuten später waren sie unterwegs.

Karsten Müller stand bereits unter der Dusche und wusch sich den durchdringenden Biergestank vom Leib, als Neundorf und Braig in der Wohnung eintrafen. Rössle machte sich an der Eingangstür zu schaffen, verteilte Plastiküberzüge.

»Des waret koi Maultäschle diesmal«, brummte er, als er die beiden Kommissare sah. »Aber i denk, das riecht sogar en Sindelfinger, was die dem in die Wanne nei gfüllt hent.«

»Bier? Ganz normales Bier?«

»Die Marke woiß i net. Aber dass es Bier isch, daran gibt's koine Zweifel.«

Mechthild Braun und Gerold Haas, die Kollegen der Böblinger Schutzpolizei, waren unmittelbar nach der Information Braigs in die ordnungsgemäß verschlossene Wohnung eingedrungen – der ausdrücklich aufgetragenen Notsituation wegen mit Gewalt – und hatten Karsten Müller aus seiner Zwangslage befreit. Sie hatten zuerst den Schrank entfernt, dann den Tisch aus der Wanne gehievt, anschließend dem mit Hemd und Hose bekleideten Mann aus der Flüssigkeit geholfen, wie sie Neundorf und Braig erklärten. Karsten Müller war zwar sichtlich schockiert, doch normal ansprechbar gewesen, hatte sofort nach einer ausgiebigen Dusche verlangt.

»Der muss Unmengen von dem Bier geschluckt haben, um den, ja, wie soll ich sagen, Wasserspiegel ist falsch, den Bierspiegel – kann ich das so ausdrücken? – zu senken. Damit er ihm nicht mehr fast bis an die Nase steht«, behauptete Gerold Haas.

»Machen Sie Witze?«, brummte Neundorf.

»Das hat er jedenfalls erzählt«, antwortete Mechthild Braun.

»Und es ist korrekt«, meldete sich Dr. Dolde von der Wand des Badezimmers zu Wort. »Am Rand der Wanne lässt sich ein ursprünglich etwas höherer Flüssigkeitspegel feststellen.«

»Na, dann kannst du nur hoffen, dass der arme Kerl gerne Bier trinkt.«

Keine Stunde später waren sie über die Technik, die die Täter verwendet hatten, wie über den Ablauf des Verbrechens fast bis ins Detail informiert. Karsten Müller hatte die Folter, zumindest was seinen gegenwärtigen, vorläufigen Zustand anbelangte, weit besser überstanden als Roland Allmenger vor acht Tagen.

»Das muss aber nicht so bleiben«, hatte der Notarzt, den sie sicherheitshalber gerufen hatten, erklärt und seine Aussage mit dem nächsten Satz sofort berichtigt. »Medizinisch und psychologisch korrekt formuliert, heißt das: Sein Zustand wird garantiert nicht so bleiben. Der hat die Sache zwar vorläufig scheinbar recht gut überstanden, wird aber trotzdem lange damit beschäftigt sein, den Überfall zu bewältigen. Das dauert etwas, bis ihm alles voll bewusst wird. Ich lege ihm dringend eine Therapie ans Herz.«

Dolde und Rössle waren sich innerhalb weniger Minuten sicher, dass es sich um dieselben Täter wie bei Allmenger handelte. »Das sind keine Nachahmer. Die haben alles genauso arrangiert wie in Esslingen. Identische Webcam, genau die gleiche Anordnung von Laptop und Verbindungskabel. Der Laptop gehört Müller, somit haben sie außer der Kamera, den Kabelsträngen und den Klebebändern wieder nichts hinterlassen. Bis jetzt haben wir jedenfalls nichts Gegenteiliges entdeckt. Auch keine Abdrücke. Saubere Arbeit mit Handschuhen, wie letzte Woche. Tut mir leid für euch.«

Karsten Müllers Ausführungen brachten, was neue Erkenntnisse anbelangte, ähnlich wenig Substantielles wie die der Spurensicherer. Der Mann war gegen sieben Uhr am frühen Morgen vom Läuten seiner Wohnungsglocke überrascht worden, hatte im Glauben, es handle sich um einen Nachbarn, der am Vortag ein Paket für ihn angenommen hatte, ahnungslos die Tür geöffnet.

»Und da passierte es schon«, erklärte er. »Zwei Männer, aber beide nicht zu erkennen. Mützen oder sonst was über dem Kopf, ich weiß nicht, was. Sie warfen sich ja sofort auf mich. Ich konnte nicht einmal schreien. Sie drückten mir sofort den Mund zu. Außerdem drohte mir der eine augenblicklich Gewalt an, wenn ich nicht ruhig bliebe.«

»Einer sprach also mit Ihnen. Oder beide?«

»Beide?« Müller überlegte kurz, schüttelte dann den Kopf. »Nein, wenn ich mich richtig erinnere, hörte ich nur einen sprechen. Der andere gab nichts von sich.«

»Weil er oder sie Angst hatte, Sie würden ihn oder sie an der Stimme erkennen?«

»Mein Gott, glauben Sie das ehrlich? Ein Bekannter von mir?« Der Mann war so schockiert, dass er kaum weitersprechen konnte. »Aber, aber, wer ...« Er verharrte minutenlang in seinen Gedanken, reagierte erst nach einer Weile wieder auf ihre Fragen.

»Meinen Sie, bei einem der Täter könnte es sich um eine Frau handeln?«

»Eine Frau? Nein. Das waren Männer. Mittelgroße, kräftige Männer.«

»Sie sind sich sicher?«

»Sicher? Mein Gott ...« Müller verlor von Minute zu Minute an Selbstsicherheit. »So habe ich die in Erinnerung. Aber nur von dem Moment her, als ich die Tür öffnete. Danach hatte ich ja keine Chance mehr ...« Er zögerte, bat sie dann, ihm Zeit zu geben, alles überdenken zu können. »Ich weiß, Sie benötigen jetzt so schnell wie möglich Informationen über das alles. Aber ich fürchte, wenn ich jetzt weitermache ... Ich bin mir nicht mehr sicher, ob ich es korrekt wiedergebe. Jetzt, im Moment, meine ich.«

Braig und Neundorf waren sich über die Problematik der Befragung im Klaren, hatten ähnliche Situationen oft genug schon erlebt. Sie sahen daher keinen Anlass, den Mann über Gebühr in Beschlag zu nehmen.

»Wir können Ihre Situation sehr gut nachvollziehen und werden uns gleich zurückziehen. Nur noch zwei, drei kurze Fragen: Gibt es beruflich oder privat Personen, mit denen Sie in letzter Zeit oder schon vor Längerem Auseinandersetzungen hatten?«

»Beruflich oder privat?« Müller musste nicht lange überlegen, zu einer Antwort zu finden. »Natürlich kommt es beruflich oft zu Auseinandersetzungen. Ich bin Leiter einer Getränkemarktkette. Was glauben Sie, wie oft wir mit Diebstahl zu tun haben. Nicht nur mit kleineren Mengen, nein, da gibt es professionell arbeitende Banden, die uns ganze Paletten oder gar Lastzüge stehlen oder es zumindest versuchen.«

»Hat Ihnen deswegen irgendjemand Rache angekündigt oder Sie sonst wie bedroht?«

»Rache? Was heißt Rache? Im Affekt, wenn wir solche Typen erwischen, drohen die uns alles an. Dass die unser gesamtes Lager in Stücke schlagen, alle Getränke vergiften und und und. Aber das haben wir noch nie ernst genommen.«

»Fällt Ihnen jetzt auf die Schnelle ein Name ein, den Sie mit diesem Überfall verbinden würden?«

Müller schüttelte den Kopf. »Diese Brutalität, so einen Sadismus? Nein.«

»Es würde uns aber sehr viel helfen.«

Der Mann drehte seinen Kopf zur Seite, überlegte. »Sie müssen mir Zeit geben, ich schaffe das jetzt nicht. Tut mir leid.«

»Ja, das ist nachvollziehbar nach dem Schock, dem Sie ausgesetzt waren.« Neundorf signalisierte Verständnis. »Eine Frage hätten wir noch zum Schluss: Sagen Ihnen die Namen«, sie sprach sie langsam und Buchstaben für Buchstaben deutlich betonend aus, »Robert Allmenger und Christian Fitterling etwas?«

Müller reagierte sofort. »Allmenger?« Er legte seine Stirn in Falten, schaute fragend von einem der Kommissare zum anderen. »Ist das nicht der aus den Nachrichten, den sie in die Badewanne ...« Er hielt inne, schlug sich mit der rechten Hand an den Kopf. »Oh mein Gott, glauben Sie etwa, das hängt mit dem zusammen? Das kann doch nicht sein! Nein, den kenne ich nicht. Nur aus den Nachrichten.«

»Sie sind sich sicher?«

»Ja, natürlich. Ich habe im Radio davon gehört und im Fernsehen einen Bericht gesehen. Aber sonst ...«

»Und Christian Fitterling?«

»Fitterling?« Müller schüttelte den Kopf. »Nein, nie gehört. Wer soll das sein?«

25. Kapitel

Michael Fitterlings Lügengebäude hatte von Minute zu Minute an Stabilität verloren. Je mehr Informationen Braig zugegangen waren, desto aussichtsloser hatte sich die Situation des Mannes gezeigt. Dass es ihnen dann doch gelingen würde, den Maultaschenfabrikanten so schnell seiner Verbrechen zu überführen, hatte sich der Kommissar am Morgen dieses Tages nicht träumen lassen.

Die Wut auf seinen rücksichtslos verschwenderischen Bruder, der Wahn, die kleine Fabrik als selbstständiges Unternehmen erhalten zu müssen, hatten den Mann zu seinen Gewalttaten getrieben, das war an diesem Abend immer deutlicher geworden. Kain und Abel, der alte Zwist – er hatte zu dem schrecklichen Verbrechen geführt. Michael Fitterling als Kain, sein Bruder Christian als Abel.

Braig war vollkommen erschöpft, aber dennoch zufrieden, als er kurz nach zweiundzwanzig Uhr das vorläufige Resümee der Ermittlungen zog. Bis auf das Geständnis Michael Fitterlings fehlte nichts mehr. Das Material reichte für eine Festnahme vollkommen aus. Söderhofer, von Braig alle dreißig Minuten auf den neuesten Erkenntnisstand gebracht, hatte die Unterschrift des Ermittlungsrichters bereits losgeschickt.

»Die Kollegen sind unterwegs. Der Mann wird heute Abend noch überführt. Die Zelle ist bereits präpariert.«

Braig konnte kaum fassen, wie schnell alles gegangen war. Der Anruf des Hechinger Kollegen hatte ihn im ungünstigsten Moment erreicht. Gemeinsam mit Neundorf war er in Böblingen von Tür zu Tür geeilt, die Nachbarn Karsten Müllers auf zufällige Beobachtungen fremder Besucher am frühen Morgen zu befragen, bis zum späten Mittag ohne jeden

Erfolg. Gegen sechzehn Uhr war er ins Amt zurückgekehrt, seiner Kollegin die Personen überlassend, die bisher nicht anzutreffen gewesen waren. Er hatte einen ausführlichen Bericht über das neue Verbrechen und die bisher ermittelten Erkenntnisse formuliert und ihn der Staatsanwaltschaft gemailt, Ann-Katrin dann Bescheid gegeben, dass es ihm heute ausnahmsweise gelingen würde, noch vor achtzehn Uhr nach Hause zu kommen. Gerade als er aufbrechen wollte, hatte er das Telefon läuten hören.

»Hier ist Michael Geuckler. Aus Hechingen. Sie erinnern sich?«

Der leichte sächsische Akzent des Mannes war Braig sofort vertraut vorgekommen. »Ja, natürlich. Planen Sie wieder eine gemeinsame Tour nach Geigelfingen?«

Geuckler hatte gelacht. »So ähnlich, ja. Ich habe leider eine schlechte Nachricht.«

»Was ist passiert?«

»Eine Frau wurde angefahren. Vor dreißig Minuten etwa. Marina Röhm ist ihr Name. Sie sagt, es sei absichtlich geschehen. Zwischen Geigelfingen und Obergailingen. Das Fahrzeug ist flüchtig. Frau Röhm behauptet, dass es sich um das Auto ihres ehemaligen Mannes Christian Fitterling handelt. Die sei sich absolut sicher, schwöre Stein und Bein darauf, berichten die Kollegen.«

»Das Auto Christian Fitterlings?«

»Genau. Sie habe es hundertprozentig erkannt.«

»Wer fährt den Wagen jetzt?«

»Frau Röhm meint, der Bruder des Ermordeten. Sie kennen ihn.«

»Michael Fitterling, ja. Und sie behauptet, es sei Absicht gewesen?«

»Sie ist sich absolut sicher. Unsere Spurensicherer sind schon unterwegs. Frau Röhm war mit einem Fahrrad unterwegs.«

»Wo ist sie jetzt?«

»In Tübingen. In der Schnarrenberg-Klinik.«

»Gut«, hatte Braig erklärt. »Ich kümmere mich darum. Vielen Dank, dass Sie mich sofort informiert haben.«

»Das war doch selbstverständlich. Bis dann.«

Braig war sich sofort darüber im Klaren gewesen, welche Brisanz diese Meldung beinhaltete. Marina Röhm, die ehemalige Frau des getöteten Maultaschenfabrikanten, absichtlich angefahren, vom Bruder ihres Ex. Weil auch sie Anteile an der kleinen Firma hielt?

Er hatte keine Sekunde gezögert, seine Partnerin und Neundorf über den Vorfall informiert, war mit dem nächsten Zug nach Tübingen gefahren. Marina Röhm sei zwar verletzt, habe aber außer mehreren sehr schmerzhaften Prellungen keine lebensgefährlichen Blessuren davongetragen, hatte er von den Kollegen unterwegs erfahren. Ein Aufenthalt in der Klinik wenigstens für einen Tag zur Beobachtung werde vom untersuchenden Arzt aber als notwendig erachtet, hatten sie berichtet, Braig dann am Tübinger Bahnhof abgeholt und direkt ans Bett der Frau gebracht.

Marina Röhms Gesicht war fast vollständig von dicken Bandagen bedeckt, nur die Partien um Augen, Mund und Nase frei zugänglich.

»Sie dürfen nicht erschrecken«, hatte der Stationsarzt ihn empfangen. »Es sieht schlimmer aus als es ist.«

Braig hatte sich dennoch einer leblosen Mumie gegenüber geglaubt, als er in ihrem Zimmer angelangt war. Lediglich ihre munteren, ihn von Anfang an aufmerksam musternden Augen hatten ihn davon überzeugt, dass er auf einen lebendigen Menschen gestoßen war. »Frau Röhm, mein Name ist Braig«, hatte er sich ihr vorgestellt, im ersten Moment ohne große Hoffnung, von ihr auch nur ein einziges Wort als Antwort erwarten zu dürfen. »Ich komme von der Polizei. Würden Sie mir bitte berichten, was Ihnen geschehen ist?« Er hatte seine Sätze laut und deutlich gesprochen, als stehe er vor einer Behinderten, die Schwierigkeiten hatte, in normale, menschliche Kommunikation zu treten. »Falls es Ihnen möglich ist«, hatte er sicherheitshalber hinzugefügt.

Die Reaktion der Frau war umso überraschender ausgefallen. »Wieso soll mir das nicht möglich sein?«, hatte sie gekontert, mit schwacher, nicht allzu gut verständlicher Stimme zwar, doch offensichtlich in jeder Beziehung im Vollbesitz ihrer geistigen Kräfte. »Irgend so ein Schwein hat zwar versucht, mich über den Haufen zu fahren, aber das ist ihm nicht gelungen. Nicht ganz jedenfalls.«

»Sie waren mit dem Fahrrad unterwegs?«

Sie hatte trotz ihrer Rückenlage ein Nicken anzudeuten versucht, es aber mit einem schmerzverzerrten Aufschrei sofort unterlassen. »Wie jeden Tag, ja. Mein Versuch, körperliche Fitness zu bewahren.«

»Sie fahren immer die gleiche Strecke?«

»Nicht immer«, antwortete Marina Röhm, »aber sehr oft.«

»Was ist passiert?«

»Der Dreckskerl stand in einem Waldweg. Ich nahm ihn beim Vorbeifahren kaum wahr, drehte mich erst um, als der Motor aufheulte und der Karren wie ein Verrückter auf die Straße schoss. Ich erkannte Christians Wagen sofort. Ein schwarzer 5er BMW mit zwei weißen Streifen auf jeder Seite. Das Fahrzeug für Idioten mit einem Intelligenzquotienten unter zehn Punkten. Potenzersatz für alternde Versager. Christian war schon immer stolz auf ihn. Er passt zu seinem kranken Charakter.«

»Wie ging es weiter?«

»Ich kann von Glück sagen, dass der Vollidiot so verrückt Gas gab. Daher drehte ich mich um, was sonst überhaupt nicht meine Gewohnheit ist. So merkte ich, dass er voll auf mich zuhielt.«

»Sie glauben wirklich, das war Absicht?«

»Glauben? Der hielt voll auf mich zu, oder wie würden Sie es denn formulieren, wenn so ein Dreckskerl statt auf die leicht nach links führende Fahrbahn den Lenker auf die rechte Seite reißt? Mit Glauben hat das nichts zu tun! Hätte ich mich nicht umgedreht und seine Absicht bemerkt, wäre ich jetzt nicht mehr hier. So konnte ich wenigstens noch ein Stück nach rechts auf die Böschung zuhalten, sodass mich das Schwein nicht voll erwischte.«

Die Worte waren der Frau so überzeugend über die Lippen gekommen, dass Braig auf jede Nachfrage verzichtet hatte. Ob Fakt oder nicht, sie war felsenfest der Meinung, dass es sich um einen bewussten Anschlag auf ihr Leben gehandelt hatte.

»Wer saß am Steuer des Wagens? Konnten Sie es erkennen?«

»So gerne ich Ihnen das hier erklären würde – nein. Aber es war Christians Wagen, daran gibt es keinen Zweifel. Und wer den zeitweise an seiner Stelle fährt, weiß auch jeder in Geigelfingen.«

»Michael Fitterling?«

»Das war schon immer so, dass die beiden auf den Wagen des anderen auswichen, wenn der eigene im Moment nicht zur Hand war.«

»Sie glauben wirklich, Michael Fitterling könnte versucht haben, Sie zu töten? Sind Sie sich bewusst, welche Behauptung Sie da in den Raum stellen?«

Die Antwort Marina Röhms hatte nichts an Deutlichkeit vermissen lassen. »Ich war sechs Jahre mit Christian Fitterling verheiratet. Seit fünf Jahren sind wir geschieden. Glauben Sie mir, ich kenne die Familie. Was die sich vorgenommen haben, ziehen die durch. Ohne jeden Skrupel. Christian will, oh, ich muss mich korrigieren, sein Lebensziel war es, möglichst viele Frauen flachzulegen. Haben Sie sein Haus durchsucht? Schauen Sie doch mal nach, ob Sie nicht ein Maßband finden, auf dem er die Anzahl seiner Gespielinnen notiert hat. Sie werden auf eine dreistellige Zahl stoßen. Und sein Bruder? Der hat den Wahn mit seiner Firma und deren eigenständiger Existenz. Dafür schuftet der sich noch zu Tode. Dass er andere aus dem Weg räumt, die ihn dabei hindern, ist auch mir neu.«

»Wieso sollen Sie ihm im Weg stehen?«

»Weil mir zehn Prozent der Firma gehören, ganz einfach. Christian konnte mich damals bei der Scheidung nicht auszahlen, daher vereinbarten wir diese kleine Beteiligung. Ich nehme an, sein Bruder wollte das Problem heute Mittag auf seine Weise lösen.«

Keine zwei Stunden später, Braig hatte Geigelfingen längst erreicht, waren die Behauptungen Marina Röhms durch die Befunde der Spurensicherer bis ins Detail bestätigt. Der BMW der Fitterlings war in der Tat am Beginn des von der Frau erwähnten Waldwegs geparkt gewesen und, wie die Reifenspuren eindeutig belegten, anschließend mit hoher Geschwindigkeit losgerast und auf die Straße abgebogen. An der Stelle, wo man auf Grund des Aufpralls im Grasstreifen rechts der Fahrbahn auf Lacksplitter sowohl des Autos als auch des Fahrrads gestoßen war, hatte man zudem auf dem Asphalt Bremsspuren entdeckt. Ihr Verlauf wies unübersehbar darauf hin, dass der Wagen von der Fahrbahn weg nach rechts gelenkt und erst in letzter Sekunde vor dem Verlassen der Straße drastisch abgebremst worden war.

»Warum?«, fragte Braig. »Nur weil Sie sich die Auszahlung des Anteils Ihrer ehemaligen Schwägerin sparen wollten?«

Er hatte Michael Fitterling in dessen kleiner Wohnung im alten Gebäude mitten im Fabrikgelände aufgesucht, einen der Hechinger Kollegen darum gebeten, vor der Tür Wache zu halten, falls der Mann einen Fluchtversuch unternehmen sollte.

Sein Gegenüber lief aufgeregt vor dem bequemen Sessel, in dem er es angesichts der Anschuldigungen Braigs nur kurz ausgehalten hatte, hin und her, schüttelte unablässig den Kopf. »Sie täuschen sich, ich war es nicht. Ich habe meinen Bruder nicht getötet, und ich habe auch nicht versucht, Marina anzufahren.«

»Es war Ihr Wagen beziehungsweise der Ihres Bruders. Sie haben selbst zugegeben, ihn heute Mittag benutzt zu haben. Sie sind mit dem Auto Richtung Obergailingen gefahren, haben es dort am Waldrand abgestellt und haben dann auf Ihre Schwägerin ...«

»Nein!«, fiel Fitterling ihm ins Wort. »Ersparen Sie sich Ihre verdammten Lügen! Ich war dort, ja, so wie ich es Ihnen jetzt schon zehn Mal erzählt habe. Aber auch zum elften und von mir aus zum tausendsten Mal werden Sie nichts anderes hören als das, wie es wirklich war: Ich habe den Wagen dort am Waldrand geparkt und bin dann spazieren gegangen. Zuerst ein Stück durch den Wald und dann über die Wiesen bis zur Wachholderheide, so wie ich das öfter mache, weil ich die Landschaft dort sehr liebe. Kraft tanken, könnte man das nennen. Wann immer ich die Zeit dazu habe, gönne ich mir diesen Spaziergang.«

»Das ist schön für Sie, wenn Sie das so gerne tun. Heute Nachmittag allerdings kamen Sie nicht dazu, jedenfalls nicht gegen 16.30 Uhr, denn zu diesem Zeitpunkt waren Sie damit beschäftigt, Ihre ehemalige ...«

»Nein, Sie verdammter Lügner, tausend Mal nein! Ich bin kurz nach sechzehn Uhr aus dem Büro, zehn oder fünfzehn Minuten später, das weiß ich genau, weil ich ein Gespräch mit Stollner, unserem Bankberater und Bürgermeister hatte, nahm den Wagen und fuhr an den Waldrand. Anschließend war ich bis 17.30 Uhr oben auf der Wachholderheide. Erst anschließend gegen 17.45 Uhr oder noch etwas später kam ich wieder zu dem Auto und fuhr nach Hause. Ich habe es in der Zwischenzeit nicht benutzt.«

»Woher wollen Sie das mit der Zeit so genau wissen? Sie waren doch allein unterwegs, wie Sie behaupten, da schaut man doch nicht dauernd auf die Uhr.«

»Doch«, erklärte Fitterling. »Dass es kurz nach sechzehn Uhr war, als ich das Büro verließ, weiß ich genau, weil Herr Stollner mich darauf hinwies und sich entschuldigte, weil er einen weiteren Termin hatte. Und dass ich mich bis 17.30 Uhr auf der Wachholderheide aufhielt, weiß ich ebenfalls ganz genau. Spätestens um diese Zeit musste ich nämlich zurück, eines eigenen Termins wegen.«

»Von welchem Termin sprechen Sie?«

»Ein, ähm, Telefonat«, stotterte Fitterling.

»Wann, mit wem? Bitte etwas genauer.«

»Ein Telefonat mit einem Kunden. Ich wollte ihn um achtzehn Uhr anrufen.«

»Und? Wie heißt der Kunde?«

»Das geht Sie nichts an«, giftete der Mann. Er ließ sich schwer atmend in den Sessel fallen, starrte mit vor Wut geröteter Miene zu Braig.

»Sie täuschen sich. Das geht mich etwas an. Sehr viel sogar. Also?«

Sein Gegenüber winkte ab. »Ich habe darauf verzichtet.«

»Auf das um achtzehn Uhr geplante Telefonat.«

»Ja.«

»Weil Sie so erregt waren, dass der Anschlag auf Ihre ehemalige Schwägerin nicht geklappt hatte.«

»Nein!«, schrie Fitterling.

»Doch«, beharrte Braig. »Kollegen haben mit Herrn Stollner gesprochen. Er bestätigt, dass er Sie gegen 16.20 Uhr, also nach dem Ende Ihres Gesprächs, Richtung Obergailingen hat fahren sehen. Dorthin, wo der besagte Waldrand liegt. Ein weiterer Augenzeuge bestätigt, dass Sie kurz darauf mit Ihrem Auto zu diesem Waldrand abbogen. Er kam Ihnen genau in diesem Moment mit seinem Fahrzeug entgegen. Wir haben also zwei verschiedene Zeugen, die das mitbekommen haben.«

»Das streite ich doch nicht ab! Was erzähle ich Ihnen denn die ganze Zeit? Ich weise nur darauf hin, dass ich anschließend bis gegen 17.45 Uhr zu Fuß unterwegs war. Auf dem Berg, bei der Wacholderheide.«

»Und irgendein Alien von einem fremden Stern hat derweil Ihren Wagen benutzt, um Ihre ehemalige Schwägerin zu töten.«

Fitterling starrte mit großen Augen zu Braig, ersparte sich jede Antwort.

»Wer sonst, wenn nicht Sie es getan haben? Ihr Auto war das Tatfahrzeug, das haben die Spurensicherer bereits bewiesen. Daran kommen Sie nicht vorbei.«

»Ich habe es abgeschlossen, ganz normal«, erklärte der Mann. »Den Schlüssel hatte ich bei mir, das weiß ich genau.«

»Ich weiß, ehrlich gesagt, nicht, was ich Ihnen noch glauben soll«, sagte Braig. »Sie haben mich in den letzten Tagen dermaßen oft belogen. Warum soll ich Ihnen noch eine Sekunde vertrauen?«

»Ich habe Sie belogen?«

»Das wissen Sie doch genau. Jetzt stehen Sie wenigstens dazu!«, schimpfte Braig. »Sie haben behauptet, Robert Allmenger nicht zu kennen, obwohl Sie ihn kurz vorher als Großkunden verloren und ihm deshalb Gewalt angedroht hatten. Dann haben Sie uns einen dritten, diesmal auf Papier geschriebenen Drohbrief präsentiert, obwohl Frau Benkle Stein und Bein schwört, dass der nicht von ihr stammt. Ihren eigenen Bruder haben Sie wegen seiner Verschwendungssucht und seines festen Entschlusses, die Firma verkaufen zu wollen, gehasst wie die Pest, uns aber die heilige Familie mit genauer Aufgabenverteilung vorgespielt. Und als ich Ihnen Polizeischutz wegen der Drohungen anbot, lehnten Sie den vehement ab. Weshalb? Weil Sie dann heute Mittag das zu Ihrem Pech fehlgeschlagene Attentat nicht hätten durchführen können, nehme ich an. Das hatten Sie nämlich längst geplant, nachdem Sie Ihren Bruder ermordet hatten. Zuerst die Person beseitigen, die vierzig Prozent der Firma hält, dann die mit den restlichen zehn Prozent. Und beinahe hätte alles so gut geklappt!«

26. Kapitel

War es Zufall, Schicksal oder einfach Glück?

Tagelang hatten sie sich abgemüht, keinen Stein auf dem anderen sitzen lassen, alle Möglichkeiten durchgespielt, sämtliche potentiellen Verbindungen zu anderen Ereignissen erörtert – und dann lag es an einer einzigen Beobachtung, das ganze Geflecht aufzuwickeln.

Der Mann war ihr schon auf den ersten Blick unsympathisch. Ultrakurze, farblose Stoppelhaare, ein Bierbauch, den selbst das unförmig weite Hemd nicht zu vertuschen vermochte, ein Pesthauch reinen Alkohols, jedes Mal wenn sie seinen Atem roch. Neundorf war schon dabei gewesen, ihren ermüdenden Gang von Tür zu Tür zu beenden, als der Mann plötzlich vor ihr stand. Unaufgefordert, ohne dass sie bei ihm geläutet hatte.

»Sie suchen die Typen von heute Morgen?« Er hatte sich unmittelbar vor ihr aufgebaut, starrte ihr aus wenigen Zentimetern Entfernung ins Gesicht. Seine penetrante, von Bier und Schnaps getränkte Alkoholfahne stach ihr in die Nase.

Neundorf trat einen Schritt zurück, schnappte nach frischer Luft. Dieses Ekelpaket hatte ihr gerade noch gefehlt. »Wieso?«

»Na, Sie latschen doch die ganzen Häuser ab und belästigen die Leute mit Ihren Fragen.«

»Und was haben Sie damit zu tun?«

»Bernd hat mich informiert, ein Kumpel.« Er deutete zum Nachbargebäude. »Sie waren bei ihm. So ein großer, bulliger Typ.«

Neundorf erinnerte sich vage an den Mann. Er hatte irgendetwas von frühem Arbeitsbeginn gefaselt und dass er erst gegen vierzehn Uhr oder so etwa wieder nach Hause gekommen war.

»Er weiß, dass ich Nachtschicht hatte. Ich arbeite im Cleaning-Service der Bahn. Kam kurz vor sieben heim.«

Neundorf wurde hellhörig. Sie versuchte, den Abstand zu dem Mann zu wahren, seinem Atem auszuweichen. »Sie wohnen hier?«

Er wies nach oben. »Dritter Stock. Guter Blick direkt auf die Straße. Ich zog mich gerade um, da sah ich die beiden Vögel.«

»Heute Morgen?«

»Zehn nach sieben, vielleicht auch zwei, drei Minuten später.«

»Zwei Männer?«

Ihr Gesprächspartner wackelte mit dem Kopf. »Einer davon garantiert. Die andere Figur war so ein Mannweib, was weiß ich, so ein halber Zwitter, keine Ahnung. Auf jeden Fall zerrten die zwei Kisten aus ihrem Golf. Hatten Planen drüber, damit man den Inhalt nicht sieht. Bier. Die hatten Bierfässer drin. Die eine Plane rutschte zur Seite, da konnte ich die Fässer sehen.«

»Bierfässer?« Sie konnte ihre wachsende Erregung nicht länger verbergen, scharrte mit ihrem rechten Bein auf dem Boden. »Was machten sie damit?«

»Sie schleppten sie in das Haus, in dem Müller wohnt. Dieser Bonze, der überfallen wurde.«

Neundorf starrte den Mann mit großen Augen an. »Sie haben die beiden Personen beobachtet?«

»Das erzähle ich Ihnen doch gerade.«

»Sie kennen die Typen?«

»Nein. Noch nie gesehen.«

»Aber Sie würden sich zutrauen, Sie genauer zu beschreiben?«

Ihr Gesprächspartner winkte mit beiden Händen heftig ab. »Gute Frau. Wissen Sie, wie fertig ich bin, wenn ich von der Arbeit komme? Beschreiben. Sie haben vielleicht eine Ahnung.«

»Wir könnten es wenigstens versuchen«, meinte sie.

»Quatsch, versuchen! Das bringt nichts. Das Kennzeichen muss doch reichen.«

»Welches Kennzeichen?«

»Welches Kennzeichen?« Er reckte seinen Kopf nach vorne, hauchte ihr seine Alkoholwolke direkt ins Gesicht. »Der Golf, mit dem die hier ankamen. Das müsste doch reichen, oder?«

Neundorf nahm den Biernebel kaum mehr wahr, der ihr entgegenwaberte. Sie glaubte, nicht richtig zu hören, war nahe dran, ihr Gegenüber zu umarmen. »Sie haben das Kennzeichen notiert?«

Der Mann streckte seinen linken Arm aus, hielt ihr die Innenseite vors Gesicht. »Hier«, erklärte er. »Ich hatte gerade kein Papier zur Hand.«

Sie starrte auf seine behaarte Haut, sah ein Esslinger Kennzeichen vor sich. Buchstaben und Zahlen, mit dickem Filzstift aufgemalt.

Keine zwei Stunden später stand sie gemeinsam mit Mario Aupperle, den sie zur Unterstützung angefordert hatte, der Besitzerin des Wagens in einem dem Anschein nach erst vor wenigen Jahren gründlich renovierten Mehrfamilienhaus in Wendlingen gegenüber. Sabine Kleiber konnte ihre Verblüffung nicht verbergen, als sie ihr den Ausweis entgegenstreckte und um Einlass in die Wohnung bat.

»Und, was, was wollen Sie?«, stotterte die Frau mit viel zu tiefer Stimme.

Hätte sie sie nicht unmittelbar vor sich gesehen, sie hätte geglaubt, sie spreche mit einem Mann. Sie schätzte die Frau auf Mitte, Ende vierzig, eine muskulöse, mit kräftigen Oberarmen ausgestattete Person. Sie hatte kurze Haare, ein breites, von roten Backen geprägtes Gesicht, war mit einem weiten, bunten Hemd und einer schwarzen Jeans bekleidet. Die konnte man im ersten Moment in der Tat für einen Mann halten, schoss es Neundorf durch den Kopf.

»Sie haben heute Morgen Herrn Müller in Böblingen besucht«, erklärte sie forsch. »Schade um das gute Bier, oder?« Sie sah, wie ihr Gegenüber erbleichte, trat in die Wohnung, schob die Frau vor sich her. Jetzt alles auf eine Karte setzen, arbeitete es in ihr. »Ich will nur wissen, warum«, fuhr sie fort. »Wie hat Müller sich das verdient?«

»Er hat Marc entlassen. Einfach so«, hauchte Sabine Kleiber.

»Marc?« Neundorf blieb stehen, hörte Geräusche aus dem Zimmer, vor dem sie angelangt waren. »Wer ist Marc?«

Die Frau kam nicht dazu, ihr zu antworten.

»Sabine!«, rief eine kräftige Männerstimme. »Sabine, sei ruhig! Um Gottes willen ...« Die Tür neben ihnen wurde aufgerissen, ein nur mit einem Unterhemd und den Hosen eines Hausanzugs bekleideter, kräftiger Mann um die Fünfzig stürmte in die Diele, packte die Frau an der Schulter. »Kein Wort, Sabine, hörst du!«

»Nur weil er Durst hatte und sich ein Bier nahm.« Die Worte waren Sabine Kleiber fast mechanisch von den Lippen gekommen.

Neundorf verstand auf der Stelle. »In einem von Müllers Getränkemärkten?«

»Sabine!«, rief der Mann. »Sei ruhig!«

Die Frau nickte.

»Er arbeitete in dem Getränkemarkt und wurde entlassen, weil er während der Arbeit Durst hatte und sich ein Bier nahm, ja?« Die Kommissarin hatte von ähnlichen Vorfällen gelesen, sich damals schon über das Verhalten diverser Manager und Arbeitgeber empört. »Und Müller ist der Kerl, der Marc deswegen kündigte.« Sie sah die zustimmende Kopfbewegung der Frau. »Und deswegen haben Sie ihn heute gemeinsam«, sie deutete auf beide Personen, die sie in der Wohnung vorgefunden hatte, »in die Wanne mit Bier gelegt.«

Der Mann vor ihr zeterte und schimpfte, versuchte, die Frau von weiteren Aussagen abzuhalten, vergeblich. Sabine Kleiber hatte jeden Widerstand aufgegeben.

»Aus Rache. Wir dachten, er hat es verdient. Genau wie Allmenger.«

Neundorf starrte der Frau in die Augen, schnappte nach Luft. »Allmenger«, sagte sie leise.

»Sabine!«, schrie der Mann. »Sabine!«

»Er hat mich gefeuert. Vierzehn Jahre arbeitete ich als ausgebildete Altenpflegerin in dem Seniorenheim. Frühdienst, Spätdienst und alle paar Wochen Nachtdienst. In den letzten Jahren, weil sie so stark rationalisiert haben, die ganze Nacht allein auf zwei Stationen mit siebzig bis achtzig pflegebedürftigen Menschen. Und dann wurde ich entlassen, weil ich drei Maultaschen vom Teller einer alten Frau nahm, die sie nicht hatte essen wollen. Vierzehn Jahre Arbeit, auch wenn ich mich krank fühlte, auch als mein Mann starb – und wissen Sie, für wie viel Geld? Netto keine zweitausend! Und dann von einer Sekunde auf die andere gefeuert. Von einem Kerl, der immer nur in seinem Büro hockt, nur nach immer mehr Gewinn schielt und von unserer Arbeit überhaupt keine Ahnung hat. Glauben Sie nicht, dass der das verdient hat?«

Oh doch, rumorte es in Neundorf, der Dreckskerl hat es verdient, und wie, aber ... »Was habe ich nur für einen Scheißjob!«, zischte sie, stampfte vor Wut auf den Boden.

Die Frau und der Mann schauten verwundert zu ihr her.

Sie versuchte, den Mann zu beruhigen, brachte ihn gemeinsam mit Sabine Kleiber dazu, im Wohnzimmer Platz zu nehmen und alles der Reihe nach zu erzählen.

Marc Schrey hatte acht Jahre in einem der Getränkemärkte Müllers gearbeitet, als »Lagerarbeiter, Besteller, Verkäufer, LKW-Entlader, LKW-Belader, Flaschensortierer, Scherbenbeseitiger, Putzmann, Großkunden-in-den-Arsch-Kriecher«, wie er es selbst umschrieben hatte. Dann im letzten Sommer war er von Müller persönlich gefeuert worden, weil er an einem glutheißen Augustnachmittag nach mehreren Stunden Arbeit draußen in praller Sonne nach einer Flasche Bier gegriffen und diese getrunken hatte. Der eigentliche Grund für den Arbeitsplatzverlust, erklärte Schrey, lag in der Rationalisierungswut Müllers, der in allen seinen Märkten ältere Arbeitnehmer aussortierte, weil deren gesetzliche Ansprüche auf Sozialleistungen höher waren als die der jüngeren.

Und dann war er beim Surfen im Internet durch einen Zufall auf Sabine Kleiber gestoßen, die wenige Wochen vorher ein ähnliches Schicksal erlitten hatte, »ein halbes Jahr, nachdem dieser Allmenger neuer Chef des Seniorenheims geworden war«, wie sie betonte. In diesen paar Monaten hatte der Mann dafür gesorgt, die Personalbesetzung auf allen Stationen noch weiter zu reduzieren, der Nachtschicht, einer einzigen Pflegekraft, zwei volle Stationen zuzumuten.

»Das ist völlig verantwortungslos«, erklärte die Frau, »stellen Sie sich das doch einmal vor, siebzig bis achtzig pflegebedürftige Menschen für eine einzige Betreuerin.«

Und dann war das mit ihrer Kündigung passiert.

»Ich bin dafür verantwortlich, was wir mit den Dreckschweinen gemacht haben«, betonte Marc Schrey, »lassen Sie Sabine in Ruhe, sie wollte es nicht.«

Wie sie auf die Idee mit der Internet-Übertragung gekommen waren?

»Ich erfuhr durch einen Zufall, was Allmenger verdiente«, antwortete Sabine Kleiber. »250.000 Euro im Jahr.« Sie schwieg einen Moment, wiederholte dann die Summe. »250.000 Euro im Jahr. Verstehen Sie, was das bedeutet? Über 20.000 Euro im Monat, fast zehn Mal so viel wie seine Angestellten, die Nacht für Nacht siebzig bis achtzig Menschen umsorgen müssen und deswegen regelmäßig in große Not kommen, weil mindestens zwei, drei Senioren gleichzeitig um Hilfe rufen. Und dann feuert mich dieser Kerl wegen dieser Maultaschen. Das ließ uns keine Ruhe mehr.«

»Der musste öffentlich bloßgestellt werden, das war das Einzige, was ich noch wollte, und dieser Müller genauso. Ich kenne mich gut aus mit Computern und so«, ergänzte Marc Schrey, »und so kam ich auf die Idee.«

»Wir«, betonte Sabine Kleiber, »wir kamen auf die Idee. Wir beide, gemeinsam. Erst der eine Dreckskerl, dann der andere. Es war unser gemeinsamer Plan.«

»Und wieso verwendeten Sie gerade Maultaschen der Firma Fitterling?«

»Fitterling?« Schrey zuckte mit der Schulter, schaute ratlos zu ihr her. »Mein Bruder hat ein großes Lokal. Er ist auf schwäbische Küche spezialisiert. Ich fragte ihn nach Maultaschen, da gab er mir die mit. Sie waren schon etwas älter, die Firma sei in Schwierigkeiten, er habe sie billig bekommen, meinte er.«

»Sie kennen Herrn Fitterling nicht?«

Neundorf erntete nur Kopfschütteln.

27. Kapitel

Wahnsinn, der pure Wahnsinn!

Ein gemeinsamer Ausflug. Querfeldeintour zu einer original erhaltenen, von Naturschützern sorgsam gepflegten Wacholderheide, daran anschließend ein Besuch bei einem echten Alb-Schäfer und seiner Schafherde. Voll Psycho, wie aufregend! Wer sich das wohl ausgedacht hatte?

Laura war auf ihrem Platz am Frühstückstisch sitzen geblieben und hatte ungläubig zu der Krähe hinübergestarrt, die diese Hiobsbotschaft von sich gegeben hatte. »Unsere Verpflegung nehmen wir mit. Kartoffeln in Alufolie, Grillwürste und Fleischspieße. Es gibt ein zünftiges Lagerfeuer. Jeder darf sich selbst etwas braten, was immer er will«, hatte Martina Rabe, die Freizeit-Leiterin erklärt.

Wie spannend!

Fünfundzwanzig grottendämliche, im Babystadium erstarrte, von Mama, Papa, Oma und Opa verhätschelte, pausbäckige Gören vor, neben und hinter sich – ihr war von Anfang an klar gewesen, was da auf sie zukommen würde. Hallo, Frau Rabe, was ist denn das für eine Blume? Oh, Frau Rabe, warum riecht denn das Gras da so komisch? Sie, Frau Rabe, warum gehen wir denn in diese Richtung und nicht dort hin?

Und dann, nach weniger als dreißig Minuten Fußweg: Halt, Frau Rabe, mein Bein tut so weh! Langsam, Frau Rabe, ich kann nicht mehr! Hilfe, Frau Rabe, wir müssen zurück, ich habe solche Bauchschmerzen!

Und die Krähe nahm das alles freundlich hin. Ließ die verwöhnten Bälger labern, hörte sich das doofe Gesabber und Gequatsche unermüdlich an. Warum explodierte die nicht, stopfte denen die Mäuler, schlug ihnen in ihre doofen Fressen?

Da war doch die Bustour gestern auf die Burg Hohenzollern weit fetziger ausgefallen. Na ja, die ewigen Erklärungen dort oben, von all den Typen, die dort irgendwann mit irgendwem ...

Sie hatte dem Gelaber der Alten nur teilweise zugehört, voll Psycho, wen interessierte schon, wer wann wem auf dem Wecker gegangen war und deshalb von wem wo wie massakriert wurde. »Aufs Klo mussten alle«, hatte Daniel, einer ihrer früheren Mitschüler, immer losgebrüllt, wenn er den Fragen des Geschichtslehrers mal wieder nicht gewachsen gewesen war, »und was sie dort hinterlassen, ist sich auch ziemlich ähnlich. Was juckt es mich also, wer wann wen angekackt hat?«

Die Burg in ihrer heutigen Form, von der sie eine tolle Aussicht genossen hatten, war erst Mitte des 19. Jahrhunderts von einem General von Prittwitz gebaut worden, der Name war ihr im Gedächtnis haften geblieben, weil sie ihn so lustig fand. Preußische Könige wurden später darin begraben, ihre Särge aber vor gar nicht allzu langer Zeit wieder abgeholt – was manche Leute doch Probleme hatten. Dort oben begraben zu liegen – wozu? Die Aussicht konnten sie ohnehin nicht mehr genießen.

Napoleon war ein weiterer Name, der sich Laura im Zusammenhang mit der Tour auf die Burg eingeprägt hatte. Diesem körperlich kleinen Typ war es gelungen, wenn sie das richtig mitbekommen hatte, einen großen Teil Deutschlands, das damals in viele kleine Länder zersplittert war, zu erobern. Um seine neuen Besitztümer besser kontrollieren zu können, hatte er die kleinen Herrschaften aufgelöst und sie den Größeren hinzugefügt. So waren in Deutschlands Südwesten nur Baden und Württemberg übrig geblieben und – völlig überraschend – das vergleichsweise winzige Hohenzollern.

Laura erinnerte sich noch gut daran, dass die Alte ausführlich darüber gelabert hatte, dass die überraschende Weiterexistenz Hohenzollerns eigentlich nur der frustrierten Ehefrau Amalie Zephyrine des Fürsten Anton Aloys von Hohenzollern – voll Psycho, was für Namen! – zu verdanken war, die in Paris aufgewachsen ins hohenzollerische Sigmaringen eingeheiratet, aber die Provinz nicht lange ertragen hatte. 1785 hatte sie ihren Sohn Karl geboren, war kurz darauf, das Kind seinem Vater überlassend, auf und davon nach Paris.

Cool, hatte Laura überlegt, die Tussi war echt gut drauf. Hatte die Schnauze voll von den Provinzdoofies und zog ab in die Metropole, wo was los war. Und so was damals schon!

Wie es das Schicksal so wollte, lernten Amalie und ihre beste Freundin Josephine de Beauharnais in Paris Napoleon kennen und – das war die reinste Seifenoper! – Josephine heiratete diesen Supertyp. Dass die dann ihren Alten dazu brachte, das kleine Land ihrer Freundin nicht anzutasten, sondern am Leben zu erhalten, war wohl das Mindeste.

»Finde ich echt cool, dass die einfach abhaut«, hatte eine der Gören laut geäußert. In Langeweile sterben war offenbar nicht deren Ding.

Laura hatte die Göre überrascht betrachtet, ihr insgeheim zu so viel Durchblick gratuliert. Die Tussi hatte ihr die Worte aus dem Mund genommen. Wenigstens eine in dem Affenstall hier, die den Windeln entsprungen schien. Sie wirkte zwar etwas ausgeflippt – der Ring in der Nase mit irgendeinem Klunker dran war doch seit Jahrtausenden out – aber zweimal schon, ihr zufällig nahegekommen, hatte Laura einen leichten Zigarettenduft an ihr wahrgenommen. Ob die vielleicht heimlich ...

Sie musste die Ausgeflippte im Auge behalten die nächsten Tage. Vielleicht fand sich unter all den Minderbemittelten hier doch noch eine halbwegs erwachsene Person, mit der frau tratschen konnte ...

Zum Glück war der Ausflug zu dem Alb-Schäfer gegen vierzehn Uhr beendet. Der Tag war zu ertragen gewesen, Laura hatte das Beste daraus gemacht. Nur – jetzt heute Nachmittag noch extra einen Film dazu anschauen? »Damit ihr nicht alles vergesst«, hatte die Krähe gesäuselt. Nein, das musste wirklich nicht sein.

Sie hatte ihre Vorbereitungen getroffen, Handy, Tabak, Feuerzeug eingesteckt, als die Ausgeflippte auf sie zutrat.

»Und, kann ich wieder mit?«

Voll Psycho, was kostete das Weib Nerven! »Wieso?«

»Du machst dich doch vom Acker, ich merke es doch!«

Es hatte keinen Sinn, sie anzuschwindeln, dazu war sie zu clever. Gestern schon hatte sie sie abzuwimmeln versucht, vergeblich. Hatte sie ihr eben erlaubt, mitzukommen. Vor lauter Dank hatte ihr die Ausgeflippte eine halbe Schachtel Zigaretten spendiert. Na ja, warum also nicht. Sie hatte ihr von den beiden Schwulen erzählt, die ab und an oben auf dem Berg jetzt auch manchmal nachmittags unterwegs waren, damit ihre brennende Neugier geweckt. Gestern allerdings ohne Erfolg. Die Typen hatten sich nicht blicken lassen.

»Also gut. In fünf Minuten. Das Fenster im Klo.«

Sie schwangen sich hinters Gebäude, stürmten von dort in den Wald. Dann die steile Böschung hoch, weiter um den Hügel, und schon waren sie in einer völlig anderen Welt. Kein Haus, keine Fabrik, nur Wald, Berge, Wiesen und Viehzeug in allen Variationen. Schafe drüben auf der anderen Seite des Tals, Käfer, Fliegen, Insekten, Schmetterlinge und und und ...

Unten auf der Straße war ein Auto zu sehen. Es fuhr langsam auf den Fuß des Hügels zu, bog dann auf den Waldweg ab.

»Der Schwule?«, fieberte die Ausgeflippte.

»Was weiß ich.« Immer ganz cool bleiben. Nicht gleich alle Feelings offenlegen. Obwohl, das konnte er wirklich sein. 16.30 Uhr. Die Zeit, in der sie ihn letzte Woche mehrfach hatte kommen sehen. Sein Freund parkte auf der anderen Seite des Hügels, dort wo die Straße aus Hinterbempflingen oder wie das Kaff hieß, herführte. Ja nicht gemeinsam gesehen werden, Laura hatte es längst begriffen. Nicht dass jemand die beiden zusammen erwischte.

»Ob das was wird?« Die Ausgeflippte hielt die Kamera in die Richtung des am Waldrand geparkten Autos, fummelte an dem Apparat herum, fuhr das Tele aus.

Voll Psycho, wie nahe die alles herholte! »Ganz schön Schotter dafür geblecht, was?«

Die Ausgeflippte schüttelte den Kopf. »Ich nicht. Mein Alter. Genauer der Ex meiner Alten. Den lass ich bluten, alle zwei Wochen. Dafür darf er Papa spielen.«

Der Schwule unten, wie er aus dem Auto stieg. Klick. Der Schwule, wie er im Wald verschwand. Klick.

»Wo latscht der jetzt hin? Müssen wir keine Angst haben, dass er uns...«

»Quatsch«, zischte Laura. Immer cool bleiben. Sie deutete auf die Wiese unter ihnen. »Dort treffen sie sich. Hundert Pro.«

Die Ausgeflippte hielt ihre Kamera in die angegebene Richtung. Es dauerte mehrere Minuten, dann sahen sie ihn kommen. Tatsächlich. Der Schwule.

Er marschierte schnurstracks die Wiese entlang. Klick. Auf die Fläche mit den komischen Büschen darüber zu. Klick. Er wurde langsamer, blieb stehen, winkte. Klick.

Die Ausgeflippte schaute nach links. Tatsächlich. Der andere Typ tauchte aus dem kleinen Wald weit hinter der Wiese auf. Er winkte ebenfalls. Sie fuhr das Tele aus, so weit wie möglich. Klick. Die beiden Männer, wie sie aufeinander zulaufen. Klick.

»Oh mein Gott, das ist ja wie im Film«, hörte Laura die Ausgeflippte vor Begeisterung stöhnen.

Sie winkte mit der Rechten ab. Immer nur cool bleiben.

»Jeden Tag dasselbe«, äußerte sie, demonstrativ gelangweilt.

Genau in dem Moment, als sich die beiden Männer gegenseitig um den Hals fielen und sich abknutschten, sah sie das Auto unten an der Straße, genau an der Stelle, wo der Waldweg abzweigte, halten. Was war jetzt los? Noch einer von denen? Feiern die eine Party heute? Sie sah einen Mann aussteigen und in die Richtung des geparkten Fahrzeugs marschieren, hörte das Klicken der Kamera neben sich. »Ey, genug, die Schwulen laufen uns nicht davon, nimm die mal!«

»Mein Gott, wie süß! Die lutschen sich voll ab!«

Die Ausgeflippte ließ sich erst nach zwei kräftigen Rippenstößen überzeugen, schwenkte das Objektiv, lichtete das davonfahrende Auto wie die neu angekommene, gerade in den geparkten Wagen steigende Person ab. »Was will der denn? Der klaut die Karre des Schwulen, was?«

»Keine Ahnung.« Laura verstand nichts mehr, starrte ins Tal. Der Mann war in dem Fahrzeug verschwunden, schien aber unfähig, es in Bewegung zu setzen.

»Der will die Blechkiste klauen, ist aber zu blöd dazu«, kommentierte die Ausgeflippte. Sie wandte den Blick, beobachtete die beiden Männer auf der Wiese. Hand in Hand schlenderten sie auf die seltsam geformten Büsche auf der anderen Hügelseite zu. Sie schienen sich zu unterhalten. Liebesgesülze wahrscheinlich.

Der Kleine strich dem Größeren über den Arm. Klick. Der Größere fuhr seinem Begleiter zärtlich durch die Haare. Klick. Hand in Hand liefen sie weiter. Klick.

»Wann ziehen die sich endlich aus?« Die Ausgeflippte warf einen anzüglichen Blick zu ihrer Begleiterin.

»Ausziehen? Wieso?«

»Weshalb wohl?«

Voll Psycho, wie cool die sich vorkam.

Am Ende der Straße bog ein Fahrrad um die Ecke.

»Oh, ein Radfahrer«, zischte Laura. »Ob der den Autoklau bemerkt?«

Die Ausgeflippte starrte nach unten. »Sieht nicht so aus, oder? Der Radler glotzt immer geradeaus.«

»Meinst du?«

Sie richtete die Kamera wieder ins Tal.

Das Fahrrad kurz vor der Abzweigung des Waldwegs. Klick. Das Fahrrad kurz nach der Abzweigung des Waldwegs. Klick. Das Fahrrad um den Hang herum ein gutes Stück weg. Klick.

Plötzlich raste das Auto los.

Überrascht starrte die Ausgeflippte in die Tiefe. Sie fuhr das Tele vollends aus, hielt drauf, so gut es ging.

Das Auto raste um die Ecke auf die Fahrbahn. Klick. Der Wagen preschte über die Straße hinter dem Fahrrad her. Klick. Das Auto raste um den Hang herum. Klick. Der Radfahrer drehte sich um, riss den Lenker zur Seite. Klick. Das Auto änderte seinen Kurs ebenfalls. Klick. Das Fahrrad hatte den Grasstreifen neben der Fahrbahn erreicht, wurde von dem Auto an der Seite erwischt. Klick. Der Radfahrer knallte ins Gras. Klick. Das Auto bremste. Wendete. Klick. Fuhr um den Hang herum, dann zurück zum Waldweg. Klick. Parkte dort ein, haargenau wie vorher. Der Mann stieg aus. Klick.

»Seine Fresse!«, brüllte Laura. »Hast du seine Fresse?«

Das Gesicht des Mannes. Klick.

Ein anderes Fahrzeug näherte sich auf der Straße, der Mann lief darauf zu. Klick. Das Auto hielt. Der Mann stieg ein. Klick. Der Wagen fuhr davon. Klick.

Die Ausgeflippte prustete sich die Aufregung aus dem Leib. »Oh, fuck. Was ging da denn jetzt ab?«

»Voll Psycho. Was weiß ich«, stöhnte Laura. »Und da sage noch einer, so eine christliche Freizeit auf der Alb sei langweilig!«

28. Kapitel

Außergewöhnliche Schwaben

Von Thomas Weiss

Peter Gais
»Der Arme Konrad«

Wie sich die Zeiten gleichen: Vor fast genau fünfhundert Jahren – die Großkopfeten im Land waren wie in unseren Tagen in erster Linie damit beschäftigt, das Geld ihrer Untertanen zu verprassen – kamen brave, schwäbische Bürger auf den absonderlichen Gedanken, dass das nicht rechtens sein kann. Luxus, Laster, prestigeträchtige Festivitäten für die einen, Arbeit und Maul-Halten für die anderen. Was die großen Herren damals wie heute nicht glauben wollten: Die einfachen, zu Arbeitstieren und Befehlsempfängern dressierten Leute wollten dem selbstherrlichen Treiben nicht länger tatenlos zusehen; sie wagten es, sich zu wehren, riefen zum zivilen Ungehorsam auf.

Im Frühling 1514 war es zum ersten Mal soweit. Der damalige württembergische Herzog Ulrich, eine egomanische, jeder Sensibilität für die Bedürfnisse anderer Menschen abholde Person hatte einen unüberschaubaren Schuldenberg angesammelt, dessen Zinsen nur mit immer höheren Steuern bezahlt werden konnten. Als ihm selbst bewusst wurde, dass es an der Steuerschraube nichts mehr zu drehen gab, verfiel er auf die Idee, die Gewichte vermindern zu lassen. Wer etwas kaufte, bekam jetzt ein Drittel weniger, zahlte aber den vollen Preis. Das trieb die Mehrheit der Menschen im Land vollends in den Ruin, ohne dass das den Herzog im Geringsten berührte.

Womit der Egomane jedoch nicht gerechnet hatte: Eine Gruppe einfacher Bauern im Remstal war nicht bereit, diese Ausplünderung länger hinzunehmen. Unter der Fahne des »Armen Konrad«, was so viel wie »Armer Mann« bedeutete, trafen sie sich in Beutelsbach, besorgten sich dort in einer Metzgerei die neuen Gewichtssteine und liefen damit zur Rems. Peter Gais, der Anführer der Gruppe, hielt sie übers Wasser, in antiker Zeremonie scheinbar ein Gottesurteil beschwörend: »Haben die Bauern recht, so fallen sie zu Boden, hat der Herzog recht, so schwimmen sie im Wasser oben.« Anschließend ließ er sie unter großer Zustimmung fallen.

Der symbolische Akt blieb nicht ohne Folgen. Hunderte von Bauern sammelten sich unter der Fahne des »Armen Konrad« und zwangen den Herzog, die falschen Gewichte wieder abzuschaffen. Um sie milde zu stimmen, ließ er sich im berühmten »Tübinger Vertrag« darauf ein, wenigstens den reichen Bürgern ein Mitspracherecht zu gewähren.

Württemberg hatte damit als eines der ersten Länder zwar eine Art Grundgesetz und Gewaltenteilung erhalten, die mehrere Jahrhunderte Gültigkeit besitzen sollten, doch galt dies nicht für die breite Masse des Volkes. Die Bauern, die weiterhin die Hauptarbeit leisten mussten, begriffen schnell, wie clever sie ausgebootet wurden. Unter Mitwirkung von Peter Gais kam es deshalb erneut zu Protesten. Über siebentausend Bauern fanden sich zusammen, um Herzog Ulrich in Schorndorf zu empfangen. Doch anstatt den Despoten gefangen zu nehmen und durch frei gewählte Volksvertreter zu ersetzen, was angesichts ihrer Überlegenheit leicht möglich gewesen wäre, ließen sie sich erneut von ihm einlullen und ihn unbestraft davonziehen.

Dass sie ihm das Leben geschenkt hatten, wurde den Bauern nicht gedankt: Herzog Ulrich ließ mithilfe fremder Soldaten sämtliche Anführer verhaften und in Schorndorf öffentlich foltern und ermorden. Peter Gais einzufangen, gelang seinen Häschern jedoch erst Wochen später: Für seine Hinrichtung in Stuttgart sorgte der Herzog dann persönlich.

29. Kapitel

Am Donnerstagnachmittag, kurz vor sechzehn Uhr, hatte Braig Theresa Räuber in der Leitung.

»Du bist unterwegs zur Demo?«, fragte er.

»In einer halben Stunde etwa, ja. Sie erwarten wieder 20.000 bis 30.000 Leute heute Abend.«

»Sehr gut. Ich versuche ebenfalls zu kommen. Ann-Katrin und Dr. Genkinger haben auch zugesagt. Und Katrin sowieso. Ihr Fall ist gelöst.«

»Ich weiß. Im Radio haben sie es schon gebracht. Es ist nicht so gelaufen, wie wir uns das wünschen, wie?«

»Nein«, antwortete er, »wirklich nicht. Katrin verwünscht unseren Beruf.«

»Das kann ich verstehen, ja. Die Kleinen fängt man, die Großen lässt man laufen.« Sie seufzte laut. »Ich fürchte, ich habe einen Fehler gemacht.«

»Was meinst du?«

»Laura versuchte gestern den ganzen Abend, mich zu erreichen. Dummerweise war ich die ganze Zeit unterwegs. Zuerst Demo, dann Jugendclub. Erst kurz vor zehn am Abend klappte es.«

»Was wollte sie? Doch nicht schon wieder neue Bilder?« Braig lachte. »Sie erhält die Belohnung, keine Angst.«

»Darum geht es nicht«, erwiderte Theresa Räuber. »Aber sie hat tatsächlich schon wieder Bilder. Und was für welche!«

»Worum geht es?«

»Ich habe eben erst reingeschaut«, sagte sie. »Obwohl ich ihr gestern Abend noch hoch und heilig versprochen hatte, es sofort zu tun. Du musst sie dir anschauen. Jetzt auf der Stelle.«

»Okay. Kein Problem. Ich bin bereit.«

»Gut. Dann maile ich sie dir als Anlage. Sie wurden offensichtlich mit einer hervorragenden Kamera aufgenommen. Mit einem Mords-Tele. Nicht von Laura selbst, sondern von einer Freundin. Also bis gleich.«

Braig lief zum Computer, hörte das Eintreffen der Mail. Er öffnete die Anlage, blätterte die Bilder auf ...

Zwei Minuten später hatte er Neundorf neben sich. Er war in ihr Büro gerannt, hatte sie mitten in der Niederschrift ihres Ermittlungsprotokolls gestört und zu sich gebeten. »Jetzt, sofort.«

Kopfschüttelnd starrten sie auf den Monitor, schweigend, ohne jeden Kommentar.

»Das darf doch nicht wahr sein, oder?«, brummte er nach einer Weile. »Wir wurden nach Strich und Faden verarscht.«

»So lässt sich das treffend beschreiben, ja.«

»Jetzt muss ich mich auf die Suche nach dem Kerl machen, der hier in Fitterlings Wagen steigt. Am besten, ich übergebe das Foto den Medien und rufe ihn zur Fahndung aus. Wenn er sich nicht schon längst aus dem Staub gemacht hat.«

»Du brauchst ihn nicht ausschreiben«, erklärte Neundorf ruhig. »Ich kenne den Kerl.«

Braig glaubte, nicht richtig zu hören. »Wie bitte? Du kennst diesen Kerl? Und woher, bitte?«

»Kennen ist zu viel gesagt. Ich habe ihn bisher nur auf einem Bild gesehen, auf einem riesigen Gemälde, um es genauer zu erklären. Aber ich weiß, wie er heißt und wo er wohnt.«

»Ich glaube es nicht. Und? Um wen handelt es sich?«

Sie nannte ihm den Namen des Mannes, berichtete, woher sie von ihm wusste. »Ich hole mir den Typen. Das wird eine lange Nacht. Und du kümmerst dich um das Auto, das ihn zum Waldrand gebracht und nach getaner Arbeit wieder abgeholt hat. Genauer um seinen Chauffeur. Immerhin haben wir ja das Kennzeichen.«

30. Kapitel

Michael Fitterling lehnte müde in dem Stuhl in Braigs Büro. Es war kurz nach Mitternacht, der Freitag vor wenigen Minuten angebrochen.

»Mein Gott, warum haben Sie uns das nicht erzählt? Sie hatten ein Alibi, für die gesamte Zeit, die für das Attentat auf Marina Röhm infrage kam und gehen lieber in Untersuchungshaft.« Neundorf deutete auf die Fotos, die vor ihnen auf dem Schreibtisch lagen.

»Ich darf Karol nicht bloßstellen. Sie sehen hier genau, was mit uns ist«, antwortete Fitterling.

»Sie sind schwul, na und?«, erklärte die Kommissarin. »Wen interessiert das? Wir sind aufgeklärte Menschen. Oder leben Sie noch im Mittelalter?«

»Ich nicht, aber Karol.«

»Wieso? Was hat Ihr Freund für Probleme?«

»Er ist katholischer Priester. In Obergailingen.«

»Oh mein Gott, nein!« Neundorf sprang von ihrem Stuhl auf, schlug mit der Faust so heftig auf den Schreibtisch, dass die Computer-Tastatur zur Seite sprang. »Dann soll er eben raus aus dem Verein! Wo leben wir denn?«

»Er ist noch nicht ganz soweit, kämpft noch mit sich.«

Sie schnappte nach Luft, blieb vor dem Mann stehen, schüttelte den Kopf.

»Stollner wusste von Ihrer Homosexualität?«, mischte sich Braig ins Gespräch.

Fitterling nickte. »Er hat Karol und mich einmal überrascht. Vor zwei oder drei Jahren. Seither trafen wir uns nur noch heimlich.«

»Heimlich?«, meinte Neundorf. »Das glauben nur Sie. Stollner wusste das genau. Sonst hätte er nicht Ihr Techtelmechtel ausgenutzt, seinen Kompagnon an den Waldrand zu fahren. Die waren über Ihr Treffen informiert, haben es gezielt ausgenutzt. Zum Glück hat dieser Daikler vorhin ausgepackt, als er merkte, dass Stollner alles auf ihn schieben wollte.«

Neundorf hatte sich beim Betrachten der Fotos sofort an das Gespräch mit Silke Daikler in Esslingen erinnert. Das überlebensgroße Gemälde an der Schmalseite des feudal ausgestatteten Wohnzimmers, das die Frau Arm in Arm mit ihrem Mann zeigte. Peinlich neureich hatte sie es insgeheim beurteilt, die Gesichtszüge des Mannes als herrisch und abstoßend empfunden.

Die Charakterisierung des Partners durch Silke Daikler war ihr im Gedächtnis haften geblieben. Er sei von seinem beruflichen Erfolg besessen, räume seiner Karriere absoluten Vorrang vor allem anderen im Leben ein, hatte die Frau erklärt. »Geld beruhigt, zugegeben, aber es ist nicht alles im Leben, das hat Niklas immer noch nicht begriffen.«

Neundorf hatte den Mann sofort mit den heimlich aufgenommenen Fotos konfrontiert, als sie vor wenigen Stunden in Esslingen bei ihm Einlass verlangt hatte, ihm von Anfang an klargemacht, dass es keinen Sinn hatte, irgendetwas abstreiten zu wollen.

»Was sollten wir tun, nachdem diese Scheiße passiert war?«, hatte er nach einer halben Stunde heftigen Gezeters und Gebrülls, in dem sie ihm an Lautstärke und Aggressivität fast die ganze Zeit unüberhörbar Paroli geboten hatte, resigniert gejammert. »Es hatte den Falschen erwischt. Da mussten wir jetzt den Verdacht auf ihn lenken, um die Sache wieder auszubügeln.«

»Wie kamen Sie an die Schlüssel von Fitterlings Wagen?«

»Stollner hat sich ein Duplikat machen lassen. Er ist näher bekannt mit den Leuten.«

Der Verkauf der Maultaschenfabrik Fitterling war gemeinsam von ihm und Stollner eingefädelt worden.

»Ich bin Firmenmakler«, hatte Daikler in der Nacht, kurz vor dreiundzwanzig Uhr, im Vernehmungsraum des LKA ausgepackt, »ich verdiene mein Geld damit, Betriebe an andere weiterzuverkaufen. Die Provision sichert mir meinen Lebensunterhalt.«

»Wie viel ist das etwa?«, hatte Neundorf gefragt.

»Je nachdem. Bis zu zehn, zwölf Prozent.«

»Und weiter?«

»Ich hatte die Ausschreibung dieses italienischen Konzerns vorliegen, der überall in Europa kleine Lebensmittelklitschen kauft, um dann nach der neuen EU-Verordnung regionale Produkte anbieten zu können. Also suchte ich nach kleinen Firmen, die da infrage kamen.«

»Wie stießen Sie auf Fitterling?«

»Stollner machte mir den Vorschlag. Wir haben schon mehrfach miteinander gearbeitet. Ich vermittle dem Konzern das Kaufobjekt, Stollner finanziert mit seiner Bank die Übernahme. Es ist ja nicht so, dass dieser Konzern im Geld schwimmt, im Gegenteil, die ständig neue Übernahme kleiner und größerer Firmen in ganz Europa läuft nur per Kredit. Stollner witterte da für seine Bank, in deren Vorstand er ja sitzt, zurecht das große Geschäft. Zwanzig Millionen Euro für Fitterling, vorfinanziert über zehn Jahre, das gibt einen ganz schönen Batzen. Zumal seine Bank ja gerade wieder einige Millionen mit Derivaten-Spekulationen unter seiner Regie in den Sand gesetzt hatte, da war Fitterling der große Ausgleich. Das rettete Stollner sozusagen den Kopf.«

»Und deshalb nutzte er sein Vertrauensverhältnis, das auch auf seinem Amt als ehrenamtlicher Bürgermeister basierte und versuchte, die Fitterlings von der Notwendigkeit des Verkaufs der Firma zu überzeugen.«

»Genau, ja. Er werde das schon schaukeln, erklärte er mir. Die stehen ganz übel in der Bredouille, meinte er. Der eine der Brüder verjuble den letzten Heller mit seinen unaufhörlichen Weibergeschichten und der andere sei ein naiver Idealist und Träumer und noch dazu schwul. Die werde er schon packen.«

»Aber bei einem Verkauf der Firma ginge doch der Großteil der Arbeitsplätze verloren«, hatte Neundorf eingeworfen. Sie war bei den Kollegen des Wirtschaftsdezernats vorstellig geworden, hatte von ihnen die Information erhalten, dass »neunzig Prozent solcher Fabrikverkäufe binnen weniger Monate zum Verlust fast aller Arbeitsplätze führten, weil der jeweilige Konzern nur noch eine minimale regionale Schein-Produktion am Leben erhalte, um eventuelle Kontrollen der Behörden zu bestehen, den größten Anteil aber irgendwo im Ausland billig als Massenproduktion herstelle und dann als regionales Produkt anbiete. Das ist fast schon Standard heute«, hatten die Kollegen mit resigniertem Gesichtsausdruck erklärt, »es gibt keine Moral in unserem wirtschaftlichen Geschehen, nur das Prinzip Profit.«

»Also, das Problem mit den Arbeitsplätzen, war das Ihnen und Herrn Stollner als Bürgermeister der Gemeinde nicht bewusst?«

»Natürlich war uns das und auch Stollner bewusst. Aber nicht nur ich, sondern gerade seine Bank verdient bei diesem Geschäft Millionen, mehrere Millionen, vergessen Sie das nicht. Und bankintern verkauft er das als seinen Verdienst. Was das Problem mit den Arbeitsplätzen betrifft, sollten Sie daran denken, dass die Leute frühestens acht oder zehn Monate nach dem Firmenverkauf entlassen werden – sofort wird sich das schon allein aus Imagegründen kein Konzern leisten. Und bis dahin kann Stollner sich gut aus der Verantwortung reden: Das war so nicht abgemacht und auch nicht absehbar, im Gegenteil, er als Bürgermeister wollte nur das Beste. Dass es sich bei dem Konzern um solche rücksichtslosen Typen handelt – wer konnte das schon ahnen? Die Bosse in Italien sind die Schuldigen, wir hier alle nur die Opfer. So läuft das doch bei uns – wie kommen denn korrupte Politiker bei uns zu ihrem Geld? Und später stehlen sie sich dann mit salbungsvollen Worten davon.«

»Ich habe aber immer noch nicht verstanden, weshalb Sie Marina Röhm töten wollten«, hatte Braig eingewandt. »Nur um den Verdacht auf Michael Fitterling zu lenken?«

»Töten, ich wollte sie doch um Gottes willen nicht töten«, hatte der Mann versucht, die Beschuldigung abzuwehren, erst nach mehreren Sekunden wieder zu seinem Redefluss gefunden. »Stollner wusste genau, dass der Mann sich um diese Zeit mit seinem schwulen Priester-Freund trifft, darüber aber schweigt wie ein Grab. Das kostet den Priester den Job, erklärte Stollner, wenn das bekannt wird. Nicht, dass er schwul ist, davon haben die ohnehin viele, aber dass seine Homosexualität an die Öffentlichkeit kommt, das ist für die ein Verbrechen. Deshalb wird Fitterling nie auch nur ein Wort darüber verlieren.«

»Und Sie konnten den Verdacht optimal auf ihn lenken.«

Daikler war nicht dazu gekommen, sich eine Antwort zurechtzulegen, weil Neundorfs Handy geläutet hatte. Sie war zur Tür gelaufen, hatte das Gespräch angenommen, war dann mit triumphierender Miene an den Vernehmungstisch zurückgekehrt.

»So, jetzt haben wir den Beweis. Dumm, wenn man so eine extravagante Angeberkarre fährt, Herr Daikler. Unsere Techniker haben mir gerade Bescheid gegeben. Ihr Geländewagen, den Sie seltsamerweise am letzten Mittwochmorgen wegen deutlich sichtbarer Kratzer und mehrerer Dellen und Risse an der Frontpartie in die Werkstatt brachten, wurde von unseren Kollegen untersucht. Das Auto konnte noch nicht repariert werden, die notwendigen Ersatzteile sind noch unterwegs. Gut für uns. Die Lackspuren an dem Fahrzeug, in dem Herr Fitterling starb, stammen von ihrer Karre. Warum haben Sie ihn getötet?«

Daikler war sichtlich getroffen, hatte dennoch erst nach einer Weile klein beigegeben. »Lackspuren?«, hatte er versucht, sich stark zu zeigen, »ja und?«

»Herr Daikler, ersparen Sie sich das großkotzige Theater, es ist vorbei.«

Eine halbe Stunde später etwa war dann sein Widerstand zusammengebrochen.

»Stollner«, hatte er erklärt, »er hat es über Wochen hinweg versucht, den Verkauf der Firma durchzusetzen. Dieser Christian war voll dabei. Zehn Millionen allein für dich, dieses Argument war nicht zu toppen. Aber dieser Scheißbruder wollte einfach nicht. Der hatte ständig neue Ideen, ließ sich sogar von einer Hochschule ein neues Konzept entwickeln. Liebestäschle oder so ähnlich. Und die totale Scheiße war, der Mann rackerte Tag und Nacht, war ständig unterwegs, verkaufte, wo er nur konnte. Da kam Stollner dahinter, dass die Firma erpresst wurde. Christian Fitterling hatte es ihm im Vertrauen als Finanzberater der Klitsche mitgeteilt. Verdorbene Waren tauchten auf, es hagelte Rückschläge. Immer mehr Kunden zogen sich zurück. Und Stollner nutzte die Gelegenheit und verbreitete das Gerücht, die italienische Mafia stehe hinter den Erpressungen, und gegen die habe man bekanntermaßen keine Chancen. Der einzige Ausweg bestehe im Verkauf an den offensichtlich von der Mafia beschützten oder kontrollierten Konzern. Zur Sicherheit verfasste Stollner dann selbst einen weiteren Erpresserbrief genau in dem Wortlaut, den er von diesem Christian erfahren hatte. Und jetzt schien sogar der andere Bruder einzuknicken. Es sah tatsächlich so aus, als hätten wir endlich die Katze im Sack.«

»Aber dann hatte Michael Fitterling mit seinen Liebestäschle einen Riesenerfolg.«

»Genau. Der Kerl schuftete wie besessen, raste von Wirtschaft zu Wirtschaft und verkaufte wie ein Irrer. Und plötzlich ging es wieder aufwärts, der Erpressung zum Trotz.«

»Und deshalb mussten Sie etwas tun.«

»Stollner wurde immer ungeduldiger. ›Wenn wir das jetzt nicht bald hinkriegen, springt uns der Konzern noch ab‹, jammerte er. Die haben bald die Schnauze voll von dem dauernden Hin und Her.«

»Aber weshalb dann Christian Fitterling? Wieso nicht sein Bruder?«

Daikler hatte vor Wut mit den Füßen auf den Boden getrampelt. »Ich wollte ihm nur Angst machen. Nicht umbringen. Nicht von der Straße abdrängen, um Gottes willen, wirklich nicht. Er sollte nur glauben, die Mafia sei wirklich hinter ihnen her und wolle den Verkauf erzwingen. Mit allen Mitteln.« Der Mann hatte laut gestöhnt. »Aber an dem Abend ging dann alles schief.«

»Wieso Christian Fitterling?«, hatte Braig seine Frage wiederholt. »Wieso nicht sein Bruder?«

»Das ist es doch! Stollner. Es ist seine Schuld!«

»Was hat das mit Stollner zu tun?«

»Kurz nach sechs an diesem Abend rief er mich an. ›Komm sofort her, der Schwule ist hier‹, erklärte er. Dieser Michael Fitterling lebt normalerweise in Reutlingen, war aber an dem Abend in Geigelfingen. Wahrscheinlich bei seinem Freund, später dann in der Firma. Stollner hatte ihn zufällig gesehen, besuchte ihn in der Fabrik, um zu erkunden, wie lange er bleiben wollte. ›Der fährt heute Abend noch nach Hause, über die Steige, da nimmst du ihn dir vor.‹ Stollner hatte mir längst ein Foto von Fitterlings Auto gegeben, ein dunkelblauer Astra, also fuhr ich hin und wartete in der Nähe der Steige auf ihn. Kurz vor neun war ich dort, es war noch hell. Ich wartete, bis es dunkel wurde. Gegen 22.30 Uhr kam es dann, das Auto. Und da passierte es.«

»Das Auto?«

»Der dunkle Astra mit Michael Fitterlings Kennzeichen.«

Braig war von seinem Stuhl aufgesprungen, hatte blitzschnell verstanden. »Das Auto Michael Fitterlings. Nur dass nicht er selbst, sondern sein Bruder am Steuer saß.«

»Das konnte ich doch nicht wissen, woher auch«, hatte Daikler unaufhörlich gejammert, »und ich wollte ihm doch nur einen Schreck einjagen, mehr nicht, Sie müssen mir glauben. Ich wollte ihn doch nicht über den Abhang stoßen.«

»Weshalb saß der falsche Mann am Steuer?«

»Stollner hat es am nächsten Tag erfahren. Dieser Michael fuhr gegen zwanzig Uhr schon nach Reutlingen. Er hatte es eilig, wollte noch in ein Lokal, für seine Liebestäschle werben. Sein Auto sprang aber nicht an. Er bat seinen Bruder, nach dem Wagen zu sehen, der war so ein Motorfreak, lieh sich derweil dessen Fahrzeug. Und, wie der Teufel es will, ruft spät am Abend nach 22 Uhr irgend so ein Vollidiot bei diesem Christian Fitterling an und labert dem irgendwas von einem der Firmenfahrzeuge an den Hals, das seltsamerweise so spät noch unterwegs sei. Das könne nicht mit rechten Dingen zugehen. Und was macht der Kerl? Nimmt das inzwischen wieder funktionsfähige Auto seines Bruders und rast an mir vorbei. Scheiße, Scheiße, Scheiße.«

31. Kapitel

Weit über 100.000 Menschen hatten sich an diesem Abend im Mittleren Schlossgarten versammelt. Viele waren mit Windlichtern, Laternen und Lampions gekommen. Der Beginn des Protestzuges war in der ganzen Stadt zu hören: Punkt neunzehn Uhr erscholl aus zigtausenden Trillerpfeifen, Rasseln, Vuvuzelas und ähnlichen Instrumenten ein sechzig Sekunden anhaltender, den gesamten Talkessel durchdringender, ohrenbetäubender Lärm. Unmittelbar im Anschluss an diesen inzwischen jede Demonstration eröffnenden »Schwabenstreich« setzten sich die Menschen in Bewegung. Der Zug führte quer durch die Stuttgarter Innenstadt, am Hauptbahnhof vorbei in die Friedrichstraße, dann zum Schlossplatz. »Aufhören, aufhören!«, ertönten die Rufe, als der bereits großenteils abgerissene Nordflügel des Hauptbahnhofes passiert wurde, später dann: »Im ganzen Ländle schallt es laut, Stuttgart 21 wird nicht gebaut.«

Als die Spitze der protestierenden Menschen etwa zwei Stunden später über die Planie und die Adenauer-Straße wieder am Schlossgarten angelangt war, formierten sich dort gerade die letzten Demonstranten zum Ende des Zuges. Unaufhörlich schallte das: »Aufhören, aufhören!«, durch die Stadt.

Die Dunkelheit war längst angebrochen, als die Abschlusskundgebung zu Ende ging. Ein Bahnexperte und ein Pfarrer hatten auf die höchst dubiosen Umstände hingewiesen, unter denen das Projekt in die Wege geleitet worden war: Dass etwa eine ganze Reihe der verantwortlichen Politiker genau in den Aufsichtsräten der Firmen und Banken saßen, die von dem Bau am meisten profitierten. Dass zudem die Finanzierungsverträge im Frühjahr 2009 in einer Nacht- und Nebelaktion mit falschen, längst überholten Zahlen genau in dem Moment unterschrieben worden waren, als das Unternehmen Deutsche Bundesbahn/Deutsche Bahn zum ersten Mal seit dem Zweiten Weltkrieg zwei Monate lang ohne verantwortlichen Chef hatte auskommen müssen.

Der gesamte Mittlere Schlossgarten war in einem riesigen Lichtermeer erstrahlt. Ältere und junge Menschen, Männer in Anzügen und Krawatte, Teenies, Punks, ganze Familien standen friedlich beisammen, diskutierten, lachten, scherzten, stimmten gemeinsam Lieder an.

Braig und Ann-Katrin hatten sich mit Neundorf, deren Sohn Johannes, Thomas Weiss und Theresa Räuber verabredet. Ann-Sophie im Kinderwagen vor sich herschiebend, marschierten sie mitten in der Menge mit. Auch dieser Abend verlief allen Gerüchten zum Trotz wieder friedlich.

»Ich kann es kaum fassen«, meinte Neundorf, die Stimmung genießend, »dieser ganze Lug und Betrug und trotzdem so eine aggressionsfreie Atmosphäre.«

Am Vortag hatten die Mächtigen endgültig ihre Masken fallen lassen. Polizeitruppen aus anderen Bundesländern hatten friedlich im Schlossgarten versammelte Menschen mit Wasserwerfern und Reizgas attackiert. Hunderte waren teilweise schwer verletzt worden, junge Mädchen ebenso wie viele Senioren. Szenen, wie man sie bisher nur aus totalitären Staaten zu kennen glaubte, hatten sich im Herzen Stuttgarts abgespielt. Fassungslosigkeit und Entsetzen über die Brutalität der Herrschenden hatte auch den letzten Winkel des Landes ergriffen. Und dennoch waren die Menschen friedlich geblieben, hatten sich auch heute wieder Unzählige zusammengefunden, ihren Protest deutlich zu machen.

»Die Veranstalter sprechen von 110.000 Teilnehmern. Wie viele Menschen habt ihr gezählt?«, fragte Thomas Weiss.

»105.000«, antwortete Braig, »mindestens.«

Er war am Rand des Schlossgartens auf Andreas Hauck getroffen, einen Kollegen, mit dem er seit ihrer gemeinsamen Zeit auf der Polizeihochschule in Villingen-Schwenningen und einigen Dienstjahren danach immer noch in gelegentlichem Kontakt stand. Hauck hatte inzwischen eine Führungsposition bei der für Stuttgart zuständigen Landespolizeidirektion inne, war einer der Verantwortlichen für den ordnungsgemäßen Verlauf der Demonstration.

»Und? Wie viele Teilnehmer sind heute dabei?«, hatte er ihn gefragt.

Hauck hatte die Listen, die von seinen Beamten zusammengetragen worden waren, überflogen, dann mit einer Gegenfrage geantwortet. »Offiziell oder real?« Er hatte ein gequältes Lächeln gezeigt.

»Beides«, hatte er erklärt.

»Also offiziell sind es 50.000.«

»Und real? Wie viele habt ihr in Wirklichkeit gezählt?«

»Ehrlich?«

»Ehrlich, ja.«

»Zwischen 105.000 und 108.000. Genauer können wir es nicht definieren.«

»Mindestens 105.000 Demonstranten also.«

»Mindestens, ja.«

»Und?«, hatte Braig gefragt. »Macht dir der Job noch Spaß?«

Haucks Grinsen war binnen Sekunden aus seiner Miene verschwunden. »Wir kennen uns gut genug, oder?«

Braig hatte an die Jahre zurückgedacht, die sie gemeinsam an der Polizeihochschule, später dann auch im Dienst verbracht hatten. »Ich hoffe doch, ja.«

»Dann kennst du die Antwort. Ich habe es satt, ständig den Kopf für die«, er hatte in die Höhe gedeutet, »hinzuhalten. Wir alle haben doch inzwischen begriffen, dass es bei ›Stuttgart 21‹ um ein Immobilienprojekt geht, bei dem viele ein Riesengeschäft machen wollen. Zentrumsnahe Flächen werden benötigt, deshalb muss der Bahnhof unter die Erde, gleichgültig welche Folgen das hat und was das an öffentlichen Geldern kostet. Die da oben bedienen hemmungslos die Interessen ihrer Klientel, die kümmern sich überhaupt nicht mehr um die Sorgen der kleinen Leute. Und wenn die dann aufstehen und sich wehren, sollen wir Polizisten unsere Köpfe hinhalten und die Scheiße ausbaden. Lange mache ich das nicht mehr mit. Am besten, wir melden uns alle krank. Nur deswegen, weil ich Uniform trage, heißt das nicht, dass ich keinen Verstand habe. Ich stehe mit beiden Beinen fest auf der Erde. Wie die meisten Kollegen hier. Ganz im Gegensatz zu denen da oben, die jede Bodenhaftung verloren haben.«

Unwillkürlich war Braig Klemens Stollner eingefallen. Ein nach außen hin freundlicher, sozial eingestellter, um seine Gemeinde bemühter Mann. Klemens, aus dem Lateinischen übersetzt, der Milde.

»Ein Paradeexemplar unserer wirtschaftlichen und politischen Führungsschicht«, hatte Neundorf überlegt. »Die Parallelen sind nicht zu übersehen. Anfangs vielleicht tatsächlich bemüht um das Wohlergehen der ihm anvertrauten Menschen. Aber dann, im Verlauf der Jahre, korrumpiert von der Gier nach immer mehr. Warum sich mit dem Kleinkram in der Provinz zufriedengeben? Weshalb sich mit der Vergabe von Kleinkrediten an Häuslebauer bescheiden? Warum nur so ein winziges Fabrikle betreuen? Wieso in der Bedeutungslosigkeit versauern? Es gibt doch Anleihen, Derivate, Chancen auf riesige Gewinne, auf Macht, auf die Chance, seinen Namen in den Annalen verewigt zu sehen. International agierende Konzerne statt kleiner Familienklitschen. Große, bombastische Konzepte. Megamäßige, weltweit Aufsehen erregende Pläne. Die Kosten? Die Folgen? Was kümmert es uns! Wir leben nur ein Mal. Nach uns die Sintflut! Der Fisch stinkt vom Kopf her. Das ist unser Problem.«

Es war dunkel geworden, die Dämmerung der Nacht gewichen. Zigtausende von Windlichtern, Laternen und Lampions verwandelten den Schlossgarten in ein gewaltiges Lichtermeer. Menschen aus allen Schichten der Bevölkerung waren gemeinsam unterwegs. Wie es kam, konnte später niemand erklären. Mit einem Mal reichten sie sich die Hände, stimmten gemeinsam das Lied an, dessen Melodie ihnen von irgendwoher zugeflogen war. »We shall overcome …«

Braig schaute sich um, sog die Atmosphäre der jungen Nacht in sich auf. Er spürte Stolz. Stolz auf die Menschen dieser Stadt und in diesem Land.

KBV KRIMINALROMAN

Ulrike Blatter

DER MANN, DER NIEMALS TÖTEN WOLLTE

Taschenbuch, 250 Seiten
ISBN 978-3-940077-96-7
9,90 EURO

Bei der Kripo Konstanz wird die sechsjährige, schwerkranke Yasmin als vermisst gemeldet. Auch der Leiter des Jugendamts, Dr. Joachim Leimer, verschwindet plötzlich spurlos.

Während es sich bei Dr. Leimer um eine alltägliche Ehe-Eskapade zu handeln scheint, nehmen die Ermittler das Verschwinden des Mädchens sehr ernst. Auch Hanna Kronawitter, die den Fall Leimer »abarbeiten« soll.
Zunächst gibt es keine sichtbare Verbindung zwischen den beiden Vorgängen, aber dann wird die Verknüpfung auf erschrekkend brutale Weise deutlich: Bei Yasmins alleinerziehender Mutter wird eine Leiche in der Badewanne gefunden. Kampfspuren und Schnittverletzungen zeichnen ein grausames Bild. Die Spur führt über die Schweizer Grenze zu einem Mann, der nichts mehr zu verlieren hat.

»...ausdrucksstark geschrieben, verfügt über viel Sensibilität und wird nur durch wenige Protagonisten in Szenen gesetzt.« (deutsche-krimi-autoren.de zu »Vogelfrau«)

»... Ulrike Blatter liefert einen melancholischen Krimi, der die Einsamkeit seiner Protagonisten in wunderbar präziser Sprache einfängt. Ein Debüt, das Appetit auf mehr macht.« (literaturreport.com zu »Vogelfrau«)